Les Derniers Américains

Du même auteur

*Real Life*
La croisée, 2022
Livre de Poche, 2024

Brandon Taylor

# LES DERNIERS AMÉRICAINS

*Traduit de l'anglais (États-Unis)*
*par Héloïse Esquié*

la croisée

Titre original :
*The Late Americans*

Photographies :
© Mia Takahara © Daniele Pintore

Conception graphique :
Karine Picault – Studio Delcourt

Première publication aux éditions Riverhead, USA, en 2023.



La croisée
Groupe Delcourt
8, rue Léon Jouhaux
75010 Paris
www.editions-lacroisée.fr

Tu sais comment tu recevrais un dieu.
    Et si c'était
une portion de sa chair ? Et si tu
    avais affreusement faim ?

DERRICK AUSTIN

# 1
# Les Derniers Américains

En séminaire, des étudiants de troisième cycle, sur des chaises pliantes en plastique : sept femmes, deux hommes. Assez naïfs pour croire en la puissance transformatrice de la poésie, mais assez cyniques, à leurs heures les plus sombres, pour considérer la poésie comme une vocation pseudo-spirituelle, une incongruité à rapprocher du mal affligeant les télévangélistes.

Dehors, le dernier beau jour d'octobre. On annonce de la neige.

L'objet de leur discussion, c'est « Andromède et Persée », un poème soumis par Beth, qui a inversé le titre du tableau de Titien afin de mettre en avant les souffrances d'Andromède plutôt que les exploits de Persée – violeur, assassin, destructeur de femmes.

« L'enlèvement est aussi brutal que la captivité », fait observer cette fille du Montana à la silhouette trapue.

Le poème s'étale sur quinze pages, interligne simple, et contient, entre autres choses, une scène de sexe pendant les règles, où le sang menstruel caille sur une couette grise. Elle appelle ça la « marque de la Gorgone », en écho à la « tache de fer » sur la tunique de la Méduse après sa décapitation par Persée.

Ils en font le tour, s'imprégnant de l'imagerie bourrée de références et de la densité narrative, de la charge émotionnelle brûlante de son sujet, avec sa portée culturelle de plus en plus prégnante – rapport aux femmes, rapport au traumatisme, rapport au corps, rapport à la vie à la fin du monde.

« J'adore l'improvisation gestuelle qui court dans le texte – c'est très Joan Mitchell », dit Helen, qui fut autrefois mariée, encore enfant, chez les Mormons, ou quelque chose dans ce goût-là, dans une banlieue de Denver, et habite désormais au-dessus d'un bar à Iowa City, où elle écrit des poèmes sur les enfants qui meurent et les morpions.

« C'est vrai, c'est tranchant, genre, comme un diamant. Tu pourrais égorger une meuf, avec, tu sais ? Putain. » Noli, dix-neuf ans, enfant prodige. La déception de ses parents. Choisir la poésie à la place de, quoi, la fac de médecine, la découverte du traitement contre le cancer ?

« Carrément. Et c'est super brut, en plus. Hyper viscéral.

— Et intense… » Mika, vingt-huit ans, copie conforme de Stevie Nicks, avec ses innombrables bracelets, ses bottes et ses robes diaphanes.

« … chargé à bloc, le truc, électrique… » Noli de nouveau, très volubile aujourd'hui. Très bavarde.

« La voix, la voix, la voix. » Là, c'est Linda, noire, de Tulsa. Des tresses. Une peau lisse, parfaite. Elle est allée à l'université du Texas, à Austin, a préparé une thèse de physique au MIT. L'a terminée. Ou laissée tomber. Quoi qu'il en soit, elle se retrouve ici en Iowa avec les autres. Un rapport un peu tendu avec Noli, également noire, également brillante. Sororité, pas trop. Plutôt exclusion mutuelle chargée à bloc.

« Enfin un truc *réel* », reprend Noli. Le regard de Linda se durcit. « Mais hyper rigoureux. Genre, pas du pseudo-slam à la con. Une voix pure.

— Je veux ça dans mes veines. À fond », fait Helen.

L'effluve de louanges baigne Beth, qui reçoit leurs compliments avec un rayonnement placide. Le prof, qui n'est jamais tout à fait en lice pour le Pulitzer mais n'est jamais non plus tout à fait *en dehors* de la compétition, hoche solennellement la tête. Il préside l'assemblée comme un foutu pasteur pour jeunes.

Ou c'était ce qu'imaginait Seamus, qui somnolait presque, écoutant d'une oreille distraite. Puis, reprenant ses esprits, revenant à la salle, au présent, il *regarda* vraiment. Beth pinçait les lèvres, des sillons profonds se creusaient sur son front. Malheureuse malgré les éloges, alors que les poèmes qu'ils écrivaient tous semblaient en grande partie destinés à aller à la pêche aux compliments. Se faire taper dans le dos. Être célébrés. Transformés en saints et martyrs modernes.

C'est extrêmement curieux, se dit Seamus, qu'une personne, recevant ce qu'elle désire le plus au monde, s'en trouve visiblement si dépitée.

Le long du mur de la salle de séminaire, en hauteur, des panneaux de verres trapézoïdaux. La salle était toute de poutres en bois sombre profilées et hautes fenêtres, au point de ressembler à une grange. Le soleil du début d'après-midi éclaboussait le sol râpé. Sous verre, des étagères de livres des anciens du programme qui avaient réussi, devenant de plein droit des auteurs de seconde zone.

La patine du prestige, un peu comme la cire usée du plancher, avait connu des jours meilleurs. C'était ça, le prestige, cela dit – plus il était ancien, plus il était mangé aux mites, plus il avait de la valeur. Pour un certain type de poètes, le prestige faisait tout. La poésie *était* le prestige, et si personne ne vous voyait écrire un poème, être poète, alors vous n'étiez *pas* poète. Pour ces poètes-là, le séminaire était le zénith de leurs vies d'artistes. Il ne leur arriverait plus jamais de voir, de façon hebdomadaire, tant d'attention accordée à leurs performances poétiques.

« Ce poème brouille vraiment l'idée de fiabilité. Parce que, genre, qui est plus une autorité au sujet d'une expérience que la personne qui vit cette expérience, n'est-ce pas ? Et pourtant, genre, les incohérences du récit vous font vraiment vous demander si la vérité n'est pas en fait un palimpseste du mensonge, et… » Helen de nouveau, interrompue cette fois par Garza, moitié tunisienne, moitié québécoise de naissance, mais élevée à Toronto et Oakland.

« Carrément. Et ça rappelle à fond Vicuña, genre dans *Spit Temple*…

— Je préfère l'approche de Moraga sur l'histoire personnelle, quand elle décrit notre façon de remplir les lacunes factuelles avec… » Noreen, de Virginie-Occidentale, avec un léger accent chantant qu'elle prenait peut-être par affectation – il était étrangement absent quand elle était saoule –, coupant la réflexion de Garza.

— Hartman nous montre que les archives sont construites à la manière de… » Noli, qui s'imposait à son tour.

Ces diverses interruptions et corrections, toutes ces escarmouches et ces fausses pistes. Comme un chien qui finit par s'attraper la queue et la ronge jusqu'à l'os. Seamus regarda Oliver, sur sa droite, qui écoutait attentivement avec une expression satisfaite, ouverte. Comment, se demanda Seamus, pouvait-il prendre tout cela tellement au sérieux, tandis qu'elles continuaient à déblatérer sur la violence de l'archive, et Cherríe Moraga, et Cecilia Vicuña, dont le travail n'avait même pas ne serait-ce qu'un lointain rapport avec le poème en discussion. Ça, ce n'était pas faire de la poésie. C'était singer la poésie, en quête de validation. C'était encore une forme d'exagération poétique : si vous sortiez suffisamment de noms propres, les gens supposaient que vous saviez de quoi vous parliez, et ils avaient tendance à imputer le caractère vague des références à leur propre ignorance. Sauf que Seamus avait lu Moraga et Vicuña. Il avait lu les essais critiques de Saidiya Hartman – *avant le MacArthur, bien sûr**[1] – et les essais critiques en réponse aux travaux de Hartman. Il savait pertinemment que l'Amérique était une guerre d'archives contradictoires. Des histoires différentes, avec leurs turbulences spécifiques.

Il aurait été plus facile pour ces poètes d'admettre que parfois, on mentait, parfois, on se trompait et que, parfois, la vérité se transformait dans le cours même du récit. Que, parfois, le traumatisme reconfigurait votre relation aussi bien à la vérité qu'au dispositif même du récit. Mais non, il fallait qu'ils continuent à plaquer du sens à tort et à travers. À relier leurs mauvaises idées à des noms reconnus dans l'espoir que quelqu'un les trouve subtils, les trouve pointus, les trouve radicaux, juge qu'ils avaient raison et le dise,

1. Les mots en italique suivis d'un astérisque sont en français dans le texte. (*Note de l'éditrice*).

les taxe de poètes, de penseurs et d'esprits, alors que ce n'étaient que des enfants.

« Et le passage avec le sang sur le drap ! Sérieusement ! » s'écria Noli. « Renversant. Irréfutable. »

Seamus tourna les pages à rebours jusqu'à revenir au vers sur la marque de la Gorgone, qui l'avait surpris par sa crudité vénérienne. Quelque part, c'était un détail qu'on aurait *peut-être* trouvé dans un bon poème. Un peu comme un truc d'O'Hara revu par Kooser.

Mais en relisant le vers, Seamus sentit monter un fou rire. Quel genre de personne, quel genre d'intelligence poétique, en voyant du sang menstruel sur un drap après un acte sexuel peu satisfaisant, pensait à la décapitation de la Méduse ? Trop drôle. Pas le sang lui-même, mais cette association prétentieuse. C'était *là* le hic. La transsubstantiation du réel en une chose si chargée de sens qu'elle s'effondrait sur elle-même. Elle transformait le texte entier en plaisanterie. Cette variété de poèmes était monnaie courante dans le séminaire : un fragment d'histoire personnelle mué en ensemble d'allusions vagues à des œuvres plus importantes, lequel ne parvenait à témoigner ni d'une vraie compréhension de ces œuvres ni d'une émotion véritable. Des illusions sur soi-même déguisées en confessions.

Seamus poussa un petit rire à part lui.

Le prof, une sorte de gnome avec une crinière blanche, le regarda. Marqua une pause.

« Quelque chose à ajouter, Seamus ? » Tout le monde se tourna vers lui. Ce rire était, il le savait, une manière d'attirer l'attention sur lui. C'était son seul trait charismatique, mais il ne le maîtrisait nullement. À vrai dire, il ne faisait pas assez d'efforts. Ça aussi, c'était une performance, mais il la considérait comme acceptable sur le plan moral puisqu'il *savait* que c'en était une. Il ne prétendait pas que c'était de la poésie.

Il remua les feuilles un instant puis, partant de nouveau d'un petit rire, il dit : « Donc, genre, sa chatte est une tête de Gorgone ? C'est un peu digne de Trump, non, je me trompe ? »

Un petit tour de magie : le silence, le black-out bouillonnant de leur colère. Puis, petit à petit, retour des lumières. Exaspération. Agacement.

Ingrid Lundstrom s'exprima : « Je crois qu'elle dit plutôt que nous vivons dans un monde qui a transformé le corps des femmes en objet de répulsion et de douleur – et que notre plaisir ne nous appartient pas ? Je crois qu'il faut rendre justice à cette idée. »

Ingrid était dans sa classe, à Brown. Pendant leur deuxième année, elle avait été publiée dans le *New Yorker*, avec un poème crûment autobiographique sur la conversion de son père à l'évangélisme et son auto-immolation qui s'était ensuivie. C'était le genre de poète dont le travail parlait surtout d'elle, comme si tout ce qui s'était passé dans le monde depuis les débuts de l'humanité n'était pas plus fondamental que le récit un peu culotté de sa première utilisation d'un tampon. Il trouvait ses poèmes veules, beaux et foncièrement malhonnêtes.

« Oui, mais, genre, sa foufoune est pleine de sang de Méduse. Je suis bouché ou quoi ? Y a une allusion qui m'échappe ? »

Oliver tenta d'intercéder avec un rire : « Aptitude négative, non ? »

Le prof dit : « Nous sommes ici pour nous porter témoins du poème. »

Seamus pouffa. Ingrid répondit sèchement : « Je crois juste qu'il est important de se rappeler que la narratrice du poème porte un héritage de violence, c'est clair, et cette ambivalence envers le désir/le corps/l'amour/le manque est valide. »

*Témoin*, *héritage de violence* et *valide* : ce genre d'expressions faisait que le séminaire de poésie ressemblait moins à un exercice intellectuel et créatif rigoureux qu'à un tribunal jugeant des crimes de guerre. Seamus abhorrait ces termes – pas parce qu'il pensait que les traumatismes étaient bidon, mais parce qu'il pensait que la poésie n'en découlait pas automatiquement.

« Tu es poète ou assistante sociale ? demanda-t-il.

— Tu m'as dit quoi, là, putain ? »

Une telle piété fanée, une telle fureur moralisatrice. Le spectacle de la façade d'Ingrid en train de se craqueler le mit en joie.

« Je dis pas ça parce que t'es une femme, il y a aussi des assistants sociaux. Sinon ça serait sexiste, j'avoue. »

Ingrid se leva et jeta un regard méprisant, las, à Seamus. Puis elle se rendit au lavabo au fond de la pièce et remplit la bouilloire électrique.

« Arrête de faire l'enfant », dit Helen, sotto voce.

Seamus plissa ostensiblement son visage et se frotta les yeux. Il fit la moue.

« On s'égare, là », dit le prof. Il fixait les poutres apparentes, comme s'il attendait un signal divin.

« Ce sont elles qui m'insultent. Je ne faisais que commenter le texte », protesta Seamus. Pendant tout ce temps, Beth n'avait pas levé les yeux de son cahier ; elle griffonna furieusement jusqu'à avoir entièrement noirci le coin d'une page. Seamus se pencha en avant, coudes sur les genoux, pour regarder son poignet se tordre au-dessus du papier.

« Ça ne se fait pas.

— Connard. »

Quel chœur d'opprobre. Les sorcières dans *Macbeth*, mais en moins drôles. Moins de jubilation excessive.

« Vos insultes me traumatisent. Elles me rappellent mon enfance difficile, dit Seamus. Arrêtez, je vous en prie. »

Ingrid posa la bouilloire sur son socle et l'enclencha. L'appareil s'alluma avec un petit crachotement.

« Le poème, dit le prof. Le poème, c'est tout ce qui compte.

— Tu devrais peut-être faire une petite pause, champion », souffla Oliver. Il posa la main sur la nuque de Seamus.

« T'as raison, vieux. » Seamus sourit à pleines dents. Olivier se contenta de secouer la tête. Mais Seamus ne pouvait pas s'arrêter. Il avait senti la surabondance d'attention. Son goût de fer, âcre et sucré. Il avait soif de davantage. Les expressions sur leurs visages, la colère, l'exaspération. Elles étaient tellement sûres d'elles. De leurs positions.

« Je pense qu'un peu d'air frais nous ferait du bien à tous », conclut le prof. « On n'a qu'à arrêter là pour cette semaine. Vous pouvez y aller. »

Oh, c'est pas du jeu. C'est pas du tout du jeu. Quelle injustice. Seamus se leva en grognant. Oliver le suivit. Les autres restèrent en place, dans des poses étudiées d'attente. Chuchotant, échangeant des notes et des regards appuyés. Seamus se demanda si seuls lui et Oliver étaient excusés, tels des enfants turbulents, tandis que les autres restaient toutes à attendre le début d'un second séminaire, secret – le véritable cours. Il resta planté là quelques secondes de plus, mais sentit la main d'Oliver dans le creux de son bras, qui l'entraînait dehors.

Bon, d'accord, se dit-il. C'est comme ça.

« Profitez bien de votre yoga », lança Seamus par-dessus son épaule. Et Noli répliqua : « Profite bien de ton occlusion intestinale. »

Seamus et Oliver, sur le pont.

Seamus s'en voulait de sa compulsion à revivre l'épreuve atroce du séminaire, mais ne pouvait s'en empêcher. En fait, toutes les semaines, c'était : unetelle a dit ça, unetelle a dit ça, tu *y crois, toi* ? Question idiote. La croyance était morte avec l'émergence du contemporain, de l'instant. La croyance restait comme l'une de ces gueules de bois d'une autre époque, une simple ombre dans l'Histoire. Mais tout de même, la croyance, c'était leur came, elle les dominait comme des petits pédés. Ils étaient poètes, après tout.

« J'ai horreur des poèmes qui reprennent le titre d'un tableau. L'ekphrasis, c'est mort, mec. C'est sinistre, c'est geignard.

— Ouais, t'as peut-être raison. Le cachet intellectuel, et tout. Trop prétentieux.

— C'est le genre de trucs qu'on fait quand on sait qu'on est un mauvais artiste. Sous prétexte qu'on est explicite, on est censé pouvoir se passer de profondeur ? Je vois pas, là.

— Elles se font des films.

— Carrément.

— Avec leurs abstractions débiles.
— Ouaip. »
Sous leurs pieds, le pont qui se balançait doucement, l'eau verte paresseuse. Les ronces et la boue brunâtre des berges, l'herbe dorée. Les joues rouges d'Oliver, l'odeur de son tabac à rouler. D'une douceur presque insupportable, son regard.
Seamus imagina le visage d'Oliver déformé par la douleur, jusqu'au grotesque, et ce n'était pas la première fois. Il imagina le pli de sa bouche dans la souffrance, pareil à ces sculptures primitives, grossières, du Christ, avec la même beauté. Seamus se détourna de lui pour contempler la zone industrielle et ses longues cornes de vapeur. Les voitures sur le pont près de la bibliothèque, qui roulaient au pas.
« C'est sympa d'être sortis plus tôt, quand même », dit Oliver.
Seamus hocha la tête, même si pour lui, les horaires étaient un peu exaspérants. Les séminaires pouvaient se terminer à dix-huit heures, mais aussi bien à seize heures. Leur variabilité l'empêchait de travailler ces jours-là. Il aurait été trop gênant de tenter d'expliquer à son responsable pourquoi il avait besoin de flexibilité sur son heure d'embauche, donc il gardait ces journées libres. Mais maintenant, puisque le cours n'avait duré qu'une heure à peine, il avait presque tout l'après-midi devant lui.
« Sympa, c'est le mot. Si t'es pas obligé de travailler pour vivre. »
Oliver rit.
« Qu'est-ce qu'il y a de si drôle ?
— Ta façon de dire ça, c'est tout. *Travailler pour vivre*. C'est limite prétentieux. Tu viens pas d'éreinter le misérabilisme à deux balles ?
— C'est du misérabilisme, de bosser pour gagner sa vie ? » demanda Seamus, moitié ironique, moitié sincère. Oliver se contenta de rire de nouveau. « Qu'est-ce qu'il y a de si drôle là-dedans, putain ? On n'a pas tous du fric. Ou des parents. Certains d'entre nous sont vraiment forcés de bosser.

— La rage débridée du mâle blanc de la classe ouvrière, comme c'est terrifiant », répliqua Oliver. Il était vraiment mort de rire, à présent, et Seamus sentit une boule dure au fond de sa gorge. Il eut envie de pousser Oliver dans la rivière.

« Tu seras le premier contre le mur, dit-il.

— Je me suis fait à l'idée.

— Je sais que tu plaisantes, mais c'est quand même atroce. Je peux être un vrai connard, O.K., mais je ne m'en fous pas, de tous ces trucs. Genre, la poésie. C'est important pour moi. Et ça me rend malade, de végéter dans cette salle toutes les semaines en les regardant se tresser mutuellement les poils de la chatte en s'autocongratulant sur leurs traumatismes à la mords-moi-le-nœud. Alors que je pourrais taffer. Gagner de quoi payer mon loyer. Travailler, quoi. Comme les gens normaux. Pour pouvoir écrire des poèmes. Sur lesquels elles *chient*. Sous prétexte qu'ils ne racontent pas des viols. C'est tellement creux. » Il poussa un petit grognement.

« Hé, je suis de ton côté. J'aime beaucoup ton écriture, tu le sais », dit Oliver. Seamus haussa les épaules.

« Thérapie de groupe. » Seamus se mordit le coin du pouce et arracha une petite bande translucide de peau morte. Puis, telle une piécette au fond d'un puits, bien au-dessous de la surface de sa colère, une idée se mit à luire.

« Tu sais ce que je devrais faire ?

— Te saouler ? Moi, c'est mon projet.

— Je devrais écrire un poème intitulé “La tête de la Gorgone”, rien que pour faire péter les plombs à ces connasses coincées.

— Fais-le », dit Oliver, s'appuyant contre la rambarde. Le vent, cinglant de froid, agitait ses cheveux.

Une fois de plus, la pointe d'une image aussi puissante qu'une prémonition : le visage d'Oliver, hâve et tendu par une douleur atroce.

« Je devrais, non ?

— Tu te ferais foutre à la porte. T'es dingue ou quoi ?

— Mais c'est drôle, tu trouves pas ? Allez ! » Seamus donna une claque sur l'épaule d'Oliver du dos de la main. « C'est marrant ! »

Oliver regarda de l'autre côté de la rivière. Trois bâtiments modernistes trapus sur les berges, telle une petite horde de ruminants. Le pont était constellé de drapeaux de tous les pays représentés parmi le corps étudiant, qui claquaient dans le vent. Oliver se redressa d'une poussée contre la rambarde. Seamus le suivit. Le pont palpitait sourdement sous eux, presque vivant.

« L'idée ne te plaît pas ? Tu penses que c'est idiot ?

— Non. Mais est-ce que ça vaut le coup ? Genre, à quoi bon ?

— Parce que c'est marrant ! » Seamus prit les épaules d'Oliver et le secoua fort.

Oliver eut un mouvement de recul et Seamus en fut triste, puis agacé.

« Tu crois que je vais te faire mal ?

— Pas du tout. Mais les gens ont des sentiments, Seamus. Je crois que ça t'arrive de l'oublier. Ou tu crois qu'on peut s'en moquer comme ça. Mais les gens ont des sentiments, et ils ont le droit.

— Quoi, je t'ai offensé, alors ? Je t'ai pas secoué si fort que ça.

— Pas *moi.* »

Sur le chemin le long de la rivière, ils passèrent devant les galeries modernistes, qui accueillaient expositions et événements divers. L'automne précédent, ils avaient assisté à une conférence sur la race et la poésie de John Berryman dans l'une d'entre elles. Quelques filles du programme étaient là aussi – Garza, Linda, Ingrid. Pendant la rencontre, l'oratrice, qui était blanche, avait prononcé le mot *nègre* en citant une source. Visiblement, elle ne s'en était même pas rendu compte, mais l'assistance avait remarqué et s'était d'abord refroidie, avant de s'échauffer passablement. Seamus avait éprouvé un frisson de jubilation. L'exposé, jusque-là, était fastidieux, surtout parce qu'il était d'accord avec tout – le racisme : pas bien, Berryman : bien, mais aussi pas bien, rapport à la race. Les Blancs qui parlaient du racisme, ça faisait le même effet qu'un reportage télé. Mais là, ça avait basculé dans le *théâtre*. Pendant des jours, ensuite, l'incident avait été répété et reconfiguré. Linda s'était retrouvée aux infos locales, à raconter la violence qu'elle avait vécue lors de l'événement, et la conférencière avait d'abord été suspendue du département de littérature, sur quoi on lui avait demandé de ne pas reprendre ses fonctions au printemps. Elle avait commis l'erreur d'écrire un long article sur les faits dans le *Guardian*, que Linda avait partagé sur Twitter pour s'en moquer. Ça s'était terminé en bataille rangée sur les blogs culturels et sur Instagram et, à présent, Linda avait le statut « compte vérifié » sur les réseaux et la conférencière était occasionnellement invitée à écrire des billets « opinions » dans le *New York Times* sur les questions de *cancel culture*, laquelle n'existait pas sauf quand, de temps à autre, elle existait un peu.

La vie publique, désormais, était marquée par l'hostilité. Ou peut-être que l'hostilité avait toujours été là, et que la nouveauté, c'était simplement qu'elle était dirigée contre des cibles qui avaient longtemps été épargnées. Seamus pensait que toute l'histoire avait le caractère dramatique et absurde d'une grande pièce de théâtre. Toutes les incompréhensions et les bourdes shakespeariennes, le fait que tout avait doublé d'importance, pour ce qui est de la gravité et des conséquences, jusqu'à finir par éclater en un phénomène réellement cathartique. Sauf qu'il n'y avait pas eu de catharsis. Juste des gens qui se durcissaient, se confondant avec des caricatures de leurs rôles.

Mais Linda avait raison. La conférencière *avait* brisé le contrat social en prononçant ce mot à voix haute et, comme c'était la règle depuis le commencement de la société même, il y avait un prix à payer lorsqu'on contrevenait à ce contrat, qu'on disait ce qui ne se disait pas, qu'on piétinait la convention.

Ils marchaient en silence, mais Seamus entendait encore les claquements des drapeaux sur le pont. Le ciel était d'un bleu profond, tranquille. Le soleil lui chauffait le visage.

« J'ai juste pas envie que tu te lances dans un merdier pareil. C'est une distraction qui éloigne du vrai travail, reprit Oliver.

— Mais c'est marrant, quand même, non ? Allez, sérieux, t'es forcé de te marrer. Il faut être cinglé pour ne pas rire. » Seamus détesta son propre ton geignard, son besoin démesuré de l'approbation d'Oliver. Mais surtout, il détesta qu'Oliver ne voie pas qu'objectivement, ce serait hilarant d'écrire un poème pour exposer la fausseté qui dominait leur programme, leur discours et toute l'imposture de l'art américain.

Oliver poussa un soupir. « Oui, c'est marrant d'intituler ton poème "Tête de Gorgone" et de le faire lire à tout le monde. Et ouais, je rigolerais. Mais son poème, il était vraiment personnel. Il parlait de sa vie. Et ça, c'est pas drôle, O.K. ? La vie des gens ?

— Pourquoi tu fais pas l'école d'infirmières, plutôt ? aboya Seamus.

— Purée. Peut-être que tu détestes *vraiment* les femmes, en fait. »

Le cou de Seamus devint tout rouge à cette insinuation. Ça n'avait pas de rapport avec les *femmes*. Ça n'avait pas de rapport avec le *féminisme*. Le problème, c'était une éthique fausse et creuse en art. L'art minable n'avait pas de genre.

« Parce que je déteste les généralités paresseuses ?

— Fais ce que tu veux, mec. Tu es têtu, je le sais. Mais fais pas l'étonné quand ça te pétera à la figure », répondit Oliver. Pas d'échauffement. Pas de malveillance. Mais Seamus ne s'en sentit que plus mal. Ce côté résigné.

L'eau moussait près de la berge, sous les étais du pont. Des bouteilles en plastique s'étaient échouées là et se remplissaient lentement de limon. Seamus s'accroupit pour ramasser des galets. Il les jeta au milieu de la rivière, où ils sombrèrent, irrévocablement, dans l'eau noire.

« Je ne suis pas un monstre, reprit-il. Même si c'est ce que tu insinues.

— Je ne te prends pas pour un monstre. Comme j'ai dit, tu es têtu. Simplement, je ne vois pas pourquoi.

— Toi, t'es un vrai pote. » Seamus essuya la poussière laissée par les cailloux sur ses doigts sur la veste d'Oliver. « Merci de ton soutien.

— Mais je suis ton ami. C'est justement pour ça que j'essaie de te convaincre de ne pas te comporter comme un crétin. Pour ton bien.

— Bien sûr, c'est moi le crétin.

— Je préférerais que tu m'aies pas raconté ça.

— Et moi, je préférerais que tu aies le sens de l'humour ! » Seamus donna à Oliver un coup de poing rapide, fort, dans le flanc et s'en alla sur le chemin. Il avait une démarche souple et fluide, mais Oliver, plus grand, combla rapidement la distance entre eux. Seamus dut bien vite ralentir et repartir en arrière au petit trot. Il tenta de refréner son envie de tousser pour dégager ses poumons, mais il finit plié en deux, mains sur les genoux, à cracher un glaviot jaunâtre sur le béton. Il eut un haut-le-cœur brûlant au passage.

Il fallait qu'il arrête de fumer.

Oliver lui donna une forte claque entre les épaules, trois fois, et chaque coup fit nager une ombre rouge et bleue sous les paupières de Seamus. Au dernier, le plus fort, il se sentit respirer librement et rouvrit les yeux.

Pénitence.

Seamus travaillait le soir et le matin à la cuisine du centre de soins palliatifs – il préparait bouillons et soupes, hachait, épluchait, ce genre de trucs. Il avait trouvé ce boulot en arrivant à Iowa City, car, contrairement à Oliver et à certains de ses camarades, il n'avait pas eu la *bonne* bourse, et les abrutis de la section non-fiction, de l'autre côté de la rivière, s'étaient gardé tous les postes d'assistants en composition/rhétorique. La directrice l'avait regardé avec une pitié somnolente. « Parfois, nos étudiants ont beaucoup de chance dans leurs recherches d'emploi dans la région », lui avait-elle affirmé, d'un ton qu'elle devait imaginer charitable. « Des petits boulots en complément. »

Ce mot, *complément*, n'avait pas de secret pour lui.

À Brown, où il évoluait parmi les moins doués des très riches, sa bourse couvrait le montant de son inscription, mais guère plus. Ses autres besoins se multipliaient en sourdine, telle une espèce prédatrice invasive : livres, repas, gel douche, shampooing, dentifrice, lessive, participation à la location du frigo commun de la résidence, loyer de la résidence, cahiers et crayons, frais d'internet et de téléphone, frais de loisirs. N'était-ce pas stupéfiant qu'à la fac, même les commodités les plus élémentaires soient considérées comme des luxes, à la charge, par conséquent, de l'étudiant ? Ça lui avait déjà coûté énormément de lever les fonds pour passer les SAT et les ACT, les examens d'Advanced Placement, fonds qu'il avait réunis en travaillant dans des boulangeries et en tondant des pelouses. Mais ça ne suffirait pas pour la fac. Il y avait trop de frais, c'était indubitable.

Donc ses trois premières années, il n'avait pas complété sa bourse en rédigeant des devoirs pour d'autres étudiants ou en exécutant les basses besognes dans les bureaux de la fac (les enseignants et les autres employés ne l'aimaient pas), mais en faisant des heures dans une sinistre cuisine d'hôpital à Providence. Les femmes, là-bas, l'avaient pris en affection, lui avaient inculqué le rythme indispensable lorsqu'on cuisine pour des dizaines, voire des centaines, de personnes. Il avait appris les subtilités de la consommation de masse, les économies d'échelle, et les restes – car il y en avait toujours –, il les apportait chez lui et les stockait. Quand il avait besoin d'un emploi rapidement, il allait trouver les cuisines d'hôpitaux. Ils embauchaient toujours. Le personnel tournait en permanence, car ils n'avaient pas d'autres choix que d'engager des gens au bout du rouleau, épuisés, prêts à tout, déjà habitués à enchaîner les boulots de merde qui les broyaient. Les cuisines d'hôpitaux, c'était le royaume des junkies, des anciens taulards et des vieilles – des gens qui n'auraient jamais pu se payer une place dans les établissements où ils travaillaient.

Ce genre de boulot convenait bien à Seamus. Il aimait bien cuisiner, et il appréciait les longues heures répétitives nécessaires pour préparer quelque chose de bon, le travail préparatoire fastidieux, qui n'était pas sans évoquer celui de l'écriture. Il ne se sentait jamais mieux que seul en cuisine, à la fin d'une longue journée, en train d'éplucher et d'émincer des légumes ou de préparer du bouillon pour les soupes de la semaine. Il y avait une constance dans ce mijotage. Seul dans une cuisine, il était en paix. Pas libre de se perdre dans ses pensées, pas vraiment, mais libre d'exister dans un état sans pensées. Rien ne pouvait l'atteindre.

Puisqu'il restait encore une grande journée de ciel bleu, il se dit qu'il allait se rendre au centre, voir s'il pouvait grappiller quelques heures supplémentaires afin d'alléger le poids des factures mensuelles. Il se demanda comment les étudiants qui avaient une famille à charge arrivaient à s'en sortir avec la bourse de troisième cycle. Il pensa à un mec qu'il connaissait, un étudiant en littérature, Gerard, qui avait une femme et deux enfants en bas âge.

Gerard étudiait un sujet inutile, la poésie médiévale et la forme, ou un truc du genre, et sa femme s'occupait des enfants. Parfois, il les voyait faire la queue à la banque alimentaire hebdomadaire au coin de St. Mary's. Le monde universitaire, c'était le comble de la bêtise. On s'enfonçait progressivement dans l'endettement, le désespoir, la faim, rien que pour se sentir un peu à part, un peu brillant dans son petit coin sombre de l'univers, sachant deux ou trois choses que personne d'autre ne savait. L'art valait beaucoup de sacrifices, mais méritait-il de faire risquer l'extinction à toute sa famille ? Seamus ne comprenait pas la logique de Gerard. Il aimait la poésie, mais il ne parvenait pas toujours à la concilier avec les exigences fondamentales de la vie.

Par exemple, s'il avait eu une famille, des responsabilités, il n'était pas sûr qu'il leur aurait préféré la poésie. Et, dans ce cas, s'il pouvait imaginer un ensemble de circonstances qui justifierait de se détourner de la poésie, pourquoi se fatiguer au départ ? Cette idée l'empêchait de dormir ; il passait des nuits à se demander s'il lui manquait la détermination indispensable pour devenir le genre de poète qu'il voulait être. Mais il se rappelait alors qu'il n'était qu'un homme blanc qui méditait sur l'extinction de la poésie, un de plus, et que la poésie avait survécu à la fin du monde d'innombrables fois. Elle survivrait à toutes les apocalypses contemporaines qu'il pouvait fantasmer. La poésie n'avait pas besoin de lui. Elle n'avait certainement pas besoin de ses élégies sur son trépas. C'était une illusion, il le savait, l'illusion de tous ceux dont la vie avait été touchée par la poésie, l'idée que la poésie, pour une raison inconnue, aurait besoin d'eux pour continuer à exister. Mais ce n'était pas le cas.

Les poètes. Les poètes, putain. Quel naufrage.

Le centre de soins palliatifs était une maison de dix chambres, sur un terrain herbeux à la lisière de la ville. Le quartier, autrefois huppé, était désormais peuplé par un centre commercial, cinq chaînes de pharmacie, un centre de dialyse, une banque de plasma, une boîte d'encaissement de chèques et trois fast-foods. Il y avait un lotissement d'immeubles d'habitations, un couloir de bâtiments en pierre brune, installés face à face, au bord d'une rue latérale. De l'autre côté, les arbres sur les collines détrempées, pentues, alternaient avec des petites maisons blanches et des mobile homes avec des allées de graviers. Le bâtiment abritait autrefois une vieille famille d'Iowa City qui s'était éteinte un peu après la Seconde Guerre mondiale. Les héritiers, de lointains cousins du New Hampshire, n'avaient pas voulu de la maison, qui était trop loin, trop vieille, et coûtait trop cher en impôts. Ils s'en étaient débarrassés en la vendant à une boîte, qui avait été rachetée par une autre boîte, laquelle avait été rachetée par une troisième. La propriété s'était repassée entre sociétés écrans qui disparaissaient aussi vite qu'elles apparaissaient, jusqu'à ce qu'elle soit achetée par une association qui transformait d'anciennes demeures en maisons de retraite et en centres de soins palliatifs pour les vieux et les infirmes dans tout le pays. L'idée était que les personnes âgées ne devraient pas se retrouver forcées de végéter dans des entrepôts tels des meubles défectueux dont personne ne voulait plus, que tout le monde méritait de mourir avec un semblant d'humanité.

Au centre, remarqua Seamus, les résidents aimaient parler des espèces animales disparues. Certaines tortues, d'obscurs mammifères, des oiseaux et des amphibiens, des poissons. Ça leur maintenait l'esprit occupé, d'énumérer toutes les créatures ayant cessé d'exister. Certains infirmiers tentaient de lutter contre cette tendance, qu'ils jugeaient morbide, mais les pensionnaires n'en démordaient pas. Tous les jours, à l'heure des repas, lorsqu'ils se retrouvaient à la longue table de la cuisine ou dans le jardin, à l'arrière, les résidents ingurgitaient leur nourriture molle ou faisaient tourner leurs gobelets d'eau dans leurs mains et parlaient du déclin de la spéciation. Ça les égayait, comme de trouver un bonbon dans leur poche, fait rare, ou de recevoir un coup de fil de leurs enfants ou de leurs nièces et de leurs neveux. De petites bouffées de plaisir.

Seamus prêtait souvent l'oreille à leurs conversations, en quête de faits amusants qu'il pourrait raconter à Oliver plus tard. Savait-il, par exemple, que les hivers chauds favorisaient l'apparition des maladies transmises par les tiques ? Et que la migration des chevreuils de la côte Est vers l'ouest causait une migration de la maladie de Lyme, et aussi la mort des frênes et des cèdres ? Tout était lié, dans un réseau épineux. Les tiques, les chevreuils, les arbres, et la douceur des courtes journées d'hiver.

Au printemps, ils plantaient des fleurs et des légumes dans la cour. À l'automne, les résidents se relayaient pour ratisser les feuilles mortes. Chercher des déchets à mettre dans le compost. S'occuper de la petite famille de chevreuils qui vivait dans les bois. Ils étaient actifs, ils passaient leurs journées en mouvement. Ils avaient une raison de se lever le matin. Même si ce n'était qu'une illusion extrêmement orchestrée et soigneusement planifiée.

À l'étage, ils souffraient. Dans leurs chambres obscures, ils restaient allongés sur leurs lits d'hôpital tandis que les infirmières épongeaient leur sueur et essuyaient leur vomi et leur merde. Ils frissonnaient, ils gémissaient, tandis que leurs os se brisaient et que leurs muscles s'atrophiaient. Tout le monde était toujours si optimiste au départ, en arrivant. Regardez comme c'est beau. Vous aurez une vue sur ces arbres. On ne se croirait même pas dans l'East Side. Oh, regardez, il y a des canards dans la mare. Il y a un cercle de tricot tous les jours. Une fois par mois, un groupe de jeunes enfants vient lire et faire des activités manuelles. La politesse affairée qu'on offrait au dieu de l'agonie afin de prétendre, un petit moment, qu'il s'agissait simplement d'un bref répit dans votre vie, qu'avant longtemps, on allait pouvoir y retourner. Mais le charme de la nouveauté s'épuisait. Certains s'en sortaient, s'intégraient aux projets de la vie en collectivité : le jardin, le compost, les chevreuils, l'observation des oiseaux, le tricot, les activités manuelles. Et d'autres non. Ils restaient assis à leur fenêtre, à attendre. Puis ils mouraient.

Arrivé au centre, Seamus cala son vélo contre le mur du jardin et grimpa à petits bonds les marches de la buanderie. La radio d'Eunice diffusait Chet Baker ; elle brossait et inspectait une cargaison de champignons rapportés par les cueilleurs du coin. Seamus tapota ses bottes contre le montant de la porte.

« T'es pas de service aujourd'hui, dit-elle.

— J'ai été relâché en avance.

— T'as pas intérêt à faire l'école buissonnière. »

Seamus leva les mains, en signe d'innocence. « Fouillez-moi, sergent. J'ai rien à me reprocher. » Eunice lui fit signe d'avancer.

« Tu peux m'aider à préparer la bisque.

— Comme c'est chic.

— Prépare-la bien, comme tu fais. »

Seamus se pencha sur Eunice à la table et fit semblant de vérifier son travail sur les champignons. Elle avait de la goutte au genou gauche et se plaignait de ses chevilles enflées. Elle s'était assise sur un tabouret pour exécuter cette tâche secondaire mais délicate. Passer la brosse autour du chapeau et sur les pieds tendres des pleurotes. On aurait dit les morilles sorties d'un conte de fées.

« Ça ira », dit-il.

Eunice lui donna une petite tape. « Au boulot. »

Il alla trouver Lena devant le plan de travail, où elle découpait des aromates. Elle était âgée de plus de quarante ans, mais elle avait les bras minces et une queue de cheval qui rappelait à Seamus les filles de son collège. Ses cheveux étaient rouge cuivre, une teinture maison, avec les racines noires. Elle leva le regard sur lui, ses yeux vert d'eau, et lui sourit, exhibant les cratères anguleux de ses gencives et les dents absentes du côté droit de sa bouche.

« Bisque, annonça-t-il.

— Tu sais que je déteste cette saloperie. »

Seamus se lava les mains et drapa un torchon sec sur son épaule. Lena se pencha sur le côté et le regarda examiner le travail lamentable qu'elle avait fait sur les aromates.

« T'as attaqué l'ail trop tôt. Il va rendre tout son arôme avant même d'avoir chauffé.

— Je fais juste ce que ce machin me dit de faire », répliqua-t-elle, agitant son portable. C'était le PDF qu'il avait téléchargé sur leurs deux téléphones l'année précédente quand il était arrivé, un dossier de recettes et de trucs de cuisine pour les mourants et les presque morts. Eunice disait que ça lui faisait mal aux yeux, alors il lui avait imprimé un exemplaire en très gros caractères. Lena s'en sortait avec le téléphone, mais elle ne saisissait pas du tout l'ordre intrinsèque d'une recette. Elle avait tendance à tout vouloir préparer à l'avance, pour finir par tout bâcler étape par étape. Elle parvenait à suivre, mais elle ne pouvait pas comprendre – ou en tout cas, ne comprenait pas – le sens des explications.

« T'inquiète pas. »

Du dos de la main, Seamus fit glisser l'ail visqueux, mal coupé, le long de la planche dans un bol en métal destiné au compost. Il y ajouta les oignons et leurs peaux, que Lena avait massacrés. Il éplucha un autre tas d'oignons et les fendit avec sa lame d'un geste sûr. Il aimait cette première incursion du couteau dans la matière humide des ingrédients. Il pouvait lire, dès ce premier instant, le goût final du plat. Ce n'était qu'un oignon, mais en le coupant en deux, il se sentit un peu plus proche de lui-même.

Les incisions partielles, d'abord verticales, puis horizontales, permettant d'obtenir des dés sans difficulté. De l'huile chaude dans la marmite, il attendait qu'elle miroite. Le grésillement des oignons et du céleri. Les remuer, les laisser prendre, suer. La radio d'Eunice dans la buanderie, la trompette parfaite, claire, de Chet Baker, la tristesse douce de sa musique d'outre-tombe s'élevant vers eux.

L'agacement du séminaire le quitta. Ici, il était libéré de toutes ces conneries. Il n'y avait que lui et les oignons en train de rissoler tranquillement. L'ail qu'il avait pelé promptement avant de le transformer en bouillie d'un coup sec du plat de son couteau. Il passa la lame dessus pour décoller les petits morceaux, les empêcher de devenir trop collants. Cette odeur instantanée de l'allium, sucrée et âcre. Dans la marmite avec les oignons et le céleri.

Il ouvrit une boîte de tomates San Marzano entières et trempa le doigt dans le jus épais. Il aimait cet arrière-goût métallique. Il égoutta les tomates et les écrasa avec sa cuiller en bois. Le sifflement des aromates dans la marmite se fit plus pressant, et il alla y verser un peu de bouillon de champignon qu'il avait préparé lui-même la semaine précédente, ce qui étouffa le bruit et permit aux légumes de se détacher du fond. Il laissa mijoter et ajouta ensuite les tomates, écrasées comme un tartare. Puis enfin, le riz. Il versa un peu de jus de la boîte. Du sel. Un soupçon de sucre.

Lena l'avait observé tout du long. « J'aurais juste mis tout en même temps et attendu que ça cuise, commenta-t-elle.

— Ouais, c'est vrai que tu fais ça souvent. Mais l'ordre, c'est important.

— C'est ta maman qui t'a appris tout ça ?

— Non.

— Elle ne te faisait pas la cuisine ? »

Seamus posa le couvercle sur la marmite.

« Je vais faire la vaisselle.

— Je parie qu'elle devait être contente de t'avoir, alors. Pour préparer des petits plats, et tout. »

Seamus empila la vaisselle du déjeuner dans l'évier et y ajouta ce qu'il avait sali à l'instant. Il fit couler l'eau chaude et savonna les bols, les tasses. Les assiettes. Les casseroles et les marmites. Jusqu'aux coudes dans l'eau brûlante.

Non, sa mère ne lui faisait pas la cuisine. Sa mère, quand il repensait à elle aujourd'hui, avec l'expérience et la clémence de l'âge adulte, souffrait de migraines invalidantes. Elle passait ses journées au lit. Son père travaillait dans le bâtiment, fendant des briques et réparant les routes l'été, rebouchant les nids-de-poule avec du goudron afin de pouvoir, l'hiver, s'adonner à sa vocation de mauvais acteur dans des petites productions théâtrales de *Hamlet* et d'*Othello* qui tournaient dans le Midwest. Le plus souvent, il jouait Iago, mais parfois il faisait aussi le père de Desdémone.

Un soir, il avait fait une mauvaise chute pendant une répétition générale et s'était cassé le pied. La fracture n'avait pas guéri correctement, ou quelque chose comme ça, et une infection s'était déclarée. Son père avait perdu le pied gauche. Et plusieurs doigts. Il avait failli mourir d'une septicémie. Pour une raison inconnue, sa mère s'était attribué la responsabilité de la blessure et des problèmes qui s'étaient ensuivis. Elle disait qu'ils l'avaient abandonné – n'avaient pas été assez vigilants, pas examiné correctement la plaie. Elle culpabilisait car elle ne parvenait pas à sortir de son lit et accusait Seamus parce que, eh bien, puisqu'elle ne sortait pas de son lit, c'était à lui d'aider son père. Et manifestement, il n'en avait pas fait assez.

Sa mère aimait son père plus qu'elle ne l'aimait lui. Ils passaient le plus clair de leur temps à l'hôpital, à son chevet. Il avait manqué deux ou trois semaines de cours, avait dû redoubler. Son père s'était vu attribuer une pension d'invalidité, et il était devenu gros et pénible.

Seamus pensait, avec une méchanceté puérile, que s'il était un autre genre d'écrivain, un écrivain vulgaire, il aurait pu écrire sur *ça*. Sur l'odeur du pied de son père en train de pourrir. Sur la salle beige à la fois lumineuse et terne où son père faisait de la rééducation à l'hôpital, les fois où il le regardait s'attacher des membres en plastique qui le pinçaient et l'écorchaient. Ou le regardait allonger les moignons de ses doigts autant que possible et surprenait la colère dans ses yeux lorsqu'il s'apercevait qu'il ne parvenait plus à exécuter cette simple tâche. Par la fenêtre de la salle, on voyait un petit jardin avec un cèdre. Seamus passait beaucoup de temps à regarder cet arbre tandis que son père poussait des jurons alors qu'on ajustait les velcros de ses prothèses temporaires. Ou bien il pourrait écrire sur l'odeur des cachets transpirant dans leur cylindre en plastique, un mélange de sel de mer et de merde.

Un jour, son père avait demandé à Seamus de lui passer de la crème sur la jambe. Seamus avait pressé le tube de pommade blanche huileuse sur ses doigts. Il l'avait étalée sur la surface bronzée, noueuse, de la jambe de son père. Il avait eu un recul, surpris. Il avait pensé que la chair à cet endroit serait morte et froide, mais son père était chaud et légèrement duveteux. La finesse de la peau, la consistance fibreuse, lâche du muscle en dessous, et l'électricité statique, fourmillante d'une chose vivante. Parfaitement, douloureusement vivante. Son père avait sifflé avec mépris.

« T'es vraiment bon à rien.

— Je suis désolé. Je suis vraiment désolé.

— Laisse-moi. Va-t'en. Loin. »

Il pourrait écrire là-dessus, sur la fois où il avait été envoyé chez ses grands-parents pour l'été, en Pennsylvanie. Leur maison sombre au milieu d'un champ d'herbe jaune, comme si la terre rechignait à croire que le printemps, puis l'été, étaient arrivés. Tout, dans cette maison en Pennsylvanie, était glacial et éteint.

Ses grands-parents étaient si polis avec lui qu'il s'y sentait étranger. Il avait mangé leurs petits-déjeuners amers et leurs déjeuners froids. Pour le dîner, de drôles de tourtes garnies d'abats et d'autres trucs. La maison sentait le vinaigre et le formol. Ils ne lui parlaient pas souvent, et il avait passé une grande partie de son séjour à lire dans son coin. Quand il était retourné chez lui, il était plus grand et plus pâle. Quant à ses parents, on aurait dit que leur colère, leur souffrance et leur tristesse les avaient calcinés, ne laissant que les étais de leurs fondations.

Mais personne n'avait eu une enfance heureuse. Personne n'avait eu la belle vie. Il existait de vastes réserves de souffrance humaine, et les gens s'y servaient comme ils auraient pris du grain dans une grange. Du malheur pour toi, et pour toi, et pour toi – il y en avait assez pour tout le monde. La douleur de son enfance avait une origine si banale que ça lui faisait honte. C'était peut-être ça qui l'énervait dans les travaux de ses camarades. Ce n'était pas que leurs vies étaient pires que la sienne ou sa vie meilleure que la leur – c'était qu'ils avaient tous la même souffrance, la même blessure, et il estimait que personne ne devait faire comme si elle était plus que ce qu'elle était : l'œuvre quotidienne de l'univers. De petites choses, médiocres – des cœurs brisés, des parents cruels, des problèmes étranges et inquiétants.

Ça ne méritait pas un poème, c'était certain. Mais il savait, ou du moins il avait la sensation nette que s'il écrivait un poème là-dessus, sur sa vie, les autres le trouveraient génial. Ils et elles diraient que c'était son meilleur travail, comme si tout ce qu'il avait écrit avant n'était qu'une illusion, un écran de fumée. Il savait qu'elles diraient que c'était *excellent*, très *vulnérable*, et que pouvait-il imaginer de pire ?

Seamus rinça la vaisselle et la posa sur l'égouttoir. Il prit son temps pour bien tout arranger. Les assiettes dans les fentes au-dessus de l'évier. Les fourchettes et les cuillers en diagonale, de façon que l'eau suive les rainures et coule dans le bac. Il aimait que sa cuisine soit propre, organisée. C'était comme ça qu'on l'avait formé dans le premier hôpital. Tout à sa place. Pas de surfaces mouillées. Pas de couteau pointe en l'air.

Sous son tee-shirt, son dos s'était couvert de sueur dans la chaleur de la cuisine. Il se tortilla pour décoller le tissu de ses épaules.

« Je suis trempé, dit-il à Lena en passant devant elle. Faut que je me change. »

Il descendit à la buanderie. Eunice écoutait encore Chet Baker. Elle était dans son monde, apparemment. Dans la petite salle de bains, il retira son tee-shirt et s'épongea, puis en enfila un propre, avec un pull. Ses gencives le picotaient.

Il tapota ses poches, mais ses cigarettes devaient être en haut, dans son manteau, au crochet de la cuisine.

Il jeta un œil en haut de l'escalier par la porte de la buanderie.

« Bon sang, il croit vraiment tout savoir.

— Je le laisse faire. Hé, mieux vaut que ce soit lui qui s'occupe de la préparation que moi.

— Ouais eh bien selon lui, mieux vaut lui en général. »

Seamus entendit son sang battre dans ses oreilles. Merde, c'était super gênant. Mais il ne pouvait pas remonter sans risquer de faire grincer les marches, et il ne pouvait pas entrer sans qu'elles sachent qu'il les avait entendues. Il avait un peu envie qu'elles le sachent, mais il *aimait bien* Eunice et Lena. C'était bien ça le pire. Il retint sa respiration et attendit ce qu'il estima être cinq minutes, mais qui aurait pu être des années ou des secondes. Puis il entra dans la cuisine et leur sourit, se demandant si elles voyaient qu'il tentait de dissimuler ce qu'il ressentait. Il ne pouvait pas faire autrement. Ça aurait empiré la situation. Ça aurait été du théâtre. Mais il *faisait* du théâtre, en cet instant. Il avait déjà été appelé sur scène. Ils avaient tous leur petit rôle à jouer.

« J'ai oublié mon manteau », expliqua-t-il. Il prit la veste de travail sur le crochet et l'enfila. « Fumez pas tout le thym. »

Lena rit de sa mauvaise blague. Eunice lui sourit.

« Mais non, patron. »

Seamus tressaillit. Puis redescendit dans la pénombre de la buanderie.

Ses narines le brûlaient, et il vérifia qu'il ne saignait pas du nez. La peau était si échauffée par la honte qu'il en fut surpris.

Seamus fuma dehors, sur les marches du jardin. Le froid s'était intensifié. Par-delà les arbres, le reflet réfractaire des abords de la ville. La lueur crue du CVS de l'autre côté de la nationale était émoussée, gazeuse à cause de l'humidité.

Fumer près du bâtiment, techniquement, était interdit par le règlement, mais dans le jardin, il y avait une marge de tolérance. Une certaine souplesse de la règle. Leur affaire, c'était la pitié, après tout, et voir votre père, votre mère ou quelqu'un d'autre mourir suffisait bien à vous pousser à fumer. Mais c'était le soir, et il n'y avait personne dans le jardin, à l'exception de Seamus. Ressassant sa honte d'avoir envoyé promener ces filles, au séminaire. Même s'il riait en se rappelant qu'il avait employé le mot *foufoune*, qu'il n'avait pas utilisé depuis des années. Ça lui était venu comme ça : *foufoune*.

Il ne s'était pas approché aussi près d'un poème depuis une éternité.

Au cours de sa première année, Seamus avait écrit trois villanelles sur un jeune jésuite, à la fin de la Première Guerre mondiale, qui apprend la nouvelle de l'armistice juste au moment où il se réveille d'un rêve érotique. Seamus avait envie d'écrire sur le profane et le sacré, la chair et l'esprit, la mort de Dieu et la vie de l'Homme, et l'usure des vieilles choses. Il voulait écrire sur les circonstances comiques de la vie et de l'univers, et tout le grand mystère obscur. Il voulait beaucoup, beaucoup de choses, et il avait tout mis dans ces trois poèmes, mais au moment de la discussion, personne n'avait soufflé mot de ses œuvres.

Ce n'est qu'une fois que le prof avait dit : « Quelqu'un a forcément ressenti *quelque chose* » qu'Oliver avait levé la main : « Il y a un travail intéressant sur la forme dans le deuxième. » Un frisson avait traversé la salle et quelqu'un avait approuvé : « Oui, carrément, c'est ça. » La conversation s'était lancée, et le thème s'en était élargi pour inclure le champ de l'Histoire, et ce que ça signifiait d'écrire sur la Première Guerre mondiale dans le monde d'aujourd'hui, celui des migrations forcées, des frappes de drones et de la famine au Yémen. Ce que ça signifiait d'écrire sur la Première Guerre mondiale et les souffrances du Vieux Monde en un temps où il y avait tellement de souffrances du Nouveau Monde, et Linda avait dit : « Je trouve que c'est franchement de la masturbation ouest-européenne sur la seule fois dans leurs vies où ils ont eu l'impression d'être la proie, pas le prédateur – genre bou-hou, les pauvres chéris. » Helen ajouta qu'il était aussi intéressant de relever l'absence de critique des jésuites, « et, genre, du colonialisme, c'est quoi ça ? » Garza avait répondu : « Il est où le colonialisme, là ? », ce à quoi Helen avait répondu par un « Carrément ! » enthousiaste. « Non, avait repris Garza, je voulais dire, qu'est-ce que tu entends par colonialisme dans ce contexte ? » Sur quoi il y avait eu un bref moment de gêne et une défense : « Les catholiques ? L'Amérique du Sud ? Allô ?

— Pour moi, était intervenue une autre, le plus gros problème, ici, c'est que l'auteur a substitué la restriction formelle à la rigueur émotionnelle et semble refuser de se coltiner la dimension politique impliquée par ce choix. »

Seamus avait levé les yeux des notes qu'il avait gribouillées pour regarder, interloqué, la personne qui avait parlé. C'était Ingrid. Elle le regardait avec ses yeux vert pâle et ses sourcils blond vif figés dans une expression parfaite de haine lucide.

Après le cours, il était rentré chez lui et avait déchiré tous ses poèmes et tous ses brouillons. Puis il avait jeté les morceaux par la fenêtre, et ils étaient tombés telle une pluie de feuilles mortes blanches sur le toit de son porche.

C'était la première et la dernière fois qu'il avait soumis des textes à la discussion en séminaire.

Il avait commencé par s'abstenir d'inclure ses textes dans les brochures polycopiées du cours, se disant qu'ils ne méritaient pas son travail. Et, plus tard, il s'était convaincu que c'était en fait de l'humilité, un acte de considération humble envers *le processus créatif*. Que, s'il ne soumettait rien, c'était en fait pour mieux se soumettre à la nature de l'écriture. Qu'il donnerait quelque chose quand ce serait prêt, et que ce ne serait pas pour calmer son ego en récoltant des éloges, ou ce genre de trucs, se justifiait-il, surtout auprès d'Oliver.

Après ce séminaire, il avait pris un café avec le professeur pour parler de son travail. Seamus avait expliqué indirectement qu'il n'écrivait pas pour maintenant, ni *à* maintenant, d'ailleurs ; il voulait écrire pour l'éternel, pour l'infini, pour l'au-delà et pour hier, toujours et à jamais, amen, et le professeur, au nord des soixante-cinq ans et accablé de gratitude envers la vie, la liberté et l'esprit américain, qui portait des Wrangler et fumait des American Spirit chaque matin au lever du soleil, l'avait regardé avec une approbation passive.

« Ça peut être difficile », avait-il commencé, et Seamus avait respiré un grand coup car il s'était cru sur le point d'être compris pour la première fois de sa vie, mais le professeur s'était contenté de secouer la tête et de boire une gorgée de son café noir sans sucre. Seamus avait senti quelque chose s'enrouler et se ranger hors de sa portée.

« Quoi donc ? » avait-il demandé, mais le professeur tripotait déjà le bord de son journal. Il avait l'air surpris que Seamus lui demande de poursuivre son idée.

« Oh, je me disais juste que la première année peut être difficile, mais après ça s'arrange. »

Seamus s'était senti bête d'avoir attendu une autre suite à la phrase *Ça peut être difficile*, comme si, quelque part, il s'était fait avoir en se laissant aller à penser que cet individu, ce professeur, se souciait de lui.

C'était un problème dans le monde, se disait-il, les gens qui faisaient semblant de se soucier des autres alors que ce n'était pas le cas. Ou bien, les gens qui se sentaient obligés de faire semblant de s'intéresser aux autres alors qu'en fait, ils ne s'en souciaient pas, ou ne pouvaient s'en soucier, ou n'avaient pas de place dans leur vie pour s'en préoccuper. Il pouvait comprendre ça, au moins – parfois, votre vie était si remplie qu'il n'y avait pas d'espace pour les autres et leurs problèmes. Mais peut-être qu'il analysait trop, peut-être que le professeur se souciait vraiment de lui et de son travail, et que ce n'était pas juste une de ces banalités que l'on dit pour se donner bonne conscience : *Ça va s'arranger*. Peut-être était-ce une tentative, une tentative sincère d'intervenir dans sa vie. Peut-être était-ce le moment sur lequel il reviendrait plus tard en se disant : Oui, c'est là que tout a changé. Mais dans la partie cynique de son esprit et son cœur, Seamus n'avait pu s'empêcher d'écarter et de rejeter l'opinion du prof, même s'il avait souri et hoché la tête, répondant : « Oui, oui, vous avez raison. »

Ce jour-là, au café, ils avaient parlé des trois villanelles et de la difficulté d'employer des formes anciennes, de tenter de les subvertir pour leur faire dire quelque chose de neuf, et Seamus avait détesté un peu plus le professeur à chaque mot. Il méprisait l'idée qu'il devrait faire dire quelque chose de neuf à ses poèmes, puisqu'elle impliquait une vision progressiste de la littérature et situait l'importance d'un texte dans sa contemporanéité. Les yeux du prof étaient trop brillants, dans son effort pour créer un lien, ou pour l'atteindre, et Seamus lui en voulait pour ça aussi. Pourquoi le prof ne pouvait-il pas le regarder comme un pair, comme un égal, plutôt que comme une énigme pédagogique ? Il avait bu son café lentement, en silence, et une fois fini son mug, il avait fait comme s'il y en avait encore. Le prof faisait des grands gestes, des orbites imprécises, pour relier les poètes morts et vivants, du présent et du passé, et Seamus s'était dit : Putain, c'est vulgaire. C'est carrément vulgaire, merde. Dégueulasse.

Lorsque le professeur avait demandé, à la fin du premier semestre, pourquoi Seamus avait cessé d'inclure ses textes dans les brochures du cours, Seamus avait juste répondu : « Oh, vous savez comment c'est. Ça peut être difficile. »

Seamus écrasa sa cigarette et respira la fumée. La porte au bout du jardin s'ouvrit et il entendit quelqu'un approcher. L'herbe crissait sous ses pieds. Il regarda le mur bleu-blanc dans la pénombre, les yeux plissés.

« Vous en auriez une autre ? » lança une voix rauque.

L'homme entra dans la lueur de la fenêtre de la cuisine. Il était grand, avec un cou de taureau, une casquette de base-ball et des lunettes à l'ancienne, avec un double pont entre les verres.

« Oui. » Seamus ouvrit le paquet. L'homme en prit une, mais au lieu de l'allumer, il la regarda.

« C'est une de ces chochottes ?

— Comment ça ? »

L'homme examina le paquet dans la main de Seamus et fronça les sourcils.

« Je connais pas cette marque.

— American Spirits, répondit Seamus, puis, gêné, il ajouta : C'est juste des clopes, mec. Pas de quoi se prendre la tête. »

L'air méprisant de l'homme ne s'adoucit pas, mais Seamus encaissa bravement.

« Merci », dit l'autre, puis, allumant la cigarette avec un briquet en plastique rouge, il prit une bouffée. « C'est comme fumer du pot-pourri. »

Cela fit rire Seamus. Il ne sentait pratiquement plus l'odeur des American Spirits, mais au début, c'était ce parfum qui l'avait séduit. Son prof d'anglais, au lycée, en fumait. Il lui avait acheté son premier paquet. Mr. Fulton, un homme presque chauve, avec une bouche large et des yeux toujours larmoyants. Mr. Fulton, dont le sperme avait un goût de paille humide.

À la fac, les American Spirits étaient devenues un raccourci pour affirmer le genre de jeunes gens qu'ils souhaitaient tous être. Négligés avec style, comme les poètes de Greenwich Village dans les années 1960, mais dans des villes universitaires loin de tout, où l'affectation était tout ce qu'ils avaient. Sauf que ce genre de pose avait disparu avec l'indie folk du milieu des années 2000, les abandonnant dans une mer d'ironie stérile, glaciale. Désormais, fumer des American Spirits, c'était en faire trop, mais Seamus ne parvenait pas à s'en passer. Ses parents fumaient des Menthol 100's.

« Le tabac est une belle plante, fit-il observer.

— Ah ça, je suis bien d'accord. »

L'homme s'adossa au mur à côté de la fenêtre. Seamus l'observait.

« Tu travailles ici ? demanda-t-il.

— À la cuisine, répondit Seamus.

— Ça doit payer bien, pour que tu fumes ces trucs.

— Je me plains pas.

— Mmmm. » L'homme eut un petit rire, un œil plissé par la fumée.

« Et vous, vous faites quoi ?

— Ah, tu me vouvoies ? Tu dois être à la fac.

— Ça se voit tant que ça ? »

L'homme fit tomber ses cendres contre le mur, ramena la cigarette à ses lèvres et haussa les épaules.

« Oui quand même. C'est bien logique. »

Seamus ne savait pas toujours comment parler avec les gens de la ville. S'il était censé être révérencieux, obséquieux ou hautain, s'il était censé faire comme si les étudiants de troisième cycle n'étaient pas des parasites. Parfois, les gens de la ville n'avaient pas envie d'exécuter la petite danse consistant à faire semblant de s'intéresser à l'enseignement supérieur, mais parfois si. Seamus suivait. Il ne savait pas conduire. Avoir une vraie conversation avec quelqu'un qui se foutait de ce qui comptait pour lui.

L'homme continuait de fumer. Il laissa ses yeux se fermer. Les marches en ciment froid anesthésiaient les fesses de Seamus.

« Ça va cailler cette nuit, dit l'homme.

— Ouais, sans doute.

— J'ai pas rentré mes poules. Je vais y aller. Hé, merci pour la clope.

— Pas de problème. »

L'homme repartit le long du mur, s'équilibrant avec la main droite, fumant de la gauche, mais avant de disparaître il se retourna.

« Hé, l'ami. Tu veux voir un truc ? »

Seamus haussa les sourcils.

« Voir quoi ? »

L'homme montra la longue allée d'un signe de tête. Seamus jeta un œil à la fenêtre de la cuisine, où Lena essuyait les plans de travail. Il se leva lentement, s'ébrouant pour faire circuler le sang dans ses cuisses ankylosées, et suivit l'homme dans le noir.

Ils marchèrent un peu sur le gravier qui crissait sous leurs pieds, le long des poteaux en bois de la clôture qui longeait l'allée. L'homme fumait sans parler, et Seamus avait la gorge sèche. Le silence de l'anticipation. Il se doutait déjà de ce que ça signifiait. De là où ça menait, et pourquoi. Ils escaladèrent la clôture et prirent un sentier abrité. Seamus gardait les yeux sur l'arrière de la tête de l'homme. Le blanc de sa nuque. Il avançait prudemment, mais l'homme avait un pas si léger, si souple, que Seamus l'admirait un peu. Ils atteignirent le haut de la colline puis continuèrent d'un pas hésitant jusqu'à l'autre versant.

Ils étaient sur ce qui ressemblait à un rond-point de terre.

L'homme se tenait mains sur les hanches, au centre d'un ancien camping, et observait les mobile homes longs et blancs. Les camping-cars. Les restes de tentes. Un poteau électrique brillait bien au-dessus d'eux, jaune comme une plaie infectée. Un réseau de chemins de terre menait aux ruines de ces habitations, de ces vies. C'était un lieu solitaire, triste.

« C'est mon vieux qui possède ce trou à rats, dit l'homme.

— Il possède quoi au juste ?

— La terre. Avant, il la louait, il laissait les gens garer leurs mobile homes. La bulle – avant qu'elle explose, tu vois.

— La bulle ?

— Tu sais, avec Obama et tout ça. Tous les gens, tout d'un coup, qui se sont retrouvés à la rue. On leur a ouvert ce petit lopin de terre, ils sont restés là, ils payaient leur loyer, mais ensuite ça a empiré, et comme il n'y avait plus de boulots, parce que l'autre enturbanné les a délocalisés à l'étranger, les gens se sont retrouvés sur le carreau. Et on a dû fermer car plus personne ne payait le loyer.

— Ah. » Seamus ne fit pas observer que la récession avait commencé avant qu'Obama prenne ses fonctions. À la fois parce que la discussion ne servait à rien et parce que la vérité ne changeait pas la réalité matérielle de ce qui était arrivé à ce lieu et à ces gens. Les noms, en fait – les noms de l'Histoire – n'y changeaient rien. Qui a fait quoi à qui et quand. Des faits et des détails mesquins. Quand vous étiez dedans, avant que le présent devienne le passé et avant que le passé devienne l'Histoire, quand c'était votre famille qui se mettait à crever de faim, quand c'était dans votre ville que les boulots disparaissaient, que tout le monde se retrouvait essoré, ça ne changeait rien d'accuser le bon ou le mauvais fils de pute. Ça ne changeait rien de réciter les doctrines ou l'héritage des traîtres à leur classe. C'étaient des mots, rien de plus. Républicains. Démocrates. Conservateurs. Libéraux. Libertaires. Communistes. Socialistes. Tant que ça vous aide à dormir la nuit. Tous ne faisaient que se mentir à eux-mêmes. Seamus garda le silence. Regarda les fenêtres brisées et les endroits où les parois de métal avaient été ôtées.

« Il y a quelques années, des camés ont fait une razzia, dit l'homme. Ils ont tout pris. Le cuivre. Les revêtements des caravanes. Tout ce qu'ils pouvaient rafler. Une vraie meute de coyotes. Avant ça, le vieux pensait qu'on pourrait les revendre à la casse pour toucher la prime. Tu te rappelles sans doute pas, mais il y avait des bons prix, à un moment. On pensait faire ça. Ou faire remorquer ces tas de merde. Mais on s'y est jamais collés. Puis le vieux est tombé malade. Et tu vois le résultat. »

Seamus ressentit un peu de culpabilité marxiste. La pitié et la honte réflexe de se trouver un peu mieux loti que son interlocuteur. Mais il prit conscience que l'homme avait sans doute plus d'argent que lui, et sa culpabilité s'en allégea quelque peu. À partir de là, ils occupaient simultanément deux systèmes. Comme c'était étrange. Ces réseaux de relations humaines.

« C'est ça que vous vouliez me montrer ?

— Non. » Il se retourna, défit sa braguette sans cérémonie et sortit sa bite. « C'est ça. »

La nudité, le bout dur de l'organe, Seamus les trouva vaguement choquants. Mais ensuite, à bas bruit, glissant sur la surface de sa langue, il lui vint quelque chose qui se rapprochait du désir. Une confirmation. Il s'approcha de l'homme et se pencha. Prit la chaleur humaine de sa bite dans sa main et tira prudemment dessus.

« Je vois, dit-il.

— Alors ? Tu comptes juste regarder ou quoi ? »

De près, Seamus voyait ses rouflaquettes hirsutes, les mèches dépassant de la casquette de baseball. Il sentait les American Spirits, c'est certain. L'homme aspira la dernière bouffée de sa cigarette et l'expédia d'une pichenette dans l'herbe sèche et froide. Le mégot coula dans le noir et disparut. Seamus se mit à genoux, ferma les yeux et pressa son visage contre la surface musquée de l'entrejambe de l'homme. Il sentait puissamment la sueur et la journée passée, mais il y avait des effluves de poudre, de propre sous cette odeur. Il ouvrit la bouche et le gland de l'homme glissa sur ses lèvres, le bout humide, avec un goût d'urine. Il ne s'était pas bien secoué.

L'homme grogna de plaisir, et Seamus prit ça pour une invitation à continuer, et il continua. Jusqu'à ce que l'homme ait trouvé un vrai rythme, entrant et sortant de la bouche de Seamus comme un piston. Seamus aimait être utilisé de la sorte. Parfois, il pensait que les seules choses dont il avait vraiment besoin, c'était la poésie et d'être de temps à autre se faire immobiliser et baiser comme un vulgaire trou. Il ferma les yeux et s'accrocha aux hanches de l'homme, mais celui-ci écarta ses mains d'une claque.

« Me touche pas. T'as pas le droit de me toucher. Maintenant ouvre grand la bouche, je veux que tu t'étouffes avec. »

Seamus le laissa s'enfoncer plus profond, laissa la bite de l'homme étirer le filet délicat au fond de sa gorge. Le mec n'était pas spécialement bien monté. Rien d'impressionnant. Il n'y avait rien d'impressionnant à part qu'il y avait de la malveillance dans sa façon de baiser la bouche de Seamus et ce n'était pas *rien*. Seamus aimait ça. Sa bouche se remplit de glaires collantes. Et il avait une brûlure persistante dans la gorge, mais il acceptait ça, aussi, comme on accepte les ténèbres extérieures lorsqu'on est exclu de la grâce.

L'homme pressait l'arrière de la tête de Seamus d'une façon presque tendre, et Seamus ouvrit les yeux, regarda vers le haut. Pendant un instant, dans la lumière ambrée du poteau électrique, il vit Mr. Fulton, puis son prof du séminaire de poésie. Mais ce n'était ni l'un ni l'autre au-dessus de lui. C'était l'homme du parc de mobile homes, en train de baiser sa bouche en marmonnant que Seamus était un bon garçon, qu'il avait une bonne bouche, qu'il savait y faire.

L'homme termina en s'enfonçant un grand coup. Bien profond, tout au fond de la gorge de Seamus qui manqua vraiment s'étouffer. Mais non. Il se retint. Et l'homme éjacula dans un gémissement. Quand il se retira, il frotta ce qui restait contre le visage de Seamus. Comme une sorte d'onction, chaude et collante, qui sentait la salive et la mer.

Seamus se releva. S'essuya la bouche avec le bras et s'efforça de se reprendre. Il avait la bouche pleine. Il n'avait pas envie d'avaler, mais l'homme ne le quittait pas des yeux. Et il avait le sentiment que s'il crachait son sperme, quelque chose de terrible allait se produire. L'homme était tout près de lui et l'observait de ses yeux durs, inquisiteurs.

Seamus avala. L'homme l'attira contre lui et l'embrassa. Il n'y avait pas d'amour dans ce baiser. Il n'y en avait jamais. Mais dans ce baiser, s'il ne se sentit pas proche de l'homme à proprement parler, il eut l'impression qu'il y avait au moins la reconnaissance d'une complicité entre eux, même vague. Cela faisait longtemps que Seamus ne s'était senti complice de personne. Même fugacement. Le baiser ne fut même pas particulièrement agréable. Faire tourner de la salive dans une vulgaire pantomime de désir et de plaisir, rien de plus. Seamus ne bandait pas. L'homme n'arrêtait pas de tenter d'empoigner son entrejambe, tentant de l'amorcer, mais Seamus se sentait froid et flasque. Ça lui faisait plus mal qu'autre chose, de se faire empoigner et serrer si fort. L'homme nettoya son visage à coups de langue et Seamus ferma les yeux et imagina une obscurité plus petite, plus intime dans laquelle il serait totalement seul.

« Laisse tomber », dit Seamus.

Sur le chemin du retour, l'homme, fumant une autre des cigarettes de Seamus, dit : « J'avais besoin de ça.

— C'est les mourants qui te font bander, ou quoi ?

— Non. » Il s'arrêta. Puis il enfonça les doigts dans la poitrine de Seamus. « Fais pas de blague sur les mourants. Un peu de respect, putain.

— C'est toi qui as dit que tu en avais besoin. »

La gifle, quand elle s'abattit, le surprit. Ils se tenaient sur le chemin, dans les bois. Les lumières du centre de soins palliatifs étaient visibles au loin, entre les arbres. Seamus prit douloureusement conscience de leur isolement. L'homme le saisit à la gorge et lui écrasa la cigarette sur la joue. La braise traversa la peau, lentement.

« Mon père est dans ce foutu établissement. C'était un géant. Et maintenant il maigrit à vue d'œil, comme un foutu pédé malade du sida. On blague pas sur ce que la mort fait aux gens. »

Seamus tenta de se libérer, et l'homme serra plus fort jusqu'à ce qu'il tombe de nouveau à genoux. L'homme s'accroupit à son tour et ils se retrouvèrent face à face sur le sol froid, l'homme compressant sa trachée en le regardant comme s'il était un enfant.

« Tu as déjà eu un truc qui t'a vraiment humilié, dans cette vie ? Je crois pas, non. Ce que le monde fait aux gens… T'as pas idée de ce que c'est, la cruauté. Je devrais te montrer. S'il y avait une justice dans ce monde, je te montrerais. Tu crois que parce que t'aimes sucer des bites, le monde t'a rejeté. Mais pas du tout. Ça, ça n'a rien à voir avec la vraie souffrance. »

Tandis qu'il parlait, Seamus vit des rigoles de salive mousseuse se former autour de ses canines. Saillantes. Jaunes. Il avait une bouche de prédateur. Seamus sentait les cigarettes, le sperme et la salive de l'homme qui séchaient sur son visage. Ils étaient si proches en cet instant. Aussi proches que peuvent l'être deux personnes. Leurs visages si près. C'était comme s'ils s'étaient unis dans une prière commune. L'homme le regardait dans les yeux.

« Je devrais te fendre le crâne, dit-il. Je pourrais. Je pourrais te ramener aux caravanes et te montrer un truc marrant. Et on verrait comment tu ris. Qu'est-ce que t'as à dire de ça, petit rigolo ? »

C'était fou ce qu'il était inadapté à cet instant. Qu'avait-il à opposer à sa propre extinction ? C'était presque comique. Il se sentait tellement bête. Bête et impuissant.

« Bonne nuit Joe, bonne nuit Joe, bonne nuit », parvint-il à articuler d'une voix rauque.

L'homme cligna lentement des yeux, comme s'il avait pris un coup.

« Je déteste les pédés dans ton genre. » Mais il lâcha Seamus. Puis il le repoussa et se leva. Il lui cracha dessus, ralluma sa cigarette et s'en alla.

Seamus resta assis par terre, seul. Il toucha précautionneusement la brûlure sur sa joue. Elle était petite. Toute petite. Déjà, il sentait que ça allait lui faire beaucoup plus mal dans un moment. Mais il était sauf. Il était seul et il était sauf et il regarda les cimes des arbres et s'efforça de reprendre son souffle. Puis il rit et toussa – c'était comment, déjà, la suite de ce foutu poème de Tate ?

Dans les toilettes du centre, Seamus se nettoya le visage. La brûlure circulaire de la cigarette. Son rebord boursouflé, furieux. L'écoulement jaune de la graisse et de la chair en dessous. Dans la lumière crue, les couleurs étaient un peu criardes. Un peu comme dans un film d'horreur. L'eau piquait. Tout comme l'antiseptique de l'armoire à pharmacie. Ça brûlait, mais en même temps, la douleur lui paraissait loin de lui.

Pourquoi n'avait-il pas riposté à ce qu'on lui avait fait dans les bois ? Pourquoi avait-il laissé la scène se produire ? L'homme était plus fort que lui, certes. Mais il aurait pu faire quelque chose. N'importe quoi. Il aurait pu essayer de lui faire lâcher sa prise, de se libérer.

L'image de lui-même à genoux. Les mains de l'homme autour de son cou. Brièvement, le froid de l'air, le musc humide des bois. L'odeur de ses propres cigarettes, soufflée sur lui par une autre bouche. Il était tiré d'affaire. Ne risquait plus rien. Mais l'homme persistait. Seamus se lava le visage et posa un pansement en travers de sa mâchoire, l'étirant tellement qu'il craignit qu'il se déchire.

Dans la cuisine, l'humidité. La bisque qui chantonnait sur le feu. Eunice qui découpait une baguette. Lena qui tournait la salade. Elles parlaient de la météo. Du verglas. La journée avait été longue, putain. Trop longue.

« T'as une mine épouvantable, mon gars, dit Eunice.

— Ouais, j'ai pas la forme.

— Qu'est-ce qui t'est arrivé ?

— Une coupure, c'est tout. Tu vois le genre. Ça arrive. »

Eunice fit un petit *hmm* comme si elle n'en croyait pas un mot. Foutaises.

« C'est Bert, que j'ai vu avec toi dans le jardin ? »

Seamus baissa les yeux sur le plan de travail usé, luisant. Son ombre. L'éclat du plafonnier jaillissant autour de sa tête comme un halo violacé.

« Il s'appelle comme ça ?

— Il a dû te taxer une clope. Il passe son temps à taxer.

— Oui, je confirme.

— Son papa est au troisième. Il est odieux.

— Lui ou le papa ? » demanda Seamus, souriant malgré lui. Pourquoi fallait-il toujours qu'il fasse de la provoc ?

« Tu charries, dit Eunice.

— C'est le mourant le plus odieux que j'ai jamais vu, reprit Lena. Une fois, quand je l'ai servi, son repas est sorti de la chambre avant *moi*. L'infirmière qui disait genre : "Il préfère qu'on lui laisse devant la porte." Tu m'étonnes. Il a quasiment repeint le mur avec sa bouffe.

— Il y en a qui savent pas faire autrement, intervint Eunice. Il y en a qui... Vous voyez bien. Ils sont en pleine transition, et ils savent pas quoi faire d'autre. Alors ils... ils passent leurs nerfs sur les autres. Je comprends. C'est dur, de renoncer à ce monde.

— Ah oui ? demanda Seamus. Enfin je veux dire. Par moments, je ne demanderais que ça. Renoncer à tout.

— Et faire quoi, mon gars ? Tu l'as pas encore vu, le monde. Comment tu sais que tu veux renoncer à tout alors que t'as rien vu ? »

Seamus plaça son menton dans sa main et regarda Eunice.

« C'est toi qu'ils devraient prendre comme prof, dans mes cours de poésie. »

Eunice s'arrêta et tourna la tête pour le regarder. Son visage se ferma et ses yeux se rembrunirent, devinrent distants. On n'entendit plus que le crachotement de la marmite et le bruissement des feuilles de laitue que Lena renversa dans le saladier.

« Je sais rien du tout sur cette vie-là, conclut Eunice. Absolument rien. »

Seamus était allé trop loin, sans savoir trop comment, il s'en rendit compte. Il avait fait une remarque stupide et naïve.

« Je disais ça comme ça.

— C'est bien tout le problème.

— Je ne comprends pas.

— Non, tu ne comprends pas », confirma-t-elle, et elle finit de couper le pain et le disposa sur la plaque de cuisson. Elle ouvrit le four et la plaça sous le gril. « Surveille ta soupe. Bosse un peu. »

Seamus se laissa glisser de son tabouret et alla surveiller la marmite. La bisque était bientôt prête. Il prit une brique de crème et la versa dedans. Remua. Regarda la soupe devenir opaque et épaisse. Il la goûta pour vérifier l'assaisonnement, la trouva un peu trop sucrée et la sala. Mais pas trop. Il fallait prendre en compte les recommandations médicales.

Une fois qu'il fut satisfait, Eunice le mit sur la salade de fruits. Découper des mangues, des ananas, des pêches. Peler des grains de raisins et les trancher. Les arroser de jus de citron dans un grand saladier de verre.

Il pensa à ce qu'il avait dit à Eunice, qu'elle devrait enseigner la poésie. Il avait voulu souligner le côté inadapté de ses études. Il avait voulu dire que ses leçons de vie avaient une substance concrète, qu'il leur trouvait du sens. Qu'elle faisait partie du monde réel dont il s'était retiré. Mais à présent, pressant les citrons et arrosant les fruits de leur jus, il comprenait à quel point elle avait dû trouver ça stupide. Des platitudes. Eunice ne vivait pas sa vie dans l'attente d'une occasion pour dispenser sa sagesse. Elle vivait, elle survivait. Eunice était au centre de tout un univers qu'il ne pouvait même pas commencer à percer et à comprendre. C'était une inattention fondamentale de l'âme aux conditions réelles de l'existence qui l'avait poussé à faire une remarque aussi débile.

Eunice n'avait pas besoin de sa bénédiction. Son compliment était une insulte.

Sa propre fierté s'en trouva mise à mal.

Avant le service, ils firent une petite pause, et Seamus prépara des espressos pour tout le monde. Il les versa dans de petites tasses et servit Eunice et Lena avec un torchon proprement plié sur le bras. Il avait vu ça dans un film. Affectant un mauvais accent français, il dit : « *Mesdames**. »

Elles dégustèrent leur café accoudées à l'îlot central, avec des petits gémissements de plaisir. Eunice approuva d'un hochement de tête.

« Tu sais y faire », dit-elle.

Seamus inclina la tête avec raideur, puis, comme il ne pouvait s'en empêcher, il leur décocha un grand sourire.

« Et je le sais, en plus. »

Le dîner était servi à la longue table de la salle à manger. Ils installèrent les assiettes, les couverts, les verres. Beaucoup de résidents étaient en chaise roulante, d'autres condamnés à rester au lit. D'autres avaient besoin d'aides-soignantes ou d'infirmières pour les aider. Parfois des membres de la famille. Ce soir-là, rien de spécial n'était prévu. Un petit dîner, avec la bisque, le pain, la salade. Un jus de pomme pour célébrer la saison. Juste un petit. Les résidents arrivèrent, vêtus d'habits souples. Châles, écharpes, robes de chambre, survêts en cachemire, chinos, la tête enroulée dans un turban ou un bandana.

La procession grise des mourants et de leur famille, tout aussi blême. Les sœurs et les filles, vieilles, pas mariées, les frères et les fils dévastés. Les petits-enfants. Les nièces. Ils n'étaient que sept ou huit à dîner ce soir-là. Bert s'installa en bout de table à côté de son père, qui était très maigre, l'air sévère, mais habillé, complètement habillé, en veste de sport et pantalon de costume. Bert, avec son jean et sa chemise à carreaux, faisait tache. Cependant, il émanait d'eux une même intensité sombre, lourde.

Le service était en cours. Le cliquètement des cuillers sur la porcelaine. Seamus, à la porte de la cuisine, contemplant cet assemblage. Leurs têtes penchées sur leurs bols. Ils étaient reconnaissants, peut-être, d'avoir enfin quelque chose à faire de leurs mains. Eunice était à la buanderie, Lena faisait la vaisselle.

Bert leva les yeux. Un échange de regard, étrangement intense. Seamus repensa à ce qu'il avait dit dans les bois. Qu'il détestait les pédés dans son genre. Les blagues sur les mourants. *Oh*, pensa Seamus à cet instant. *Oh*. Son père n'était pas au courant. Bert était dans le placard. Ça expliquait la rage mal placée.

Seamus se sentit puissant. C'était le mot. Puissant.

Il sourit à Bert, lui fit un petit salut très pédé, du bout des doigts, juste au moment où le père levait les yeux. Là-dessus, il lui fit un haussement de sourcils suggestif et retourna dans la cuisine.

Lena l'observait.

« On a assez de problèmes comme ça.

— Il n'y aura pas de problème.

— Ouais, pas pour toi. »

Seamus haussa les épaules.

Mais il se sentait bien.

Comme s'il avait récupéré quelque chose, en fin de compte.

Seamus reprit North First Avenue en roulant sur le trottoir verglacé. Il tourna à gauche et descendit une pente, passant sous des arbres. Il avait emprunté les petites routes, coupant par des jardins pour retourner en ville. De temps à autre, il déclenchait les aboiements d'un chien qui tirait sur sa chaîne dans une cour, ou passait devant une famille attablée pour dîner ou installée devant les infos. Ces fenêtres éclairées sur d'autres vies, d'autres familles, lui donnaient le tournis.

Puis des phares se mirent à éclairer au-dessus de sa tête avant de baisser. Il monta sur le trottoir pour laisser passer la voiture, mais les phares s'éteignirent et il entendit le véhicule rouler lentement derrière lui avec un crépitement. Il jeta un coup d'œil par-dessus son épaule. Un pick-up noir le suivait, au pas. À part ça, la rue était déserte. Calme. Maisons et appartements. Il traversa la route et commença à grimper, vers l'est. La voiture le suivit. La route se fit plus étroite, plus sombre. La côte plus raide. Seamus pédala plus fort pour prendre de la vitesse, puis fit demi-tour, coupa la route et tourna vers le nord. Il y eut un crissement et un coup sourd, caoutchouteux, comme un bruit de poubelles renversées.

Il prit de nouveau de la vitesse, pédalant de toutes ses forces. Ses cuisses étaient en feu. Il avait mal au dos. Avec la sueur, la brûlure sous le pansement le tiraillait. Mais il continua. Était-ce Bert ? Venait-il récupérer son dû ? Seamus atteignit le sommet de la colline à côté de College Green. Il exhala, soulagé. Il savait où il était, à présent. Il longea la coopérative en roue libre, tourna et rejoignit Iowa Avenue, qu'il emprunta pour rejoindre le centre-ville. Les étudiants de première année traînaient sous les néons à côté de Joe's. De la musique forte s'échappait du bar du coin. Prairie Lights et Mickey's apparurent. Il envisagea d'y faire un saut en attendant que la voie soit libre. Puis il roula jusqu'à Market et gara son vélo devant le George's.

Mais il se rappela tout à coup. C'était un soir de séminaire. Ses camarades de classe s'y trouvaient sûrement. Il jeta un regard par une des vitrines sombres, plaçant ses mains au-dessus de ses yeux pour mieux y voir. Il aperçut Oliver. Ingrid et Linda. Helen. Quelques garçons de l'autre groupe de poètes. Riant au bar, aux tables. La musique était forte. À faire trembler la vitrine. Il ne pouvait pas entrer maintenant, se pointer en fin de soirée, n'ayant pas été invité et sachant pourquoi. Il était fatigué. Il n'avait pas la patience. Il devait garder l'œil ouvert. Il n'était pas complètement sûr d'avoir semé le pick-up noir, que ce soit Bert ou pas. Si toutefois le chauffeur était vraiment à sa poursuite, ce qui n'était pas du tout sûr. Il devait cesser d'être tellement parano. Tellement sûr d'être une victime. Il finissait par ressembler à Beth, avec sa tête de Gorgone.

Il rejoignit le Fox Head au petit trot. Un bar pour les auteurs de fiction, mais ils n'étaient pas de sortie ce soir-là, donc il était vide d'écrivains, et vide aussi d'habitués, à ce moment précis. Le barman avait environ quarante-cinq ans, il perdait ses cheveux et arborait un visage squelettique. Il portait un vieux tee-shirt à l'effigie d'un groupe et lavait des verres avec ostentation. La salle était sombre et bruyante, la table de billard libre pour l'heure. Seamus éprouva douloureusement le vide du bar. Il n'y avait pas de chaleur. Il commanda une PBR, mais le barman ne leva pas les yeux du verre qu'il nettoyait, comme s'il n'avait pas entendu. Au bout de quelques instants, il hocha la tête, remplit le verre et le poussa lentement en travers du bar. Seamus plaqua ses deux dollars sur le comptoir. Le barman les regarda sans rien dire puis, haussant les épaules, il prit un autre verre et entreprit de l'essuyer.

Seamus se laissa tomber sur une banquette près du mur. La vitrine graisseuse laissait voir la rue et le trottoir, le John's en face. En buvant sa PBR, il tenta de se retenir de trembler. À chaque fois qu'une voiture passait dans la rue, il baissait la tête et regardait par la vitrine, tentant de voir la marque et le modèle. Pas de pick-up. Juste des petites voitures compactes appartenant à des étudiants de licence avec enfants ou à des gens raisonnables, avec des vrais boulots. Des dames qui travaillaient à l'université, en pantalon à taille élastique. Des gens qui allaient au John's. Il consulta sa montre.

La première bière ne l'aida pas. Mais la deuxième, si. Deux hommes entrèrent, casquettes de base-ball enfoncées sur la tête. Seamus s'installa au bar après sa troisième bière. Il ne voyait pas l'intérêt de retourner se recroqueviller sur sa banquette. Il s'assit à côté d'un grand mec en combinaison. Le mec buvait à la bouteille, lentement. Il avait une barbe épaisse.

Ils n'étaient que deux au comptoir, à boire doucement. L'ami du type revint du fond de la salle, où étaient situées les toilettes. Il tenta d'engager la conversation avec son pote.

« Je suis sûr que ça peut s'arranger, vous deux. Abandonne pas un truc qui en vaut la peine.

— Ce n'est pas abandonner, s'il se comporte comme un connard. »

Au-dessus de leurs têtes, « *Hurts So Good* » de John Cougar passait, un peu trop fort. Ça saturait dans les haut-parleurs. Il sentait la musique dans ses couronnes dentaires. Le mec à côté de lui marmonnait. Son ami ne lâchait pas l'affaire. Puis Seamus sentit quelque chose heurter l'arrière de son bras et il leva les yeux. C'était l'ami du type.

« Hé, mon pote. Dis-lui, toi, qu'il ne devrait pas plaquer son mec.

— Tu ne devrais pas plaquer ton mec », dit Seamus. Le barman poussa la monnaie en travers du comptoir. L'ami la repoussa vers lui, ajoutant deux billets d'un dollar. Le type qui avait un mec qui était sur le point de se faire plaquer avait l'air mortifié.

« Je suis désolé. Il est complètement saoul.

— Moi aussi », dit Seamus. Il les désigna l'un et l'autre du goulot de sa bouteille. « Incroyablement bourré, j'en ai peur.

— Je te connais, non ? » demanda l'ami. Il était grand, comme son pote. Blouson Carhartt, casquette de base-ball enfoncée. Dégingandé, avec un espace entre les dents de devant.

« Non, mais ce ne serait pas difficile de faire connaissance. Je m'appelle Seamus.

— Hartjes.

— Sacré morceau, dit Seamus, pince-sans-rire.

— Fyodor, dit l'autre.

— Encore pire.

— Les parents, commenta Hartjes.

— Vous êtes russes, ou quoi ?

— Noirs, corrigea Fyodor. Juste noirs.

— Enfin, commença à dire Hartjes.

— Principalement noirs. »

Le cou de Seamus devint tout rouge. « Oh, je voulais pas dire ça, par rapport à vos noms. Désolé.

— Homme blanc en fuite », commenta Hartjes.

Fyodor haussa les épaules.

« M'écoute pas, au fait. Si tu veux plaquer ton mec. Vas-y. Me laisse pas t'en empêcher.

— C'est un mec bien. Mais c'est dur. Enfin c'est toujours comme ça, j'imagine. Pour tout le monde.

— Ouais, dit Seamus. C'est bien vrai.

— Ça ressemble étrangement au début d'une nouvelle.

— C'est pas mon rayon. Je suis poète.

— Un poète ! Mec, sans déconner ? Il a fallu qu'on se tire de l'autre bar parce qu'il n'y avait que des gens comme toi.

— Ouais, ils fonctionnent un peu en meute.

— Tu veux dire *nous*.

— Je veux dire *nous*, oui », répondit Seamus en riant. Le morceau changea. Dylan. « Tambourine Man. »

Fyodor posa sa bouteille et ferma les yeux. Il rougissait un peu. Seamus sut qu'il était temps pour lui de rentrer et de s'occuper de ses affaires, pour changer. Mais c'était agréable, d'être ici avec deux personnes. Après la soirée qu'il avait passée.

« Mec, ça t'arrive de te dire… Je sais pas. Comme si t'étais tellement content que la journée soit finie que tu serais capable de t'éclater la tête contre le mur ? »

Hartjes le regarda nerveusement et Fyodor éclata de rire.

« Les Blancs sont cinglés, dit Hartjes.

— Ah ça, t'as bien raison. »

Hartjes et Fyodor raccompagnèrent Seamus devant le George's. Fyodor rentrait en voiture chez son mec, celui qu'il comptait peut-être plaquer, qui sait. Hartjes s'attarda pendant que Seamus détachait son vélo. Il dit qu'il allait marcher avec lui jusqu'au garage à côté de l'IMU. C'était là qu'il avait laissé son pick-up. Seamus confirma que c'était sur le chemin.

Ils remontèrent Market et passèrent devant l'école de commerce. Il faisait nuit, mais il n'était pas tard, à peine plus de onze heures. Le vent se faisait mordant, cependant, venu de la rivière. Devant le parking, cette tour de lumières orange. Hartjes s'avança vers Seamus. Respira sur ses lèvres.

Bière aigre. Seamus l'embrassa, puis – repensant à Bert, repensant à l'espresso – se recula. Il avait honte de son haleine. Il s'était rincé la bouche, mais le goût de Bert lui restait. Hartjes fit un sourire cryptique. Posa la main sur les reins de Seamus.

« Tu peux venir chez moi, dit-il. Ou...

— Je crois que je ferais mieux de... rentrer. Avant de m'attirer des ennuis.

— Comme tu voudras. Donne-moi quand même ton numéro. »

Seamus entra son numéro dans le portable et le lui rendit. Hartjes lui envoya un texto et dit qu'ils se reverraient, s'il voulait. Ou pas. Seamus dit oui, ce serait super. Puis ils se séparèrent et Seamus se retrouva seul.

Traverser le pont à vélo. Le vent était monté en puissance et lui fouettait le visage. Il leva les yeux. Les étoiles, se dit-il, l'avaient observé toute sa vie. Elles avaient tout vu, depuis le début. Lui et tous les autres êtres humains qui avaient vécu et vivraient.

C'était comme vivre dans une exposition ou une maison de poupées. Il était tellement facile d'imaginer les mains d'un dieu gigantesque, indifférent, ouvrant la maison d'une pichenette pour les observer tandis qu'ils vaquaient à leurs occupations, sur leurs circuits, tels de petits automates dans une exposition intitulée *Les Derniers Américains*. Un dieu avec une tête de Gorgone et un regard réprobateur.

Comment faire face à ça ? Se changer en pierre ? Merde. Il avait si peu d'importance.

Seamus habitait un studio dans les collines boisées surplombant le reste du campus. Le plancher grinçait sous ses pas, et laissait échapper de temps à autre un petit glapissement de chat apeuré. L'appartement se trouvait dans une vieille maison datant des années 1950 ou 1960. La bâtisse avait quelque chose de massif, à part son logement, construit à partir d'une plus grande pièce divisée en deux. On sentait la différence dans la force du bois, qui se gauchissait et menaçait de céder.

Ils habitaient tous dans des cubes semblables, découpés dans la grande masse de l'Histoire, dans des vies anciennes.

Une fois chez lui, il réchauffa un peu de la bisque qu'il avait rapportée du centre et s'assit à son bureau. Une pile de poèmes abandonnés lui rendait son regard avec un jugement inerte – il l'appelait son tas de compost. Parmi les fragments précipités, hâtifs, les quatrains et les couplets déchirés à la fin d'autres ratages, il y avait une couronne de sonnets sur les nonnes alsaciennes pendant la guerre de Trente Ans.

Il avait lu un jour un récit historique sur un groupe d'enfants qui avaient été cachés dans des tonneaux et lancés dans une rivière pour échapper aux autorités catholiques. Sauf que quelqu'un avait commis une terrible erreur : les tonneaux avaient été abîmés par des rochers, et les enfants avaient tous succombé à une fin horrible. Un groupe de nonnes s'était rassemblé sur la berge la nuit et s'était avancé dans l'eau afin de récupérer les cadavres, ou ce qu'il en restait. On aurait dit un conte, l'image de ce groupe de bonnes sœurs renonçant à leurs habitudes et s'aventurant dans l'eau froide en habits sacerdotaux pour chercher des enfants noyés. Pendant des jours, après avoir lu ce récit, il s'était senti lesté, comme si c'était lui qui était allé nager tout habillé.

Les poèmes qui lui étaient venus étaient honnêtes, au départ, ou du moins c'est ce qu'il avait cru. Les vers scintillaient telles des étoiles froides, dures, distantes, parfaites. Mais une fois qu'il les avait terminés, chaque sonnet reprenant l'histoire d'une sœur et d'un enfant, celle qui cherche et celui qui est perdu, comme un *call and response*, ou plutôt, un silence, il s'était aperçu qu'il les détestait. Il s'était précipité, dans l'enthousiasme de la création, dans l'euphorie trouble d'aligner des mots. Pire encore, il était arrivé à l'extrême limite de sa compétence technique et avait eu recours, dans ses moments les plus limites, à des jeux de mots faciles, des astuces grossières, des combines sentimentales. Il y avait une fausseté dans ces poèmes, soulignée de surcroît par les contraintes de la forme choisie. On ne pouvait pas se cacher, dans un sonnet, ce qui, auparavant, était tout l'intérêt de la chose.

Autrefois, il avait l'impression qu'on pouvait écrire sur le passé afin de mieux comprendre le présent. Mais désormais, ses camarades n'écrivaient que sur le présent, sa nature urgente. L'acte même de compréhension, de contextualisation, était centré sur le soi, mais le soi rendu abstrait par une idéologie marxiste mal comprise. Le soi de la poésie contemporaine était en réalité une manifestation misérable, avilie, d'un système de torts et d'atrocités historiques, dépouillés de leur contexte historique et de toute compréhension rigoureuse. Leurs poèmes n'étaient que des plaintes à propos de souffrances bien délimitées, coupées de tout. Personne n'avait envie de lire ses poèmes sur le catholicisme, les nonnes alsaciennes ou l'apocalypse de la guerre de Trente Ans. Ce que voulaient savoir les gens, c'était comment *lui* s'intégrait là-dedans. La poésie n'était qu'un jeu de paires, les poèmes n'étaient que des cartes.

Il fixa un carnet ouvert à une page marquée par un trombone et coincée à l'aide d'un ours en céramique. Puis il prit un stylo et écrivit les premiers vers d'un poème qui lui était venu sur son vélo en rentrant :

*Comme elles sont vastes, tes œuvres, ô Tête de Gorgone –*
*la nuit, le siècle, le silence, les larmes.*

# 2
# Animaux des champs

Fyodor, bourré, dans son pick-up, écoutant le moteur cliqueter en refroidissant. La lumière dorée par la fenêtre du salon. Le halo brillant de la lampe du porche dans le froid humide. Le reflet bleuté du sel étalé sur les marches en cas de neige précoce. Dans son pick-up, écoutant le moteur cliqueter en refroidissant.

Timo couchait chez lui.

Il envisagea de passer la marche arrière et de rouler jusqu'à tomber en panne d'essence ou quitter la route, foncer dans la rivière. Il était plus de minuit. Timo ne dormait pas. Ça voulait dire une dispute, sans doute – encore une. La journée avait été longue à l'usine. Il avait mal aux dents à cause des crissements des presses hydrauliques, du sifflement pneumatique des pistolets à air comprimé qu'ils utilisaient pour disperser la poussière d'os et la chair séchée instantanément. Il était encore en combinaison, sentait encore l'odeur ferreuse du sang, la salinité extrême des bains de glace qui avaient rendu sa peau crayeuse et sensible. Tout ce qu'il voulait, c'était une longue douche et une longue nuit de sommeil. Il n'aurait pas dû aller au bar avec Hartjes. Mais il y était allé, et maintenant il était saoul, il avait la tête lourde, et il avait du mal à trouver le courage de rentrer dans son propre appartement.

Fyodor travaillait dans la viande, il était ouvrier d'abattoir. Il découpait la graisse rosée et les tissus conjonctifs de la chair rouge sombre, qui était plutôt tendre, délicate, comme du tissu ou de la pâte à pain. Il fallait respecter sa géométrie naturelle, les irrégularités de la rupture du muscle, sa masse. Si vous y alliez trop fort ou trop vite, vous pouviez ruiner la découpe, transformer un morceau de bœuf de luxe en viande hachée. Ce qui l'avait étonné, au départ, c'est que la viande ne ressemblait déjà pour ainsi dire plus à un animal au moment où elle arrivait entre ses mains. Mais bon, si la viande rappelait aux gens les animaux dociles dont elle provient, personne n'en mangerait jamais, se dit-il.

La difficulté de ce travail, c'était qu'il pouvait vous plonger en état de transe, pour ensuite vous punir pour votre inattention. Il fallait être à la fois alerte et détaché. Le bruit des machines rendait les bouchons d'oreille indispensables, mais il fallait aussi pouvoir entendre les cris des contremaîtres, car il arrivait que les conditions varient très vite. En plus, il faisait froid. Et vos mains se faisaient bouffer par le désinfectant et le gel hydroalcoolique. Les nitrates, les bains de glace, le sifflement et les pulvérisations de nitrogène liquide. Et il y avait le danger des presses hydrauliques et le bourdonnement constant des moteurs qui actionnaient les courroies. Parfois, on était pris dans un tel rythme, suivant le grain des découpes, retirant la graisse avec aisance, comme si ce n'était rien, qu'on s'oubliait soi-même. Or il suffisait de s'approcher trop près d'une machine pour se faire trancher le bras à travers sa combinaison.

Le plus dangereux, c'était de croire qu'on maîtrisait la procédure quand ce n'était pas le cas. Une certaine humilité était nécessaire. Mais bon, ça, c'était la vie.

Timo considérait ce travail comme une variété de cruauté envers les animaux. Il aimait répéter que Fyodor participait à un système qui coûtait leur vie à des millions de bêtes.

Tous les deux, ils s'étaient rencontrés sur une appli, et ils étaient ensemble depuis à peu près un an. Ils se disputaient constamment au sujet du travail de Fyodor, mais au début, c'était assez sexy. Ce point de désaccord leur permettait de s'échauffer un peu, ce qui améliorait leur vie sexuelle, car l'exaspération ajoutait au sexe une autre dimension, une profondeur. Le sexe était une manière de s'engueuler sans s'engueuler, ou les engueulades une manière de baiser sans baiser qui, dans le meilleur de cas, se *terminait* par une partie de baise. Cependant, par moments, Fyodor trouvait étrange que leur vie sexuelle résulte d'un conflit irrésolu concernant ce qu'il faisait pour vivre. Timo était végétarien.

Il sortit dans le froid. Le ciel était clair, sans nuage. La rue était déserte, à part les étudiants de première année, plus fêtards, dans la rangée d'immeubles face au parking de l'hôpital. Musique forte, cris, fenêtres ouvertes : ils s'éclataient. Ils n'avaient pas besoin de prétexte, jamais, se dit Fyodor. Ils vivaient simplement comme ça leur chantait. Le temps ne voulait rien dire pour eux. Il leur glissait dessus comme un torrent. Le passage du temps. Que pouvait-il signifier, quand on en avait tellement ?

Il monta les marches de chez lui et entra dans le hall de l'ancien Queen Anne, qui avait été divisé en appartements. Fyodor entendit un air lointain de musique classique. Il s'arrêta dans la fraîcheur du vestibule et colla son oreille à la porte pour mieux entendre. C'était du piano. Timo ne lui ouvrait plus jamais cette partie de lui, plus depuis leurs toutes premières semaines ensemble. À présent, il protégeait cet aspect de sa vie, comme si le partager serait revenu à trahir une promesse qu'il s'était faite.

Fyodor trouva Timo allongé sur le dos dans le salon, écoutant de la musique qui sortait d'un petit haut-parleur conique sur la table. Un bras sur les yeux, il battait la mesure de son autre main. C'était une musique mélancolique.

« Tu ne dors pas, dit Fyodor.

— Je ne t'attendais pas. Je corrigeais des copies, j'avais besoin d'un petit break.

— Ah O.K. » Son explication vexa un peu Fyodor, sans qu'il sache tout à fait pourquoi. « T'as mangé ?

— Avec Goran. »

Fyodor se servit un verre d'eau et le but devant l'évier, regardant le grand pin dans le jardin. Une lumière bleue venue de la terrasse du voisin faisait scintiller l'extrémité des aiguilles. L'évier était vide. Il lava son verre et le posa à l'envers sur l'égouttoir.

« Tu devais être content de le voir.

— J'écoute un truc, là. » La musique était maintenant plus forte, mais aussi plus mélancolique. Fyodor détacha les sangles de son bleu de travail, le baissa jusqu'à sa taille. Puis il retira le sweat-shirt noir et le maillot de corps en thermolactyl qu'il portait dessous. Il faisait bon. Il ferait bien de prendre une douche avant que le chauffage soit coupé. Il regarda la main de Timo en l'air, qui semblait donner forme à la musique que déversait le haut-parleur. Il y avait des pointes aiguës dans la mélodie, une série de notes jouées rapidement puis revisitées plus lentement quelques instants après.

Un dîner avec Goran – voilà ce qui expliquait l'humeur, c'est certain. Fyodor se déshabilla dans la petite salle de bains qui donnait sur le salon, puis entra dans la douche et régla le jet aussi chaud et aussi fort que possible. La musique flottait sous le son de l'eau qui martelait sa nuque. Il tenta d'en faire abstraction, mais elle était très présente en lui maintenant. Puis elle disparut, et il comprit que Timo devait avoir éteint la chaîne. Ça aussi, ça le vexa.

Il finit de s'essuyer dans la chambre. Timo faisait chauffer quelque chose dans la cuisine. Fyodor sentit une odeur de sauce tomate et entendit le jeu des couvercles de marmites, comme des cuivres. Il avait tellement mal aux pieds. Timo lui apporta une assiette de pâtes et s'assit au pied du lit pendant que Fyodor mangeait. La nourriture lui réchauffa vraiment le cœur – le goût salé, huileux, marin de la sauce tomate. En l'absence de musique, ils entendaient leur voisin du dessus remuer. Des signaux d'une vie extraterrestre. Timo leva la tête. Fyodor contempla les tendons de son cou, ses yeux basculés.

« C'était chouette, la musique que tu écoutais tout à l'heure.

— Faut que je retourne à mes copies. »

Timo se leva. Il s'arrêta à la porte, se retourna :

« C'est juste de la musique. Pas de quoi en faire tout un plat. » Puis il sortit.

L'instinct éradicateur de Timo, qui agissait comme si tout était une bataille à gagner, était épuisant. Fyodor termina ses pâtes et repensa à sa discussion avec Hartjes, au bar, se demanda s'il ne devrait pas tout simplement trancher dans le vif, avec Timo, et leur éviter ainsi bien des problèmes. Ces engueulades – disputes ô combien mesquines, tranquillement fielleuses, au sujet de rien, qui duraient pendant des jours. Pourquoi ? Et à quoi bon ?

Il tamponna l'huile rouge dans l'assiette et se lécha les doigts. Ses ongles luisaient d'une fine pellicule de gras. Il s'appuya contre la tête de lit. Il avait mal au dos. Ses articulations le torturaient maintenant qu'il s'était assis. L'eau chaude avait fait son travail en le matraquant. Il aurait pu dormir pendant des années. Mais il se leva et apporta son assiette à la cuisine pour la laver. Il la passait sous l'eau tiède quand Timo, de la salle de bains, lui cria : « Ça pue les camps de la mort ici. Tu pourrais pas laisser ta tenue de travail dans ta bagnole ?

— C'est ma salle de bains », répliqua Fyodor.

Ils ne vivaient pas ensemble. C'était Timo qui l'avait voulu, et Fyodor ne s'en plaignait pas, en fait, sauf que de temps en temps, Timo se comportait comme si c'était le cas. Timo ne répondit rien. Mais en sortant, il s'appuya contre le chambranle de la porte et fit une moue d'enfant gâté. Fyodor s'égoutta les mains. « Tu ne m'écoutes pas, dit-il.

— Tu es juste énervé contre moi parce que tu sais que ton travail est moralement indéfendable. »

Fyodor s'appuya contre l'évier et cramponna les rebords, fort. Sa tête l'élançait. Un des gars de l'usine, Tom Stein, s'était fait une mauvaise coupure, et il avait hurlé si fort que tout le monde l'avait entendu malgré le rugissement des courroies et le fracas de presses. Le hurlement avait fait vibrer l'émail des dents de Fyodor. Il avait remplacé le blessé, ce qui fait qu'il avait passé une longue journée, une putain de longue journée. Il avait mal au dos. Mal aux épaules. Il cogna du poing contre le rebord de l'évier et grogna tout bas, trois fois, rapidement.

« Ma vie, c'est ça. Tu crois que c'est temporaire, mais non. Ma vie c'est ça. C'est ça que je vais faire.

— Ça, c'est faux, dit Timo d'une voix traînante, lasse. Tu as un tel potentiel, et ça, c'est du meurtre, et rien d'autre, et c'est atroce que tu fasses un truc pareil. Je m'excuse, mais c'est la vérité. »

Parfois, Fyodor pensait que Timo était la personne la plus intelligente qu'il ait jamais connue. Mais d'autres fois, il trouvait que Timo était un abruti. Ou, si ce n'était idiot, du moins très naïf, la naïveté qui peut être celle des Noirs ayant grandi avec des parents qui n'avaient pas de problème d'argent et qui avaient cru en eux. Ils étaient tous les deux métis, mais à part ça, ils n'avaient aucun point commun ; et pourtant, au début, Fyodor trouvait ça exaltant. Quelqu'un qui lui ressemble tant qu'il n'aurait pas besoin d'expliquer l'étrangeté de ne pouvoir être tout à fait une chose ou une autre, tout en restant Noir aux yeux de tous, bien que métis. C'était comme une énigme dont la solution proposée était d'une fausseté évidente, mais aussi irréfutable. Si vous étiez métis, vous étiez noir. Ça ne posait pas de problème à Fyodor. Cependant, Timo était désespérément middle class et, pour cette raison, il lui arrivait de se faire des illusions quant au regard que le monde portait sur lui.

Sa naïveté sur ce sujet était touchante. Voire sexy, comme quand quelqu'un fait semblant d'être plus bête qu'il n'est vraiment. Mais parfois, comme maintenant, Fyodor voulait lui tordre le cou. Il avait l'air tellement complaisant, tellement *sûr*.

*Je m'excuse, mais c'est la vérité* était une chose qu'on ne pouvait dire que si on avait grandi en pensant qu'on avait des choix. Qu'on ne pouvait dire que si on avait, de fait, des choix. Certes, Timo n'était pas totalement inconscient de son statut. Il était allé à la fac, Fyodor le savait, et il était intelligent – hyper intelligent. Timo était logicien, même si ça n'était pas aussi impressionnant que ça en avait l'air. Fyodor ne comprenait pas vraiment ce terme, il savait juste que ça impliquait des calculs et des symboles bizarres. Il jouait du piano, il s'y connaissait en musique et en art. L'été, la ville mettait des pianos sur les trottoirs à disposition des passants, et parfois, quand ils rentraient dans l'air embaumé, pétillant, du crépuscule, Timo s'arrêtait jouer quelque chose. Juste un petit fragment d'une pièce incroyable et magnifique. La première fois, Fyodor avait été tellement stupéfié par la facilité avec laquelle Timo avait fait sortir des sons mélodieux des vieux pianos branlants qu'il s'était étranglé avec sa bière. Ils rentraient du bar, Fyodor buvait à petite gorgée sa bouteille cachée dans un sac en papier brun. Mais là, Timo avait fait ce tour de magie avec le piano et le monde entier en avait été transformé.

« Putain », avait-il sifflé.

Timo avait juste haussé les épaules et était revenu vers lui en disant : « Il aurait besoin d'un accordage. »

Mais d'autres fois, comme maintenant, dans la cuisine, Timo le regardait avec hostilité et ennui, totalement inaccessible.

Fyodor sentit que s'il ouvrait de nouveau la bouche, ce qui en sortirait ne serait pas sa propre voix, mais le hurlement de Tom. Tom avait appris à Fyodor à manier le couteau pour séparer le gras de la chair, à la retirer sans stresser les fibres des muscles, que chercher lorsqu'on passait la main le long de la rotule. Tom, peau sombre, espace prononcé entre les dents. Un mec fort, doué, les mains rapides comme des lames, élégantes. Tom. Comment avait-il pu se couper ? Il faisait toujours tellement attention.

Fyodor ferma les yeux. « Je ne crois pas qu'on va tenir le coup, tous les deux.

— Pourquoi veux-tu rester dans cette position toute ta vie ?

— Je ne le *veux* pas. Ce n'est pas une question de vouloir. Certains d'entre nous n'ont pas le loisir de vouloir.

— Ah, la noblesse du prolétariat. Et c'est reparti. Tu n'es pas obligé de travailler dans cette usine. Des boulots, il y en a d'autres. Tu pourrais faire autre chose. On a tous le choix, Fyodor.

— T'as raison. On a le choix. »

Il quitta l'évier et traversa la pièce en trois enjambées rapides. Timo sursauta. À la porte, Fyodor respira un grand coup. Dans l'appartement, il faisait trop chaud et ça sentait le renfermé. Il ouvrit la porte. Dehors, sur la terrasse, tout était froid et sombre.

« Je te prie de quitter mon appartement », dit-il. Timo cligna des yeux, sans comprendre, mais Fyodor se contenta d'ouvrir plus grand la porte. « S'il te plaît. »

Timo partit donc ce soir-là, et ils ne se parlèrent pas du reste de la semaine. Ils ne se parlèrent pas la semaine suivante. Puis ce fut comme s'ils n'avaient jamais été ensemble.

La vie continua.

La vie continue toujours, à sa façon.

Fyodor était dans le café au-dessus de la librairie. On y servait un espresso dont le rapport qualité-prix défiait toute concurrence en ville et, ses jours de repos, il aimait bien y traîner et regarder les étudiants, dont les vies avaient l'air quelconques, et donc agréables. On était à la mi-novembre, c'était la fin du semestre, et les étudiants paraissaient un peu anxieux, agités. Ils prenaient de l'Adderall et du speed. Pour mémoriser des atlas du corps et des colonnes de données sur différentes guerres et catastrophes.

Il y avait eu un temps où Fyodor voulait être comme eux. Quand il entretenait encore des espoirs sur ce dont il était capable. Mais il avait croisé des premières années dans les bars et dans les clubs, et il avait vu leurs yeux s'éteindre quand ils lui parlaient et qu'il essayait de leur parler. Il les avait vus prendre conscience du fait qu'ils n'étaient pas du même monde. Et il avait cessé de les admirer. C'étaient des mômes, en fait, rien de plus. C'était pour ça que ça n'avait pas marché avec Timo, il le comprenait maintenant.

Il lisait un recueil de nouvelles de Garchine. Le père de Fyodor était russe. Ou *d'origine* russe, issu d'une longue lignée de Russes. Il avait donné à Fyodor le prénom de son arrière-grand-père. *Parce que tu es russe, ne laisse personne dire que tu ne l'es pas*, avait expliqué son père. Mais il arrive à tous les pères de dire des choses qu'ils ne pensent pas, ou qu'ils pensent, mais qui n'ont pas grand poids dans la vie réelle. Il n'avait pas adressé la parole à son père depuis plusieurs années. Cette vie était derrière lui. En Alabama.

Cependant, il lisait les nouvelles, comme une expérience, tentant de voir si quelque chose lui revenait. Une dimension ancestrale et mystérieuse. Il n'y avait rien au café ce jour-là. Ce n'étaient que des descriptions nettes, lumineuses, de moments où la vie ordinaire sort subtilement et irrévocablement de ses rails. Des drames russes en version terre à terre. Les nouvelles n'avaient strictement rien à voir avec lui, avec l'acier froid des courroies ou les lames tournantes des scies. Il n'y avait rien du tout dans ces mots qui soit semblable à sa vie, mais il continua sa lecture.

Il n'était pas le meilleur lecteur du monde. Il se disputait avec Timo à ce sujet – Timo brandissait son téléphone pour lui faire voir quelque chose et se lassait de devoir attendre qu'il ait fini de lire. Fyodor tenta de lui expliquer qu'il était forcé de lire lentement, sans quoi ses paupières s'alourdissaient et les mots dansaient autour de lui. Mais il aimait les histoires, et il se souvenait de ce qu'il avait lu. Il pouvait les garder longtemps en tête, les retourner dans tous les sens. Les interroger. Il aimait écouter Timo lire en anglais et en français. Il ne comprenait pas vraiment le français, mais il devinait le sens enfoui dans les sonorités. Mais Timo lui disait alors de s'abonner à une appli d'audiobooks ou de faire un test de dyslexie. À son âge, il n'avait même pas besoin de médecin pour être diagnostiqué. Donc non, il ne lisait pas très bien. Il n'empêche qu'il aimait faire cet effort. Et les histoires qui coulaient peu à peu dans son esprit.

Avec le recul, maintenant qu'ils étaient séparés depuis quelques semaines, il se disait que Timo était un peu un connard, de toute façon.

Là, comme s'il l'avait invoqué, Timo entra dans le café avec Hartjes, qui lui adressa un signe de la main. Fyodor lui rendit son salut. Timo n'en fit rien, ce qui vexa un peu Fyodor.

Pendant que Timo commandait du café, Hartjes vint le trouver. « Ça fait un bail. Dis, comment ça se fait que vous avez rompu, tous les deux ? »

Fyodor n'avait pas envie de s'étendre là-dessus, à la fois parce que Timo se tenait à quelques mètres à peine, et parce qu'il n'était pas certain de savoir bien l'expliquer. Tous les éléments semblaient insuffisants : que Timo ne l'avait pas pris assez au sérieux, que Timo était égoïste, qu'ils ne voulaient pas la même chose, l'un et l'autre. Tout cela était vrai, mais Timo était aussi généreux et drôle, gentil, même, à sa façon un peu piquante. C'était agréable de passer du temps avec lui, et leurs disputes possédaient une chaleur un peu animale qui faisait bander Fyodor et lui donnait envie de le prendre. La tension qui l'avait poussé à demander à Timo de s'en aller ce soir-là était la même qui lui donnait envie d'être avec lui. Mais comment expliquer ça sans avoir l'air cinglé ?

Rien ne paraîtrait suffisamment convaincant ou même authentique, donc Fyodor répondit brusquement : « C'est compliqué, mais aussi bête comme bonjour. »

Hartjes sourit et s'assit. Il prit le livre de Fyodor : « C'est quoi ?

— Oh, des nouvelles.

— Garchine. Jamais entendu parler.

— C'est un Russe.

— Je me doutais. Je t'aurais jamais imaginé en lecteur de nouvelles.

— Tu m'aurais imaginé en quoi ? »

Avant que Hartjes ait le temps de répondre, Timo s'était approché avec deux gobelets de café. Il prit une troisième chaise et ils se retrouvèrent assis tous les trois.

Timo regarda le recueil à son tour. Le visage de Fyodor devint brûlant. Il avait l'impression de passer un examen. Tout d'un coup, il regretta de n'être pas resté chez lui, où il avait passé les trois derniers jours, malade. Il avait acheté le livre à peu près une heure avant, il n'avait lu que les deux premières nouvelles. Il ne trouvait pas de raison à donner à Timo et Hartjes pour leur expliquer son achat, et ils semblaient un peu amusés par son comportement, comme s'il l'avait imperceptiblement modifié. Hartjes s'appuya contre le dossier de sa chaise, dont les pieds fins grincèrent légèrement. Quand Fyodor reprit le livre des mains de Timo qui le lui tendait, il fixa timidement son regard sur la surface de son café.

« Je ne savais pas que tu aimais la littérature russe. » Il y avait quelque chose de méchant, de moqueur, dans sa voix. C'était comme ça que certains de leurs amis communs parlaient à Fyodor quand ils estimaient qu'il sortait de son rôle. Quand il proposait de couper les légumes en julienne pour un plat mijoté, quand il prenait leurs animaux de compagnie, tout tremblants, dans ses bras, avec une tendresse immense, leur parlait à l'oreille d'une voix basse, apaisante, et qu'ils cessaient de frissonner, ou encore quand il avait les larmes aux yeux à la fin d'un film, lorsque la musique devenait douce et optimiste, telle une pluie fine ou de la brume sur des visages pleins d'espoir. Dans ces moments-là, il se voyait souvent par leurs yeux, et il comprenait qu'eux le voyaient tout autrement – comme un homme dur et stupide.

« Je sais lire, tu sais, dit calmement Fyodor.

— J'ai pas dit que tu étais illettré.

— Quoi de neuf, sinon ? lui demanda Hartjes.

— Bah, j'ai été un peu malade ces derniers jours. Mais ça va mieux.

— Cool.

— Malade comment ? T'as pas l'air malade, fit Timo.

— Parce que je vais mieux. Quand on est guéri, on n'a plus l'air malade, si ?

— Si tu le dis. »

Hartjes poussa un soupir. « Eh bien, c'est charmant. » Il but son café puis partit remplir sa tasse, les laissant tous les deux. Dans un premier temps, Timo ne le regarda pas. Fyodor étudia le grain de sa barbe, plus dense que dans son souvenir. Roux sombre en ce moment, surtout les pointes. Ses cheveux bouclaient un peu, en particulier là où ils s'enroulaient derrière ses oreilles. Il avait le cou lisse, et Fyodor se rappelait exactement la température et la texture de sa peau à cet endroit, où il l'avait souvent embrassé, la nuit, avant qu'ils s'endorment.

Il eut envie – mais envie n'était pas le bon mot, car l'envie impliquait un élément conscient, qui n'était pas présent, donc il valait peut-être mieux dire que Fyodor éprouva, quelque part, très profondément, au centre de son corps, une urgence – toucher Timo. Il glissa sa main en travers de la table, mais s'arrêta juste avant de lui toucher le poignet, et l'arrêt brusque de son geste fit apparaître des rides à la surface de son café. Pendant quelques instants, ils regardèrent gonfler les rides du café. C'était la première fois depuis des semaines qu'ils avaient les yeux pointés dans la même direction, qu'ils occupaient le même espace, découvrant ensemble un même phénomène.

« Tu me manques, dit Timo. Tu me manques, et je ne sais pas quoi faire, à part le dire. Alors voilà, je l'ai dit. Tu sais tout. »

Fyodor le toucha à l'endroit où sa manche remontait sur son poignet. Les os étaient fermes, les poils fins comme des barbes de maïs. Timo avait les cils alourdis par les larmes contenues. Ses narines se gonflaient imperceptiblement. Son pouce était posé sur la tasse devant lui. Fyodor avait les doigts entrelacés. Ni l'un ni l'autre n'ajouta rien, car qu'y avait-il à ajouter ? Comment combler cet abîme impossible ? La rupture qui s'était produite à cause du silence ne pouvait se guérir que par le silence, sauf que le silence ne guérissait jamais rien. Pourtant le silence et le temps, c'était tout ce qu'ils avaient. Timo rougit. Il était gêné, Fyodor le vit bien. Il avait fait un pari et avait essuyé un rejet, mais Fyodor aurait voulu le rassurer tout de même. Il écarta les mains de Timo, et glissa sa paume sur sa main droite, comme s'il le bénissait, puis il ferma les yeux.

« Tu me manques aussi », dit-il. Ce n'était qu'une partie de la vérité. Mais il pouvait le dire avec les yeux fermés, c'était ça le secret. S'il gardait les yeux fermés, il pouvait dévoiler un peu de ce qu'il éprouvait sans devoir endurer le regard de Timo. C'était pathétique.

« O.K. » Fyodor retira sa main. Il s'éclaircit la gorge. Hartjes revint s'asseoir.

Ils bavardèrent un peu, quelques paroles hésitantes, comme celles que prononcent à contrecœur les gens qui préféreraient prendre congé mais estiment ne pas pouvoir le faire sans se montrer grossiers. En fin de compte, ce fut Fyodor qui se leva le premier, prétextant qu'il devait y aller, qu'il avait quelque chose à faire et, quand il se leva, Timo tressaillit légèrement. Hartjes lui sourit et lui fit un signe de la main. Ils se serrèrent brièvement dans les bras. Puis Fyodor mit son écharpe et sortit dans le froid et la grisaille d'un après-midi d'hiver.

De l'autre côté de la rue, de gros pick-up blancs du service d'entretien des parcs s'étaient garés dans le Ped Mall. Ils abattaient les frênes malades. Fyodor avait vu un petit reportage sur les arbres aux infos ; avant, dans les années 1950 ou 1960, il y avait des ormes partout à Iowa City. Mais les ormes étaient morts de la graphiose, et on avait planté des frênes pour les remplacer. Et à présent ils mouraient à leur tour.

Fyodor n'avait jamais fait très attention aux arbres du Ped Mall. Mais tout à coup, il prit conscience qu'il n'y aurait pas d'ombre l'été. Le soleil cognerait sur leur tête à tous, quand ils marcheraient dans la rue, feraient leurs courses ou écouteraient de la musique sur la place. Les oiseaux et les écureuils n'auraient nulle part où aller. C'était triste. Trop triste. La grande agonie des êtres.

Il marcha jusqu'à Bread Garden et acheta deux pommes. Il en mangea une debout sous les lampes à chaleur de la terrasse, en écoutant les hurlements du vent balayant le terrain de jeu désert. Il s'assit et essaya de se remettre à lire, mais il eut du mal. Il n'arrêtait pas de penser à Timo, de se rappeler qu'en définitive, ils n'avaient pas réussi à échanger plus de quelques mots. Il n'avait pas le droit d'en prendre ombrage, il le savait. C'était sa faute, s'ils avaient rompu. Mais tout de même.

Quand il s'avoua qu'il n'allait pas avancer dans sa lecture, il se leva, fourra l'autre pomme dans sa poche pour plus tard, jeta son trognon dans une poubelle, et s'en alla, abandonnant le livre sur la table avec le ticket de caisse des pommes. En rentrant, il pensa aller au cinéma, mais ne parvint pas à décider quoi voir. Rien ne l'intéressait. Il n'y avait rien de bien. En plus, les films lui rappelaient ses rêves. Le cinéma avait pour lui un caractère étrange, dérangeant, comme la projection à l'extérieur de choses intimes. Il se posait toujours trop de questions : combien de personnes étaient présentes sur le tournage de ce plan ? Où était placée la caméra ? Par où s'étaient-ils déplacés pendant qu'ils filmaient, enregistraient ? Ses pensées lui semblaient toujours extrêmement littérales quand il regardait un film, et il n'arrivait pas à se défaire de l'habitude de réfléchir comme ça. Alors il était tiraillé entre ces deux impressions déconcertantes – qu'il regardait ses propres rêves se dérouler devant lui, mais aussi qu'il regardait un dispositif factice qui ressemblait à s'y méprendre à la réalité.

Ces derniers temps, il rêvait souvent de l'Alabama. C'était toujours une variation sur un même rêve. Il était allé rendre visite à sa mère et ne pouvait plus repartir. Il avait perdu ses clefs de voiture, ou son permis, ou encore il était de nouveau adolescent et ne savait pas encore conduire. Les rêves comportaient toujours un rebondissement terre à terre et affreux. Une tante balançait une méchanceté, sa mère le punissait pour un enfantillage, ou tout le monde l'ostracisait, ils refusaient de le reconnaître. Dans le rêve, ils disaient des choses comme : *Nous sommes ta famille, pourquoi veux-tu nous quitter ?* Alors même qu'ils lui faisaient subir des ignominies. Des choses qu'on ne lui avait pas faites dans la vie réelle. Enfin, pas tout à fait.

Les pires choses qui lui étaient arrivées dans la vie ne pénétraient jamais les rêves.

Il rêvait de l'Alabama depuis qu'il était tombé malade. Et il se demandait ce que ça signifiait. Ça n'avait sans doute pas de sens. Les rêves – eh bien, sa mère y croyait, aux rêves. Elle avait interdit à Fyodor de lui raconter les siens. « Je ne veux pas de cette responsabilité », répétait-elle. Autrement dit : et s'ils se réalisent ?

Fyodor n'alla pas au cinéma. Il rentra chez lui et s'assit sur la terrasse, mangea l'autre pomme dans le froid. Quand il eut terminé, il lança le trognon de l'autre côté de la rue, où elle s'écrasa contre un arbre.

Il regrettait de n'avoir pas dit quelque chose à Timo. Mais il ne savait pas quoi.

La mère de Fyodor lui téléphona le lendemain de Thanksgiving.

En un sens, il avait hérité de sa conception très pragmatique de l'existence – il fallait survivre, et la survie était l'élément la plus important de la vie. Les *difficultés*, c'était la vie, il n'y avait que les mauviettes pour penser le contraire. Ce genre de choses. Mais il savait qu'elle voyait en lui les germes d'un abandon, d'un gâchis. Quand il était petit, elle le surprenait dans la cuisine, en train de dessiner ou de ranger les étagères. Parfois elle le trouvait en train de regarder des émissions de cuisine sur une chaîne consacrée qui était disponible sur leur télé par intermittence. Dans ces moments-là, quand il levait les yeux, il la voyait le regarder avec déception et, plus tard, quelque chose comme de la peur. Elle avait peur de ce qu'elle voyait en lui, et sa voix tremblait souvent quand elle lui parlait de la vie. *Il faut que tu fasses quelque chose de toi. Quelque chose de bien, un truc honnête.* Quand ils se téléphonaient, elle abrégeait. Elle n'avait pas envie de parler.

Et pourtant, elle l'appelait et l'engueulait parce qu'ils ne se parlaient pas plus souvent. « Si je ne t'appelais pas, on ne se parlerait pas du tout. » Il ne savait pas ce qu'elle lui voulait, en fait. Mais il savait qu'elle l'aimait. C'était une des vérités fondamentales de son existence ; même si parfois son amour était impénétrable, impossible à distinguer du rythme régulier et du cours de la vie elle-même. L'amour se logeait dans ses draps bien tendus, quand elle faisait son lit, dans le détergent qu'elle employait dans leur salle de bains et leur cuisine. L'amour était partout dans leur vie. Mais Fyodor était parti.

« Mon fils, j'en ai marre d'être obligée retourner toute la création pour avoir des nouvelles de ma propre chair.

— Maman. » Il était allongé sur son lit, en sueur parce que le radiateur était réglé trop fort.

— Qu'est-ce qui te chagrine ? » demanda-t-elle, et Fyodor roula sur le ventre. Il avait une douleur lancinante dans l'épaule et mal aux genoux. Il avait mal partout, une liste de plaintes.

« Rien.

— J'ai pas l'impression que c'est rien.

— J'ai dit que c'était rien, non ?

— Tu le dirais, sinon ? Tu te comportes comme si quelqu'un essayait de diriger ta vie.

— Personne essaie de diriger ma vie.

— En tout cas pas moi.

— J'ai pas dit le contraire.

— Tu n'as pas besoin de le dire.

— Maman », reprit-il, mais son visage était enfoncé dans son oreiller.

« Un des garçons est mort.

— Quoi ?

— J'ai dit un des garçons est mort.

— Quels garçons ?

— Les garçons », reprit-elle lentement, comme si elle retirait un rideau pour lui expliquer un tour de magie. Fyodor se redressa, s'assit sur le matelas. Il s'essuya le visage, frottant le masque figé de graisse et de sueur.

« J'ai pas envie de jouer aux devinettes, Maman. Je me sens pas bien.

— Je croyais que t'avais rien ? »

Fyodor laissa échapper un rire rauque et bref. Pas faux, se dit-il. Mais il sentit ailleurs dans sa poitrine le coin de ce qu'elle essayait de lui dire. Il soupçonna, furtivement, qu'elle essayait de dire qu'un de ses frères était mort.

Ils n'étaient pas vraiment ses frères, de toute façon.

Le père de Fyodor vivait à trois villes de là avec sa femme et leurs deux enfants. La mère de Fyodor ne le lui avait pas caché. Quand il était petit, il passait une ou deux semaines chaque été avec la famille de son père, dans leur maison blanche dans les bois.

Ce qu'il se rappelait avec le plus d'acuité, de cette époque, c'était l'odeur de la résine de pin et de l'herbe coupée. La résine avait un parfum si puissant qu'il lui brûlait les yeux et les narines. Ses frères étaient deux garçons potelés qu'on aurait presque crus jumeaux. Ils transpiraient tout le temps et sentaient l'okra, qui était, étrangement, leur aliment préféré. Le plus âgé des deux avait deux semaines de moins que Fyodor. La chaleur, par ces journées, était immense, puissante, comme une créature vivante. C'était une vieille maison, qu'ils rafraîchissaient à l'aide de grands ventilateurs encastrés dans les fenêtres les plus hautes. Mais l'air ne bougeait pas. Les garçons passaient beaucoup de temps à courir dans les bois en suivant les minces bandes d'ombre, jusqu'à ce qu'un jour le plus petit tombe et se casse un bras, ce qui marqua la fin des visites de Fyodor dans la maison des bois et de la fréquentation de ses frères. Ce soir-là, son père fourra tous ses vêtements, même les sales, dans un sac plastique qu'il jeta à l'arrière de la voiture. Puis il ordonna à Fyodor de monter, et ils roulèrent longtemps, en silence.

Les vitres étaient baissées, l'air était frais. Son père avait un bras dehors, un éclat de blanc pâle. Les ombres des arbres, tel un bataillon de monstres, obscurs conspirateurs, s'interrompaient par moments, s'ouvrant brusquement sur de vastes champs, plats et parfaits, argentés sous la lune. Fyodor se remémora l'odeur de l'after-shave de son père, le parfum de son savon. Et sa mâchoire crispée pendant qu'il conduisait. Quand ils arrivèrent chez Fyodor, son père se tourna vers lui et lui dit : « À la prochaine fois », comme s'il ne s'était rien passé. Comme s'il n'y avait absolument pas le moindre problème. Et Fyodor avait senti un poids le quitter. Il l'avait senti se dissoudre et se dissiper, et il s'était penché pour serrer son père du plus fort qu'il avait pu, et son père l'avait laissé faire ; sur quoi Fyodor était descendu, son père avait repris la longue allée gravillonnée en marche arrière, et il était parti, sans laisser de trace, sauf là où les phares avaient balayé l'obscurité – elle semblait moins profonde à cet endroit, comme si des canaux gris s'enfonçaient dans le continent noir de la nuit.

Lorsque Fyodor atteignit la porte, son sac sur l'épaule, sa mère l'attendait déjà sur le seuil. Il avait peur qu'elle le frappe, mais elle n'en fit rien. Elle le prit dans ses bras, le serra, embrassa ses joues et son front, et lui dit, d'une voix qu'il ne lui reconnut pas, qui lui fit peur car elle était étrangère, bizarre : « Tu n'as rien fait de mal. Rien du tout. »

Fyodor ne revit pas son père et ne lui parla plus jamais.

Mais à présent, sa mère disait qu'un de ces garçons était mort, et Fyodor ne savait pas que faire de cette information, sauf que toute sa vie, il s'était promené avec une zone sensible juste sous les côtes, où il stockait sa déception et sa tristesse du fait que son père et ses frères n'avaient pas tenté de le connaître. Sa douleur n'était pas aiguë. Elle n'était pas écrasante. Mais elle était persistante, légère, comme une gencive irritée qu'une dent menace de blesser. Et maintenant un de ces garçons était mort.

« Comment tu l'as su ?

— J'ai croisé ton père. Il me l'a dit.

— Il a dit quoi ?

— Qu'un des garçons était mort.

— Non – je veux dire, il a dit ça comment, au juste ? »

Sa mère poussa un soupir. La plinthe émit un petit craquement. Il y avait du vent là où elle se trouvait, sans doute sur sa terrasse. Il entendait des froissements de papier, le sifflement bas d'une télé dans le fond. Sa vie avait continué sans lui. L'heure du dîner était passée. Elle regardait sans doute la *Roue de la fortune*, ou un feuilleton policier, la fenêtre entrouverte.

« Il a dit que le garçon était mort. C'est tout. Je ne te raconte pas de bêtises. » Elle avait l'air exaspérée qu'il ait insisté. Il était exaspéré qu'elle ne lui en ait pas dit davantage. Ils restèrent un instant coincés dans un intense nœud de silence, ne sachant céder ni l'un ni l'autre.

« Bon, O.K.

— Bon. Je vais y aller. J'ai pas fait la vaisselle. »

Fyodor approuva d'un vague grognement, mais elle avait déjà raccroché. Il roula sur le dos. Ses yeux le brûlaient à cause de la sueur. Son ventre était secoué de spasmes.

Son frère était mort. Un frère qu'il n'avait jamais connu, sauf obliquement, accessoirement, dans leur enfance. Il ne savait même pas lequel des deux. Le plus vieux ou le plus jeune. Il ne les avait pas vus depuis si longtemps qu'ils se ressemblaient sans doute plus dans son souvenir que dans la réalité. Peut-être qu'un des deux avait un grain de beauté et l'autre pas. Peut-être qu'un des deux était gaucher comme Fyodor et l'autre pas. Il ne pouvait pas les distinguer. Ils étaient pareils, sans individualité propre, la même pâte de garçon blanc. Mais l'un des deux avait vingt-neuf ans et l'autre vingt-sept ou vingt-huit.

C'étaient des hommes, pas des garçons.

Il était regrettable qu'ils ne sachent rien les uns des autres. Mais ce n'était pas leur faute. Comme tout ce qui avait rapport à leur famille, c'était quelque chose qu'on leur avait fait, ou qu'on avait fait pour eux, ou à leur place. Son père ne lui avait pas reproché la fracture au bras du plus jeune. C'était venu de la mère des garçons, une grande femme bronzée au visage dur et aux mains mauvaises. Quand tout le monde avait le dos tourné, elle pinçait souvent Fyodor. Elle le chopait sous la table et lui serrait la peau jusqu'à ce qu'il laisse échapper un cri aigu, mais entre-temps elle avait déjà retiré ses mains sur la table. Lorsqu'elle lui donnait son bain, quand il était vraiment petit, elle le pinçait entre les jambes. Elle ne le laissait pas prendre son bain avec les autres garçons. Elle le faisait passer après eux, et il se lavait dans leur eau grise, frissonnant parce qu'elle avait refroidi. Sa cruauté envers Fyodor était une cruauté distraite, quelconque. Elle y avait recours quand ça l'arrangeait, sans quoi elle s'en abstenait. C'est-à-dire qu'elle le traitait bien jusqu'à ce qu'elle en décide autrement. Un jour, alors que Fyodor tendait son gobelet au plus jeune après avoir bu dedans, la mère avait fait irruption et fait voler le gobelet de ses mains d'une claque. Elle avait dit que c'était dégoûtant, une mauvaise habitude. Puis elle s'était tournée vers le plus jeune et, d'un ton égal, elle avait précisé : *Ne bois jamais dans son verre.*

C'était tout de même dommage que l'un des deux soit mort. Ils étaient jeunes, trop jeunes pour mourir, et leurs parents étaient trop jeunes pour avoir perdu un enfant. C'était malheureux.

Fyodor se leva et ouvrit une fenêtre. Dehors, l'air était froid et dense. Tout brillait. La neige était phosphorescente. La cloche de l'église sonnait, basse et puissante. Les branches du pin dans la cour étaient lourdes de neige. Les trottoirs étaient gluants de boue grise. Il n'y avait personne dans les rues. Il n'était pas tard, mais avec le froid, tout le monde était resté enfermé. Fyodor s'étira assez pour faire craquer ses os, puis se rassit sur le matelas et reprit le livre qu'il lisait plus tôt. Mais il s'aperçut, à plusieurs reprises, que sa vue se troublait et devenait floue toutes les deux ou trois pages. Il ne voyait plus les lettres. Il pleurait.

La pièce se rafraîchit.

La plinthe émit un nouveau craquement, plus fort.

Jour de laverie.

Fyodor tapa des pieds pour chasser la neige de ses bottes avant d'entrer. Quand il leva les yeux, il remarqua Timo, dans le fond. Ils ne s'étaient pas vus depuis à peu près un mois, depuis le café. Timo avait gardé sa barbe, et son corps avait changé. Son torse paraissait plus massif, ses épaules plus larges. Il avait l'air d'être plus précisément lui-même. Quantitativement parlant, comme s'il avait pris du volume. Il était habillé tout en noir, avec un pantalon de jogging et un tee-shirt à manches longues en spandex. Il avait les cheveux plus courts, mais plus bouclés. Il n'avait pas vu Fyodor, donc son visage était calme et ouvert, et un vague sourire planait sur ses lèvres tandis qu'il pliait son linge.

Fyodor eut l'impression de voir une scène qu'il n'était pas censé voir. Une puissante bouffée de désir monta en lui. Une force mouillée, insatiable. Il détourna les yeux, posa son regard sur le carrelage gris, sur lequel il faisait encore goutter de la neige fondue. Il ne s'aventura pas dans le fond, mais posa ses habits près d'une des machines et se mit à les répartir entre deux tambours.

Le bleu de travail apparut donc. Les fragments de cartilage et de graisse blanche qu'il retira du tissu fondaient ou devenaient filandreux entre ses doigts. La combinaison sentait si fort qu'il retint sa respiration en la fourrant dans le tas. Les lumières étaient fortes, trop fortes, elles lui transperçaient le crâne. Il avait mal à la tête. Fyodor sortit les pièces de vingt cents dont il avait besoin du sachet plastique où il les conservait. La plus grosse machine, celle qui contenait son bleu de travail, coûtait deux fois plus cher. Il glissa les pièces dans la fente une par une. C'était comme un jeu. Il ajouta une louche de lessive en poudre. Il attendit que les machines se mettent en branle et, ensuite, il prit son sac filet et chercha où s'installer.

Timo le regardait.

Fyodor agita une main raide, d'un geste tout en poignet. Timo lui rendit son salut.

La laverie était humide, mais il faisait plus frais à l'avant, près de la porte qui s'ouvrait pour laisser entrer et sortir les gens. Une télévision carrée, fixée en hauteur, leur projetait un flot d'infos et de spots météo. Il y avait une télécommande quelque part, Fyodor le savait, mais il ne l'avait jamais vue. Le poste était toujours réglé sur les chaînes câblées d'infos, mais jamais la même deux fois de suite. Là, c'était une chaîne de droite. Le volume était au minimum. Les surtitrages étaient à la traîne, si bien que souvent, l'annonce d'un désastre immonde s'attardait en surimpression sur les images guillerettes d'une pub pour des hamburgers, ou un flash sur une tuerie de masse en Floride encadrait un infomercial sur le dysfonctionnement érectile. Fyodor trouvait ça drôle, parfois, mais surtout, il se demandait pourquoi donc les choses ne pouvaient jamais fonctionner comme prévu. Mais après tout, c'était peut-être de cette façon qu'elles étaient censées fonctionner. Peut-être les choses étaient-elles censées se confondre jusqu'à déteindre les unes sur les autres.

Il ne pouvait pas s'installer près de la télévision cette fois, de toute façon, car un groupe de premières années avait pris la table – ils étaient quatre, presque identiques avec leurs polaires et leurs mocassins, mangeant des chips et buvant du Pepsi light, parlant plus qu'ils ne travaillaient sur leurs disserts. Début décembre, c'était la saison des examens de fin d'année. Il y avait des première, deuxième et troisième année partout. Ils prenaient toutes les surfaces disponibles pour bachoter leurs cours avec ostentation. Des cours qu'ils avaient négligés le plus clair du semestre. Ça se voyait toujours, comme ceux qui venaient en faire des tonnes à l'église à Pâques et à Noël. Il y avait quelque chose d'hypocrite là-dedans. Prêt à tout.

Fyodor dépassa la rangée de machines, éprouvant un effroi croissant à mesure qu'il s'approchait du fond de la laverie, où se trouvait Timo. Quand il arriva à sa table, il s'arrêta et fit de son mieux pour sourire. « Je suis content de te voir.

— Tu peux squatter la table avec moi, si tu veux.

— Je veux pas t'embêter », dit Fyodor, mais Timo fit non de la tête. Il pliait ses vêtements et les rangeait en piles bien nettes. Tee-shirts, pantalons, slips et chaussettes, étalés comme les parties d'un animal. « Tu as bonne mine.

— Ah ouais ? Merci, merci. »

Les mains de Timo bougeaient lentement et soigneusement. Il y avait une certaine grâce dans sa manière de plier. Il savait exactement quoi faire, où placer la tension, où tirer, où poser, comment bien marquer un pli pour que l'habit reste en place. Fyodor ne pliait jamais ses vêtements comme il fallait. Quand Timo jeta un coup d'œil à ses mains, il les retira aussitôt, gêné. Il s'était fendu deux jointures de la main droite, ce matin, en sortant du camion ; une bouillie sanguinolente. Sa peau était déjà desséchée et tendue, et dans le froid mordant il avait suffi d'un rien pour ouvrir les plaies. Il avait sifflé et hurlé, et la douleur, sans être insupportable, avait été d'abord chaude puis froide, comme si elle avait atteint l'os. À présent, il avait des croûtes rouge sombre sur les phalanges. Ses ongles, fendus et cassants, n'étaient jamais resplendissants de santé, mais sous les lumières fluorescentes, on les aurait dits extraterrestres.

Ça faisait mal, mais c'était moins terrible que ça en avait l'air.

« Comment ça va, ces derniers temps ? » demanda Timo, étudiant très attentivement son linge propre. Il parlait d'une voix naturelle, insouciante.

« Bah, ça peut aller, dit Fyodor sans joie. Mon frère est mort.

— Oh, Fyodor, navré. Mes condoléances.

— C'est pas grave. Enfin je veux dire, c'est pas... Merci. » Il tira sur la croûte de ses jointures, ce qui l'élança, et tressaillit.

« Et ton père ?

— Je sais pas. » Fyodor eut un petit rire. « Ça doit te paraître bizarre.

— Non. Ça n'a rien de bizarre.

— Allez, t'es pas obligé d'être si sympa avec moi.

— Fyodor.

— Non, dis-le. On n'est pas comme toi et ta famille merveilleuse. C'est pas grave.

— Ce n'est absolument pas ce que je pense.

— Non, non. Bien sûr. O.K. »

Timo tenait un tee-shirt noir, plus grand que les autres. Fyodor reconnut les traces grises d'usure sous les aisselles. Les giclées de peinture vert menthe.

« Il est à moi », dit-il.

Timo devint rouge brique. Fyodor rit.

« Tu m'as volé mon tee-shirt.

— Tu me l'as donné.

— Ah bon ?

— Oui. Ou peut-être que tu l'as oublié chez moi, je sais pas. Je ne l'ai pas volé.

— Et tu le mets ?

— Oui, je le mets.

— Ça doit ressembler à une robe, sur toi.

— Je suis plus grand que toi.

— N'empêche, je suis plus baraque. »

Timo fit hmm, puis il plia encore une fois le tee-shirt et le posa sur sa pile de linge propre. Fyodor sourit sans pouvoir se retenir.

« Qu'est-ce qui te fait sourire ?

— J'aime bien l'idée que tu portes mon tee-shirt.

— C'est ce que tu as dit quand tu me l'as donné. Tu veux le récupérer ?

— J'ai pas dit ça.

— Si, tu l'as dit.

— J'ai pas dit que je voulais le récupérer. »

Timo prit un tee-shirt blanc, le plia, et le posa par-dessus celui de Fyodor.

« Je suis désolé, pour ton frère. Je sais que vous n'étiez pas proches, mais c'est dur quand même.

— Étonnamment, oui », confirma Fyodor. Il se radossa à sa chaise. Le plastique gris bas de gamme se tordit légèrement sous son poids.

« Qu'est-ce qu'il y a de si étonnant ?

— Juste que… Je ne m'y attendais pas, je crois. À ce que ce soit si dur. C'est vrai, je ne l'ai vu que quelques fois. Et le plus bizarre, c'est que je ne sais même pas lequel c'est.

— C'est juste des détails, tu éprouves ce que tu éprouves », dit Timo.

Fyodor eut envie de rire, ne serait-ce que parce que ça l'aurait empêché de pleurer. C'était encore un de ces moments, dans la vie, où il avait l'impression d'avoir compris quelque chose sur lui-même. Sauf qu'il ne pouvait pas traduire ce qu'il comprenait en mots, ni expliquer pourquoi. La compréhension subite lui donnait toujours envie de pleurer. Parce qu'elle apportait un soulagement – l'impression que ça allait, qu'il allait s'en sortir, que le monde n'allait pas s'écrouler. Comme ce soir-là, quand sa mère lui avait dit qu'il n'avait rien fait de mal, sur la terrasse.

En regardant Timo secouer une serviette et la plier soigneusement en quatre, Fyodor fut submergé d'amour et d'admiration. La flexion de ses bras, tout en longueur, la précision de ses doigts, la tension morne de son regard.

Timo remarqua qu'il le fixait et manqua laisser échapper la serviette.

« Mais enfin, Fyodor, qu'est-ce qu'il y a ?

— Je pense... », commença-t-il mais il marqua une pause comme pour tirer un trait sur ce qu'il venait de dire.

« Quoi ?

— Ça va paraître trop bizarre.

— Vas-y, essaie. Allez, tu commences à me faire peur. Qu'est-ce qu'il y a ? » Timo rit.

Fyodor se leva. Tout au fond de la laverie, il y avait une porte rouge vif. Fyodor alla l'ouvrir et entra dans les toilettes sombres, fraîches. Il tint la porte ouverte et regarda Timo dans les yeux. Il attendit. Timo était toujours devant la table, en train de plier, entouré par les piles souples de ses vêtements. Il plissa les yeux, sembla réfléchir un instant, puis un éclair de compréhension passa dans son regard.

Un canal s'était ouvert et une chose transparente et lumineuse se mouvait entre eux. Fyodor recula dans les toilettes et lâcha la porte. Les gonds sur ressort la poussèrent en avant, mais Timo la rattrapa avant qu'elle se ferme. Il avança et vint se placer face à Fyodor dans les toilettes. La porte se referma. Ils restèrent dans la pièce sombre, éclairés seulement par la lueur des lampadaires qui s'infiltrait par l'étroite fenêtre en hauteur.

Timo avança la main vers lui, tira sur le cordon de son pantalon. Fyodor chercha la peau chaude de son ventre sous son tee-shirt en spandex. Le corps de Timo, autrefois un peu mou, était compact et ferme. Pas dur. Mais ferme. Ils ne s'embrassèrent pas. Timo lécha le cou de Fyodor, et Fyodor mordit le jeu émacié de sa clavicule. Timo enfonça les ongles dans le bas du dos de Fyodor. Fyodor prit Timo par la gorge. Timo tira trop fort sur les testicules de Fyodor. Fyodor racla les cuisses de Timo avec ses dents. Tour à tour, ils s'agenouillèrent l'un devant l'autre et se sucèrent. Timo avait un goût salé et propre. Il regarda la tête de Timo remuer entre ses jambes, la couronne tendre de son crâne. La moiteur chaude de la bouche de Timo lui évoquait la bonté. Timo se leva et s'appuya contre le béton blanc froid du mur sous la fenêtre. Fyodor se glissa derrière lui et enfouit son visage dans les boucles de Timo. Il y eut un gémissement sourd. Leur étreinte moite. Timo s'arqua contre lui, passa sa main en arrière et le guida, jusqu'à ce que Fyodor se sente pénétrer la résistance de son corps puis s'y plonger. Il empoigna la barre de sécurité en métal au niveau des hanches de Timo, s'en servant pour le maintenir en place, et ils baisèrent là, dans la pénombre froide des toilettes de la laverie, avec le monde qui étincelait, blanc, dehors. Il jouit à l'intérieur de Timo, qui haleta, gémit et éjacula abondamment, bouillant, collant dans la main de Fyodor. Il se retira lentement. Ça sentait la pisse et la merde dans les toilettes. Ils se lavèrent et se rincèrent au lavabo. L'eau était froide, et Fyodor eut un tressaillement en tamponnant les serviettes en papier grossier, mouillées, contre son sexe. Ils sortirent l'un après l'autre, à quelques secondes d'intervalle. Puis ils reprirent leurs places devant la table. Le corps de Fyodor vibrait toujours, encore tendu. Ses épaules étaient contractées. Il avait joui, mais quelque chose restait coincé en lui.

Timo était pâle. Il dit : « Je ne t'ai pas posé la question avant. Est-ce que… est-ce que t'es clean ?

— Oui, oui, dit Fyodor. J'ai fait un test il y a un mois.

— O.K.

— Et toi ?

— Je suis sous PrEP.

— Ah, super.

— Tu devrais t'y mettre. Enfin penses-y.

— Pas pris en charge par mon assurance. Je mets des capotes. En général.

— Ouais.

— Enfin, de toute façon, je l'ai pas fait.

— Fait quoi ?

— J'ai rien fait. Depuis toi. Depuis nous. Eh ouais. »

Timo hocha la tête. Mais il ne dit pas la même chose en retour, et Fyodor savait qu'il n'aurait pas dû lui en vouloir pour ça mais il ne put s'en empêcher. Il fut un peu en colère.

Il y eut une vibration puissante. Fyodor regarda son linge. Les machines étaient terminées. Il sortit ses vêtements, lourds et raides d'humidité. Il les jeta dans un chariot rouge qu'il fit rouler jusqu'au fond, vers les sèche-linge. Il les transféra, s'efforçant d'éviter le regard de Timo. Mais il sentait encore son odeur, ou du moins celle du savon des toilettes. Elle était restée sur eux deux.

Ils n'avaient jamais baisé dans un lieu public auparavant. C'était bizarre, qu'après la fin de leur histoire, ils continuent d'essayer des choses ensemble. De trouver d'autres manières. C'était étrange de fabriquer de nouveaux souvenirs alors que tout était fini. Il ferma le séchoir mais dans le hublot, derrière les vêtements qui tournaient, il vit le reflet de Timo qui le regardait.

« Quoi ? » demanda-t-il sans se retourner. Gêné.

« Rien.

— C'est drôle. On n'a jamais été à la laverie tous les deux. Avant, je veux dire.

— Et on se disputait à propos de tes habits.

— Ouais. On se disputait.

— Je ne te hais pas. Je ne suis pas en colère contre toi. Tu vois bien.

— Pourquoi je vois bien ? »

Fyodor se retourna. Il s'assit sur une chaise. Timo l'imita. Entre eux étaient posés les serviettes et les tee-shirts.

« Eh bien, à cause de ce qu'on vient de faire. On n'aurait pas fait ça si on se haïssait ou qu'on était en colère.

— Ça arrive, de baiser avec quelqu'un qu'on déteste.

— Sans doute. Mais moi, je ne le ferais pas. »

Là-dessus, Timo rit et écarta d'une pichenette une peluche restée sur la table.

« Tu as aimé ? Dans les toilettes ?

— Oui, beaucoup. »

Timo hocha la tête, comme s'il venait de prendre une décision.

« C'est agréable de faire des trucs ensemble.

— J'imagine que la plupart des gens ne penseraient pas à baiser dans un lieu public, quand tu dis ça.

— C'est toi qui as commencé.
— J'avoue », dit Fyodor.

Un après-midi, peu après le Nouvel An, il y eut une tuerie en Alabama.

Un homme était entré dans une banque, et avait tué tous les employés et clients. Quelle drôle d'idée. Que quelqu'un puisse entrer dans une banque et tuer absolument toutes les personnes qui s'y trouvent. S'étaient-ils tous mis en rang avant qu'il tire ? Avaient-ils tenté de s'enfuir, sauf que l'homme s'était révélé excellent tireur ? C'était une sorte de miracle, accordé par un dieu du carnage sanguinaire et sans pitié.

Fyodor lut l'info à l'usine, pendant sa pause déjeuner, sur le parking. Le ciel était d'un bleu tranquille. Les arbres en lisière du terrain oscillaient doucement.

La banque se trouvait dans la petite ville où habitait sa mère. Il n'était pas retourné en Alabama depuis des années.

Il l'avait appelée, mais elle n'avait pas répondu. Il avait rappelé, mais elle n'avait pas répondu. Il avait appelé encore une fois et, quand elle avait décroché, il avait failli tomber à genoux de soulagement.

« Quoi ? » demanda-t-elle. On entendait des sirènes dans le fond.

« Tu es où ?
— À la maison.
— Pourquoi il y a des sirènes ?
— Ah, ça j'en sais rien.
— La banque, dit-il.
— Oui.
— Tu n'as rien de cassé, ça va ?
— C'était un jeune. Un jeune vraiment, vraiment débile. Il a tué tout le monde. Ils sont tous morts.
— Combien de victimes ?
— Sept, huit, je ne sais pas.
— Il a tué tous ces gens.
— Eh bien », dit-elle comme si elle avait l'intention d'ajouter quelque chose, mais elle ne le fit pas. Fyodor

se sentit bête de s'être inquiété comme ça. Il semblait ridicule de s'imaginer que sa vie puisse croiser le chemin majuscule du cours terrifiant de la vie dans le monde. « Toi, ça va ?

— C'est moi qui t'ai appelé, tu te rappelles ? répliqua-t-il.

— C'est pas pour ça que tu vas forcément bien.

— Je vais m'en sortir. »

Ils se dirent au revoir, mais Fyodor ne parvenait pas à retenir ses mains de trembler. Il monta dans son pick-up et alluma la radio, tentant de trouver une station, n'importe laquelle, pour adoucir le silence. Il tomba sur une fréquence de vieux classiques du rock et se laissa glisser dans son fauteuil. L'habitacle de sa voiture sentait l'essence et le sang séché. Il voyait son haleine. La neige s'était ramollie, et le parking baignait dans l'eau sale. L'usine ressemblait à une école primaire. Derrière le bâtiment principal, à une courte distance, s'élevaient de grandes tours couleur acier et d'autres structures métalliques. À cause de ça, on aurait dit une vraie usine, pas juste un endroit où l'on coupait des animaux en morceaux. Fyodor se cramponna au volant. La musique lui était familière. Il tenta de repenser à ce soir-là dans la voiture avec son père, de se rappeler ce qui passait à la radio, mais il n'y parvint pas. La mémoire, toujours prompte à l'abandonner quand il en avait le plus besoin.

La mémoire – toujours si pleine de promesses en l'air.

Fyodor avait vraiment cru que sa mère était morte. Dans ces longs instants avant qu'elle décroche, il avait vraiment cru qu'elle avait été abattue à coups de feu. Mais cette manifestation de violence la laissait indifférente, tout comme son propre fils la laissait indifférente. La violence n'avait pas du tout entamé sa vie.

Il tenta de respirer.

Ses mains tremblaient encore. Il n'allait pas pouvoir manœuvrer le couteau. Il ferma les yeux. Son portable sonna. Il répondit.

« Salut... je viens de voir les infos. Dis donc. Ça va, toi ? » C'était Timo.

« Ça va. Ma mère aussi. Je viens de l'appeler. Ça a eu l'air de l'ennuyer plus qu'autre chose, pour tout dire. »

Timo fit claquer sa langue. « Bon, je suis content qu'elle n'ait rien. Mais quand même, putain. J'espère qu'il va cramer sur la chaise électrique.

— Ah bon ?

— Il a tué genre dix personnes. Des gens normaux, des gens ordinaires. En train de faire leurs courses. Ouais, j'espère qu'il va cramer. »

Fyodor serra le volant encore plus fort de la main gauche. Quelque chose le démangeait. Comme un pull en laine encore rêche.

« Tu espères qu'il va mourir ?

— C'est un assassin.

— Ah.

— Franchement, me dis pas que tu trouves qu'il mérite de vivre après ce qu'il a fait ? »

Fyodor observa un faucon qui rasait le toit du bâtiment en grès avant de faire volte-face et de remonter en flèche. C'était une journée d'une beauté écrasante.

« Je trouve juste que c'est un peu cruel de dire ça, alors que la situation est déjà assez douloureuse.

— Ce qui est cruel, c'est d'assassiner des gens.

— Et des animaux, ajouta Fyodor.

— Quoi ?

— C'est ce que tu penses, non ? Qu'assassiner des animaux pour les manger est cruel.

— Oh non. Je refuse de recommencer cette discussion.

— Électrocuter ce type, ou lui faire une injection ou je sais pas quoi, c'est pas tout aussi affreux ?

— Non, Fyodor, ça ne l'est pas, et si tu ne vois pas ça, on n'a rien à se dire. »

Timo lui raccrocha au nez, et Fyodor resta le téléphone pressé contre l'oreille. Il entendait l'air dans sa propre tête. Son oreille était chaude et pleine de sueur. Il rangea le portable dans sa poche.

Ses mains sentaient le puissant désinfectant qu'ils utilisaient en quittant la chaîne, tellement intense qu'il vous laissait les paumes blanches et rêches, avec des picotements. Il en sentait encore la brûlure.

C'était injuste de sa part d'avoir dit ça à Timo, il le savait. Mais il n'avait pas dit ça pour l'emporter dans une dispute. Il essayait juste d'exprimer quelque chose qu'il pensait et ressentait. Il avait envie de demander comment il se faisait que les gens trouvent tellement plus facile de se montrer charitables avec des animaux d'élevage anonymes qu'avec d'autres êtres humains. Aimer les gens, c'était dur. C'était difficile parfois de croire qu'ils étaient bons. Difficile de les connaître. Mais ça ne signifiait pas qu'on pouvait aller de l'avant sans essayer. Sa conviction, c'était que l'amour, ce n'était pas seulement faire preuve de bienveillance, pas seulement donner aux autres ce qu'ils voulaient. L'amour était davantage que ses parties faciles et agréables. Parfois, aimer, c'était essayer de comprendre. Aimer, c'était tenter d'aller au-delà de ce qui était dur. L'amour, l'amour, l'amour.

Fyodor descendit de son pick-up. Sa pause était terminée.

Fyodor et Timo s'étaient remis à coucher ensemble depuis un certain temps quand ils se rendirent à une exposition dans une des galeries du campus.

Il devait y avoir des conférences d'artistes mineurs mais charismatiques à propos desquels Timo avait épluché internet toute la semaine. Toute la semaine, il avait glissé dans leurs conversations des petites allusions aux tableaux de ces artistes ou à leur philosophie, et Fyodor, abruti par le travail et repu, après le dîner, hochait la tête en se laissant porter par ces discussions. Cela faisait partie de ses efforts pour devenir quelqu'un d'autre, afin que Timo le trouve un peu moins bête, un peu moins con, ou quoi. Fyodor ne trouvait pas que l'art était prétentieux. Il ne trouvait pas que l'art était surfait. Il avait très envie d'aimer l'art, mais il se sentait toujours plus ou moins laissé pour compte quand il tentait de l'apprécier. La sculpture lui était plus accessible, car il pouvait comprendre la nature manuelle de l'œuvre. Mais les tableaux, même les plus conventionnels, lui semblaient toujours inertes et froids. Ce n'était pas qu'il n'était pas sensible à leur beauté. C'était que le contexte lui manquait. Parfois, il se surprenait à vouloir comparer les œuvres géométriques d'après-guerre qu'aimait tant Timo avec les découpes de viande qu'il avait manipulées dans la journée – le persillage, les tendons, les riches dépôts de gras en forme de parallélogrammes, si joliment, si nettement délimités qu'on les aurait crus dessinés à la main. Mais la seule fois où il avait essayé, Timo lui en avait tellement voulu qu'ils ne s'étaient plus parlé de la soirée. Ils étaient restés allongés là, dans la chambre surchauffée de Fyodor, à baigner dans leur transpiration. Timo avait cru qu'il tentait de rabaisser les œuvres. Mais il ne s'agissait pas du tout de ça. Il voulait juste un contexte.

Mais voilà maintenant qu'ils étaient à cette expo, dans cette galerie. Fyodor avait mis son plus beau jean et une chemise en denim sans brûlure ni tache de peinture. Tout le monde était élégant, bien mis. Il se trouvait épais et lent. Ils sirotaient du champagne dans de petites coupes en plastique. Fyodor en prit deux à la fois et les versa dans une des deux. Timo s'attarda près de lui, les épaules et la mâchoire visiblement contractées. Fyodor lui donna un petit coup de coude et tenta d'attirer son regard, de lui arracher un sourire ou un rire. À un moment donné, durant la réception, il effleura sa main du dos de la sienne, mais Timo s'écarta comme un animal effrayé. Ils étaient venus avec la voiture de Timo, donc Fyodor ne pouvait pas partir comme ça, même s'il en avait très envie. Sa chemise était trop serrée et il avait la gorge sèche, d'abord à cause du champagne, plus tard à cause du gin tonic qu'il s'était commandé. Il sortit par une des portes latérales et se retrouva dans le patio recouvert de béton. De là, il regarda au loin, par-delà la mare verte gelée, vers la colline qui partait de derrière la galerie. Les lumières à l'intérieur projetaient un halo, et il respira profondément l'air froid.

Il lui arrivait encore de penser à la tuerie en Alabama. Il y avait eu quatre autres massacres dans le Sud le mois dernier, chacun s'élevant un bref instant au-dessus du fracas monotone des infos, braquant le regard de tout le pays dans une même direction, vers un même événement qui perçait un trou brûlant dans l'étoffe de la culture américaine. Mais le lendemain, ou le jour d'après, leurs pensées revenaient vers les exigences de la vie quotidienne. Tout le monde retournait au ronronnement anonyme des choses, en sécurité au-dedans de leur inutilité. Il lui arrivait aussi de penser à son frère disparu. Il avait appris par sa mère que c'était le plus vieux qui était mort, subitement, d'une anomalie du cœur. Il était sorti avec des amis, dans un bar, ils prenaient un verre après le travail, d'une banalité à pleurer. Et sans crier gare, il était mort.

Fyodor se dirigea vers l'herbe et la terre au centre du patio. Il s'accroupit à côté de la mare et se pencha en avant de façon à voir son reflet. Il posa sa main à plat sur la surface et la laissa là, sentant l'eau froide, glissante. Au milieu de la mare, il y avait une zone où l'eau n'était pas gelée. La surface s'agitait et moussait, un robinet crachait de l'eau propre. Il eut l'impression de sentir l'eau bouger sous la couche dure, de sentir la glace remuer. C'était peut-être le cas. Il se balança d'avant en arrière, toujours accroupi. Ses cuisses le brûlaient. La colline présentait une vraie falaise, argile meuble et mica, pierre pâle découpée en blocs rectangulaires. Il jeta un regard par-dessus son épaule. À la lumière dorée de la galerie en rez-de-chaussée, les invités ressemblaient à des poissons dans un bocal. Il ne voyait Timo nulle part. C'étaient des gens élégants, anonymes, qui semblaient appartenir à une autre espèce. Rien à voir avec les hommes de l'usine, qui étaient pareils à des arbres rabougris par le vent et le manque d'eau. Des morceaux d'hommes, coriaces, les dents jaunes, les mains pleines de crevasses, la peau bronzée et tannée, presque comme du cuir. Rien dans sa vie n'avait de rapport avec ce lieu.

Fyodor se leva. Il s'essuya les mains sur son jean et pensa, avec un petit rire morne, qu'il aurait pu sauter dans la mare et couler dans la glace et l'eau. Personne à cette soirée n'aurait remarqué, personne ne s'en serait soucié.

Il rejoignit l'assistance, rasant le mur cette fois, et observa Timo à l'autre bout de la salle, par-dessus toutes ces têtes bien apprêtées. Timo était beau, il souriait et riait de temps à autre en bavardant avec des groupes de gens qu'il connaissait de la fac. Mais il ne se tourna jamais vers Fyodor. Au lieu de ça, son regard se dirigeait vers l'intérieur, loin d'eux tous, avec une détermination sombre et palpable. Fyodor reconnut cette manie de Timo. Une façon d'aller de l'avant sans rien demander à personne. C'était sa manière à lui d'être égoïste. Fyodor but encore du champagne. Il but du vin blanc. Il but encore du gin. Il était de plus en plus saoul, ce qu'il mesura à l'intensification de la lumière dorée dans la salle et aux silhouettes de plus en plus floues. Au moment où les artistes furent conduits derrière une estrade pour faire leurs speechs, un monologue assommant après l'autre, une succession de clichés grisâtres et de vidéos au ralenti, ses yeux se fermaient presque. Il sentit la lenteur du temps. L'amalgame vacillant, lâche, des instants. Rien ne collait à rien. Tout glissait hors de sa portée. À la fin, un frisson glacé le parcourut. Il se rendit compte qu'il n'était pas appuyé contre un mur, mais contre une fenêtre. Il avait transpiré, et son dos humide prenait maintenant le froid.

À ce moment-là, vers la fin de la dernière intervention, Timo leva les yeux et vit Fyodor. Il arborait un visage dur et mécontent. Fyodor lui fit un signe de tête vaseux. Il agita la main. Timo tourna la tête de l'autre côté. Fyodor était fatigué. Il avait mal partout. Timo se montrait de nouveau distant avec lui, pour des raisons tout à fait opaques. Ce n'était vraiment pas juste. Qu'avait-il fait pour mériter ça ? Rien, se dit-il. Il n'avait absolument rien fait. Il rit doucement à part lui. Puis plus fort, et encore plus fort, jusqu'à s'esclaffer. Tout le monde le regarda. Il était plié en deux. La chaleur dans son ventre s'étendait, atteignait sa poitrine, et il continua de rire, si violemment qu'il en tremblait, qu'il en eut mal. Une douleur vive dans le dos, le long de la colonne vertébrale, puis devant, jusqu'à la base de la gorge. Il rit encore, puis cela cessa d'être drôle, et il se leva et essuya les larmes dans ses yeux. Les gens le dévisageaient, mais tentaient d'éviter son regard en même temps. Ils n'arrêtaient pas de détourner les yeux. Timo vint le trouver et lui dit sèchement : « Ça suffit. »

Dans la voiture, en rentrant, Fyodor posa la tête contre la vitre froide. Il gardait les yeux fermés, sauf quand la voiture roulait dans une ornière ; là, ses paupières s'entrouvraient et il apercevait la lueur d'un réverbère ou le halo d'un immeuble. Parfois, l'obscurité s'ouvrait et il assistait à une vie – quelqu'un pliait son linge, marchait, dînait, ce genre de choses, le tout dans des rectangles de lumière orangée. Les gens, dans leurs aquariums, comme des animaux. L'air froid dissipait un peu sa migraine, les picotements dans ses yeux. C'était un soulagement.

« Putain. Pas possible d'aller quelque part sans faire tout un cirque, bordel », dit Timo. La musique à la radio était lointaine et vague, un vieux standard. Fyodor se redressa. Les cahots le faisaient se balancer. Il tenta de fredonner la chanson, mais il n'était pas dans le rythme.

« N'importe quoi, putain, insista Timo.

— Je suis bourré », dit Fyodor, comme pour s'expliquer, mais Timo se contenta de secouer la tête.

« Ça, c'est clair.

— Je suis désolé », dit Fyodor, mais ses propres paroles le firent rire aussitôt.

« C'est pas drôle.

— Je sais », dit-il, mais le rire ne cessa pas. Il toussa. Reposa sa tête contre la vitre. « Tu t'es bien amusé ?

— Non, vraiment pas, il se trouve.

— Bon, tu m'en vois navré. » Fyodor avait les mains moites. Il les avait croisées sur ses genoux, passait un pouce sur l'arête de l'autre. Il avait l'impression qu'elles étaient couvertes d'une pellicule de graisse. La voiture sentait le désodorisant au sapin.

À un feu, Timo se pencha en avant et alluma le chauffage. Celui-ci émit un petit cliquètement et se mit en marche. L'air soufflait, chaud, sur les genoux et les cuisses de Fyodor. Il crut qu'il allait s'endormir là. Timo le regarda. Fyodor le vit dans la vitre, un reflet presque fluorescent. Il reconnut le trajet. Ils allaient chez Fyodor. Il y avait des arbres au-dessus de leurs têtes, un petit bosquet au bord de la rue. La neige tombait dru, presque comme de la pluie. On était fin mars.

« Qu'est-ce que tu m'as fait, là-bas ? demanda Timo.

— Tu te rappelles le jour où on a parlé de la fusillade ?

— Quoi ?

— Tu as dit que tu espérais que cet homme allait cramer. Qu'il allait mourir à cause de ce qu'il avait fait.

— Je refuse de parler de ça.

— Je n'ai rien dit sur le moment, mais je ne suis pas d'accord avec toi. Je pense que tuer des êtres humains, c'est mal. Que c'est toujours mal. Même si la personne a commis un acte vraiment ignoble, atroce. Personne n'a le droit de tuer personne.

— Ton boulot, c'est massacrer des animaux. Viens pas me faire la morale sur la peine de mort.

— Mais tu vois, c'est justement ça, le problème. Tu agis comme… » Fyodor ferma les yeux. Il avait un goût acide dans la bouche. Il fit claquer plusieurs fois ses lèvres, comme si ça pouvait l'aider à faire sortir les mots. Il sentit son esprit qui s'activait à les chercher, fouillant les contours de ce qu'il avait à dire. Mais tout cela lui paraissait vain, en même temps. Rien de ce qu'il pourrait dire ne changerait grand-chose. Ils avaient dépassé la vieille église du coin de la rue, donc ils étaient tout près de chez lui. Il poussa un soupir : « Franchement, quoi, tu veux me tuer aussi ? À cause de mon travail ? À cause de ma manière de gagner ma vie ? Tu penses que je suis un assassin ?

— C'est ça. Je pense que tu es un assassin. Et ton travail me fait horreur. Et je pense que si tu entres dans une banque et abats un groupe d'innocents, oui, tu mérites de mourir. Comme un animal. »

Fyodor hocha lentement la tête. C'était ça. Il tendit la main, comme s'il pouvait saisir la pointe en l'air et la garder dans sa main. Il referma les doigts dessus. La pointe était solide dans sa main. Il se tourna pour la placer juste sous les yeux de Timo. Il ouvrit la paume.

« C'est ça. C'est ça, la cruauté.

— Quoi ?

— Tu as dit *mourir comme un animal.* Mais tu penses que les animaux ne devraient pas être tués. Donc c'est de la cruauté. N'est-ce pas ?

— Sors de ma voiture, Fyodor. Tu peux finir à pied. »

Fyodor hocha la tête. Il referma la main et descendit. Son équilibre était passable. Il pouvait y arriver. Les congères étaient devenues sales et poreuses. Il donna un coup de pied dans la neige friable et elle tomba, sèche et solide, comme des pellicules d'un cuir chevelu. Il grogna de satisfaction.

Les animaux vivaient et les animaux mouraient. Ils étaient des amis, et ils étaient de la nourriture. Ils commençaient et ils finissaient. Tout ce qui séparait les humains des animaux, c'était une hypocrisie féroce. Ils n'étaient que des mammifères qui tenaient sur leurs pattes arrière et hurlaient à des lunes électriques. Ils n'étaient rien. Cependant, ils avaient en eux la dignité de la vie, le droit d'exister. Il ne l'avait pas toujours compris. Mais il le comprenait désormais.

Lorsqu'il arriva chez lui, deux phares l'éclairèrent tandis qu'il introduisait sa clef dans la serrure. Il se retourna, se protégeant les yeux d'une main pour mieux y voir. La voiture de Timo était là, garée à sa place habituelle. Timo sortit et resta planté là, mains dans les poches. Fyodor comprit. Timo l'avait suivi le long des trois maisons qui le séparaient de la sienne. C'était de la bonté. Ce geste avait l'indifférence de l'amour.

Fyodor leva une main. Il ouvrit la porte. Ça sentait le renfermé dans l'entrée. Les étoiles au-dessus d'eux étaient froides et blanches.

Boulot demain matin.

# 3

# Ivan le Terrible et son fils Ivan

Ivan et Goran n'évoquaient pas le temps qui s'était écoulé depuis la dernière fois qu'ils avaient baisé. Ils n'évoquaient pas le temps qui s'était écoulé depuis la dernière fois qu'ils s'étaient endormis dans les bras l'un de l'autre. Ils dormaient ensemble, se réveillaient ensemble, mangeaient ensemble, et poursuivaient leur vie comme si rien n'avait changé alors que, bien sûr, tout avait changé.

Ce n'était pas du déni. C'était autre chose – de la peur peut-être, ou un manque d'intérêt.

Ils se disputaient pour des vétilles, comme lequel consommait le plus d'électricité, lequel le plus d'eau. Mais en fait, les disputes venaient de l'absence de sexe. À chaque fois qu'Ivan essayait de prendre l'initiative, Goran était fatigué. À chaque fois que Goran essayait de prendre l'initiative, Ivan se sentait coupé de son propre corps et n'était pas excité. Ils ne parvenaient pas à s'aligner. Les ratés s'accumulaient. Ivan se mit à dormir sur le canapé, qui lui faisait mal aux articulations. Goran cacha ses anti-douleurs. Ivan laissa des verres d'eau posés sur le clavier d'ordinateur de Goran.

L'absence de sexe avait une cause, bien qu'ils ne soient pas prêts à l'affronter. Ils étaient tous les deux en troisième cycle, Goran en musique et Ivan en finances, mais Goran venait d'une famille fortunée. C'était le début et la fin de leur problème. L'argent facilitait les choses, certes, quand on avait été élevé sans. Comme la première bouffée d'air après une longue course. Mais la brûlure venait juste derrière.

Ivan avait l'impression de ne jamais pouvoir prendre le dessus. Goran payait la plus grande partie du loyer et des factures, il payait les courses et les produits de beauté. Quand Ivan avait un peu d'avance, il envoyait la somme à ses parents, ou mettait de l'argent de côté, au compte-gouttes, en prévision d'un avenir proche. Goran ne se formalisait pas de tout payer, jusqu'au moment où il était saoul, en colère ou agacé parce qu'Ivan avait fait quelque chose sans suivre scrupuleusement ses instructions. Là, c'était : *Le moins que tu puisses faire* par-ci, *le moins que tu puisses faire* par-là, le tout sur un ton de reproches passif-agressif. Il se rappelait à peine pourquoi ils s'étaient mis ensemble, au départ. Mais s'il s'en allait, où irait-il ? Il ne pouvait pas se payer un loyer. Il ne pouvait rien se payer. Il arrivait au bout d'une période lugubre de sa vie, terminant son MBA dans l'espoir de trouver un emploi correct quelque part, n'importe où, un emploi qui lui permettrait de revaloir à ses parents tout ce qu'ils avaient fait pour lui. Goran ne comprenait pas ça. Il avait de l'argent. Il en avait tellement que l'argent glissait sur lui comme de la poussière ou de la neige, ruisselant des poches de ses parents et grands-parents.

Goran affirmait qu'il dépensait librement car ce n'était pas vraiment son argent. Il était adopté, un enfant noir dans une famille blanche, qui étudiait la musique dans le Midwest. Essayant de devenir musicien, de comprendre ce que cela signifiait d'être musicien dans le monde d'aujourd'hui. Le fric, disait-il, était réservé depuis toujours à un gamin blanc qui n'était jamais né. Donc il avait pris la place de cet enfant. Chaque fois que Goran parlait de la race, du fait qu'il était noir, Ivan se sentait coupable de l'avoir oublié. Goran n'en parlait que quand il était triste ou bourré et évoquait la somme qu'il avait claquée plus tôt dans un dîner, ou un déjeuner, ou un nouveau blouson pour l'hiver qu'il avait offert à un ami. Ses cadeaux avaient les dehors de la générosité, et Ivan les voyait comme ça, mais il y avait quelque chose de pitoyable sous le don, et Goran l'incitait à penser que ça avait un rapport avec le fait qu'il était noir et recevait de l'argent de sa riche famille blanche.

Il le lui avait dit un jour, au début, tandis qu'ils se promenaient sur le Ped Mall en mangeant du yaourt glacé. Un trio de jazz jouait à un bout du pavillon, et un Noir aux cheveux défrisés faisait des reprises acoustiques de Michael Jackson à l'autre. Goran venait de dire qu'il aimerait que ses parents puissent comprendre à quel point c'était dur pour lui de voir le jeune Noir qui s'était fait abattre par la police en Ohio. À quel point c'était dur pour lui de voir ça. *On ne comprend pas*, répétaient-ils. *On s'est toujours bien comporté avec toi. On t'aime*. Goran fit une imitation cruelle de leurs voix. Et Ivan répondit : *J'aimerais bien que tes parents soient les miens. Des Blancs riches, ça m'a l'air tout à fait acceptable, là, tu vois.* Et Goran s'était arrêté, il avait jeté son yaourt à la tête d'Ivan. *Je t'emmerde. Mon peuple est en train de mourir et toi tu pleures sur ton sort.*

Ivan avait failli répliquer que ce n'était pas le peuple de Goran – pas le garçon noir qui était mort pour avoir joué avec un pistolet factice, pas le garçon noir qui était mort en Floride en rentrant à pied sous la pluie, pas l'homme noir étranglé à New York, pas l'homme noir tué dans sa voiture sous les yeux de ses enfants. Ils appartenaient à une sombre fraternité de martyrs modernes, et Goran appartenait à une famille nantie de la banlieue chic de Chicago, devenue obscènement riche car l'un d'entre eux avait inventé longtemps auparavant des techniques de production industrielle de premier plan et reconstitué l'esclavage en Amérique en exploitant le travail de la classe ouvrière. Mais il garda ça pour lui. Qu'en savait-il ? Ce n'était pas son rôle. Au lieu de ça, il dit : *Je suis désolé. Tu as raison. Je ne comprends pas. Et j'en suis désolé.*

Il tenta de faire profil bas tant dans leur relation que dans leur appartement. Il tenta de faire la vaisselle, de plier les vêtements et de sortir les poubelles et le bac de recyclage. Il tenta de s'assurer que tout fonctionnait en douceur, et quand lui venait une idée, il la gardait pour lui. Goran avait assez de soucis comme ça. Il aimait dire qu'il avait du mal à trouver où se ranger. Sa place dans le monde. Surtout, il avait l'air très triste, et complètement perdu, et Ivan avait envie de le consoler. Mais ils n'arrivaient pas à faire en sorte que ça marche, donc ils partaient à la dérive.

Leur appartement était un deux-pièces au premier étage d'une vieille maison au croisement d'Iowa Avenue et de Van Buren. Leurs voisins du dessous étaient deux peintres en colocation qui préparaient le MFA. L'homme était pâle, il avait l'air de manquer de sommeil en permanence. La femme était renfrognée et musclée, avec des cheveux blond platine coupés ras. Ils n'étaient pas en couple, même si Ivan les croisait souvent à la coopérative du coin, en train d'acheter des produits bio, en salopettes ou combinaisons assorties. Ivan voyait parfois l'homme fumer une cigarette, assis sur la terrasse commune. Il ramenait une jambe contre sa poitrine et laissait l'autre pendre dans les buissons. La femme promenait un grand chien gris au poitrail imposant qui ne lui appartenait pas. Ivan savait que ce n'était pas le sien car il ne l'avait jamais entendu. Ce qu'il entendait, c'était leur musique. Ils écoutaient des standards du jazz ou des reprises bluesy du grand répertoire des classiques américains, mais avant tout, ils écoutaient du music-hall. Ils adoraient Cole Porter. Ils se passaient en boucle « *Anything Goes* », avec Patti LuPone. Il sentait la mélodie sous ses pieds.

Certains soirs, Goran allait au bar des poètes, et Ivan restait à la maison. Goran couchait avec un poète marié, père de deux jeunes enfants blonds. Ivan les avait vus se parler, au café. Goran avait avancé la main et touché l'avant-bras de l'homme, qui s'était mis à jeter des coups d'œil furtifs autour de lui et s'était écarté. Ivan pensait que les poètes, comme les danseurs, couchaient tous ensemble. Comme s'il s'agissait d'une meute impatiente dont tous les membres se frottaient les uns aux autres pour se réchauffer en hiver. Iowa City était une sorte d'hiver culturel – ils étaient tous venus dans cette ville minuscule, au beau milieu de la région la plus paumée d'Amérique, pour étudier l'art, s'affûter, affûter leurs idées telles des armes parfaites, effrayantes, et, dans le dénuement quasi monastique qu'ils avaient trouvé ici, ils s'étaient tournés les uns vers les autres. Toutes les espèces en voie de disparition recherchent le réconfort auprès de leurs semblables.

Quand il était seul, Ivan s'installait devant le piano électronique de Goran. Il arrivait à jouer des bribes de chansons entendues à la radio, mais il ne connaissait aucun morceau en entier. Un soir, pendant que Goran faisait la vaisselle, il s'était mis au clavier et avait joué un passage d'un titre d'un groupe qu'il aimait, mais avant qu'il soit même arrivé à la fin du peu qu'il connaissait par cœur, Goran avait jeté un verre, depuis la cuisine, contre le mur face auquel était installé Ivan. Il avait éclaté, se transformant en poudre de verre dont des éclats étaient tombés sur le clavier, dans les cheveux d'Ivan.

« Goran ! » Ivan s'était levé lentement, prudemment.

Goran se tenait dans l'entrée de la cuisine, du liquide vaisselle dégoulinait de ses mains sur le tapis. Son visage était dur et cruel. Il avait dit : « Sois pas stupide. »

Ivan avait mis des jours à ramasser tous les éclats de verre sur le tapis. Il avait passé l'aspirateur à cet endroit tous les jours pendant des semaines, mais il sentait encore le verre sous ses pieds, pressant contre sa peau, pris dans les fibres.

Ivan vivait d'emprunts étudiants, il accumulait les dettes afin d'étudier la météorologie de l'argent. Ses parents ne pouvaient pas l'aider car ils s'étaient déjà saignés à blanc pour l'envoyer à l'école de danse, d'abord à Boston puis à New York, où tout semblait indiquer qu'il allait faire carrière – jusqu'au moment où il s'était avéré que ses tendons avaient une faiblesse et ne récupéraient pas. À l'âge de dix-sept ans, il s'était retrouvé dans la nécessité de changer ses projets.

Sa mère était institutrice et son père mécanicien pour la municipalité de Boston ; il réparait les bus, les camionnettes et les machines de l'usine d'épuration des eaux. Ils lui avaient caché les difficultés dans lesquelles les avait plongés le paiement de ses frais d'inscription ces dix dernières années, sauf aux fêtes de Noël ou aux vacances d'été, où il trouvait ses parents fatigués et diminués en arrivant. Ils comptaient chaque sou. Ils avaient accepté de l'argent de leur église et de leurs parents. Ils avaient mis tous leurs revenus à son service, si bien qu'il ne leur restait rien. L'été de ses dix-sept ans, il avait passé des nuits blanches à contempler l'absurdité de la chose. Avoir tant donné, avoir fourni tant d'efforts, tout ça pour être contrecarré par la dure réalité de la biologie. Il avait passé des heures et des heures à se tourner dans son lit, cet été-là, brûlant de colère, à en vibrer. Quelle cruelle particularité du monde, qu'on puisse vouer sa vie entière à ce qu'on désire le plus, mais se trouver tout de même dans l'incapacité de l'obtenir, à cause d'un méchant coup du sort.

Il décida d'étudier la finance car il savait qu'il pourrait gagner sa vie avec, assez bien pour subvenir à ses besoins et à ceux de ses parents. Pendant ses études, il avait travaillé dans la restauration et fait des chantiers, dans le froid et la chaleur, et dans la neige fondue saumâtre caractéristique de la grande banlieue de Boston. Il s'était habitué à conduire des heures tous les jours jusqu'à un chantier, travailler, puis reprendre les routes en lacets, avec leurs virages sans visibilité, pour rentrer à Somerville, et remettre ça dès le matin.

Mais il travaillait, il étudiait et il économisait, il avait eu son diplôme et, à présent, à vingt-cinq ans, il arrivait à la fin de son master et devait intégrer l'université d'été de New York ou San Francisco parce qu'il ne pouvait plus progresser dans la finance dans l'Iowa, sauf s'il voulait y rester indéfiniment, ce qui n'était pas le cas. Il n'avait pas assez d'argent pour rendre la chose possible, et pourtant, il avait grand besoin qu'elle le soit. Sur ce plan, la vie d'Ivan n'avait pas tellement changé.

En ce mois de janvier, il aidait son ami Noah à construire une cabane à la campagne. Le terrain appartenait à Bert, qui possédait plusieurs propriétés à Iowa City et dans les environs. Il rachetait des vieilles maisons et les convertissait en appartements à louer pour des bandes d'étudiants de deuxième et troisième cycles. Ivan habitait dans un de ces appartements avec Goran, mais Bert n'était pas leur propriétaire. Noah, en revanche, était un de ses locataires.

Bert était blanc, flasque, avec d'épaisses lunettes. On l'aurait cru sorti d'*America's Most Wanted*. Parfois, alors qu'il était accroupi, en train d'attacher quelque chose à un piquet, Ivan levait les yeux et s'apercevait que Bert le fixait. Noah riait et disait : *Fais pas attention à lui*.

Le vent lui gerçait les doigts, mais le travail était agréable, et il en sortait fatigué, réchauffé. Les beaux jours, il s'allongeait sur le dos à l'arrière de son pick-up et écoutait le vent gris plaquer l'herbe au sol. Les champs étaient boueux. Les arbres rachitiques à l'orée de la forêt se balançaient.

Noah étudiait la danse à Iowa. Il avait grandi à West Des Moines ; moitié japonais, moitié blanc, la plus grande partie de son enfance il avait été gymnaste d'élite, mais il avait fini par s'en lasser. Il trouvait les autres garçons fatigants, avec leur intensité, et leurs parents lui jetaient tout le temps des regards bizarres, comme s'ils tentaient d'évaluer s'il était en train de dépasser leurs propres enfants. En danse classique, tous les garçons étaient des petits princes. Ivan le savait bien à la façon dont les profs se pâmaient devant eux, même devant ceux qui n'avaient pas le pied sûr et avaient tendance à la paresse. En danse classique, si vous étiez un garçon, vous étiez une denrée précieuse, rare et exceptionnelle, même si vous étiez médiocre, et il trouvait aussi que la musique y était meilleure. Il aimait la danse. Ça lui convenait bien.

Ivan avait vu Noah pour la première fois en assistant à un récital de danse, à l'automne. C'était un truc moderniste sans grand intérêt, mais Noah était bon. Sa danse possédait une fluidité déconcertante, un naturel qui se manifestait rarement à ces endroits chez les autres. C'était difficile pour Ivan de regarder des danseurs. Ça lui manquait tellement que ça lui faisait mal au ventre. Et ça l'épuisait, car il ne pouvait pas s'empêcher de mémoriser la chorégraphie, agité des gestes imperceptibles indispensables pour la faire entrer directement dans sa colonne vertébrale. Mais ce soir-là, il se contenta de regarder Noah danser, et ensuite il lui offrit des verres au bar.

Noah expliqua qu'il allait passer des auditions, maintenant qu'il était en dernière année. Des auditions qui allaient déterminer le cours de sa vie. Ivan répondit qu'il comprenait ça. Il devait passer des entretiens, lui aussi. S'il avait de la chance – *merde*, s'il avait de la chance. Noah dit qu'il commençait très tard, mais c'était la vie, qu'est-ce qu'on pouvait y faire ? Parfois, on se laissait surprendre. Ivan rit. Oui, c'était bien vrai.

Un grand chien brun clair rôdait dans le lotissement. Noah l'appelait Dota, d'après le jeu vidéo, et lui donnait des croquettes d'un sac qu'il gardait à l'arrière de son pick-up. Il précisa que Bert lui avait interdit de le faire. C'est pour ça qu'il prenait un tel plaisir à le nourrir et à le trimballer dans sa voiture. Bert disait que c'était un chien sauvage, plein de puces et de tiques ; Noah le raconta les yeux luisants, comme s'ils complotaient en douce. Parfois, Dota grimpait à l'arrière du pick-up où était allongé Ivan et se couchait sur lui. Il faisait bon sous le poids du chien, et Ivan s'endormait comme ça, malgré le froid.

Un après-midi, à la pause déjeuner, Noah alla marcher dans les bois, comme il faisait souvent. Ivan et Dota montèrent à l'arrière du pick-up pour faire la sieste. Là, presque au moment où il fermait les yeux, un coup de tonnerre lointain le fit sursauter. Dota bondit au sol et poussa un long hurlement. Il y eut un nouveau craquement. Ce n'était pas le tonnerre, mais un tir de fusil. Le souvenir, aussi net que le son lui-même, arriva brusquement sur lui comme par-delà une grande plaine. Dota décrivait des cercles en jappant nerveusement, avec de petits bonds.

Ivan appela Noah, mais la sonnerie résonna derrière son épaule dans l'habitacle du pick-up. Il sauta par terre, à côté de Dota. Encore un coup de feu, telle une vague qui s'abat. Était-il censé partir à la recherche de Noah dans les bois ? Ou rester où il se trouvait ? Il n'avait pas moyen de savoir s'il était en danger. Il attendit. Le vent tourna, apportant une odeur de soufre, amère. Si proche. Sa peur s'intensifia.

Mais juste après, un autre son s'éleva par-dessus les arbres – un rire. La voix de Noah. Ivan courut, sautant par-dessus le fossé, pour le rejoindre à l'orée des bois. Noah était plus grand qu'Ivan, avec des cheveux épais et bruns. Il affichait un petit sourire en coin. Et une petite cicatrice près du milieu des lèvres.

« Merde, dit Ivan le prenant par les épaules.

— Ah, salut.

— T'as pas entendu les coups de feu ? »

Noah se mit à rire. Son haleine était chaude contre les joues d'Ivan. Ivan le secoua, et il rit encore plus fort.

« C'étaient pas des coups de feu.

— Quoi ?

— Bert a laissé des cartouches d'air dans son baril, et j'ai fait un feu. Quel idiot. »

Ivan enfonça davantage les doigts dans les épaules de Noah. Le vent avait tourné de nouveau et agitait les arbres. Dota dansait à leurs pieds, bondissant et posant ses pattes avant sur le ventre de Noah. Le chien aboya deux fois, puis regarda Ivan et aboya de nouveau. Il avait la langue violette, constellée de petits points roses, comme un reptile.

« Putain, dit Ivan. J'ai cru... j'ai cru... »

Noah rit en empoignant la fourrure de Dota.

« Ta tête.

— Ah merde », dit Ivan.

Après avoir quitté le terrain de Bert, Noah et Ivan se trouvèrent un petit chemin désert et se garèrent. Ils déboutonnèrent mutuellement leurs chemises et là, dans le froid grinçant du pick-up de Noah, ils se branlèrent l'un l'autre tandis que Dota soufflait son haleine chaude sur leurs visages. Ils avaient les mains encore raides, encore dures du travail de construction, ils avaient des échardes dans les paumes, de la boue sèche sous les ongles, mais sous leurs vêtements, ils étaient propres et sentaient la mer. Ivan se pencha en travers de la console centrale et prit la bite de Noah dans sa bouche, toute entière. Ses poils pubiens noirs et rêches lui picotaient le nez et les lèvres. Noah frissonna et demanda s'il pouvait jouir dans la bouche d'Ivan, qui hocha la tête et poussa un grognement pour acquiescer, et tout sortit, chaud et gluant sur sa langue et son palais.

Noah lui rendit la pareille, mais Ivan ne parvint pas à faire tenir son érection et, au bout d'un moment, il remonta son pantalon et dit que ça suffisait.

Dota posa la tête sur ses genoux. Le chien était trop gros pour être dans l'habitacle avec eux, mais il faisait trop froid pour le laisser à l'arrière. Le pick-up de Noah était vieux, et il n'y avait pas de lecteur CD, mais un mec que Noah connaissait par son dealer de beuh avait installé un système permettant d'écouter de la musique à partir d'un portable. Noah roula avec le menton sur la main gauche, la droite les guidant paresseusement. Ils écoutèrent Rachmaninov, qui n'était pas le musicien préféré d'Ivan, mais que Noah plaçait au-dessus de presque tout, à part Tupac.

La route était facile, une bande sombre et lisse entre des champs jaunes et bruns. De temps en temps, ils passaient devant des maisons semblant ratatinées par la lumière du crépuscule tombant, et on aurait dit un tableau du centre obscur de ce pays. Des maisons dépouillées par le vent et les coups de malchance : bardeaux blancs ou briques qui s'émiettaient ; toits bas et sombres ; grandes fenêtres ou fentes de lumière dorée dans le soir tombant. Après les virages, des collines venaient compléter le paysage, le flanc couvert d'herbes folles, comme de la fourrure. Il y avait des arbres qui poussaient tant bien que mal et de la corde élimée pendue à leurs branches, et de gros pneus posés dans les cours ou appuyés contre des appentis. Le monde s'étalait devant eux dans tout son prosaïsme.

« C'est déprimant, par ici, dit Ivan.

— Tu trouves ?

— Regarde, dit-il en désignant le pare-brise, les maisons de chaque côté, mais Noah haussa les épaules.

— Je ne sais pas. C'est des gens, quoi, c'est tout.

— On est en Amérique. Pourquoi ils vivent comme ça ?

— Tu es américain. Tu vis comment, toi ? demanda sèchement Noah.

— Pas comme ça.

— T'en es sûr ?

— N'importe, dit-il, bien qu'il sache que ce n'était pas une réponse.

— Je te l'ai déjà dit. Si t'as besoin de plus d'argent, il existe des solutions.

— Je ne vais pas coucher avec n'importe qui pour la thune.

— C'est pas de ça dont je parle, et tu sais que je ne fais pas ça. Pas avec Bert.

— Ah bon, c'est l'amour, alors ? » Ivan posa sa tête contre la vitre.

Noah s'arrêta sur le bas-côté gravillonné de la petite route. Ils penchaient légèrement dans le fossé. Le moteur grondait comme un animal qui ronfle. Dota dressa la tête. Ivan le caressa.

« Sois pas si naïf, reprit Noah, prenant appui contre le volant. Tout ce que je dis, c'est que ce site existe. Tu peux t'inscrire. Tu fais des vidéos. Tu te fais de la thune. C'est facile. Je le fais. D'autres mecs de thèse le font. Super simple.

— Du porno ? Ta solution, c'est le porno ?

— Je suis désolé, mais on a pas tous un trust à notre nom. Toi le premier. »

Ivan soupira. Ce n'était pas la première fois que Noah lui suggérait de se filmer, mais Ivan détestait les réseaux sociaux, même les plus ordinaires. Se connecter lui faisait l'effet de se soumettre aux caprices et aux sautes d'humeur des autres, et il avait déjà assez de mal à assumer ça dans la vie. Il n'imaginait pas une légion d'observateurs invisibles, leurs yeux fixés sur lui en permanence, à examiner une re-création à l'identique de ses actes passés.

« T'as un super beau corps. Pourquoi pas en profiter ?

— Mon corps, c'est de la merde. Mes genoux me brûlent, rien qu'après avoir construit une cabane. Je ne suis plus danseur. »

Noah souffla de l'air chaud par les narines. Il tapota le tableau de bord du bout des doigts.

« Tu me rends dingue, putain, dit-il au bout d'un moment. Tu me rends dingue. Pourquoi tu te plains si tu ne comptes rien faire pour t'en sortir ?

— Je ne me plaignais pas.

— Pourquoi les gens vivent comme ça ? » dit Noah en imitant Ivan sans indulgence.

« Pourquoi t'es méchant avec moi ?

— Parce que tu gâches tout.

— Je gâche quoi ?

— Tout », dit Noah. Il remit le contact et rejoignit la route.

Ivan ne savait pas quoi répondre à ça. Il avait cru qu'il comprenait quelque chose à sa vie, mais à présent, il lui semblait qu'il ne comprenait rien du tout.

Noah le déposa dans le froid et disparut.

Ivan resta sur la terrasse jusqu'à être engourdi.

Goran et Ivan se rendirent à une fête chez Noah, au bout de la rue. Le ciel était dégagé et sombre, et l'éclat dur de quelques étoiles brillait sur eux. Goran rentrait juste d'une répétition, et il avait encore le front humide. De temps à autre, il frissonnait et marmonnait quelque chose dans sa barbe ; il ne s'adressait pas à Ivan, mais à quelqu'un d'autre. Chaque fois que Goran rentrait de répétition, les conversations du jour s'échappaient de lui comme de la vapeur. Réfutations et contre-interrogatoire, réalignements subtils des faits, tout cela ressortait spontanément.

Ivan avait passé la journée à préparer des candidatures pour des stages d'été. Il avait la tête pleine de détails de son CV, de colonnes de texte bien nettes qui passaient devant ses yeux tels des hologrammes. Ils dérapèrent. Goran avança la main pour le retenir. Ivan plaça la sienne dans le dos de Goran, et l'y laissa, ferme. C'était un bon contact, solide.

Ils ne parlèrent pas.

Noah habitait au premier étage d'une maison sur Jefferson Street. Les gens débordaient dans l'escalier, le vestibule, la terrasse et le jardin. Les lumières de l'appartement du rez-de-chaussée étaient allumées, mais les persiennes baissées. Tandis qu'Ivan et Goran remontaient l'allée, Goran montra la silhouette d'un homme qui bougeait.

« C'est là qu'habite le mec de Timo.

— Il va être à la fête, Timo ?

— Peut-être. Possible qu'ils aient rompu. Ça ne va jamais, entre eux. »

Timo était l'ami de Goran, peut-être plus qu'un ami. Ils avaient eu une petite histoire avant l'arrivée d'Ivan. Timo travaillait dans les maths, ou équivalent, et il sortait avec un mec d'ici. Ils passaient leur temps à casser et à se remettre ensemble, ce qu'Ivan comprenait. Parfois, c'était comme ça. Certains jours, Goran donnait rencard à son poète marié au café où Ivan travaillait, et ces jours-là, il voyait Timo arriver une fois le poète parti. Ils se saluaient d'un signe de tête, lui et Timo, leur communication s'arrêtait là. Goran le voyait souvent. Ils dînaient ensemble, ils allaient à des concerts à l'auditorium. Un jour, Timo était passé chez eux pour rendre un disque ; Goran n'était pas rentré, il était encore en chemin. Ivan lui avait proposé de l'eau mais Timo avait refusé. Ils étaient restés plantés là, gênés, pendant les quinze minutes que Goran avait mises à rentrer. Puis Goran et Timo étaient sortis tous les deux. Le disque était sur la table. C'était un enregistrement de Rubinstein, avec une vieille pochette toute jaunie. Ivan le mit sur la platine et écouta les longues mesures d'ouverture du premier morceau. C'était sombre, avec pourtant une vraie clarté.

La musique manquait à Ivan. Bouger sur de la musique. Danser, ça lui manquait. Il passa le disque en entier puis le remit au début. Quand Goran rentra, un peu saoul, un peu gai, il monta sur les genoux d'Ivan et l'embrassa. Ils baisèrent sur la fin du disque, puis s'endormirent, sans se soucier des hoquets du diamant qui grattait le silence.

Le lendemain matin, Goran se mit en colère en s'apercevant que le disque tournait encore. C'était déraisonnable. L'album n'était pas terminé quand il était rentré, après tout, et il aurait pu l'interrompre lui-même. Ivan estimait qu'ils étaient tous les deux responsables de tout dégât qu'auraient subi le disque ou le diamant. Mais visiblement, Goran ne voyait pas les choses de cet œil. Il dit, de l'autre pièce : « Le moins que tu puisses faire. » Mais se mura ensuite dans le silence. Il sortit et ne revint pas de la journée. C'était la dernière fois que Timo était passé chez eux. La dernière fois qu'ils avaient baisé.

Goran gardait ses amis pour lui. Ils ne sortaient pas beaucoup tous les deux, avec Ivan. Leurs vies étaient comme ces petits jouets idiots qu'on faisait à l'école, avec de l'huile, du colorant alimentaire, du vinaigre et parfois un peu d'eau. Posés l'un sur l'autre, sans jamais se mélanger.

La silhouette s'arrêta au milieu de la fenêtre, se tourna et se retira vers le fond l'appartement. Ils montèrent les marches. Goran tapota la vitre pour voir si quelqu'un allait venir ouvrir, mais personne ne vint. Ils entrèrent dans le vestibule et montèrent chez Noah, croisant dans l'escalier des gens, le visage rendu brillant par l'euphorie de la fête et la drogue. Ça le fit penser à l'école de danse, où les fêtes étaient spontanées, avec un petit côté furtif, illicite. Certains des danseurs les plus âgés avaient des potes, ou amants et amantes, encore plus vieux qu'eux. À cause de ça, c'était un défilé de cigarettes, de vodka, de bière et d'ecstas bon marché, de kétamine pas si bon marché que ça.

Les drogues, au départ, faisaient partie de l'ensemble. Une manière d'affirmer leur domination sur leurs corps, leurs parents, l'ordre paternaliste de leurs enseignants et les exigences de la danse. Leur manière d'être indépendants, d'être vivants dans leur chair, jusqu'au moment où ils devaient se lever, à la première lueur grise de l'aube, enfiler des collants et commencer leurs étirements avant le cours du matin. Les drogues, au départ, n'étaient qu'une autre manière d'enfiler le pelage correspondant à la manière dont ils voulaient être vus. Beaux, jeunes, mais mûrs pour leur âge, pleins de sagesse, puisqu'ils pouvaient faire ce qu'ils voulaient de leur corps. Ivan se rappelait très bien quand il avait quatorze ans ; il regardait de l'autre côté de la salle de danse des garçons juste un peu plus jeunes que lui qui s'amusaient et jouaient à des jeux de souplesse, cherchant celui qui était capable de faire plier sa colonne vertébrale suffisamment en arrière pour s'attraper les chevilles. Ils se pliaient en deux de rire, comme des gosses. *C'étaient* des gosses. Et de l'autre côté de la salle, les garçons qui n'avaient qu'un an de plus que lui regardaient les rues en bas par la fenêtre, avec un quelque chose d'adulte dans leur nonchalance blasée, leur manière de communiquer en chuchotant – ils projetaient de se retrouver pour fumer à la pause déjeuner, Ivan le savait. Ils étaient encore tellement jeunes qu'ils planifiaient les *bêtises* qu'ils comptaient faire.

En montant l'escalier, à la fête de Noah, la main dans le dos de Goran, Ivan vit dans les yeux de ces jeunes-là, également, leur désir éperdu d'*être* – qui reposait tragiquement sur le fait d'être *vus*. Si personne n'était témoin de votre liberté, vous n'étiez pas libre. Ivan trouvait cela très triste. Il avait envie de les secouer, de leur dire de s'en aller, de partir, et d'être, tout simplement, de tout bonnement se casser et faire quelque chose de leur peau. Ils avaient encore le temps, ils étaient si jeunes. Mais quel droit avait-il d'intervenir ? Il n'était pas plus vieux qu'eux. Pas assez en tout cas pour lui donner matière à distribuer les mises en garde orphiques depuis la rive de sa deuxième vie. Mais le désir d'en avoir terminé avec une partie de sa vie avant d'être réellement prêt, la capacité qu'on avait de se convaincre qu'on savait tant de choses alors qu'en fait, on ne savait rien du tout, il en connaissait quelque chose. Ces danseurs. Défoncés, totalement déchirés, les yeux vitreux, surfant sur une vague de plaisir. Putain, qu'est-ce qu'ils étaient vivants. Et ils étaient déjà morts. Et ça lui brisait le cœur.

Mais bon, se dit-il.

La musique n'était pas forte, mais extrêmement percussive. Ivan la sentit sur sa poitrine et ses joues. Toute l'eau disponible dans son corps pétillait, comme secouée. Goran porta leurs manteaux dans la chambre, traversant l'appartement. Ivan alla à la cuisine chercher des bières.

Il y avait environ vingt personnes à la soirée, mais comme l'appartement de Noah était petit, on aurait cru davantage. Tout le monde touchait tout le monde. Quand Ivan se pencha par-dessus l'évier pour prendre les bières dans l'eau glacée trouble, il sentit une haleine chaude sur sa nuque, aussi intime que si quelqu'un avait glissé la main sous sa chemise. Il resta là, la main dans la bassine d'eau, serrant les bouteilles, tandis que l'haleine allait et venait sur sa peau. Il y avait une pression dans le bas de son dos et entre ses épaules, un torse carré, évoquant la solidité humaine. Les poils fins et sombres sur le côté de son cou s'alourdirent, humidifiés par l'haleine, et lorsqu'il regarda la vitre qui lui offrait un reflet de la pièce, il vit que c'était Bert, l'ami de Noah, qui se pressait contre lui. Leurs yeux se rencontrèrent dans la vitre, et Bert inhala profondément, si près qu'Ivan sentit la moiteur de ses lèvres et le cartilage ferme, fin, du bout de son nez, qui l'effleura, atterrissant juste à l'arrière de son crâne, aussi intentionnel qu'un doigt, après quoi Bert recula.

Ivan traversa la foule compacte de la cuisine, bières à la main, et retrouva Goran assis sur le bras du canapé. Il lui tendit une bouteille – de la bière légère, bon marché, qui dégoulinait encore. Goran la lui prit et garda la tête levée vers lui. Ivan cala sa propre bière mouillée sous son aisselle, déjà en sueur, et il tourna la capsule de la bière de Goran. Elle s'enleva facilement, et Ivan le mit dans sa poche. Ils trinquèrent, et Ivan resta debout à côté de lui, un peu gauchement, mais il devait sans cesse faire quelque pas de côté pour dégager la porte afin de laisser entrer ou sortir les invités.

Le truc, dans les fêtes, c'est qu'on ne pouvait pas vraiment choisir sa place. Noah était introuvable. Mais il y avait des danseurs et des poètes, des peintres et des aspirants romanciers – une bande hétéroclite. Le dealer de beuh de Noah était présent, et l'air était chargé de l'odeur piquante de la marijuana, telle une perturbation nuageuse extrêmement localisée. Les lampes tamisées dispensaient une lueur ambrée, vibratile, qui donnait à tous les visages un côté à la fois familier et étrange. Ivan avait la sensation d'avoir déjà rencontré toutes les personnes présentes, mais aussi celle d'avoir été largué sur une planète lointaine.

Noah apparut avec Fatima, une des danseuses de sa formation, à sa gauche, et le peintre du rez-de-chaussée à sa droite. Hilares, ils se rentraient dedans à chaque pas. Noah posa une main sur l'épaule d'Ivan.

« T'es arrivé !
— Eh oui.
— Goran ! » cria Noah.

Le peintre – s'appelait-il Howard ? Richard ? Pritchard ? Leonard ? Lennart ? Un truc dans ce goût-là. Ivan l'avait sur le bout de la langue. Fatima était la seule personne noire de la formation de danse, ce qui la démarquait. Elle avait commencé par la danse classique, comme eux tous, mais s'était spécialisée en danse moderne avant la licence. Les pratiquants de danse moderne constituaient un noyau dur de cinq ou six étudiants, et ils se tenaient à l'écart des autres danseurs, comme s'ils leur étaient supérieurs. C'était peut-être le cas. La danse moderne était technique et exigeante – elle avait quelque chose du jeu d'acteur, du sport de contact et de la crise de nerfs. Le type qui dirigeait la section danse moderne était un de ces artistes philosophes, qui criait du Wittgenstein aux danseurs pendant qu'ils tentaient de démêler la pelote complexe de sa chorégraphie. Il s'agissait moins une danse qu'une destruction institutionnelle du soi.

Ivan voyait souvent Fatima au café, où elle faisait des extras. Les autres danseurs la critiquaient pour ça, parce que quelque part, ça donnait l'impression qu'elle prenait son art moins au sérieux, mais aussi, tout en même temps, qu'elle lui était plus dévouée. L'insinuation qu'ils en voulaient moins que Fatima parce qu'ils ne travaillaient pas autant qu'elle pour y parvenir les révoltait. Se baser sur la rigueur et le dévouement de l'artiste pour juger la valeur de son travail – cette logique avait quelque chose d'onirique.

Fatima passa un bras autour de la taille de Noah, qui embrassa le sommet de sa tête, comme s'il la bénissait. Ivan rit.

« Tout le monde est déjà défoncé ? demanda Goran.
— C'est le risque quand on est en retard, répliqua Noah d'une voix un peu chantante.
— C'est une fête, il n'y a pas d'horaire d'arrivée, à une fête.
— Parole de retardataire », dit Fatima.

Goran feignit d'être vexé. Il croisa les bras sur son torse et fit la moue. Ivan lui passa les doigts dans les cheveux, mais il remarqua le regard de Fatima. Un regard de consternation et d'agacement fugace. Elle se mit à fredonner tout bas. Goran repoussa Ivan d'un geste.

« Elles viennent toujours très vite, les raisons d'approuver ce qui nous plaît », dit le voisin peintre. Noah partit d'un rire sonore et le pinça légèrement au flanc.

« Jane Austen. Les peintres savent lire, qui l'eût cru ?

— Et pas que Kant, en plus ? Sidérant.

— Ah, c'est au-delà de mes compétences, là, dit Fatima, se détachant de Noah pour tendre la main à Goran. Viens, on va te mettre bien, un peu. »

Goran prit sa main et se leva du canapé. Noah prit sa place et donna une petite tape sur ses cuisses. Ivan s'allongea et posa la tête sur les genoux de Noah. Le peintre prit la place d'Ivan, juste sur le bord du sofa et les regarda d'un air amusé, chaleureux. Il portait une salopette noire et un pull en laine rose. Il avait les cheveux mi-longs, d'une teinte cuivre artificielle ratée, avec un décoiffé artistique. Des cernes sombres sous les yeux et les lèvres mâchonnées, à vif.

« Vous ressemblez à un tableau, tous les deux, putain. »

Noah fut ravi du compliment et Ivan sentit les muscles de ses cuisses se raidir. Il leva les yeux et vit Noah faire le beau et prendre la pose, roulant des épaules, se penchant d'un côté puis de l'autre, s'éloignant d'Ivan pour mieux s'en rapprocher. Le peintre hocha vigoureusement la tête à chacune de ces poses niaises, comme s'il envisageait vraiment un tableau.

« Ouep, c'est comme Répine, *Ivan le Terrible et son fils Ivan*.

— Je m'appelle Noah, pas Ivan.

— C'est une allusion. Un hommage, répondit le peintre en riant. Ah, les danseurs. Tellement littéraux.

— C'est quoi, ce tableau ? » demanda Ivan. Le peintre eut d'abord l'air surpris, puis il rougit.

« En fait, je ne... Enfin c'est genre... hmm.

— Pas de manières ! gronda Noah.

— Mais non », dit le peintre, mais il en faisait.

« Grillé, dit Ivan.

— Non, non. Il existe vraiment un tableau qui s'appelle *Ivan le Terrible et son fils Ivan*. C'est, euh, une espèce de pietà ? Plus ou moins ?

— Une pietà ? C'est pas un truc avec Jésus et la Vierge Marie ?

— Je suis pas vierge, intervint Noah.

— On sait, dit le peintre. C'est compliqué à expliquer si vous ne connaissez rien à l'histoire russe.

— Je suis russe, protesta Ivan.

— T'as grandi à Boston.

— Oui, c'est vrai, n'empêche que mes parents sont russes. Je suis russe. En quelque sorte.

— Une allusion, dit Noah.

— Non. Si. Enfin je veux dire », dit le peintre en se frottant le cou. Ivan se redressa et passa un bras autour du dossier du canapé. Noah se recula, si bien que sa tête frôla le bras d'Ivan. Il avait l'air si aimant et heureux d'être là qu'Ivan, sans réfléchir, se pencha en avant et l'embrassa sur les lèvres. Quand il s'écarta, il vit que Noah souriait, les yeux fermés. Le peintre se tut. Ivan s'accroupit sur le canapé, le bras coincé sous la nuque de Noah, avec le bruit distant de la fête qui les baignait.

« Je pense que c'est surtout un tableau sur l'inhumanité de l'homme envers l'homme.

— C'est Sartre, ça », dit Noah, sans ouvrir les yeux.

« En fait, c'est Burns », intervint quelqu'un. Un mec aux cheveux un peu roux et aux yeux marron et tristes. Il n'avait l'air d'appartenir à aucun groupe.

« Ah, un poète. Quelqu'un a laissé entrer un poète », dit le peintre. Puis il se leva et donna une accolade désinvolte au poète. « Je vous présente Seamus. »

Noah hocha distraitement la tête. Seamus salua d'un petit geste. Ivan imita Noah. Un poète. Il n'avait pas connu beaucoup de poètes dans sa vie. Voire aucun. Peut-être juste une poignée. Quelques-uns. Il avait vu des poètes à

New York, à des soirées et des vernissages auquel il s'était rendu pour faire semblant d'être plus vieux qu'il n'était, de s'intéresser plus à ce qui se passait. Il laissait toute cette vie de salles blanches, étincelantes, avec champagne et cocaïne dans les toilettes glisser sur lui sans laisser de traces. Mais ces poètes-là étaient des adultes. Celui-ci portait une veste en jean et un pull blanc ample ; il n'avait pas l'air tout à fait fini. Stafford. C'était ça, le nom du peintre.

« Eh bien, Seamus, bienvenue dans le demi-monde, dit-il.

— C'est *toi* qui as amené le poète », dit Noah. Seamus rougit.

« Je ne l'ai pas *amené*. Enfin. Je l'ai invité. Lui parmi d'autres. Une petite bande.

— Hé, oh ! C'est pas la garderie, ici. »

Ivan eut un peu de peine pour Seamus. Mais il n'avait pas l'air traumatisé, juste un peu gêné.

« Seamus a écrit un poème qui va paraître dans une revue *très* prestigieuse. » Stafford fit un haussement de sourcils suggestif. « C'est un poème magnifique.

— Ça parle de quoi ? demanda Noah en bâillant.

— C'est pas vraiment…

— Ce n'est pas une autobiographie, reprit Stafford. Un poème ne parle pas *de* quelque chose, n'est-ce pas ? Il existe, c'est tout. » Il sourit à Seamus, qu'on aurait cru sur le point de vomir.

« Je demandais ça par politesse, répondit Noah d'une voix traînante. Je m'en fous complètement, en fait. Mais félicitations. C'est cool.

— Moi, je serais content d'en savoir plus sur ton poème », dit Ivan. Noah rit. Seamus hocha la tête.

« O.K., pas de problème. Je te dirai tout, peut-être bien. » Il fit une petite manœuvre piteuse avec ses yeux, penchant la tête pour feindre l'enthousiasme.

Noah rit de nouveau. Ivan détestait la fausseté de son attitude. La méchanceté. Les cils de Noah étaient humides de sueur. Sa peau brillante et fine. Ivan l'embrassa de nouveau, cette fois sur le coin de la bouche, et Noah entrouvrit les lèvres, de sorte qu'Ivan puisse sentir l'intérieur chaud, métallique, de son corps. Il y avait quelque chose de magnétique et de sexuel dans ce baiser, bien que ce ne soit pas un baiser réussi, il s'en rendit compte en s'écartant. Noah entrouvrit les yeux, et Ivan vit le noir brillant de son iris valdinguer sous sa paupière.

Ils n'avaient pas parlé de la dernière fois, dans le pick-up, deux semaines plus tôt, quand Noah lui avait demandé s'il était certain que sa vie était si différente que ça de celles des habitants des maisons devant lesquelles ils passaient. Il y avait une question dans les yeux de Noah, dans sa mimique. Une question à laquelle Ivan ne pouvait répondre. Ou plutôt, il pouvait répondre, mais s'y refusait, car il était encore un peu vexé. Au lieu de ça, il laissa la tête de Noah reposer sur lui, car il ne pouvait pas faire mieux en guise d'excuses tant qu'il n'en aurait pas reçu en premier lieu. Noah ferma de nouveau les yeux : laisser courir.

« Garchine, l'écrivain, a servi de modèle pour le plus jeune Ivan de ce tableau. Il s'est jeté au bas d'un escalier en pierre. Et genre, il est mort. Pas tout de suite. Mais il est mort.

— Oh non ! On parle encore de ça ? demanda Noah.

— Quelle fin, dit Seamus.

— Tu m'étonnes.

— C'est lourd, dit Ivan. C'est vraiment lourd, putain. »

Noah examinait Seamus. Ivan mit ses mains devant ses yeux.

« Arrête, ça se fait pas.

— Pas de problème, dit Seamus. Ça ne me dérange pas.

— Qu'est-ce qui t'est arrivé ? demanda Noah.

— J'ai été brûlé », dit Seamus. Il se pencha vers eux et montra avec l'arrière des doigts une cicatrice circulaire, presque guérie. Noah plissa les yeux, toucha la blessure du bout des doigts.

Seamus fit un bond et poussa un petit cri, et Noah recula en sursaut. « Oh merde, je suis désolé ! » Mais Seamus éclata de rire. Montra les dents à Noah.

« J't'ai bien eu. »

Noah lui fit un doigt, lui donna une claque sur le torse.

Le cœur d'Ivan battait vite, et il avait un goût acide dans le fond de la gorge. Seamus l'avait eu, lui aussi.

« O.K., tu me plais un peu plus, maintenant, dit Noah. Pourquoi je suis pas plus défoncé que ça ? Pourquoi ? » Il se releva d'une poussée, passa le bras autour du cou de Stafford, qui les regardait avec un détachement amusé. Puis il prit la main de Seamus dans la sienne. « Viens, on va se la mettre à l'envers. »

Ivan les regarda s'éloigner et se sentit soudain très lourd et fatigué. Il s'enfonça plus profond dans le canapé, ferma les yeux et tenta de calmer sa respiration.

Goran revint sans Fatima, mais il avait l'air d'être sur un petit nuage. Ivan avait calé sa bière entre ses cuisses, et elle se réchauffait. L'humidité mouillait son pantalon et le coussin. Une petite tache d'eau dans le monde.

« Ah, te voilà. Figé comme un bloc de glace.

— Ouep », dit Ivan. Il avait retiré ses bottes, il était assis là en chaussettes grises. La fête avait atteint une phase calme, à moins qu'Ivan se soit juste accoutumé au bruit ; dans tous les cas, le tumulte ne le gênait plus autant. Goran s'assit à côté de lui et passa un bras autour de son cou. Comme de juste, il dégageait une odeur âcre de marijuana. Les genoux d'Ivan commençaient à le brûler.

« Ça te plaît, cette soirée ?

— Bah, ça va. C'est une soirée comme les autres.

— Hmm, hmm.

— Et toi, tu t'amuses ?

— Pas mal. » Goran posa les pieds sur la table basse en verre. De l'autre côté de la pièce, deux femmes se tenaient toutes proches, et parlaient, main dans la main. La soirée se terminait. La terrasse s'était vidée depuis environ une demi-heure, mais la cuisine était encore une masse compacte de corps, un noyau dur trop peuplé. La fission finirait par se produire. Ils s'offriraient à la nuit sur le chemin du retour, traînant derrière eux leurs parfums, leur transpiration et leur voix, telle une queue de comète du moment qu'ils auraient passé.

« Tu n'as pas l'air heureux, fit observer Ivan.

— Je ne le suis pas.

— Je suis désolé.

— Ne le sois pas si tu ne l'es pas.

— Je le suis. »

Goran soupira. « C'est épuisant. »

Ivan s'approcha de Goran, mais Goran tourna la tête. Ivan traça la courbe de sa nuque du bout des doigts. Puis un petit rire étouffé lui parvint.

« Hé, dit Ivan.

— Te moque pas de moi.

— Je me moque pas de toi. Pourquoi tu crois toujours que je me moque de toi. C'est pas le cas. Hé ! Je suis sérieux. Je ne me moque pas. »

Goran se tourna vers lui. C'était alarmant. Il avait l'impression que ça faisait des années qu'ils ne s'étaient pas regardés de cette façon. Les cils épais de Goran. Ses yeux. La courbe de sa bouche, joueuse et exaspérée. La tension sur son front. Un visage humain quelconque, mais familier à Ivan. Les narines de Goran se gonflaient légèrement.

« Alors agis en conséquence. »

Une petite enveloppe rigide était scotchée sur leur porte. Ivan la retourna et vit le nom du peintre : Stafford. À l'intérieur, une carte postale sur laquelle il avait écrit un petit mot :

*L'humanité dans toute sa splendeur.*
*— S*

La carte était une petite reproduction d'un tableau. Un vieil homme qui s'agrippait à un jeune homme. Une expression d'horreur hébétée sur dans les yeux du vieillard, presque caricaturaux par leur taille et leur émotion. Le plus jeune, agonisant, avait une espèce de plaie ouverte. On percevait une tension extraordinaire dans les bras, dans la façon dont le jeune homme s'appuyait sur le sol. Les visages étaient fantomatiques, terrifiés. Un gros bâton gisait par terre, qu'ils avaient lancé au loin. Les hommes semblaient possédés par la peur de ce qu'ils avaient fait, de ce qui les attendait désormais. Le vieil homme aurait voulu revenir en arrière pour tout annuler, Ivan le devinait. Il aurait voulu défaire ce qu'il avait fait. Le papier de la carte était lisse, un peu poisseux. Il la rangea dans la poche de sa veste.

Goran était de nouveau sorti avec son poète marié.

Ivan pendit son manteau dans l'entrée. Il lui fallait attendre un peu avant d'avoir des réponses à ses candidatures, avant de savoir s'il avait décroché une place ou un entretien. Entre-temps, il supportait les cours, somnolant à moitié pendant que son prof pérorait sur les pratiques comptables, la création de statuts. La partie du cours qu'il préférait, c'étaient les études de cas, d'épais paquets de données sur des entreprises qui avaient connu grandeur et décadence avant d'être détruites dans la grande galerie du marché. Il trouvait ça très jouissif, à vrai dire, d'éplucher les données précédant un déclin, de tenter de repérer, parmi la marée de chiffres, à quel moment le vent avait commencé à tourner, même imperceptiblement, contre la compagnie. La tare dans l'organisme de commerce.

Il avait posé sa candidature dans plusieurs cabinets et banques à New York, leurs bureaux parsemés sur toute l'île de Manhattan. Il n'était pas allé à New York depuis longtemps. Pas depuis qu'il avait arrêté l'école de danse. Ce trajet en train, long et solennel, jusqu'à Boston, avec le vieux sac à dos militaire de son père, plein d'habits et de collants, calé sous son siège. Il s'était senti comme un soldat rentrant de la guerre. Il neigeait ce jour-là.

L'été à New York lui manquait, un sentiment un peu naïf. La chaleur scintillant sur le verre des gratte-ciel, et l'ombre fraîche de Chinatown et du Lower East Side. L'odeur de l'Hudson en été ne lui manquait pas. Mais il y avait quelque chose dans la manière qu'avaient les gens de s'allonger au soleil, exposés et vulnérables aux regards. Toute la ville semblait accomplir une ouverture radicale d'elle-même afin de chasser la chaleur. Ça, ça lui manquait beaucoup. L'été en Iowa, car il ne pouvait pas s'offrir de trajets pour Boston, était plus déprimant. Il s'agissait plutôt d'une fermeture radicale, d'un repli. Des rues entières désertées pendant les heures chaudes, le Ped Mall semblable à une plaie blanche de béton et d'arbres crevards. L'été à Iowa City était un poing fermé. Nulle part où s'échapper à part le cinéma, si vous aviez les moyens. Et même. Même.

Mais bon, il faut dire aussi qu'à New York, il était jeune. Enfin, plus jeune. Quand on était si jeune, rien n'avait d'importance à part le corps et ce qu'on pouvait faire avec. Il vivait pleinement à travers ce corps. Jusqu'à ce qu'il se retourne contre lui. Mais pendant un moment, putain, c'était bon.

Restait la question pratique. Même s'il décrochait un job dans une de ces banques, il allait devoir se trouver une piaule. Et payer. Loyer. Caution. Billet aller. Billet retour. Camion de déménagement, à moins qu'il décide de vendre toutes ses affaires. Un box. Il envisagea de demander à Goran. Il y avait pensé plus d'une fois, mais il lui demandait déjà tellement. Il avait déjà besoin de lui pour tant de choses. Parfois il n'arrivait pas à faire la différence entre ce qu'il éprouvait pour Goran et ce que Goran faisait pour lui. Il avait besoin d'un peu de feu à lui. D'un peu de magie.

Et puis il y avait Noah. Ses conseils.

Au fond de son tiroir à chaussettes, Ivan gardait une caméra dont il se servait pour se filmer à l'époque où il dansait. Il l'avait achetée avec l'argent qu'il avait gagné à un concours de danse. C'était un achat inconsidéré à l'époque. Et encore plus avec le recul. Mais au moins, il s'en était servi pendant deux ans. Ces derniers temps, il ne l'utilisait presque plus. Mais à présent, se rappelant les paroles de Noah, il la sortit du tiroir. Il la posa sur la commode et fléchit les jambes. Ses genoux le brûlaient. Il avait mal aux cuisses.

Un voyant rouge se mit à clignoter sur la caméra. Une lumière furieuse, comme un pouls.

Ivan respira un grand coup, attendit. Au-dessous de lui, les peintres écoutaient la BO d'*Evita*. Ivan ne se rendait pas compte de ce que faisait son visage dans l'œil de la caméra, s'il avait l'air triste ou en colère, calme ou nerveux. Il savait seulement ce qu'il ressentait : un frémissement aigu dans son ventre, comme une corde qu'on pince, la tension dans ses genoux qui menaçaient de céder, le rythme saccadé de son cœur. Il n'était pas bien dans sa peau. Brouillé avec son corps, comme si celui-ci protestait contre ce qu'il lui faisait faire. C'était vrai que son corps était devenu une chose rebelle, revêche et peu coopérative. Mais il en allait de même de ses exigences. Quand il était danseur, il savait ce qu'il pouvait requérir de lui-même, mais à présent, il se sentait informe, comme dételé. Qu'allait-il donc faire de sa peau, maintenant et jusqu'à la fin de ses jours ? Cela faisait huit ans. Il aurait bien dû se faire une idée entre-temps. Mais non. Cette vie, sa vie avait disparu, et à sa place ne restait qu'une série d'exigences vagues qui lui parvenaient des profondeurs de son être : nourriture, sommeil, sexe. C'était tout ce qu'il avait.

Il pouvait peut-être repartir de zéro, se dit-il. Trouver quelque chose dans tout ça. Une petite chose humaine. Ivan se déshabilla devant la caméra et fléchit de nouveau les genoux pour se placer dans le cadre. Il allait essayer, il allait essayer. Il allait s'y autoriser.

Après tout, c'était possible.

Les vidéos surprirent Ivan, quand il se rendit compte qu'elles n'étaient pas difficiles à réaliser, une fois qu'il commençait à filmer. Il se vidait la tête de toute attente ou idée. Laissait venir le mouvement naturellement, le laissait le guider. Il se touchait et ne ressentait rien. Il laissait tomber ses habits et ne ressentait rien. La caméra enregistrait tout. Le moindre geste esquissé, la moindre ombre. Il n'avançait vers rien. Il n'avait rien décidé. Ça commençait dans le corps et se finissait dans le corps. Quand il empoigna sa bite et se caressa, c'était le corps. Ivan se regarda avec détachement, éprouvant une satisfaction tranquille devant la fluidité de ses mouvements, la souplesse de sa silhouette. Il se remplit et se vida avec ses doigts, mouillés de salive. Il se frotta contre des instruments en caoutchouc, les attira puis les repoussa du champ où il était arc-bouté, brûlant.

Quelquefois il jouissait, d'autres fois non, mais il n'y avait pas de plaisir dans l'acte. Il n'y avait rien du tout, à part la satisfaction, ensuite, d'avoir bougé. Il ne se filmait que sur de courtes périodes. C'était la contrainte temporelle qui donnait du sens aux clips. Quand il les remettait au début pour les regarder, il avait l'impression de voir le corps de quelqu'un d'autre. Il coupa les plans à des endroits bizarres, de façon qu'ils s'arrêtent brusquement ou virent au noir pendant que le son continuait. Parfois, il se trouvait en bordure du cadre, et on ne distinguait que son ombre, à peine visible, sur le mur, suggérant le mouvement. Il posta le premier clip sur le site de microblogging et resta seul dans la pénombre de l'appartement, à attendre qu'il se passe quelque chose, n'importe quoi.

Quelques minutes après, il effaça la vidéo, mais la remit aussitôt en ligne. Il retint sa respiration. L'effaça. La remit en ligne.

Le lendemain, il reçut une notification : son clip avait été vu cinquante fois, et il avait un abonné. Quand il se rendit compte qu'il y avait un flux modeste mais régulier de visiteurs pour les nouveautés, il mit un deuxième clip en ligne, suivi d'un troisième. Trois vidéos, circulant librement à travers les serveurs d'un site de microblogging, montrant toutes des morceaux d'Ivan. Son visage, sa bite, son ventre et son dos, tous fragments de lui-même digitalisés et transmis. Ça paraissait presque trop facile. Pour lui, de poster ces clips et, pour les autres, de lui verser des mensualités afin d'y avoir accès. Même à ceux qu'il avait mis en accès libre. Mais ils payaient.

Quelle idiotie. Quelle terrible idiotie.

Début mars, Ivan posta à ses parents deux chèques de trois cents dollars. Ce n'était pas suffisant. Mais c'était quelque chose. C'était agréable d'avoir la possibilité de rogner un peu sur son budget pour les aider. Sa mère appela pour le remercier. Ivan était sur le rameur, à la salle de sport, et dut sortir pour lui répondre. Il alla dehors, dans le froid, sous l'auvent du gymnase. La neige tombait par monceaux. L'hôpital, par-derrière, au-dessus de lui, briques sombres et pierres, se découpait sur le ciel bas et gris.

« Tu n'étais pas obligé d'envoyer. Pas obligé. Comment peux-tu vivre si tu envoies ?

— Ce n'était pas un problème, j'ai eu un bonus.

— Quel bonus ? » Elle était dubitative. Soupçonneuse. « Tu manges pas ? Comment peux-tu manger si tu envoies ?

— Non, non. Je n'ai pas de problème pour manger. J'ai eu un bonus, c'est tout. Je t'en prie.

— Ton père est content. Je suis contente. Nous sommes contents. Mais comment peux-tu manger si tu envoies ? »

Ivan rit, mais sa mère se vexa. C'était comme ça, quand il était à l'école de danse – elle qui le suppliait, s'inquiétait pour lui. Un jour, comme il ne l'avait pas rappelée après un message – il avait laissé échapper son téléphone dans une bouche d'égout –, elle avait sauté dans un train de Boston à New York. Il l'avait trouvée qui l'attendait après ses cours, morte d'inquiétude. Quand elle l'avait vu, elle avait hoché la tête, touché son visage et dit qu'elle était heureuse qu'il aille bien. Heureuse qu'il soit vivant. Elle lui avait préparé une soupe sur la plaque électrique de son logement social, puis elle avait repris le train avant qu'il soit l'heure pour lui de partir à son cours du soir.

« Je vais bien. Je vais bien, je promets. J'avais juste un peu de rab. »

Elle fit une pause. Puis elle dit qu'elle s'en servirait pour le dîner de Pâques à l'église. Pour faire un grand repas.

« Tu devrais l'utiliser pour toi, dit-il, un peu agacé. Ce n'est pas pour ça, c'est pour toi.

— C'est pour moi, oui.

— Non, pas pour l'église. Pour toi.

— Oui, c'est pour moi. »

Ivan secoua son bras gauche ankylosé. Il se refroidissait trop vite dans la neige.

« Comment ça peut être pour toi si tu le donnes à l'église.

— Pas pour l'église, c'est pour moi. Pour Dieu. Pour toi.

— O.K. Tu peux faire ce que tu veux, je sais. Et Papa est content ? Ça va ?

— Papa va bien. Très content.

— O.K. Alors moi aussi. »

Sa mère lui dit au revoir, et Ivan raccrocha. Il resta encore un moment sous la neige, regardant le ciel, se disant que ce n'était pas si mal, ce truc qu'il faisait.

De retour dans la salle, il installa son téléphone au pied de la machine et se remit en position sur le rameur. Il régla le portable sur appareil photo et lança la caméra. Il fit quelques mouvements pour se chauffer les muscles, se remettre dans le rythme. Une fois qu'il sentit que ses cuisses étaient dénouées et ses muscles déliés, il respira un grand coup et se lança. Il ne regarda pas le petit œil sombre de l'appareil. Au lieu de ça, il porta son regard sur le mur, où était accroché un fanion des Hawkeyes. Il le fixa si intensément que les gens qui entraient et sortaient de son champ de vision n'étaient plus que des silhouettes floues. La dureté des poignées ; l'odeur de la corde qui chauffait en s'enroulant et se déroulant autour du moyeu. Mais il continua, obéissant au mouvement alternatif de la machine, actionnant ses muscles plus fort, plus vite, pour les faire gonfler davantage. Tout en se tenant bien droit, une posture parfaite, comme on lui avait enseigné. Son genou lui faisait un mal de chien, mais il se sentait bien, en forme, et ne s'arrêta pas.

En rentrant, il se déshabilla et prit une douche. Puis il sortit son ordinateur et regarda sa vidéo. Il ajusta le cadre, rogna un peu l'image et mit un filtre noir et blanc. Il coupa le son et inséra une piste audio qu'il avait récupérée sur une chaîne ASMR à base de bruits de salle de gym. Le son de sa respiration disparut, remplacé par cette bande-son volée, hors contexte. Mais ça donnait un côté authentique à la vidéo. Comme si elle se révélait mieux.

Le clip à l'image granuleuse durait cinq minutes ; il était filmé dans l'axe de ses cuisses, et centré sur la tache sombre de son entrejambe. Et la masse de son torse et de ses bras. Il ne savait pas ce que les autres gens verraient dans cette vidéo à part une allusion au sexe. Comme quand on croise quelqu'un dans la rue et qu'on devine son corps, ses muscles, à travers ses vêtements, ou quand la personne se retourne et qu'on croise son regard, et que l'on imagine son visage perdu dans le plaisir.

La vie était pleine de ce genre d'instants où le soi était momentanément exposé. Ce qu'ils faisaient, lui et tous les autres utilisateurs du site, c'était récolter ces moments, non pas via le hasard ou la spontanéité, mais en employant une technique de production industrielle. Comme les interminables champs de maïs et de soja à côté de chez Bert.

La relation entre le sexe et ce qu'il faisait dans ces vidéos, se disait-il, était la même que celle entre l'agriculture traditionnelle et l'industrie agro-alimentaire. Il comprenait l'élégance de la chose, la sophistication créée par l'échelle et la concaténation. C'était pareil avec la finance. Il ne s'intéressait pas au *business,* à tout ce baratin sur l'entrepreneuriat qui n'était qu'un évangile de la prospérité à l'intention des athées. Non, il voulait davantage : il voulait faire partie de cette classe d'exception à qui il revenait de séparer l'argent de l'argent. Ceux à qui il revenait d'édicter les lois invisibles qui régentaient le monde. Quand il était ado, Ivan voyait les danseurs, les chorégraphes et les grands génies – Balanchine, Robbins, Joffrey, Ailey, Diaghilev – comme les héritiers de la classe sacerdotale, les gardiens de la culture et de son héritage. Mais désormais il comprenait que les nouveaux prêtres étaient en fait les banquiers. Les financiers. Que pesait la culture, comparée à la force brute, terrible, de l'argent, avec sa capacité à créer et à recréer des mondes ?

Ivan mit en ligne la vidéo du rameur, étirant son genou douloureux en regardant la barre de téléchargement progresser. Une fois le clip en ligne, il se déconnecta et rangea son ordinateur. Puis il s'allongea sur son lit, pensant à la conversation qu'il avait eue avec sa mère.

*Ton père est content. Je suis contente. On est contents.*

Ivan se roula en boule et pensa que c'était bien qu'ils soient contents. Il avait obtenu ce résultat grâce à son corps. Il avait fait quelque chose de bien, quelque chose de juste.

Ivan était avec Noah quand il entendit parler du stage.

Ils chargeaient de la ferraille dans le pick-up de Noah avec Bert. L'effort le faisait haleter, les plaques rouges sur son visage ressortaient plus que jamais, et ses lunettes étaient tout embuées. Le vent était particulièrement cinglant ce jour-là, les fouettant par en dessus et horizontalement tout à la fois, en vagues grises. Par moments, les bourrasques charriaient des graviers de la route, qui heurtaient la tôle comme de la grêle.

Noah et Bert passaient la ferraille par-dessus le fossé et la laissaient devant le véhicule, et Ivan devait se pencher pour la soulever. Des échardes se fichaient constamment dans ses gants, et il regretta de n'avoir pas pris ceux en cuir. Bert se redressa et siffla.

« Putain, il fait un temps de chien. »

Noah lui donna une claque sur le ventre et répliqua : « C'est toi qui as insisté pour qu'on le fasse absolument aujourd'hui. »

Bert le poussa, puis rit ; ils redescendirent dans le fossé et se remirent à lancer la ferraille de l'autre côté. Elle retombait avec un fracas métallique. Ivan consulta son téléphone. Il avait un mail. Il venait d'une des plus petites banques de Manhattan – pas son premier choix, mais c'était tout de même au-delà de ses espérances. Le titre était ambigu, juste « re : SIDOROV, IVAN D. » Son estomac se noua instantanément. Si c'était une bonne nouvelle, ils auraient forcément téléphoné. Forcément.

Noah passa la tête par-dessus le rebord du fossé et l'appela. Mais Ivan ne leva pas les yeux de son téléphone jusqu'à ce que l'écran s'éteigne.

« Je crois que je viens d'être refusé pour mon stage.

— Ah merde, dit Noah.

— Il est là, ton stage, juste là », lança Bert.

Ivan les regarda tous les deux, dans le fossé. Noah en hoodie et salopette, gants en cuir trop grands. Bert en sweat-shirt blanc strié de terre. Casquette de marin rouge enfoncée sur la tête. L'air vieux, à côté de Noah. Il pensa un instant que ça pourrait être sa vie : charger de la ferraille dans des fossés. Soulever de la taule. Faire des chantiers rien que pour se maintenir la tête hors de l'eau.

Noah passa du rire à la grimace.

« Hé, oh, Ivan. Allez, quoi. »

Il vit tout son avenir se refermer devant lui. Mais là, mais là, mais là – il déglutit.

« Désolé.

— Tu l'as ouvert ?

— Non. C'est juste que… Ils appelleraient, non ? Si c'était un oui, ils appelleraient ? »

Noah hocha la tête. Puis se hissa hors du fossé et retira ses gants. Ses paumes étaient sèches et cendreuses. Ivan lui tendit le téléphone.

« C'est quoi, ton code ?

— Neuf sept trois zéro cinq. »

Noah entra les chiffres. Ivan ne pouvait pas le regarder. Il avait la bouche sèche, son cœur battait à tout rompre. Il se détourna. Regarda la taule à l'arrière du pick-up. Bert était sorti du fossé aussi.

« Qu'est-ce qui se passe ? »

Noah ne répondit pas. Ivan observait l'horizon plat. La boue sombre et l'herbe aplatie qui remontait jusqu'à la vieille maison. Dota sauta du camion, et Bert tapa fort dans ses mains.

« Remonte tout de suite ! » Il tapa du pied, et Dota poussa un petit jappement joyeux. Bert bondit en avant et Dota détala comme une flèche blonde, contourna le pick-up et alla courir dans les champs. Ivan se retourna.

« Alors ? C'est crypté, ou quoi ? »

Noah le regarda, baissa les yeux sur le téléphone, puis les releva.

« Tu l'as eu.

— Non, tu mens. »

Noah fit un grand sourire. « C'est ça, je mens.

— Non, tu mens pas. » Il prit le téléphone. C'était un long mail, qui ne commençait pas par des félicitations mais par une description détaillée du groupe de candidats. Le nombre de candidatures reçues, toutes les régions du pays et du monde d'où ils venaient. Puis une description de la banque et de ses services, son histoire et sa clientèle, un ensemble d'observations neutres sur le type de profils qu'ils cherchaient, espéraient trouver. La colonne de texte était interminable, avec des mots et des expressions en gras ou soulignées, des dates à venir qui lui serrèrent l'estomac, plein d'espoir. Et enfin, à la toute fin du mail. *Merci de confirmer bonne réception de ce message afin de programmer votre entretien d'ici la fin du printemps. Nous espérons que vous pourrez vous joindre à nous et attendons de vos nouvelles.*

Était-ce ? Était-ce ? Était-ce ? Était-ce – ça ? Le moment où tout devenait possible ?

« Oh putain », dit-il en se tournant vers Bert et Noah, qui souriait encore.

« Je te l'avais dit !

— Tu dois être content. Mais la vache, New York. La vie est hyper chère là-bas.

— Il est débrouillard, dit Noah.

— Ouais, mais ça va pas être donné. C'est tout ce que je dis.

— La ferme, laisse-le profiter. »

Les mains d'Ivan tremblaient. « Oh putain.

— Tu l'as déjà dit ! » fit Bert.

Goran était devant son clavier. Il travaillait Chopin pour le concert de printemps de la section musique lorsqu'Ivan lui avait appris la nouvelle de son stage. Goran avait arrêté de jouer et s'était mis à fixer le mur au-dessus du piano. Il y avait une marque sombre à l'endroit où il avait jeté le verre plus tôt dans l'hiver. Ivan le regardait, assis sur l'accoudoir du canapé, attendant un signe.

« Je ne comprends pas, dit-il enfin. Tu pars habiter à New York ?

— Ce ne serait pas avant cet été, mais oui, on dirait bien.

— Intéressant.

— Drôle de façon de dire félicitations.

— C'est juste... Tu ne m'as pas demandé si je voulais venir avec toi. Ou même si je *pouvais*.

— Tu passes ton diplôme cette année, Goran. Franchement. Je te prends pas en traître. J'en parle parce que c'est une chose que j'espère qu'on pourra faire. Ensemble.

— Ce n'est pas du tout ce que tu as fait. Tu as déposé l'information devant moi et tu m'as fait genre : *Surprise ! J'ai une nouvelle géniale ! C'est trop bien !* Ça n'a *rien* à voir avec moi. Tu as fait ça dans ton coin et ça n'a rien à voir avec moi. C'est vraiment dégueulasse. »

Ce n'était pas vrai. Enfin, ce n'était pas complètement vrai. Enfin, factuellement, peut-être, mais c'était aussi l'interprétation la moins généreuse des événements. Goran fit pivoter le tabouret et leva les yeux vers lui, ses fins sourcils arqués. Il arborait une expression passivement furieuse.

« Je trouve que c'est une lecture injuste de la situation, mais O.K.

— Tu l'interpréterais comment, toi ?

— Je me dirais que quelque chose de bien arrive à mon partenaire, et que je suis content pour lui. Pour une fois, ça serait chouette que tu sois content pour moi.

— Ouh là, le quota de sentimentalisme va exploser, là.

— Va te faire foutre.

— Ça ferait un joli changement de ton », dit Goran en ouvrant les bras avec exubérance.

Ivan pressa ses mains contre ses joues et tenta de se calmer. L'arrière de sa bouche sonnait de nouveau, une vibration vive, persistante.

« Comment tu comptes t'en sortir financièrement à New York, déjà ? Je doute que le mac de Noah vous paie tant que ça pour vos chantiers minables. »

Goran souriait. Ivan se rendit à la cuisine pour prendre une aspirine dans le placard au-dessus de l'évier. Il la réduisit en poudre dans sa bouche et l'avala avec de l'eau chaude.

« J'ai de l'argent.

— Ah bon ? Et comment ? Tu as chopé un job de livreur de journaux ?

— Pourquoi t'es si négatif ? »

Goran se tenait dans l'embrasure de la cuisine. Il haussa les épaules. « Je ne suis pas négatif. Je suis pragmatique.

— Non, tu te comportes comme un connard. Et je ne comprends pas pourquoi. Je ne fais jamais rien à part me planquer comme un chien battu, ici. Je ne me mets pas dans tes pattes. Je ne bouffe pas ton espace. On se voit à peine. Je ne crois même pas que tu m'apprécies encore, Goran. Mais là. Ça. Là tu dépasses les bornes.

— Possible que je ne t'apprécie pas.

— Ouais, j'en ai l'impression.

— Mais qu'est-ce que ça peut faire ? On est ensemble. Par moments, je ne t'apprécie pas, c'est vrai. Par moments, je déteste ta tronche ou ton odeur. O.K. D'accord. Je suis un connard. Mais je veux quand même être avec toi. Ça compte pour quelque chose, non ? C'est quelque chose. »

Ivan ferma les yeux. Il tenta de se rappeler l'époque où ils étaient bien ensemble. Il tenta de se représenter le moment où ils s'étaient parlé sur l'appli, où ils s'étaient donné rendez-vous devant l'auditorium, de nuit. Debout sur le pont, ils avaient contemplé les lumières du bâtiment, un empilement de dorures, comme une délicate formation rocheuse. Puis ils avaient marché le long de la rivière et parlé toute la soirée de musique, de danse classique, de là où ils passaient leurs après-midis, du meilleur café de la ville, de comment éviter les premières années.

Cette soirée avait été si belle, comme dans un rêve. Et ils en étaient si loin à présent.

« Je ne peux pas te rendre heureux, dit Ivan.

— Tu me rends heureux. Je suis comme ça, quand je suis heureux. Je suis heureux.

— Ça ne peut pas être ça, le bonheur. Si tu es heureux, là, je ne crois pas que je comprenne l'intérêt du bonheur.

— Parfois, le bonheur, c'est juste laisser les gens éprouver ce qu'ils éprouvent, putain. »

Il avait l'air tout sauf heureux. Il avait l'air furieux. Il avait l'air horripilé. Il avait l'air d'être sur le point de pleurer. Il avait les larmes aux yeux. Il se mordit l'intérieur de la joue, puis s'assit vivement à la table de la cuisine, tentant de reprendre son souffle. Ivan s'assit à côté de lui, chercha sa main et, pour la première fois depuis très longtemps, Goran le laissa faire.

« Je crois que tu as besoin qu'on ait besoin de toi, dit Ivan. Et ça, je ne peux plus.

— Oh, super. Tu as décidé que tu n'avais plus besoin de moi non plus, donc tu jettes l'éponge. Super.

— Qu'est-ce que tu veux dire ? Arrête de parler par énigmes. »

Goran ne répondit rien. Il garda les yeux baissés sur la table. Ivan comprit à ce moment-là.

« Ton poète. Tu parles de ton putain de poète. » Ivan se leva.

Goran le suivit dans leur petite chambre.

« Je n'en suis pas fier.

— Eh bien moi aussi, je fais des trucs dont je ne suis pas fier. Sauf que je n'en fais pas ton problème.

— Ah oui ? Comme quoi ? Trimballer de la ferraille ?

— Comme faire des vidéos de moi en train de me branler pour pouvoir envoyer de l'argent à mes parents, pour commencer. Qu'est-ce que tu dis de ça ? »

Goran le fixa, la bouche légèrement ouverte, puis, la referma et dit : « Pardon ?

— Comme j'ai dit, j'ai de l'argent. Je n'ai besoin ni de ta charité ni de ta bénédiction.

— J'y crois pas... tu fais du porno ?

— Pourquoi ? Tu en regardes, du porno. On en regarde. Il n'y a rien de mal à ça.

— Non, mais... c'est pas pareil. Tu en fais ? Tu refuses de baiser avec moi, mais tu fais du porno ?

— Tu baises avec un poète marié, littéralement. Oh, pardon. *Baisais.*

— Maintenant c'est *toi* qui me fais la morale ?

— Sois pas égoïste, Goran. S'il te plaît.

— C'est toi qui es égoïste !

— Moi ? Moi, je suis égoïste ? Moi ?

— Oui, toi. C'est égoïste. Arrête immédiatement.

— Tu peux pas exiger ça.

— Pourquoi tu fais ça ? Tu as besoin d'attention ? C'est ça ?

— Non.

— Pornographe. Imagine. Je suis sûr qu'ils vont adorer le concept, tes banquiers. »

Ivan savait qu'il était inutile d'essayer de faire comprendre à Goran l'aspect financier de la chose. Goran avait un fonds fiduciaire. Il venait d'une famille riche, se déplaçait avec sa richesse comme s'il s'agissait d'un élément à part, supérieur. Goran n'allait jamais comprendre pourquoi quelqu'un comme lui, comme Ivan, pouvait avoir besoin de gagner de l'argent, d'en gagner assez pour vivre, pour s'assurer un avenir ainsi qu'à sa famille. Goran n'avait pas besoin de penser à l'avenir, car l'avenir n'avait pas de mystère pour lui, si ce n'était sur le plan esthétique. Mais Ivan ne pouvait pas vivre d'esthétique. Les yeux de Goran bouillaient de colère, de dégoût et de haine.

« Pourquoi c'est si difficile pour toi ? Qu'est-ce que j'ai fait de mal ? Je ne t'appartiens pas. Je suis un individu à part entière. Je ne t'appartiens pas.

— Ah ça, c'est sûr », conclut Goran, et ce fut la fin de la discussion.

Ivan s'assit au bord du canapé, et Goran se remit à jouer du Chopin. La raison pour laquelle Noah avait dit ce qu'il avait dit dans la voiture lui apparaissait clairement. Il comprenait toute la cruauté et la simplicité de la question : pourquoi les gens vivaient ainsi ? La réponse, c'était qu'ils n'avaient pas le choix.

On était fin mars – un printemps froid.

Les choses s'envenimèrent après qu'Ivan eut parlé des vidéos à Goran. Ivan quitta l'appartement, et pendant deux semaines, ils ne s'adressèrent pour ainsi dire pas la parole. Puis Goran demanda s'ils pouvaient parler, essayer de chercher un moyen de se remettre ensemble. Ivan ne savait pas trop ce qu'il voulait, mais après avoir laissé Goran payer leurs factures pendant si longtemps, il eut le sentiment de se devoir d'essayer, au moins.

Ils se retrouvèrent au café où Goran était allé pour ses premiers rencards avec son poète marié, tout anxieux. Fatima leur servit des espressos à l'œil.

« Comment ça va ? » demanda Goran. Cela faisait quelques semaines qu'Ivan avait quitté l'appartement.

« Comme d'hab. Et toi ?

— Idem.

— Bien.

— J'en suis pas si sûr.

— Je suis désolé.

— Ça, on l'est tous, non ? » dit Goran. Il posa son menton dans sa main. Retira la crème de son espresso avec sa cuiller. « Ah, tu as oublié un truc.

— Quoi ? »

Goran sortit une petite carte postale de sa poche. Ivan la reconnut immédiatement : c'était la carte que lui avait donnée le peintre d'en bas. Il ne put s'empêcher d'en rire.

« Je l'ai trouvée dans mon manteau.

— Je croyais que je l'avais laissée dans le mien. »

Goran rit. Ce rire avait le goût d'un pardon.

« Merci, dit Ivan, prenant la carte et la pliant.

— Aïe, dit Goran.

— Quoi ? Ah, c'est pas grave. »

Il la plia encore, et encore, jusqu'à ce que le carton soit trop serré pour être encore replié, puis il la glissa dans la poche de sa chemise.

« C'était un tableau intéressant, dit Goran.

— C'est un écrivain qui a servi de modèle pour le plus jeune Ivan. Garchine. Il s'est tué dans un escalier en pierre.

— Sans blague.

— Dans la vraie vie, Ivan le Terrible a tué son fils.

— Très shakespearien.

— Certains disent qu'il est maudit – des gens n'arrêtent pas d'essayer de le détruire. Le tableau, je veux dire.

— Une image maudite, rit Goran.

— Je ne crois pas aux malédictions. Je crois que c'est juste un problème de timing. » C'était un mensonge. Ivan croyait aux malédictions, au destin. Il croyait à tout ça.

« T'as peut-être raison », dit Goran.

C'était la première fois que Goran disait qu'Ivan avait raison au sujet de quelque chose. Ce n'était rien. Un éclat de pitié. Mais c'était, Ivan le savait, sa manière d'essayer. De faire un effort. Les semaines de séparation avaient adouci Goran, imperceptiblement. Ses piques étaient un mécanisme de défense contre l'angoisse.

« Tu peux baisser la garde, dit Ivan. Je crois que si ça doit marcher, si on compte être ensemble, il faut qu'on décide qu'on le veut. Pas parce que tu as besoin de moi ou que j'ai besoin de toi. Mais parce qu'on le veut. Ça ne peut pas recommencer comme avant.

— Je sais, approuva Goran.

— Non, enfin, ne dis pas juste que tu sais parce que tu veux expédier cette étape. Ça ne peut pas s'arrêter là juste parce que tu veux que ce soit comme avant. »

Goran fit mine de hocher la tête puis se reprit et interrompit son geste. Il respira profondément et tendit la main en travers de la table.

« O.K. O.K. On y va doucement. On prend notre temps. Je veux m'améliorer.

— Je t'aime comme tu es. Je veux juste que tu sois gentil avec moi.

— C'est cher payé.

— Je t'en prie.

— O.K. O.K. »

Ivan mit sa main dans celle de Goran. Lorsque ses doigts se refermèrent, Ivan pensa que ça allait bien se passer entre eux. Que les choses allaient s'arranger, qu'ils allaient partir à New York et être heureux. Ils devaient tenir jusqu'à la fin du semestre. Jusqu'à la fin des cours. Jusqu'à la fin du travail. Jusqu'à la fin de cette phase de leur histoire.

« Je vais essayer. Pour les vidéos. Je vais essayer, dit Goran.

— Je sais. Je comprends. »

# 4

# Les rois de Norvège

Goran ne détestait pas la pornographie par principe.

« Si c'était *toi* qui faisais du porno, je n'y verrais rien à redire. Si c'était littéralement n'importe qui, j'aurais pas de problème. Super. Génial. Excellent. Tu te prends en main. Avec tes moyens de production. O.K. Mais c'est Ivan.

— C'est cohérent, sur le plan logique, mais c'est un peu dégueulasse », dit Timo en riant. Il aimait bien Ivan, qui avait un humour mélancolique, pessimiste, à la Charlie Chaplin ou à la Bourriquet.

« Sois de mon côté, allez.

— J'ai dit que c'était cohérent sur le plan logique. Étant donné les circonstances, c'est déjà presque un petit miracle.

— Un ami normal dirait : *Plaque-le.*

— Ah oui, tu es sûr ? »

Goran haussa les épaules, mais Timo se demanda si c'était vrai, si quelqu'un d'autre dirait qu'ils devraient se séparer sous prétexte qu'Ivan faisait du porno. « C'est vrai, c'est quoi le problème, au juste, là ? C'est qu'il l'ait caché ?

— J'aurais *préféré* qu'il le cache ! »

Les clips, qui étaient au nombre de dix ou quinze en tout, duraient entre trente secondes et dix minutes. La qualité de l'image et du son était impeccable. En mettant la vidéo sur pause, on aurait pu compter les taches de rousseur sur le torse d'Ivan. Les actes représentés étaient d'une banalité presque choquante : s'étirer, passer ses mains sur son ventre et ses épaules, une variété de poses suggestives avec des dessous d'une finesse extrême, et ensuite, la masturbation, avec une respiration profonde, rauque, ou l'insertion et l'extraction, au ralenti, de doigts ou d'accessoires variés.

Le sexe ne semblait jamais être l'objet des clips, de ce qu'avait vu Timo. Ils n'incluaient jamais vraiment le spectateur. Il y avait quelque chose de farouchement hostile dans le fait de regarder Ivan, comme s'il refusait de laisser le spectateur échapper à ce qu'il avait fait en tentant de s'immiscer dans son plaisir. Même ses orgasmes étaient fielleux, partiels.

Timo avait regardé le premier clip parce que Goran le lui avait transféré. Une vidéo brève, presque sommaire, un gros plan sur la moitié inférieure du visage d'un homme, presque entièrement dans l'ombre. Impossible de dire si c'était Ivan ou quelqu'un d'autre. La bouche arborait une expression neutre, un air d'ennui. Puis, vers la moitié, l'homme se levait et le torse et le ventre, les bras, apparaissaient dans le champ dans une lente procession. Ensuite le bout du sexe qui venait se poser comme une pochette sur la commode. Il restait là quelques secondes, puis la vidéo s'arrêtait. Timo se l'était repassée une douzaine de fois. Il remarqua la gradation de l'ombre tombant sur les poils pubiens d'Ivan. Le mouvement subtil de son ventre quand il respirait. Un morceau de papier qui s'agitait légèrement sur le bord de la surface où était posé son sexe. La façon dont, quand Ivan se levait lentement, il n'y avait qu'un infime mouvement de la caméra, le geste qui se floutait à peine.

Dans le fond, on voyait la couette qui traînait un peu par terre. Le calme de la pièce était palpable, mais à cause de la proximité d'Ivan avec la caméra, on l'entendait respirer, et quand il se levait, ses coudes craquaient. À mesure de ses visionnages successifs, la texture de la vidéo se transforma, s'approfondit, de même qu'un mot commence à se défaire lorsqu'on le répète trop souvent, devenant de plus en plus étrange au lieu de plus familier. Plus Timo voyait le clip, plus il le rendait triste, et lorsqu'il se mit à se regarder les autres, cette tristesse changea de nature et se complexifia, comme si ces visionnages étaient un tamis au crible duquel il passait et repassait son émotion, jusqu'à en faire émerger davantage la nature exacte.

En définitive, Timo n'avait pas été excité, pas vraiment – même si qu'est-ce que l'excitation, si ce n'est la création d'émotion ? Peut-être avait-il été excité, après tout. Il ne le confia pas à Goran, car ça l'aurait démoli encore plus. Mais ce qu'il soupçonnait, c'était qu'Ivan ne faisait absolument pas de la pornographie. Il semblait viser autre chose. Cependant, le site sur lequel il avait posté les clips était un réseau de porno amateur. Les gens pouvaient s'abonner à sa chaîne pour vingt dollars par mois, ce qui leur donnait accès à tous ses clips. Le premier lien que Goran lui avait transféré menait vers le seul qui soit accessible gratuitement. Timo s'était abonné via PayPal, avec un faux nom d'utilisateur, pour regarder les autres. À en croire le site, Ivan avait quelque chose comme huit cents abonnés. Quand Timo fit les calculs, sa vue se brouilla un peu en constatant l'ampleur de la chose.

C'était largement assez pour vivre.

« Oh, Goran », soupira Timo. Ils étaient au café, assis devant la vitrine. C'était un de ces samedis gris de début du printemps – dense de froid, sous un ciel opaque éclairé comme un écran de cinéma vide. Goran avait posé la tête sur la table, il broyait du noir, ce qui était une mauvaise habitude, et Timo avait de la peine pour lui, ce qui en était une également. « Tu veux qu'on y aille ?

— Oui. Non. Oui. Faut que je répète, de toute façon.

— Je peux t'accompagner ?

— T'as rien de mieux à faire ? »

Timo secoua la tête.

Le vendredi précédent, Timo avait proposé à Fyodor d'aller voir un film qui passait à FilmScene, dans leur cycle cinéma queer. C'était un film sur des flics allemands gays, dont l'un était dans le placard et l'autre pas, et les problèmes que ça entraînait. « Tu sais que j'aime pas le cinéma », avait répondu Fyodor. Ça lui donnait mal à la tête. Et il bossait le samedi, donc ils ne pouvaient pas sortir tard. Lui en tout cas. Timo pouvait y aller. Il viendrait, si Timo y tenait absolument.

Timo avait dit que c'était idiot, ils ne faisaient jamais rien à part manger, dormir et baiser, et quand ils faisaient quelque chose, il avait l'impression de devoir supplier le comité de probation de lui accorder une remise de peine. Ce n'était pas une relation, c'était un placement en résidence surveillée, putain.

« Tu ne sais pas ce que c'est, un placement en résidence surveillée, avait répliqué Fyodor, les dents serrées. Tu adores parler de trucs dont tu ne sais rien du tout.

— Épargne-moi, Notre-Dame de la piété de la classe ouvrière.

— Pourquoi est-ce que c'est toujours toi qui choisis tout ce qu'on fait ? Et quand c'est pas le cas, il faut que tu me pourrisses. Je ne suis pas ton bouc émissaire.

— Pourquoi t'es sur la défensive ?

— Je suis allé à ton expo débile, non ? Je fais des efforts, là. Je fais beaucoup d'efforts pour que ça continue. Cette histoire entre nous. J'en ai envie. Je ne dis pas que j'en ai pas envie. Mais il faut que tu en fasses aussi, Timo. C'est obligé. »

Timo retint sa respiration, tenta d'être quelqu'un d'autre. Mais ça le tuait de l'entendre dire des choses erronées.

« Ce n'était pas débile, et ce n'était même pas une expo. C'était une conférence.

— T'es pas croyable ! » soupira Fyodor.

Timo se demanda s'ils s'apprêtaient à rompre encore une fois. Fyodor baissa la tête et tenta de se calmer. Il essaya aussi. Il s'assit au bout du lit et posa la main sur le bras de Fyodor. Mais il ne pouvait pas faire plus. Il n'avait pas l'énergie de donner *confiance en lui* à Fyodor. C'était trop épuisant de devoir rassurer un adulte sur sa capacité à offrir quelque chose.

« Tu n'es pas facile à vivre, dit Fyodor. Peut-être qu'on est juste trop différents. »

Ils allaient se coucher. Puis ils se levaient, Fyodor très tôt, dans l'obscurité et le froid, Timo beaucoup plus tard dans la matinée. Ils s'étaient envoyé des messages, d'abord, par-ci par-là, les deux premiers jours. Hé, salut, comment ça va, ça va et toi, ça va, dors bien, salut. Fyodor allait à peu près bien – il travaillait trop, mangeait trop peu, était loin de dormir assez. Ils venaient juste de se remettre ensemble après un temps de séparation. Des mois difficiles et étranges au cours desquels Timo s'était demandé ce qu'ils fichaient ensemble au départ. Sur le moment, Fyodor lui avait manqué terriblement. Mais aussitôt qu'ils s'étaient remis ensemble, tout était redevenu comme avant. Fyodor était taciturne. C'était difficile de lui parler. Il ne donnait rien. Ne lâchait rien. Et parfois la seule manière de lui faire sortir quelque chose, c'était de déclencher une dispute. Les disputes étaient ce qu'il y avait de plus fluide dans leur relation. Les disputes et le sexe. Mais rien d'autre.

Alors non, Timo n'avait rien à faire, pas vraiment. Il y avait les devoirs du cours d'introduction à la logique qu'il donnait aux premières années à corriger. Et il devait travailler sur ses propres cours. Chaque étudiant de troisième cycle du séminaire organisé par le département devait lire le texte d'un conférencier invité et trouver une question, qui devait être transmise au secrétaire du département deux jours avant l'événement. Ces questions étaient ensuite distribuées au visiteur ainsi qu'aux autres étudiants, afin qu'ils aient le temps de réfléchir à leurs contributions respectives. Ce qui aboutissait en général à des ragots après les cours et à des humiliations mineures. Timo n'arrivait pas à savoir si l'on était censé être ironique et ne pas prendre l'exercice très au sérieux, trouver une question idiote et simple, ou s'appliquer avec une vraie rigueur, faire des recherches, lire tous les articles du conférencier, étayer sa question avec des citations de référence. Quelle que soit la manière dont vous vous y preniez, les autres se moquaient de vous. Parce que vous en vouliez trop, ou pas assez.

Timo pouvait aller à la bibliothèque d'histoire de l'art, si Goran ne voulait pas qu'il l'accompagne. Lire un peu. Corriger des copies. Ou faire semblant. Mais il aurait préféré écouter Goran répéter. Celui-ci termina son café et haussa les épaules.

« Comme tu veux. »

Timo jeta son gobelet dans la poubelle en plastique à côté de leur table et ils sortirent dans le froid et la grisaille. Goran, qui portait un cardigan en laine, enroula son épaisse écharpe noire autour de son cou. Timo enfila son bombers, qui le protégeait mal du vent, et remonta la fermeture éclair jusqu'en haut. De l'autre côté de la rue, au carrefour, l'ancien bâtiment avait été transformé en zone de construction ; ce qui était auparavant une banque avait été rasé et le parking retourné. Il n'en restait qu'une grotte boueuse bordée de graviers. Une cage branlante et quelques barrières de béton étaient tout ce qui empêchait les gens de tomber dedans. Ils se mirent en route, raclant le trottoir de leurs semelles.

« C'est Chopin, aujourd'hui ? demanda Timo.

— Non. Je fais un truc un peu nase pour le cours de danse. Debussy.

— Ah. O.K., c'est chouette. »

Goran poussa un soupir et secoua la tête. Il avait les cheveux épais, hirsutes, et portait des lunettes rondes. Sa démarche était un peu curieuse, comme si son centre de gravité changeait à chaque pas. Il avançait en une suite de chutes rattrapées, comme un ivrogne tentant de dessoûler ou un homme sobre faisant semblant d'être ivre. Goran détestait Debussy, Timo le savait. Mais il accompagnait des cours de danse pour se faire un peu d'argent et d'expérience, et aussi pour l'espèce de sentiment de supériorité que ça lui procurait. *C'est juste une bande de sportifs à la con, à part qu'ils sont pédés*, disait Goran en parlant des danseurs. *Ils n'ont rien dans la cervelle, ils sont archi lourds.* Parfois, quand ils buvaient, Goran se levait du sol et exécutait une pirouette ou un fouetté, si gracieux, si beau, l'espace d'un instant, que cela faisait mal de le regarder. Mais ensuite il titubait un peu et se laissait retomber par terre, trop vite, trop fort, faisant trembler la table, et Timo devait fermer les yeux à cause du choc.

Timo pouvait comprendre pourquoi Goran détestait jouer dans ces cours. Dans ce qui était désormais un autre chapitre de sa vie, il avait étudié très sérieusement le piano. Il avait encore des mains, des poignets et une posture de pianiste. Goran aimait répéter que c'était la première chose qu'il avait remarquée chez Timo quand ils s'étaient rencontrés, à un pot pour les étudiants gays de troisième cycle. *Tu avais un balai dans le cul, comme tous les pianistes de ma connaissance.* Mais ça commençait à dater, et Timo n'avait pas joué depuis près de deux ans. Ce n'était pas à cause du piano que ses parents s'étaient séparés, mais il n'arrivait pas à dissocier les deux choses dans son esprit. Plus il faisait de progrès, plus ses parents se disputaient et plus vite leur argent s'évaporait, jusqu'au moment où le temps était venu pour lui de partir à la fac : il ne leur restait plus rien, ni de leur mariage, ni sur leurs comptes épargne. Ils étaient chirurgiens, certes, et Timo avait grandi dans la soi-disant Upper Middle Class noire de D.C., mais ce qui séparait celle-ci de l'Upper Middle Class tout court, c'est-à-dire la *blanche*, c'était qu'il y avait beaucoup moins d'argent, et qu'il était bien moins durable, dans l'ensemble. Où allait-il, tout ce fric ? Partout et nulle part – puis 2008 avait tout englouti, oblitérant leur aisance. Timo était allé dans une bonne fac, dans l'Ohio, grâce à un fonds monté à cet effet par son grand-père, qui avait inventé une petite pièce d'une machine jouant un rôle essentiel dans le fauchage du maïs. En définitive, c'était tout ce qu'il restait. Il assurait ses autres dépenses en jouant dans des cours de danse, et il avait pris goût au côté répétitif de ce travail. Parfois, il aimait voir jusqu'où il pouvait dévier avant que le maître de ballet lui jette un regard sévère en ordonnant, sèchement : *Recommencez.* Les danseurs avaient un côté distant, sauvage, comme des coyotes dans un zoo. Leurs chaussons crissaient sur le sol tandis qu'ils se propulsaient en avant et dans les airs. Les vis mal serrées s'entrechoquaient, et les miroirs tremblaient lorsqu'ils atterrissaient. Ils ne le remarquaient pas, ne le regardaient pas. Ils étaient toujours séparés de lui, et séparés les uns des autres, bien qu'ils soient tout proches, en rangs, en formations qui se faisaient et se défaisaient. Goran détestait la répétition. Il disait que c'étaient *des gammes prétentieuses, rien de plus. Ils veulent que j'aille leur jouer une putain de valse et que je me casse, voilà.* Ça ne dérangeait pas trop Timo à l'époque où il jouait. C'était une façon de s'absenter de lui-même. Mais ce temps était révolu.

La salle de répétition de Goran se trouvait au deuxième étage de Sayers Hall, à trois numéros de là où Timo donnait ses cours d'introduction à la logique et au calcul infinitésimal tous les lundis, mardis et jeudis. Ils déjeunaient souvent ensemble sur les bancs qui bordaient la cour, se plaignant de leurs étudiants, de leurs classes, de leurs horaires et de leurs départements respectifs. Ce jour-là, la cour était déserte et venteuse, l'herbe était couverte de neige fondue, et les minces branches sombres des arbres se balançaient mollement. Sayers se trouvait sur la colline qui surplombait la moitié nord du campus et la rivière. C'était un bâtiment gris, à la façade ouvragée, avec une impressionnante porte en chêne, lourde et difficile à ouvrir, et Goran dut s'aider de son épaule pour entrer. Ils montèrent, cernés par un silence froid.

C'était un silence artificiel – toutes les salles étaient insonorisées, des chambres fortes pleines d'air chaud recyclé. Goran poussa la porte de sa salle avec sa hanche. La pièce était baignée d'une lumière crue. Des cartons d'œufs en mousse rose tapissaient les murs. Au centre était installé un piano à queue, rutilant et sévère.

« Quelle beauté, dit Timo avec un petit sifflement.

— Ouais, ouais.

— Je parie qu'ils n'ont pas de piano à queue au studio de danse, cela dit.

— Non, c'est un piano droit de merde », fit Goran, fronçant les sourcils. Ils laissèrent leurs blousons sur une chaise dans le coin. Timo s'assit à côté de Goran sur la banquette, et Goran s'étira, les bras au-dessus de la tête et derrière le dos. Le son de leurs voix était feutré, étouffé. Ce ne fut qu'en écoutant très attentivement que Timo entendit le bourdonnement infime, comme le vol d'un moustique, des néons au plafond. C'était le genre de salle qui donnait envie de chuchoter. L'air absorbait les voix.

Les paumes de Timo le démangeaient. Il ne s'était pas assis sur une banquette depuis des années. Il sentit la tension familière, involontaire de ses doigts, le raidissement du bas de son dos. Il détourna les yeux.

« Tu veux l'essayer ? demanda Goran.

— Non… vas-y, toi.

— O.K. » Il continuait de s'étirer, ramenant son bras autour de son épaule.

« Tu sais bien que je ne joue plus.

— Je te force pas. »

Timo poussa un petit rire et s'émerveilla de la clarté du son qui sortait de lui.

« Putain, dit-il.

— Je sais. C'est à vous rendre dingue, un peu », dit Goran. Les mains sur les genoux, il regardait les touches. Timo avait mis ses mains sous ses fesses. Ses épaules s'étaient ouvertes.

Une fois que Goran eut terminé ses gammes – il commençait toujours par là, comme par allégeance à un vieux prof –, il passa à Debussy. Timo admirait la vigueur et l'aisance du jeu de Goran, la facilité avec laquelle il se lançait dans les passages difficiles. Par moments, son bras effleurait celui de Timo, et il levait imperceptiblement les yeux, comme surpris de sa présence. Mais il ne lui demanda pas de s'écarter, ce que celui-ci trouva généreux. Timo sentait les vibrations de la musique sous le siège et dans l'air devant lui, qui s'alourdissait de sons. Les poils fins, sombres au-dessus de sa lèvre et sur son menton vibraient aussi. La matérialité physique de la musique était en lui. Il pouvait presque en sentir le goût. C'était comme un objet réel, concret, dans le monde avec eux. Il avait mal aux jointures des doigts. Goran lui donna un petit coup de coude. Timo appuya son menton contre sa propre épaule et baissa les yeux sur l'espace très étroit entre Goran et lui. Goran avait posé une main sur sa jambe. La banquette était usée, et des éclats blonds perçaient la peinture noire, comme les spires d'une empreinte digitale.

« Tout va bien, dit Goran.

— Je sais. »

Goran le regarda frontalement. Timo rougit violemment. Il se cacha derrière son épaule. La main de Goran pressa une fois sa jambe puis se retira. Il se remit à jouer Debussy, mais le son paraissait lointain à Timo. Il regardait le poids solide des doigts de Goran qui enfonçaient les touches. Jouer, c'était un peu comme danser, en un sens – le côté matériel, physique, les dimensions précises de la salle et des touches, le tout aussi implacable que les côtés d'un polygone sur une feuille. C'était pour cette raison que Timo avait abandonné la musique pour les maths, comme s'il échangeait une occupation brutale de l'espace par une autre. Il pouvait comprendre la disposition de quantités physiques finies. Goran arriva à la fin du morceau, et Timo se leva.

« C'était super, dit-il.

— C'était de la merde. De la pâtée pour les cochons.

— Ah, peut-être. » Timo rit. Il s'assit au bord d'une chaise de l'autre côté de la salle. Goran le regarda, les yeux plissés, tendit le bras, plia les doigts.

« T'es trop loin. »

Timo croisa les jambes. Goran se pencha sur le piano et appuya son menton sur ses mains.

« Tu penses encore à Ivan ? » demanda Timo. Goran approuva d'un *hmm, hmm.* « Tu lui as dit ?

— Non, soupira Goran. Qu'est-ce que tu veux que je lui dise ?

— Tu pourrais essayer un truc comme : *Je t'en prie, arrête de faire du porno.*

— Mais c'est son corps, n'est-ce pas ? Son droit ?

— C'est vrai. Il n'est pas obligé d'écouter. »

Goran se cogna le front du plat de la main.

« Du sexe tarifé. »

Timo regrettait à présent, plus qu'encore un instant auparavant, d'avoir abordé le sujet. Quelle idée stupide. Ce n'était pas son rôle. Goran l'avait fixé d'un regard de limier fidèle qui vient de capter l'odeur d'une créature vivante et apeurée. Timo chercha un point d'appui, quelque chose à quoi se raccrocher, mais il n'y avait rien. Il glissait sur la surface intérieure, lisse, de lui-même tel un lézard dans un verre. Que pouvait-il dire, en définitive, à part « désolé » ?

Goran renâcla, puis plaqua un accord braillard, et un autre, jusqu'à les empiler. C'était rêche, dissonant, un son de casseroles que Timo reconnut. Ça venait de la sublime partie centrale de la « *Ballade en sol mineur* » de Chopin, qu'il offrait à Timo ni pour s'excuser, ni pour le réprimander, mais comme pour entamer une conversation avec un ami après une longue absence, comme si l'absence n'avait pas existé, un peu au hasard, mais avec détermination. Goran jouait avec trop de force, trop d'emballement – même Timo s'en rendait compte –, mais il ne jouait pas pour s'assouplir les doigts, pour la beauté de la musique ou pour le plaisir. Il jouait ce morceau de Chopin pour sortir quelque chose de lui, comme d'autres se coincent les cheveux derrière l'oreille ou se rongent les ongles. C'était sa manie à lui, aussi naturelle qu'une autre.

Timo s'appuya contre le dossier de sa chaise et retint sa respiration, car même si la musique était trop forte, trop appuyée, elle restait belle. Le jeu de Goran était beau. Là aussi, il y avait un tamis par lequel était filtrée l'émotion. Goran faisait passer ce qu'il ressentait à travers le réseau fermé de la musique, ses règles, ses mesures, son placement d'accords, son pianotage extravagant. Il s'y déversait entièrement et en ressortait non dilué. Les épaules de Goran s'ouvraient telle une paire d'ailes lorsqu'il jouait. Ses mains étaient rapides, immenses, balayant le clavier dans les deux sens. Son visage un masque d'enthousiasme et d'agacement. Timo avait envie de lui dire que c'était comme les films pornos d'Ivan, que ce n'était pas si grave, qu'il ne devrait pas s'inquiéter. Il rit doucement, alors même que ses poils se hérissaient sur ses bras – Goran ne pouvait pas s'en empêcher.

À la fin de la ballade, la frénésie était censée se muer en tendresse, en mélancolie. Mais Goran sauta ce passage.

Il joua même les parties douces avec une intensité si cruelle que c'était comme si la folie se poursuivait, interminablement, jusqu'à se propulser dans le silence de la salle, qui vibrait, comme sous l'effet d'un coup de tonnerre.

Ils dînèrent en ville, bien que ni l'un ni l'autre n'ait beaucoup d'argent. Ils commandèrent une planche de charcuterie et deux verres de vin chacun. C'était le début de la soirée et, malgré la saison, Goran avait convaincu les serveurs de les laisser s'asseoir dehors : *Allez, quoi, les chaises sont déjà installées, il y a une table, non, c'est bon, on va les porter nous-mêmes, non, ne vous inquiétez pas.* Timo était toujours gêné quand Goran faisait ça, manipuler les circonstances jusqu'à ce qu'elles correspondent exactement à ses désirs. Pour sa part, il avait pour coutume de prendre ce qu'on lui donnait sans poser de questions.

Le ciel au-dessus de leurs têtes était laineux et bas. Le vent avait un côté granuleux, comme une gifle. Ils burent du vin rouge et grignotèrent du fromage et du pain, des olives et des pickles. Goran prit du prosciutto. Timo était végétarien. Il y avait un petit buffet de moutardes, allant de très sucrée à terreuse et piquante. Ils léchèrent la graisse sur leurs doigts et commandèrent une autre assiette. Des cacahuètes caramélisées et d'autres enrobées de piment. Des tomates rôties avec de la feta. Cela ne constituait pas un vrai repas, mais il y avait du plaisir dans l'acte de manger.

Le vin était correct, ce qui était exactement le genre de réflexion que les étudiants de troisième cycle faisaient sur le vin. *Correct*, comme s'ils avaient un long et mystérieux passé d'amateurs de vin et savaient distinguer toutes ses nuances et ses parfums. Mais les camarades de Timo et ceux des autres classes buvaient tous les mêmes vins bon marché, parfois ironiquement, parfois au premier degré, et il se demandait comment ils étaient parvenus à se fabriquer une attitude de supériorité hautaine avec une telle facilité. Ils ne condamnaient pas tout à fait le vin qu'ils buvaient, mais se gardaient tout de même de valider sa qualité. Timo trouvait que si, en fait, ils détestaient ce vin ou le pensaient de mauvaise qualité, ils auraient pu le dire, ou ne rien dire du tout. Quand quelqu'un désapprouvait foncièrement une chose, il le reconnaissait rarement. Car à quelle fin ? Le jugement de qualité n'avait rien à voir avec l'objet sur la sellette, et tout à voir avec la volonté de prouver qu'on possédait la faculté de juger. Ils passaient leur temps à tenter de faire leurs preuves, à mettre en jeu leur propre valeur, comme dans un procès.

*Regardez-moi, regardez-moi, regardez-moi – je suis quelqu'un d'important, non ?*

Timo s'en rendait coupable aussi. Il vida son verre, avalant même le fond trouble. Goran faisait rouler les concombres miniatures dans son assiette.

L'argent et le sexe. La peur de la solitude. Le silence et le bruit. Goran consultait son téléphone, l'air absorbé. Timo fredonnait machinalement, jetant des coups d'œil nerveux autour de lui. Les voitures qui roulaient au pas dans les rues mouillées. La grue, de l'autre côté de la rue, sur le chantier. Quelque chose d'inquiétant dans sa tête, si solennelle, penchée, comme pour prier. Le terrain de construction, avec ses graviers et ses tas de terre, comme une civilisation abandonnée.

« Tu n'as pas corrigé tes copies, dit Goran.

— Non, c'est vrai.

— Tu devrais, non ?

— Je le ferai plus tard. » L'arrière-goût amer du vin, rendu plus âcre, inexplicablement, par la nuit tombante.

« Et comment va Fyodor ? »

Timo sourit et secoua la tête. Fyodor n'était pas un sujet qu'il abordait avec Goran. Ils ne parlaient pas beaucoup de la vie de Timo en général. Leur amitié ne se basait pas sur un échange égalitaire d'informations – ils n'étaient devenus amis qu'après avoir baisé. Le jour de leur rencontre, c'était Goran qui avait parlé de lui. Et sans y réfléchir, peut-être surtout après le sexe, ils étaient tombés dans un schéma aussi prévisible que la lignée des rois de Norvège.

Et même. Goran se fichait un peu d'avoir des nouvelles de Fyodor, en réalité. Il se fichait un peu de tout, sauf de lui-même et de ce qui lui passait par la tête. C'était, Timo le savait, une version de l'attitude que Fyodor percevait chez lui : l'égocentrisme. Mais Goran avait du talent, il était drôle. Certaines personnes avaient le droit d'être égoïstes, non ? C'étaient des êtres hors du commun, leur égoïsme faisait partie de ce tout.

« Il va bien.

— Tant mieux », dit Goran, mais il changea aussitôt de sujet. « Dis, ça te dérange si Ivan nous rejoint ?

— Hein ?

— Oui, il vient de sortir de cours. Il veut passer. Je lui ai dit que c'était O.K. » Goran posa le téléphone sur la table. Voulait-il que Timo refuse ? Qu'il accepte ? Goran voulait-il que Timo interdise à Ivan de venir les retrouver ? Rien ne laissait deviner ce que désirait Goran. Il avait demandé *après* avoir invité Ivan, donc peut-être que sa question n'en était pas une. Mais quelques secondes plus tard, ils entendirent un cri de l'autre côté de la rue ; c'était Ivan, grand dans son anorak noir et ses collants noirs, qui arrivait vers eux au petit trot. Il prit une chaise à côté de Goran et retira son manteau. Il portait un pull orange vif. Sa barbe était drue, sa voix rauque, comme s'il avait un rhume.

C'était étrange, après avoir regardé ses vidéos tant de fois, de voir Ivan en chair et en os, dans son corps chaud, animal, avec ses narines qui frémissaient, la lumière orange du bar qui faisait ressortir ses reflets roux, la courbe sensuelle de sa bouche. Il passa le bras autour du dossier de la chaise de Goran et s'enfonça dans la sienne. Il y avait quelque chose de cru, de brûlant, dans l'air autour de lui. Il avait dit qu'il viendrait en vitesse, juste après son cours. Se surprenant à le fixer, Timo baissa les yeux sur son assiette, où les coques des cacahuètes gisaient tels des mollusques.

Ivan avait gardé une musculature et une grâce de danseur. Ses mouvements étaient précis mais fluides, comme répétés. Il étala trois sortes de moutarde sur une tranche de pain, la replia et la dévora comme un gamin à la cantine.

Il mastiquait avec un plaisir anxieux. Timo pensa malgré lui à son dernier clip, à la façon dont il y jouissait comme malgré lui, avec un petit cri grêle, rocailleux. Il pensa involontairement à la façon dont *lui-même* avait joui en le regardant, serrant son sexe à travers le filet de son short, à la façon dont il était arrivé à l'orgasme par surprise, sans sommation. À cet instant où tous deux avaient été reliés par un canal invisible, par un hasard sombre, bizarre, tandis que leurs orgasmes s'étaient réunis, telle une permutation dans un problème de probabilité. En y repensant, Timo se mit à bander et rougit.

Goran cala son menton sur sa main et regarda Ivan mordre dans les cornichons.

« Tu manges comme un chien, dit-il.

— J'ai faim. » Ivan reprit du pain et du jambon. Il enroula le prosciutto autour de quatre cornichons et avala le tout sans mastiquer.

« On voit ça. »

Ivan finit le vin de Goran, puis se pencha sur lui et embrassa son épaule. Timo frissonna. Le froid s'intensifiait.

« Qu'est-ce que vous avez fait aujourd'hui ? Traîné ?

— J'ai répété.

— Et toi… ? » Ivan dirigea sa voix vers Timo. Son regard était chaleureux.

« J'ai regardé.

— Je parie que t'aimes bien ça, regarder.

— C'est vrai.

— Il ferait mieux de jouer. Il a joué longtemps, avant.

— Je me rappelle. J'aimerais bien t'entendre jouer, un jour. Goran répète, mais il ne veut jamais que je l'écoute jouer pour de vrai.

— Parfois, on joue mieux quand on fait des exercices », dit Goran. Ivan lui jeta un regard, mais se retourna vers Timo.

« Ouais, il y a peu de chances. Je ne joue plus trop, en fait.

— Tu fais maths, c'est ça ?

— Ouais.

— Quel genre ? »

Timo haussa les épaules, par habitude à cette question que lui posaient souvent les gens quand ils ne savaient que lui dire d'autre. Une vaine tentative de précision, qui ne menait nulle part précisément. En Amérique, de plus en plus, les gens se figuraient que les maths étaient une chose simple, concrète. Pragmatique. Et ce n'étaient pas seulement les ados boudeurs qui se plaignaient d'apprendre les théorèmes et des démonstrations. La question s'insinuait jusque dans les demandes de bourse et leurs évaluations. Les gens n'aimaient guère que les prétendus fonds publics servent à financer ce qu'ils considéraient comme des frivolités. L'économie américaine reposait sur la question : *À quoi ça me sert, à moi ?* Mais il n'existait pas de traduction facile des recherches de Timo, pas de vernis commode qu'il puisse pulvériser dessus.

« La logique. Je pensais que Goran te l'aurait dit, à ce stade.

— Ah… la théorie des ensembles, ces machins-là ?

— Je m'ennuie, souffla Goran.

— Ouais, exactement, ces machins-là.

— Tu sais, tu pourrais gagner beaucoup d'argent si tu te lançais dans la finance, dit Ivan.

— Comme toi ?

— Ouais, enfin je veux dire. Je suis pas comme *toi* ni rien, mais il y a beaucoup de maths. Tu aimerais ça, je parie.

— C'est pas ça qui a fichu l'économie en l'air en 2008 ? » demanda Goran.

Timo rit. Ivan hocha sobrement la tête.

« Oui, mais bon, c'est régulé, maintenant, tout ça. Ça ne se reproduira jamais, pas comme ça. Et de toute façon, les profits étaient revenus dès 2010. Tu devrais lire un peu, des fois.

— Ouais, c'est vrai, on est en Amérique, on adore la régulation des marchés, fit observer Timo.

— Mais tu n'y as jamais pensé sérieusement ? Franchement, ça pourrait être génial.

— Timo veut devenir universitaire. Les derniers soubresauts de la grande bourgeoisie, dit Goran.

— Plutôt la bourgeoisie en déclin, oui.

— Je ne parle pas de ça. Je parle *d'argent*. De gagner sa vie. J'estime que je suis bon pour tout ce qui est vente. Ça, je maîtrise, je pense. Je sais y faire. Mais pour les chiffres, je veux dire. Ces trucs, c'est abstrait, pour moi. Mais la vente. Les décisions rapides. Les choix. Ça, je pense que je maîtrise.

— Et c'est ça que tu veux faire de ta vie ? Prendre des décisions rapides et gagner beaucoup d'argent ? Être le mec déterminé ?

— Non », dit Ivan avec un nouveau sourire ambigu.

Timo hocha la tête, même s'il ne comprenait pas bien la nature du sourire d'Ivan ou la conversation, qui lui avait échappé. En vérité, oui, il avait réfléchi à son avenir. Il y avait énormément réfléchi. Mais il avait le sentiment qu'il lui manquait les informations indispensables pour prendre une décision. Ce qu'il voulait, par-dessus tout, c'était une réponse claire, qui lui arrive sur un plateau. Il se disait que s'il continuait d'observer les conditions initiales de sa vie, quelque chose allait lui venir. Ou peut-être qu'il ne lui resterait plus aucun choix, et que son destin serait scellé. Son avenir était si confus.

« Mais c'est triste que tu aies laissé tomber le piano, reprit Ivan. Ça, c'est une vraie perte, je trouve. Goran m'a dit que tu avais du talent.

— Je n'ai pas *laissé tomber*. J'ai juste… Je ne sais pas. Je me suis mis à faire autre chose. » Il avait calé ses mains sous ses fesses, croisé les jambes sous la table. Ivan était penché vers lui. Timo sentait l'odeur de sa sueur. Ses cheveux étaient lourds d'humidité. Goran se recula.

« Quelle différence ?

— Laisse-le tranquille.

— Je n'aimais pas assez ça », répondit Timo d'une voix neutre. Il haussa les épaules. Mais son cœur se serra quand il prononça ces mots, et l'indifférence détachée qu'il tentait de projeter s'écroula sur elle-même. Il se sentit à nu, fragile. Comme un enfant tentant de mimer la profondeur.

La carafe d'eau suintait. Le serveur, un homme blond aux yeux chassieux, revint. Voulaient-ils d'autres assiettes, plus de vin ? Ivan commanda un verre et une autre planche de charcuterie. Timo était repu. Goran termina les pickles.

« En ce qui me concerne, je commence à me dire que je devrais aller en fac de droit, finalement, dit Ivan.

— Tu n'avais pas un entretien pour bosser dans une banque à New York ? » demanda Timo. Goran avait l'air de s'ennuyer, comme s'il avait déjà entendu tout ça auparavant. Tous les étudiants de troisième cycle parlaient de s'inscrire en fac de droit, à part les étudiants en droit, qui parlaient de se lancer dans l'immobilier. Les peintres, les danseurs, les poètes et même les scientifiques rêvaient, à leur bureau, de la loi, d'un système codifié qui traverserait leur vie de part en part et les protégerait de l'irascibilité du mal. Ce qu'ils voulaient, c'était une chose qui ait du sens, qui rapporte de l'argent et qui puisse convertir leur calvaire actuel en occupation plus stable et plus juste.

Goran avait grandi dans une famille d'avocats et de dentistes. Il connaissait la chanson. Les parents de Timo étaient chirurgiens. Timo ne savait pas ce que faisaient les parents d'Ivan. Ils étaient tous les rejetons de personnes pragmatiques, et à présent ils vivaient le prologue amphibie, moite, de leurs vies d'adultes, en rêvant de la fac de droit. Mais c'était tout de même surprenant d'entendre ça de la bouche d'Ivan.

« Ouais, mais qui sait, hein ? J'ai décroché un entretien, mais ils peuvent très bien décider qu'ils me détestent. L'analyse quantitative, ce n'est pas mon truc. Tout est une question de calcul de nos jours. Si j'y vais et qu'ils ne me prennent pas, je fais quoi ?

— Tu as presque fini ton MBA.

— Oui, c'est vrai, dit-il d'un ton désinvolte. Mais tu sais, faut considérer les étapes suivantes. Si tu ne décroches pas le bon stage dans la bonne boîte, tu te retrouves coincé à trafiquer des livres de compte pour des éleveurs de vaches. La fac de droit, ça pourrait être super, tu vois. Un avocat, c'est un avocat, et voilà. »

Timo ne dit rien pendant un moment ; il ne pensait qu'aux clips, à tout cet argent amassé. Tout cela prenait un sens brutal, un peu veule, à présent.

« C'est cher, fit observer Goran.

— Je sais », répondit timidement Ivan. Il jeta un coup d'œil en biais à Goran. Comme un enfant en quête de permission. Sur le siège, les mains de Timo étaient moites, ankylosées par le poids de son corps. Il les retira de sous ses fesses et les croisa sur ses genoux. « C'est peut-être une mauvaise idée.

— Non, c'est pas ce que je voulais dire. Pour moi, si tu as envie, tu sais, fais-le.

— Non, non, mauvaise idée.

— Non, non.

— Non. Non.

— Non, non.

— Non. »

C'était comme dans la salle de répétition. Le son de leurs voix se muait en une entité solide qui se déplaçait parmi eux et entre eux. Les voix d'Ivan et de Goran se mêlaient en un même flux continu de paroles. Il trouvait insupportable de penser que c'était tout ce dont disposait l'humanité pour contenir ses émotions. Ces méchantes graines de sons. Il y avait là quelque chose de cruel. La bouche de Timo se remplit de chaleur acide. Il tenta de respirer par le nez. Tenta d'être présent. D'être là.

Non, non, non, non, non, non, non, non, non, non – quels petits mots stupides.

Goran et Ivan riaient. Ils s'appuyaient l'un contre l'autre sans cesser de répéter *non*. Ils se caressèrent les bras, s'embrassèrent dans le cou. Ils se serrèrent l'un contre l'autre. Ivan chatouilla Goran, qui se tordit et sursauta, ébranlant la table.

Timo renversa la carafe d'eau par terre du dos de la main. Elle se brisa avec un fracas sonore, mouillé. Du verre luisait dans l'ombre sous la table, illuminé par la lueur blanche des lampadaires. Goran le regarda comme de très loin. Ivan écarquilla les yeux.

Mais au moins ils avaient cessé.

C'était mentir que d'affirmer que Timo n'aimait pas assez le piano. Il adorait ça, mais d'une manière qui demeurait difficile à décrire. Il y avait là quelque chose d'apophatique – qu'il n'aurait pu expliquer que par sa négation. Il n'avait compris à quel point il aimait le piano qu'après avoir abandonné. Même cette décision, avec le recul, semblait arbitraire, un caprice. Un accès de mauvaise humeur. Mais il l'avait aimé, et il l'aimait encore. Chaque jour, il se sentait comme un diapason qu'on vient de frapper, tout le temps en train de vibrer. Sauf qu'il n'était pas réglé sur le ton juste, mais sur une autre fréquence affreuse traversant l'univers de part en part. Le deuil, se dit-il. Il s'agissait du deuil.

Après qu'il eut dit au revoir à Ivan et Goran, Timo ne rentra pas chez lui. Au lieu de ça, il se rendit au bureau qu'il partageait avec les autres assistants pédagogiques. Il monta en silence les escaliers plongés dans la pénombre, et arrivé dans la petite pièce, il ferma la porte à clef mais n'alluma pas la lumière. Il s'assit sur son fauteuil et sortit son téléphone.

Il y avait des messages vocaux de sa mère et de son père. Il y avait trois textos de Fyodor – le premier disait *Bon anniversaire*, le second *Je t'aime* et le dernier *Appelle-moi quand tu seras libre.*

Il lança de nouveau la première vidéo d'Ivan, et quand elle fut terminée, il regarda la deuxième, puis la troisième. Il les regarda toutes les quinze, sans interruption, si bien qu'elles formaient une sorte de film. Mis bout à bout, l'un après l'autre, les clips, malgré quelques saccades, étaient comme tout d'une pièce. Le même filtre. De plus en plus longs, comme si les vidéos elles-mêmes prenaient confiance en leur propre capacité à exister. Le caractère sexuel des actes dépeints se faisait de moins en moins abstrait, puis de plus en plus concret. Jusqu'à ce qu'il arrive au dernier clip, mis en ligne quelques heures seulement auparavant, dans lequel Ivan, habillé comme tout à l'heure au dîner, se filmait en train de retirer son collant et son pull. Il se filmait, de plus en plus nu. Il se détournait de la caméra pour retirer ses collants. Il avait le dos long et lisse, avec un peu de fourrure en bas de la colonne vertébrale, comme un tendre mammifère. Ses bras étaient tendus, forts. La flexion de ses ligaments, les veines qui couraient le long de ses avant-bras, la masse rebondie de son cul. Son corps était beau et vivant. Ses épaules, deux lames qui se balançaient. Il était dans sa chambre, comme toujours. Les mêmes murs nus, le même duvet par terre. Le chuintement léger de ses vêtements, le claquement de l'élastique qu'il tirait et relâchait. Ivan se redressait de toute sa hauteur. On voyait le mouvement lent, progressif de sa main sur sa bite, mais pas la bite elle-même. Seulement ses bras, qui remuaient régulièrement, comme un piston. Puis l'angle de la hanche qui changeait, se décalait, tandis qu'il se retournait vers la caméra, mais lorsque ses yeux se levaient pour se planter dans l'objectif et que l'ombre de sa bite apparaissait à l'écran, le clip virait au noir complet, cinq secondes d'obscurité crépitante, puis le petit film se terminait. Cette obscurité crépitante, qui différait par sa nature de l'obscurité dans la pièce. La noirceur de l'écran irradiait dans la pénombre du bureau. L'obscurité élégante de l'écran léchait l'atmosphère. Les avant-bras de Timo étaient frais et moites. Il frissonnait.

Il se remit à bander. Il posa la main sur le monticule entre ses jambes. Serra son sexe. Il éprouva le drôle de chatouillement de l'humidité qui servait de prélude au désir. Il serra les jambes l'une contre l'autre, ce qui ne fit qu'empirer la chose. Il défit son pantalon et se prit dans la main, lui, cet animal chaud, son pouls qui cognait comme une créature prête à tout pour sortir à coups de griffes.

Il tenait sa bite, dure, palpitante, dans ce bureau où il enseignait, où il buvait son café, où il parlait avec les autres étudiants, lors de conversations sporadiques. Il ne se branla pas. Il ne jouit pas. Il avait froid. Le vent cognait contre les fenêtres. Il rangea son sexe et remonta sa braguette.

Il lui fallut une vingtaine de minutes pour corriger les copies. Ils faisaient tous les mêmes erreurs. Il s'était trompé dans ses explications, il le voyait, il saisissait parfaitement à quel endroit : en expliquant les démonstrations – les étudiants ne savaient même pas par où commencer.

Il savait qu'il n'était pas doué pour enseigner. Parmi ses étudiants, il y en avait beaucoup qui avaient été admis sous réserve et devaient combler les lacunes de l'enseignement reçu au lycée. Ils n'étaient pas idiots, mais ils n'étaient certes pas brillants non plus, et il leur en voulait d'avoir besoin de lui. Ce qu'il aurait voulu, c'était que personne ne soit dans ce cas, que personne ne lui demande rien. Parce que dans ce cas, il n'aurait pas été obligé d'éprouver ce qu'il éprouvait, la terreur atroce qui venait de la compréhension de son propre échec.

Il posa la tête sur le bureau, plein de dégoût pour lui-même.

Timo quitta son bureau un peu avant 20 heures. Il descendit, traversa la place du Pentacrest et prit Jefferson au niveau de St. Mary's. Les lumières étaient allumées dans la haute fenêtre en dessous du clocher, qui s'élevait, vertigineux, dans la voûte profonde et veloutée du ciel. De l'autre côté de la rue, la maison du pasteur, carrée et sincère. Il ne pouvait exister de demeure plus typiquement Midwest. Il jeta un coup d'œil vers la terrasse protégée par une moustiquaire en passant et aperçut deux silhouettes qui jouaient aux cartes et buvaient dans des mugs. Un petit radiateur rougeoyait dans la pénombre.

Au bout de Jefferson, il traversa la rue au petit trot pour rejoindre l'immeuble de Fyodor. Les grandes fenêtres de la façade affichaient un gris spectral. Il monta les marches du perron et entra dans le vestibule, qui sentait le sel et le moisi. Les vieilles chaussures. Il entendit les danseurs à l'étage. Une soirée quelconque.

L'appartement de Fyodor paraissait désert, à première vue. Mais en entrant dans la cuisine, il vit, sur la petite table, un gâteau surmonté de trois bougies allumées. Fyodor était assis à côté, endormi, la tête entre les mains.

Timo resta un moment à le regarder, debout sur le seuil de la cuisine. L'homme endormi. Ce gâteau un peu ridicule, qu'il avait sans doute payé bien trop cher à la coop. Il avait l'air tellement paisible. Timo s'assit à l'autre bout de la table et regarda fondre les bougies. C'étaient des bougies magiques, celles qui se rallument toutes seules. Mais elles s'étaient presque entièrement consumées sur elles-mêmes. La cire était dangereusement près du gâteau. Il se lécha deux doigts et pinça les mèches. Les flammes s'éteignirent avec un petit crépitement, le brûlant légèrement.

Fyodor poussa un ronflement sonore et se réveilla, l'air hagard. Puis il sursauta, surpris par la présence de Timo. Maintenant que les bougies étaient éteintes, l'obscurité les ceignait davantage, mais la lueur bleue de la terrasse du voisin leur parvenait encore. Fyodor s'essuya la bouche d'un revers de la main. « Bon anniversaire, dit-il.

— Merci.

— Je ne savais pas à quelle heure tu allais rentrer. Je pensais que tu serais là plus tôt, mais bon. Je sais pas. Je crois que je me suis endormi.

— Je confirme.

— Désolé.

— C'était mignon.

— Tu serais pas en train de te ficher de moi ? » dit Fyodor, méfiant. Puis il se leva et alluma la lumière pour qu'ils puissent se voir.

Il jugea que s'excuser eût été trop facile et de très mauvais goût. Comme un truc que font les gens au cinéma face à un geste généreux. Mais ils n'étaient pas au cinéma. Ils n'étaient pas des petits trains sur leur circuit, parcourant un itinéraire préétabli. Le libre arbitre devait bien intervenir. La volonté. Une tendance aux complications, au désordre le plus trivial. Il était assis en face de Fyodor, qu'il aimait. Qu'il connaissait. Fyodor, un être vivant distinct de lui, qui respirait, qui pensait, qui avait des sentiments. Comment faire comprendre ses propres sentiments ? Comment dire : *Je te vois, je t'aime, je suis désolé ?* Car désolé n'était qu'un petit mot sale, au rabais. Qui présupposait un univers en ordre. Présupposait qu'il était possible de rattraper ce qui s'était déjà produit.

Au lieu de ça, Timo se leva et prit un couteau sur l'égouttoir. Il coupa une tranche de gâteau. Un carrot cake. Vegan. C'était le gâteau de la coop, épais et indigeste ; mais il en coupa une part et la déposa sur une assiette, qu'il poussa devant Fyodor. Puis il s'en coupa une et se rassit, pas au bout de la table cette fois, mais à côté de Fyodor.

Ils mangèrent en silence, sans se regarder, et quand ils eurent terminé, Timo lava leurs assiettes. Puis ils allèrent s'installer sur le canapé, et Timo lui lut une nouvelle de Garchine, l'auteur que lisait Fyodor ces derniers temps, ou tentait de lire, dans le cadre de ses *efforts*. La nouvelle s'intitulait « Officier et Serviteur. » Fyodor écoutait, la tête sur les genoux de Timo. Il s'endormit avant la fin.

Timo ne bougea pas. Il ne le réveilla pas pour qu'ils aillent au lit. Il resta là, le poids de Fyodor endormi sur les genoux, et regarda la cour latérale déserte par la fenêtre. Au-dessus d'eux, les danseurs poursuivaient leur fête. Il eut un peu envie de pleurer à ce moment-là. Pas parce qu'il était triste. Mais parce qu'il avait le sentiment, pour la première fois depuis longtemps, d'avoir fait ce qu'il fallait. D'avoir choisi de bien agir. Il avait rendu justice à une autre personne, sans penser à lui-même.

Il baissa les yeux sur Fyodor et s'émerveilla du fait que quelqu'un puisse lui faire assez confiance pour poser sa tête sur ses genoux, sans penser qu'il risquait de le blesser, de lui faire quelque chose de monstrueux. Qu'une personne puisse lui faire confiance, même après ces disputes et engueulades idiotes. Il en était ému. La plupart des gens n'en auraient pas fait cas. N'auraient même pas remarqué. Mais Timo remarquait. Timo s'en souciait. Fyodor, qui dormait.

Il se mit à faire froid dans l'appartement. Mais Timo resta assis, la tête de Fyodor sur ses genoux. Ses propres jambes s'endormaient aussi, elles le picotèrent jusqu'à s'ankyloser complètement. Il posa la tête contre le dossier du canapé et dormit lui aussi.

En haut, la fête se poursuivait.

« C'est juste que j'en ai assez de tout prendre à la légère », dit Goran. Ils étaient au café. On était lundi. La pluie était froide, mais le ciel lumineux, argenté, presque. Il y avait du verglas.

« Tu ne prends pas tout à la légère, dit Timo.
— Mais là, je parle de ma vie.
— Tu as raison, tu as raison. »

Le café était plein de premières années qui faisaient du bruit. Timo les regarda, depuis sa place dans le coin. Ils se ressemblaient tous. De petites créatures acculées, terrifiées et seules au monde. Un barman cogna la poignée de la machine à espresso sur le comptoir pour déloger le café tassé.

« Ivan et moi, c'est terminé, annonça Goran.
— Ah, navré de l'apprendre. Vraiment navré.
— Ce n'est pas à cause du porno. C'est à cause de la fac de droit. Et puis de New York, sans doute. Il s'en va. » Cela fit rire Timo, mais Goran se contenta de secouer la tête. « Il ne sait pas ce qu'il veut. Et ça m'a forcé à me rendre compte qu'il faut vraiment que j'arrête de me laisser porter. Faut que je me reprenne en main, putain. Finis, les cours.
— Tu veux dire que tu as l'intention de te reposer entièrement sur tes rentes ?
— Va te faire foutre. » L'argent que lui avaient laissé ses grands-parents angoissait Goran. Il se sentait coupable de l'avoir et, parfois, il laissait entendre que ce sentiment de culpabilité découlait du fait d'avoir été adopté. Timo ne regrettait pas ses paroles. Mais il regretta la douleur qu'il vit dans les yeux de Goran. Il ne plaisantait pas.

« Désolé.
— Dans tous les cas, je ne peux pas me permettre de perdre mon temps. Il faut que je me mette au boulot. Je ne suis pas un perdreau de l'année.
— C'est vrai, t'es à deux doigts du gâtisme.
— J'étais un petit prodige, dans le temps.
— Je me rappelle. » C'était vrai, Goran était autrefois un petit prodige, il avait un don, mineur, mais solide. On voyait qu'il était allé au conservatoire dès son plus jeune âge. Ça se sentait à sa façon de jouer. Comme s'il obéissait à un ensemble de règles alors même qu'il les enfreignait. Il avait une oreille effarante. Mais Timo avait été un prodige lui aussi. Ou peut-être que tout le monde en était un, à condition

de travailler suffisamment dur et suffisamment longtemps pour maîtriser, très jeune, une technique. Peut-être que ce que les gens prenaient pour un talent prodigieux n'était autre qu'une compétence là où ils ne l'attendaient pas.

« Va te faire foutre. Tu ne me crois pas, reprit Goran.

— Si, si.

— Non, c'est faux.

— Je te crois.

— Non.

— Si.

— Enfin bref. Je trouve que toi aussi, tu devrais t'y mettre sérieusement. T'y remettre.

— C'est du passé, ça, j'en ai peur. Tu le sais bien.

— Déconne pas. Genre. C'est pas comme quand on était petits, mec. Genre, le monde est vaste, putain. Ça s'arrête pas aux concours avec Chopin au programme et à la fac. Genre, la musique, c'est vachement plus que ce qu'on pensait avant. Tu pourrais être...

— Un vulgarisateur ? » Timo poussa un petit rire amer. « Je vais lancer une chaîne YouTube, j'expliquerai ce que c'est que les toniques, c'est ça ? C'est peut-être moi qui devrais faire du fichu porno, hein ?

— Arrête, quoi... c'est pas ce que je voulais dire. Tu le sais très bien.

— Tu veux dire que toi tu peux faire carrière de concertiste, conformément à ta formation, tandis que moi, j'ai qu'à me contenter de faire la bouillie pour les cochons.

— Si la musique compte pour toi, tu feras n'importe quoi pour elle. Tu le sais. »

Timo entendait dans la voix de Goran un peu de ce que Fyodor devait entendre dans la sienne quand ils se disputaient. L'insistance moralisatrice sur la rectitude d'une certaine voie. La certitude qu'on ne pouvait y parvenir qu'en se racontant un peu des histoires.

« Non, merci, dit-il. Mais je suis content que tu aies décidé de prendre ta musique plus au sérieux.

— Je pensais que c'était un truc qu'on pourrait faire ensemble.

— Quoi, tu veux qu'on monte un groupe ? Un duo ? Quelle bonne idée. » Il rit de nouveau.

— Je ne vois pas ce que ça a d'absurde. Il y a plein de gens qui le font.

— Les gens qui ont accès à des instruments. Qui ont des relations. Des espaces pour répéter. De l'argent. Eux, oui.

— Tu n'es pas pauvre, dit Goran. Pourquoi faut-il toujours que tout le monde minaude comme ça quand il est question d'argent ? Tu as grandi dans une monstruosité pavillonnaire, tout comme moi. »

Timo tapota la table du bout des doigts. Pas tout comme Goran. Il y avait de l'argent, oui. Plus que chez certains. Plus que chez la plupart des gens, en fait – mais il disparaissait tout le temps. Il diminuait, diminuait, s'écoulait à travers un tamis, dans un trou noir. C'était une chose d'avoir de l'argent et de savoir qu'il y en aurait encore demain, et le jour suivant, et ainsi de suite. C'en était une autre d'avoir de l'argent et de voir les sommes s'amoindrir, de le voir s'évaporer jour après jour, sachant que viendrait un jour, un jour prochain, où il n'y en aurait plus. Et c'était encore autre chose de n'en avoir pas assez. Le monde entier n'était qu'une série d'arnaques, imbriquées les unes dans les autres, impliquant des sommes d'argent de moins en moins importantes, jusqu'à ce qu'on arrive tout au fond, où se trouvaient des gens qui n'avaient rien du tout.

Il n'avait pas compris ça, au départ. Même après avoir vécu ce phénomène, il ne l'avait pas vraiment compris. Il n'avait compris que ses propres manques intimes. Et aussi que sa sécurité n'était pas différente de celle des autres. Que ses valeurs étaient les *vraies* valeurs. Mais à présent, il voyait à quel point c'était stupide.

Les hommes blancs, à la télé, ils en parlaient tout le temps, n'est-ce pas ? La disparition de la glorieuse classe moyenne américaine. C'était de là que venaient ses parents. Ils avaient eu de l'argent, puis le socle sur lequel reposait cet argent avait été érodé par les droits de douane et les impôts, la délocalisation du capital et le travail à l'étranger. L'effondrement de l'agriculture et de l'industrie, l'infrastructure des fortunes américaines du milieu du XX$^{e}$ siècle qui s'émiettait, avant d'être détruite par les réalités surchargées des années 1990, règne des néolibéraux et des néoconservateurs. Reagan, Bush, Clinton, et maintenant Obama : tout avait disparu à présent. Stock épuisé. Ou du moins reconfiguré et enfermé derrière des séries de restrictions encore plus sévères. Il fallait de l'argent pour accéder à l'argent, et ce qu'il leur restait, aux centaines de milliers de familles qui en avaient autrefois assez pour assurer le confort de la génération suivante – ce qu'il leur restait, c'était rien du tout, si ce n'était le souvenir amer des maisons qu'ils possédaient avant. Des terres qui appartenaient jadis à untel, dans l'arbre généalogique. Sans parler de la spécificité noire. Des générations de Noirs de la haute à la peau claire, épousant des Noires de la haute à la peau claire, les femmes avec leurs perles, les hommes avec leurs montres Harry Winston. Tout ce temps passé à bien faire comprendre qu'ils venaient d'une longue lignée de citoyens libres, sortis de l'esclavage depuis dix, douze générations, libérés de la tache de ce joug ancestral. Oubliée, la course à la respectabilité qui marquait tout ça. Cette idée embryonnaire, mais très présente que, s'ils avaient vraiment valu quelque chose, les esclaves, là, ils ne se seraient jamais fait choper. Toutes ces insanités, ces conceptions erronées transmises avec l'argent, qui s'évaporait avec le temps. Mais Goran ne savait rien de tout ça. Ses parents étaient blancs. Ils avaient encore de l'argent. La famille de Timo, non. Donc non, il n'était pas tout comme Goran. Pas du tout.

« La musique, elle est prise dans tout le reste, pour moi, dit Timo. Tu le sais. Mieux vaut pas remuer ça.

— Des excuses ! s'exclama Goran en souriant. C'est juste une excuse pour ne pas essayer ! Mais je vais pas te forcer. Réfléchis-y. »

Timo lui rendit son sourire. « O.K. D'accord. Je vais y réfléchir. »

Ils continuèrent à se sourire, sachant tous les deux que c'était un mensonge et qu'ils arrivaient au bout de quelque chose. Timo avait cessé d'aimer Goran, en cet instant. Et Goran le voyait. Mais ils ne pouvaient se résoudre à le dire tout haut. À le reconnaître. Donc ils continuaient de sourire, puis ils se mirent à rire, à leur table dans le coin, tandis qu'il pleuvait et faisait de plus en plus froid, qu'il y avait de plus en plus de bruit dans le café, qui se réchauffa, puis se vida, et le monde entier, toute la procession de ses événements se poursuivit sans remarquer ni se soucier de savoir que là, dans leur minuscule particule sombre de la galaxie, le cœur de deux personnes se brisait encore et encore.

# 5
# Tête de Gorgone

Une fois que Seamus eut écrit ces premiers vers, il se produisit une chose curieuse, mais ordinaire : le poème se figea devant lui et se ferma comme une huître.

Ces vers étaient venus avec une forme et un son, et il avait le sentiment que, si seulement il parvenait à le forcer à s'ouvrir, il parviendrait à prélever le reste. Il passa des heures à son bureau, attendant que le poème daigne de nouveau se révéler à lui, mais rien ne vint. Les premiers vers avaient semblé marquer la fin d'une longue période de silence dans son écriture. Mais au lieu de ça, ils n'avaient été qu'une illusion, ou une autre forme de silence.

Néanmoins, il ne pouvait se résoudre à l'expédier dans le tas destiné au compost. Quelque chose, dans ce début, paraissait encore vivant et, bien qu'indéfinissable, ce quelque chose refusait de le lâcher. Donc il allait en cours, et il allait au travail. La neige tombait, fondait et tombait. La glace enrobait les routes. Dans l'Ouest montagneux, des arbres anciens brûlaient, et dans le Sud, le froid provoquait des coupures de tous les réseaux, et les gens se retrouvaient sans nourriture, sans électricité et sans eau.

Pensant que ça forcerait le nouveau poème à jaillir de lui, Seamus ressortit ceux qu'il avait écrits sur les nonnes alsaciennes. En les relisant, il se dit qu'il y avait peut-être quelque chose dedans – ou, du moins, dans ce qui l'avait poussé à les écrire. En première année, ses camarades n'aimaient pas du tout ses poèmes. Ils et elles se moquaient de lui, et le traitaient de colon, de sympathisant catholique et de partisan des horreurs de l'empire. Où étaient les frappes de drones ? Les critiques anticapitalistes ? Cela suffisait-ils de s'inspirer de formes anciennes si elles n'avaient rien à offrir au monde atomisé d'aujourd'hui ? Où intervenait la question de la *race* ? Où était la condamnation de la blanchité ? Mais peut-être que le simple fait de laisser ses camarades monopoliser la parole était une façon d'avoir peur.

À cause de tout cela, Seamus s'était senti pris au piège, coincé dans les fourrés obscurs du programme d'études poétiques. Mais le monde était bien plus vaste. Bert le lui avait gravé sur le visage avec sa cigarette. Et peut-être, allez savoir, toutes ces conneries de la fac n'étaient-elles qu'un jeu de faux-semblant. S'il ne parvenait pas à croire en ses poèmes. S'il ne parvenait pas à y croire suffisamment pour dépasser ces doutes. Cette terreur. Alors il n'était pas poète. Il devait y avoir autre chose, en dehors de tout ça, et il fallait qu'il y croie.

Ce dont il avait besoin, c'était d'un signe indiquant qu'il pourrait un jour sortir de la fac pour déboucher dans le monde extérieur plus vaste.

*Soumission*. C'était le terme employé pour désigner le fait de proposer son travail. Le fait de mettre son cou sur le billot et d'attendre la froide clarté de la lame. Il fallait croire en l'éternel. En ce qui venait ensuite, une fois qu'ils vous avaient coupé la tête et l'avaient brandie bien haut, en liesse. Il fallait croire qu'en cet instant, on devenait une entité plus grande, plus majestueuse, plus ample. La soumission exigeait la foi.

Il rassembla les poèmes sur les nonnes alsaciennes et les envoya à un lecteur de la *Paris Review* qu'il connaissait. Lorsqu'il cliqua sur envoyer, il eut envie de vomir et d'annuler le mail. Mais il ne savait pas comment s'y prendre. C'était totalement déraisonnable. Il n'avait pas arrêté d'envoyer des poèmes à la *Paris Review* au cours de ses premières années, mais il n'avait jamais reçu ne serait-ce qu'une lettre de refus type. Toutefois, il se dit que peut-être, en soumettant ceux-ci, il pouvait au moins libérer quelque chose. Relancer l'inspiration. Mais le seul résultat fut de le déprimer copieusement. À présent, non seulement il était incapable d'écrire, mais il consultait sa boîte mail toutes les dix minutes.

Semaine après semaine, il prenait place dans la salle de séminaire, et regardait dehors, vers la rivière, par-dessus les cimes des arbres, ou observait des aigles qui descendaient en piqué pour s'emparer de corbeaux distraits. À l'intérieur, ses camarades parlaient de poèmes sur leurs grands-mères qui cueillaient du coton ou sur les mines d'argent en Utah. Linda proposa un poème sur un avortement ; Ingrid et Garza s'étaient assises de chaque côté et lui tenaient les mains tandis qu'elle racontait l'histoire dont elle l'avait tiré.

« J'étais toute seule. C'est ce que je me rappelle le plus nettement. J'étais allongée sur le lit, les pieds en l'air, et je ne m'étais jamais sentie aussi seule de ma vie, putain. Et pendant une minute, je me suis demandé : est-ce que je suis sur le point de me débarrasser de la seule personne au monde qui m'aimera ? »

Seamus promena son regard sur la pièce. Tout le monde avait les yeux rouges, même Oliver. Linda n'écrivait pas mal. Elle écrivait bien. Très bien, même, par éclairs. Mais ce n'était pas de la poésie, et il ne put se résoudre à dire que Linda était plus essayiste que poète. Que ses poèmes étaient, pour reprendre les mots prononcés par le personnage de Robert Lowell dans un biopic romancé sur Elizabeth Bishop, « des observations disposées en vers. » Il n'y avait pas de honte à ça. Cela demandait une certaine maîtrise d'écrire de bonnes phrases, de faire des observations justes. Elle avait ça, au moins. Ce n'était pas un talent négligeable. La faculté d'observation. Mais l'intelligence poétique lui faisait défaut.

Pourtant elle avait appris – quelque part, sans doute ici – qu'on pouvait se passer de l'intelligence poétique grâce à certaines tactiques. *Ça*, c'était un mot : tactique. Émotion. Sentiment. Il y avait beaucoup de sentiment dans son texte, et il correspondait à un épisode douloureux et réel de sa vie. Mais cela n'en faisait pas de la poésie. L'autobiographie n'y suffisait pas.

Les bras croisés, Seamus observait le ciel blanc et les branches noires qui frémissaient.

« Tu as quelque chose à dire ? grogna Linda. Tu veux me dire que mon avortement est bidon ?

— Je n'ai jamais rencontré ton avortement », dit Seamus, puis, reprenant son sérieux, il ajouta : « C'est juste que je n'ai pas le sentiment qu'il y ait grand-chose là-dedans.

— Wow.

— Non, je suis sérieux, pour une fois. Je ne cherche pas à te casser, ni rien, poétiquement, ça ne me touche pas trop, c'est tout.

— Toi, de toute façon, rien ne te touche, je crois bien, t'es qu'un bande-mou », dit Ingrid.

Le professeur s'éclaircit la gorge. « S'il vous plaît.

— Laissez tomber, dit Seamus.

— Si, si, ça m'intéresse.

— T'expose pas à ça pour lui, murmura Ingrid.

— Ouais, les hommes blancs n'ont pas à parler de nos corps, renchérit Noli.

— Bon, je vais me couvrir les yeux pour éviter de vous percevoir. » Seamus joignit le geste à la parole, mais personne ne rit. Il retira ses mains. « Je dis juste que c'est très émouvant. C'est très, très émouvant. Mais c'est quoi, à part ça ? Est-ce que c'est un poème ? C'est pratiquement l'équivalent, de, quoi, genre un film gore ? Un conte pour enfants ?

— Oh, putain. Va te faire foutre, fit Linda.

— J'y crois pas, dit Helen.

— Je cherche pas à être incendiaire, protesta Seamus.

— Peut-être… » Le professeur laissa sa phrase en suspens.

« O.K., super », fit Seamus. Il était déjà en train de se lever, prenant son sac.

Encore un jour sur le pont avec Oliver, encore un cours fini plus tôt que prévu.

« On peut pas se faire jeter à chaque fois, dit Oliver. Ça commence vraiment à me faire chier, Seamus.

— Je cherchais même pas à provoquer, cette fois. Elles sont vraiment trop susceptibles.

— Oui enfin, tu ne leur as pas franchement donné beaucoup de raisons de te laisser le bénéfice du doute. »

Seamus poussa un soupir. Il n'avait pas l'énergie de s'engueuler avec Oliver par-dessus le marché. Il s'appuya contre la balustrade. La rivière était complètement gelée, saupoudrée de neige. Le vent faisait pleurer ses yeux.

« Ouh, là, tu dois être déprimé si tu ne sautes pas sur l'occasion pour enchaîner. Qu'est-ce qui se passe ?

— Mec, je suis complètement bloqué. Je suis totalement, absolument bloqué, putain. J'avais… Genre, il y a quelques semaines, j'avais un… un poème. Juste… Il était là, devant moi. Tu vois ? Genre, je le tenais. Et je l'ai perdu. Et… il m'a complètement faussé compagnie.

— Ah, y a rien de pire.

— Ouais. Rien de pire.

— Mais en même temps, tu fais pas tant d'efforts que ça, je me trompe ?

— Pardon ?

— Tu n'as rien soumis depuis genre, un an, Seamus. Franchement. Est-ce que ce coup-là, c'est super différent ? »

Seamus ne sut comment répondre immédiatement. En un sens, oui, c'était différent. En un autre, plus large, ça ne l'était pas. Il n'avait pas écrit. Il avait essayé d'écrire, certes, mais il n'avait pas vraiment écrit quoi que ce soit de vivant depuis très longtemps. Mais il avait effleuré quelque chose. Il avança la main au-dessus de la rivière. Il était passé si près.

« C'est différent, si. Cette fois, c'est autre chose.

— Alors, pas le choix, dit Oliver, se balançant au-dessus de la rambarde, t'es obligé d'aller jusqu'au bout. »

Il se redressa et rejoignit le bout du pont au petit trot. Seamus le suivit, lentement, sentant le pont osciller sous eux. Depuis la berge, Oliver descendit sur la surface gelée de la rivière et leva les bras au-dessus de sa tête. Il inhala et cria à pleins poumons.

Les bords de la rivière étaient déserts. Trop froid. L'air était raréfié. Dans le silence, le cri d'Oliver fut démultiplié et devint un bataillon de voix, de cris. Il fit signe à Seamus de le rejoindre, et celui-ci descendit prudemment, enjambant les rochers et la boue gelée. Il se posta sur la glace. Elle semblait dense sous lui. Lourde. Mais il sentait aussi le poids d'Oliver à travers la glace, qui gémissait sous eux. Dans le ciel, des aigles traçaient des cercles autour des sommets de North Hall et au-delà. Les dortoirs, avec leurs façades vitrées qui scintillaient. Et de l'autre côté de la rivière, sur la berge opposée, les maisons et les fraternités. Quelle paix.

Son cri avait laissé Oliver essoufflé. Il avait les lèvres rouges et gercées. Il glissa jusqu'à Seamus et l'attrapa par les épaules.

« Poursuis-le, chope-le.

— C'est un poème, pas un chevreuil.

— Les poèmes, les chevreuils, c'est du pareil au même, mon vieux.

— Tu parles comme moi, là.

— Tu m'as si bien fait la leçon. » Il prit Seamus dans ses bras. La chaleur, la force de son étreinte lui donna envie de pleurer. C'était tellement à l'opposé de ce qu'il avait vécu avec Bert dans les bois cette nuit-là.

Non. N'y pense pas.

Seamus se détourna, comme il le faisait à chaque fois que l'image de Bert lui revenait. Il s'en détourna et l'effaça de sa mémoire. Non. Pas ça.

« Allez, gueule un coup. Après tu te remets au boulot.

— Non, je ferai pas ça.

— Je te laisserai pas partir tant que tu l'auras pas fait. » Oliver lui fit une cravate, et Seamus lui cria en plein visage. À la fin, il avait la gorge en feu. Mais ça lui fit du bien, en fin de compte. Il y avait des pas sur le pont. Deux personnes penchèrent la tête vers eux.

« C'était quoi, ça, putain ?

— Occupez-vous de vos affaires », leur lança Seamus.

Quelques mois après l'incident avec Bert dans les bois, Seamus était allé à une fête avec Stafford, le peintre, qu'il ne connaissait que parce que Stafford volait du papier dans le bureau des poètes, dans le bâtiment de lettres et sciences humaines. Stafford donnait un cours d'initiation à l'art, et parfois ils avaient des discussions sur la peinture. Parfois ils parlaient de musique. Et parfois ils se contentaient de baiser. Mais Stafford l'avait invité à l'accompagner à une fête de danseurs, supérieure en qualité car en général, les poètes n'y allaient pas.

En chemin, Seamus lui avait raconté que la *Paris Review* avait accepté un de ses poèmes – un des poèmes sur les nonnes alsaciennes pendant la guerre de Trente Ans. À la soirée, Stafford n'arrêta pas d'en parler à tout le monde, et il en fut gêné mais aussi content. Fier, comme s'il avait accompli quelque chose dans son art – même s'il n'y avait rien de plus mortifiant que de se sentir fier d'avoir publié un poème. Cela ne faisait que démontrer votre besoin désespéré de validation. Votre ambition. Mais cette publication était la première chose réelle, concrète, à laquelle il parvenait avec son écriture. Elle rendait le silence du nouveau poème plus étrange, plus incongru et brutal.

Là, dans le brouillard d'alcool et d'herbe, en bavardant avec des danseurs, qu'il charriait un peu, il aperçut du coin de l'œil une silhouette familière : Bert. Un sursaut de reconnaissance dans la cicatrice sur sa joue, dont la croûte s'en allait. Vert pus au milieu, rouge sombre, furieux, sur les bords. La brûlure. Bert.

Seamus vacilla ; sa vision se brouillait. Stafford lui prit le bras et l'emmena dehors pour qu'il puisse reprendre son souffle, et lorsqu'il lui demanda ce qu'il avait, Seamus se dit qu'il avait peut-être tout imaginé. Que Bert n'était pas là, en fait, qu'il se faisait des films.

Il n'avait pas réussi à écrire depuis lors. Le poème s'était tu. D'une manière ou d'une autre, le poème et Bert s'étaient complètement emmêlés. En rentrant du centre de soins palliatifs à vélo, il lui arrivait encore d'entendre le pick-up le suivre, invisible, mais présent, arrivant sur lui en roue libre. Il rêvait de Bert. Il se réveillait avec le goût de Bert dans la bouche. Il sentait encore son odeur.

Ce soir-là, dehors, à la fête, il avait dit à Stafford que ce n'était rien.

C'était l'hiver de Bert. Qui s'attardait. Qui jetait des regards en coin à Seamus depuis chaque fenêtre plongée dans l'ombre, chaque recoin. Quelquefois, au centre, pendant le service du soir, il entendait le rire sonore de Bert qui parvenait jusque dans la cuisine. Et, à chaque fois, il s'excusait et descendait à la buanderie, où il s'enfermait dans les toilettes pour attendre que les résidents soient retournés dans leurs chambres, que l'heure des visites soit passée.

Le semestre de printemps était celui des mémoires, et comme aucun autre professeur ne voulait de lui, Seamus se retrouva dans le même séminaire. Avec les mêmes camarades, vu que tous partageaient le même conseiller. Il trouvait que c'était à la fois de la malchance et une mauvaise décision de l'administration. Mais il pouvait s'en sortir. Il savait comment. À la fin de leur première réunion, le professeur demanda à voir Seamus à l'extérieur.

« C'est votre dernier semestre, dit-il.

— Me faites pas de fausse joie. Non, je sais.

— Le semestre des mémoires.

— Oui, je sais.

— Vous n'avez pas participé depuis plus d'un an, Seamus. Je ne peux pas… Vous ne pouvez pas… Ce n'est pas. Vous devez soumettre.

— C'est un truc sexuel ? » Seamus rit. Ils étaient dans le couloir. Ses camarades passaient devant eux en leur jetant des regards.

« Non. Pas du tout. »

« Je ne sais pas pourquoi tu n'écris pas, tout simplement », dit Stafford. Ils reprenaient leur souffle, allongés par terre.

« Ouais, comme si c'était si simple. » Stafford venait de jouir sur son ventre. Le sperme refroidissait en une flaque iridescente, coulait dans son nombril. Stafford alluma une cigarette et Seamus montra la fenêtre au-dessus de son bureau. Stafford se leva pour l'ouvrir, faisant craquer les os de ses genoux et de ses chevilles. Sa démarche était langoureuse. Seamus s'essuya le ventre avec le coin de son drap.

« Peut-être pas, mais je ne crois pas qu'on puisse accomplir quoi que ce soit en se compliquant la vie systématiquement, c'est tout.

— Ouais, on voit que t'as pas une meute de sorcières penchée sur ton épaule. » Seamus roula sur le ventre et enfonça le visage dans l'oreiller. Stafford s'assit sur son bureau, recrachant sa fumée par la fenêtre. L'air frais était agréable. Même s'il faisait ressortir l'odeur un peu rance de sa vaisselle et de ses couvertures sales. Il lui fallait trouver une meilleure façon de vivre. Son appartement, certes, mais aussi, peut-être, la poésie. Il ne pouvait pas continuer de se balader les tripes à l'air, déprimé et malade, à tenter de forcer quelque chose qui refusait de céder.

« Peut-être que tu n'es pas un poète, en fait », dit Stafford. Il secoua sa cendre par la fenêtre. Seamus se tourna vers lui.

« C'est un peu dégueulasse de dire ça, non ?

— Non, mais je veux dire. On s'accroche comme des fous à ces étiquettes, *poète, peintre, danseur, thésard* – tout ça, c'est parce qu'on est des pédés sans dieu et que notre monde n'a plus de thème central autour duquel s'articuler.

— C'est presque cohérent.

— Presque ? Va te faire foutre. Non, je déconne pas. C'est très marxiste. L'effondrement total des valeurs. Tout ce qu'il reste, c'est le travail et le capital. »

Stafford, avec son corps compact et ses cheveux blond platine. Son cou et ses épaules puissants, se tournant nonchalamment pour faire tomber ses cendres par la fenêtre. Il y avait un quadrilatère de lumière sur son épaule, un fragment éclatant arraché à un plan plus large.

« Peut-être bien. Mais la poésie… », commença Seamus. Il se remit sur le dos et mit ses mains sous sa tête. « La poésie, elle mérite qu'on mise dessus sa vie entière. Ma vie, en tout cas. »

Stafford tira sur sa cigarette et l'observa. L'angle de la lumière changea. Le quadrilatère disparut. Leur attitude changea aussi.

« Eh bien, dit Stafford, rejoignant Seamus sur le sol. Si ça a une telle valeur pour toi, fais sauter tout ce qui se met en travers de ton chemin. »

Seamus lui prit sa cigarette et tira dessus à son tour. Il sentit le goût de Stafford sur le filtre. Celui-ci le regardait, attendant qu'il recrache. Il retint sa respiration.

Seamus s'efforçait de ne pas penser à Bert.

Il s'efforçait de penser à sa mère et à son père. De penser à ses grands-parents. De penser à Mr. Fulton. À Eunice et Lena. Aux femmes de cette première cuisine à Rhode Island. Au Michigan en été. Quand il allait voir son père jouer Shakespeare dans les festivals. Il se répétait la litanie des choses qu'il voulait dire dans le poème, ce qu'il voulait que le poème accomplisse. Il pensa au mauvais poème de Beth. Tant de mois dans le rétroviseur, à présent. Ça semblait hors de propos, maintenant qu'il avait décidé de la marche à suivre pour lui. Mais il fallait qu'il écrive. Il n'y avait pas de secret. Il avait besoin d'écrire. D'écrire maintenant.

Le problème était qu'il avait toutes ces idées sur le sens de l'écriture. Et s'il écrivait et qu'il s'avérait qu'il n'était qu'un rien du tout ?

Est-ce que ça le surprendrait, d'être un rien du tout ?

Serait-ce si choquant que ça ?

Non.

Il avait appris cette leçon.

Il pensa à Oliver sur la rivière gelée avant les vacances. Le volume de ses cris. C'était de ça qu'il avait besoin. Arrêter de retenir. Tout lâcher, tout. Il ouvrit son carnet sur les premiers vers. Il avait recopié, rayé et recopié ces vers des dizaines de fois, sur des dizaines de pages, sur plusieurs carnets.

Il les écrivit de nouveau, juste une dernière fois, comme pour se les rappeler à lui-même.

*Comme elles sont vastes tes œuvres, oh, Tête de Gorgone –*
*la nuit, le siècle, le silence, le cri.*

Seamus travailla sur le poème pendant les trois jours précédant la date limite pour soumettre un texte au séminaire suivant. Il fit feu de tout bois, écrivant d'abord de longs vers, puis des courts, d'énormes strophes, puis une seule grande colonne. Il s'essaya à la poésie en prose. Il tenta d'en faire un sonnet, mais ça ne collait pas. Il tenta de l'enclore dans une sextine, se disant que ça forcerait le poème à s'ouvrir, comme quand on tourne un Rubik's Cube dans tous les sens, mais le poème lui resta illisible. Il écrivit à l'ordinateur et sur un carnet. Il essaya l'encre, et le graphite. Il le dessina. Il l'écrivit. Il le rêva. Il mangea des morceaux de ses brouillons, pensant que ça l'aiderait, sans trop savoir pourquoi. Mais il eut mal au ventre et fut constipé. Il but du café froid et tourné. Il but du whisky. Il fuma dehors dans la neige qui était enfin arrivée, après avoir menacé pendant des jours. Il se mit à avoir mal au dos. Ses jambes s'ankylosèrent. Les bouts de ses doigts étaient roussis à force d'actionner son briquet. Il avait des mégots dans les poches. Il se masturba furieusement jusqu'à ce que son caleçon soit raide de sperme. Et sa bite douloureuse, gercée. Il la fixa pendant de longs moments, se disant que Bert lui avait peut-être refilé une saloperie. Il écrivit de longs mails à ses profs à Brown et à Mr. Fulton, qui, il l'apprit ensuite, était mort depuis deux ans. Il l'apprit parce qu'il chercha différentes personnes ayant compté dans sa vie sur internet et consulta leurs nécrologies. Il regarda des vidéos en time-lapse de plantes en train de fleurir. Il fit une esquisse de plan d'un petit jardin pour sa cour. Il consulta les prix de plantes tropicales. Il relut *Othello*. Il lut les cinq premières pages de Proust. Il se masturba de nouveau. Quand il jouit, son corps se convulsa, et il crut un instant qu'il s'était cassé en deux. Il essuya le sperme sur son matelas. Il essuya le sperme sur les poils de son torse, où il durcissait, opalescent comme l'intérieur d'une palourde. Il appela Oliver, mais Oliver ne répondit pas. Il envoya des messages à Oliver, mais Oliver ne répondit pas. Il lui envoya une photo de lui nu à Oliver, mais Oliver ne répondit pas. Puis un autre message, après le nude : *Je déconnais, mec, décroche*.

Il envoya un message à Stafford. Il envoya un message à Hartjes. Ils parlèrent par fragments, en bons gays : salut, salut, quoi de neuf, rien et toi, dur, crevé, bonne journée, bonjour, salut, quoi de neuf, rien, j'écris, cool, et toi, rien, déj, super, je bosse, j'écris, ça va, et toi. Il y avait des moments où être gay donnait à Seamus l'impression d'être quasi illettré, mais en même temps, il aimait la chaleur de l'anticipation liée à ces bribes. Ce à quoi elles pouvaient mener. Dans le cas présent, à rien. Ils échangèrent quelques photos de leurs bites, de leurs corps, dirent : *Je suis archi dur, j'ai trop envie de toi*. Et, une fois, en haletant, Hartjes et lui se branlèrent en FaceTime, se racontant des scénarios dans lesquels ils se touchaient, se caressaient. Ce qui fit le plus bander Seamus, c'était quand Hartjes dit : *Je te sens. Tu es tellement chaud quand tu te refermes sur moi. Je te sens*... C'était tellement personnel. Tellement pur, tellement bon. Lorsqu'il jouit, Seamus fut gêné. Après ce FaceTime, ils arrêtèrent de s'envoyer des messages.

Mais tout ça, c'était de l'écriture, aussi. Tout ça, tout ce qui se passa durant ces trois jours, était de l'écriture. Même quand il n'écrivait pas. Même quand il se branlait pour éviter de penser à l'écriture. À l'impossibilité de l'écriture. D'essayer de ciseler une forme pour le poème. Pour l'émotion. Pour ce qu'il avait traversé cette nuit-là. Bert. Le pick-up dans la rue, qui l'avait suivi jusque chez lui. Hartjes devant le parking. L'étrange solitude de sa vie. Ses parents. Son père. Il essaya d'écrire un poème qui était tout cela, mais qui n'en gardait aucun signe. Parce que c'était ça, un vrai poème. Une chose qui ne gardait aucun signe de ce qui l'avait créée. C'était ça qui comptait pour lui. L'invisibilité de ce qui était entré dans sa création. Ce n'était pas de la lâcheté. Ce n'était pas de la peur. C'était de l'intention. C'était de la détermination. C'était ce qu'il désirait le plus. Se cacher. Voir mais se rendre invisible.

Cela mit trois jours, mais finalement, le poème vint. Il l'envoya à ses camarades de séminaire en pleine nuit, et le lendemain matin, il déposa une copie à l'administration. Une fois qu'il eut rendu le poème, il repartit chez lui, à pied, et s'arrêta sur le pont. De la neige était tombée, clairsemée, dans la nuit, et le monde, ce matin-là, avait un côté laineux, moite.

Le ciel était lourd et bas, l'air épais et froid sur ses joues. L'eau verte de la rivière coulait paresseusement, en douceur, sous le pont. Il avait le visage raidi par le froid, et parce qu'il ne s'était pas lavé. Il sentait sa propre odeur, puissante, musquée d'être resté trop longtemps dans sa chair.

Quand il rentra, Oliver l'attendait sur son perron, les mains bien enfoncées dans son manteau sombre. Il leva les yeux vers Seamus.

« Yo.

— Salut », dit Seamus, qui se sentit timide, nerveux, à cause des messages, des photos de lui nu, de ses avances éhontées, qui lui semblaient maintenant la pire sorte d'aveu.

« Alors ça, c'était inattendu, hein ? dit Oliver.

— Je suis désolé pour les photos, mec. »

Oliver cligna des yeux, et une expression de perplexité passa sur son visage. Seamus souffla par le nez, et son haleine fit un nuage blanc. Il sentait la pellicule de crasse sur ses dents.

« Quoi ? demanda Oliver. Ah, non. Je parlais du poème. Il est vraiment excellent, putain.

— Oh merde, dit Seamus. Oh, merde. » Il s'accroupit et passa les mains dans ses cheveux gras. « Oh, merde. »

Oliver s'approcha et s'accroupit à côté de lui. Il posa une main sur l'épaule de Seamus. « Ça va ?

— Non, dit Seamus. Merde. »

C'était étrange, en un sens. Il avait oublié, dans le laps de temps qu'il lui avait fallu pour rentrer chez lui, que soumettre le poème signifiait que d'autres gens allaient le lire. Ils allaient savoir. C'était prévu, bien sûr, mais dans son écriture, il l'avait perdu de vue. Il voulait se faire tout petit. Il voulait se faire minuscule et invisible. Il frissonna. Le poème en disait trop long sur lui. Il en disait trop long sur Bert, et les bois, et ses parents, et ses grands-parents, trop long sur la douleur de n'être pas désiré ainsi qu'on désirait l'être. Trop long sur les choses qu'il avait mises en boule et jetées. C'était bas, c'était indigne, et il y avait trop de sa chair et de ses os dedans. Il haïssait le poème, et il haïssait encore plus le fait qu'il l'avait aimé. Le poème avait déjoué ses plans. On était censé rester maître de sa poésie. De ses rouages. Mais il ne maîtrisait rien. Et il détestait ça.

« Seamus, mec. Ce poème, il est fantastique. Tu n'as pas de raison de t'inquiéter, qu'est-ce qui t'arrive ? »

Il ne pouvait pas l'expliquer, il le savait. Pas à Oliver. Il vacilla sur ses pieds, toujours accroupi. Il frissonnait. Le monde devenait indistinct. Le froid envahissait sa bouche. Il s'humecta les lèvres.

Que pouvait-il dire ? Il poussa un rire rauque.

« Ouais, je sais pas, il est comme il est. Merci. » Il se leva, faisant craquer ses genoux. « Je l'ai écrit à la dernière minute.

— Ah bon ? J'avais l'impression qu'il était super *travaillé*. Il est vraiment excellent. » La main d'Oliver se posa sur son poignet. Une douce chaleur gagna Seamus.

« Tu veux monter ? demanda-t-il.

— Oui. Carrément. »

Quand Seamus émergea de la douche, Oliver était assis à côté de la fenêtre dans le faux fauteuil Eames qu'il avait écarté du bureau. Il faisait tourner un crayon entre ses doigts. Il avait retiré son manteau, il portait une chemise en flanelle verte et un pantalon de survêtement gris. Les jambes croisées, il ressemblait à un professeur.

L'eau avait réchauffé Seamus. Il avait les cheveux mouillés. Il s'assit sur son matelas. Oliver vint se placer à côté de lui. Ils s'embrassèrent, d'abord hésitants. Sa main trouva le ventre poilu d'Oliver et se glissa dans son pantalon ; il bandait à moitié. Leur baiser prit de l'assurance, tel un morceau de tissu qui s'assombrit peu à peu. Oliver s'allongea sur le matelas et attira Seamus sur lui. Il retira la serviette qui le ceignait, et Seamus baissa son pantalon. Ils se retrouvèrent nus. La pièce était humide et froide. La lumière, par la fenêtre, pâle et superficielle. La scène avait quelque chose d'étrange, inconnaissable. Ils se branlèrent mutuellement, à un rythme erratique. Oliver n'arrivait pas à rester dur. Il n'arrêtait pas de s'excuser, de détourner les yeux de la bite de Seamus. Seamus bandait, mais sa queue était endolorie. Lorsqu'il éjacula sur la cuisse d'Oliver, il sentit quelque chose de chaud et brûlant le parcourir. Oliver serra son sexe. Il tordit sa bouche. Il avait le regard fou, avide. Il ne cessait de murmurer *S'il te plaît, s'il te plaît, s'il te plaît,* et Seamus le serra plus fort et fit des va-et-vient rapides avec son poing. Au dernier moment, il se baissa et prit Oliver dans sa bouche. Il avait un goût frais et propre, comme de la neige fraîche. Puis le sel visqueux de sa semence. Oliver laissa échapper un beuglement de gratitude.

Bert était dans la chambre avec eux. Quelques mois auparavant, dans cette position exacte – cette configuration exacte de soumission – il avait laissé Bert utiliser sa bouche. Il avait laissé Bert l'utiliser, lui. Il avait voulu être utilisé. Être frotté contre la lame du désir de quelqu'un d'autre pour l'affûter. Mais Oliver n'agrippa pas l'arrière de sa tête, il ne baisa pas sa bouche. Au lieu de ça, il caressa doucement son oreille, murmura *S'il te plaît,* demanda grâce. C'était l'opposé de ce moment avec Bert. De ce moment, dans la pénombre froide des bois. Seamus leva les yeux et vit le visage d'Oliver se tordre de plaisir. Comme s'il avait été touché par une force divine lointaine. C'était la prémonition qu'il avait eue sur le pont quelques mois plus tôt. La douleur, le désir, le besoin et le plaisir, tout à la fois. Il plongea plus avant sur la bite d'Oliver jusqu'à la sentir au fond de sa gorge, puis il ouvrit plus grand la bouche pour tenter de l'avaler en entier. Pas seulement cette part de lui, pas seulement cet instant. Mais lui tout entier, tout ce qu'il avait été, et tout ce qu'il serait jamais. En guise de paiement. Il voulait complètement annihiler Oliver. Pour le rembourser d'être venu ici, et d'avoir eu une réaction authentique à un poème. Un foutu poème.

Mais Bert était dans la pièce, Seamus était à genoux, et Oliver était dans sa bouche – c'était complètement mal, complètement bien et complètement tordu. Oliver gémit, et il jouit dans la bouche de Seamus, et Seamus avala et pensa *Amen*.

Ensuite, ils restèrent allongés côte à côte sur le matelas. La pièce était très calme. C'était la fin de l'après-midi. Seamus prépara une bisque pour Oliver, qui la mangea rapidement. La lumière devint bleue, ils se touchèrent de nouveau, et cette fois Oliver passa ses jambes autour des hanches de Seamus et lui demanda de réciter son poème en le pénétrant.

Seamus était trop gêné par cette idée. Les yeux baissés sur Oliver, jambes écartées sur ce matelas taché et triste, il ne parvint pas à se décider à réciter son propre poème. Il eut un petit rire nerveux et dit : *Tais-toi.*

Coucher avec Oliver n'était pas une chose que Seamus ne savait vraiment désirer jusque-là. Coucher avec Oliver ne semblait pas une possibilité. Pendant leur première année, Oliver était sorti avec plusieurs filles de leur cours et du programme d'histoire de l'art, où il suivait souvent des cours. Oliver paraissait fermement hétérosexuel. Et pourtant, à présent, ils avaient mis leurs mains et leurs bouches partout l'un sur l'autre. Il avait pénétré à l'intérieur d'Oliver, dans le corridor sombre, moite de son corps. Ils s'étaient enduits mutuellement, ils s'étaient tartinés de salive, de sperme et de sueur, et d'autres fluides plus sombres. Il avait mal au dos, à l'endroit où Oliver y avait enfoncé violemment ses talons. Oliver cacha son visage sous son bras. Il neigeait de nouveau.

« Je ne savais pas que tu étais capable d'écrire un poème comme ça, dit-il d'une voix ensommeillée. Je ne m'en doutais pas du tout.

— Arrête de parler de ça. Il est un peu facile, en plus.

— Absolument pas », protesta Oliver, et il le répéta, plus doucement que Seamus ne l'aurait cru possible. « Absolument pas.

— Et ça, c'est quoi, au fait ? Tu es venu dans l'idée de me séduire ?

— Non… je ne crois pas en tout cas. C'est pas ça. Je voulais juste te dire à quel point j'avais aimé le poème. Il me semble.

— Tu couches avec tous les gens qui écrivent un poème qui te plaît ?

— Non. Ce n'est pas ça. Je ne sais pas. Tu avais l'air tellement triste, avant, je crois. Dehors. C'était plus fort que moi.

— Quelle horreur. Tu as couché avec moi par pitié ?

— Désolé. Non, ce n'était pas de la pitié.

— C'est pourtant bien ce qu'on dirait. De la pitié. » Seamus se redressa. Il était en colère. Il renversa le bol d'Oliver, et la cuiller à l'intérieur fit un grand bruit métallique. Le plancher grinça.

« Ce n'est pas que je te plaignais. J'ai juste dit que tu avais l'air super triste avant.

— La pitié, c'est exactement ça. Super, merci. » Seamus enfila une chemise longue et un slip sale.

Oliver s'était redressé aussi sur le matelas, le drap fin remonté sur ses jambes. Son corps était doux et pâle. Presque diaphane. Seamus s'éclaircit la gorge.

« Tu ferais peut-être mieux de prendre une douche ou genre, je sais pas. Partir.

— Seamus.

— *Oliver* », railla-t-il. Une chaleur vague, granuleuse, montait en lui. La pitié, se répétait-il. La pitié. Quoi de pire que la pitié ?

Oliver poussa un soupir. Il se leva, enjamba Seamus. Il s'habilla puis, à la fin, se retourna pour jeter un dernier regard à Seamus.

« J'ai adoré ton poème, dit-il. Je l'ai trouvé courageux. »

Seamus lui ferma la porte au nez.

Le courage n'avait rien à voir avec la poésie, pensa Seamus. Il lâcha le bol d'Oliver dans l'évier, où il se brisa en deux avec un *crac* sourd. Il nettoya les deux parties avec une précaution lente, furieuse, se répétant : *Je l'emmerde, je l'emmerde, je l'emmerde, il ne sait rien du tout.*

Au séminaire, il s'assit à sa place habituelle, à côté d'Oliver, qui évitait son regard. Seamus ne cessait de tenter d'attirer son attention, mais à chaque fois que leurs yeux se rencontraient, il détournait la tête. Linda s'assit à côté de lui et lui fit un sourire vague et énigmatique qui l'énerva un peu. Helen prit place à côté de Linda et évita, elle aussi, son regard. Quelqu'un avait lancé un café, et la petite pièce s'emplissait de l'odeur des grains amers, de mauvaise qualité.

Ils étaient tous en manteaux et écharpes, pulls et pantalons de survêt, ils avaient tous le visage un peu rouge et humide – à cause de la neige, de l'effort, de la transpiration – et il sentait l'odeur de leur savon et, sous ce parfum, la chaleur animale de leurs corps. Ingrid entra en même temps que le professeur. Ses cheveux brillaient dans la lumière hivernale. Ils riaient doucement, et il avait la main sur son dos, comme s'il guidait un cheval. La voix du professeur était grave et rauque. Il s'assit dans le cercle face à Seamus, et pendant un instant leurs regards se croisèrent. Seamus eut la sensation qu'on avait retiré tout le mou de l'espace entre eux et que le contact entre leurs yeux était une corde tendue au maximum. Le professeur fit un *hmm* joyeux.

« La fournée de cette semaine était très forte, dit-il en promenant son regard sur l'assemblée avec une fierté timide. C'est un honneur de lire vos travaux. »

C'était sa Liturgie de la Parole, son entrée en matière, chaque semaine, destinée à calmer les nerfs de l'assistance. Seamus eut honte du soulagement que ces mots lui firent éprouver. Il enfonça son pouce dans le côté de sa cuisse et appuya fort, même s'il ne le sentit pas, si ce n'est dans l'articulation de son pouce, qui se tordit en arrière et menaça de céder.

« Et on a des nouveaux visages dans la fournée, en plus », dit-il, ce qui fit chauffer la nuque de Seamus. Oliver toussota discrètement.

« Bon, on commence par quoi ? Une lecture, peut-être…

— Excusez-moi », dit Helen. Le professeur cligna faiblement des yeux et hocha lentement la tête. « On a parlé entre nous, avant le cours et… on ne trouve pas que ce soit juste.

— Qu'est-ce qui n'est pas juste ? » demanda le professeur, et l'assistance se mit à s'agiter nerveusement ; un murmure s'éleva dans les rangs.

« Heu, eh bien, ce n'est pas juste qu'on soit forcés de lire des poèmes qui sont clairement malveillants et, genre, qui avilissent notre travail ? »

Seamus regarda le ballet des expressions sur le visage des autres : des yeux écarquillés de surprise, des sourires entendus et, chez certaines, le frisson d'assister à la scène. D'autres encore le regardaient avec un dégoût qui lui parut plus important que d'habitude. Il était habitué à ce qu'on ne l'aime pas : les gens le trouvaient vite teigneux, mesquin ou prétentieux. Il était habitué à ce qu'on lève les yeux au ciel en le regardant, mais il n'avait encore rien dit. Seamus était de plus en plus certain, à mesure que le silence se prolongeait, que tout le monde le regardait. Oliver dessinait une série de cercles concentriques dans son carnet.

« Vous pourriez développer, Helen, s'il vous plaît ?, demanda le professeur, mais elle secoua la tête avec raideur.

— Je refuse de sacrifier encore du temps à ce texte, franchement. Ce n'est pas juste. Je voulais juste donner mon point de vue.

— Eh bien, c'est qui ? demanda sèchement Seamus. Dis-le.

— Ne me parle pas. Tu n'as pas le droit de me parler.

— Je crois qu'on devrait se calmer un peu, intervint Oliver.

— Ne la traite pas d'hystérique, coupa Linda.

— Je n'ai pas dit ça. Je trouve juste qu'on devrait se calmer, c'est tout.

— On *est* calmes », dit Linda.

Oliver promena son regard des deux côtés et, voyant que tout le monde le regardait sévèrement, lui aussi, il se tut.

« C'est quoi, ce poème malveillant ? dit Seamus. Et d'ailleurs, la question je crois que c'est surtout : est-ce qu'on est seulement là pour lire des choses qui nous font du bien ? Ça paraît un peu superficiel.

— Je ne dirais pas un mot de plus sur le sujet », conclut Helen. Elle secoua la tête.

« O.K., tout le monde. Bon. Prenons un moment pour réfléchir, là, d'accord ? »

Beth était assise en silence à côté du professeur. Ses poings étaient tellement serrés qu'on voyait presque les stries de ses os depuis l'autre bout de la pièce. Seamus comprit aussitôt.

« Je n'ai pas écrit ce poème à propos de toi, si c'est ça qui t'inquiète, dit-il.

— Ne lui parle pas, dit Ingrid. T'as pas le droit de lui parler.

— Pardon. Tu dis quoi ? Je n'ai pas le droit de parler ?

— Tu peux parler. Mais pas aux personnes envers qui tu as été violent, dit sereinement Garza.

— Mon poème ne parle pas d'elle. Ni de son poème. Il ne parle d'aucun et d'aucune d'entre vous. Je ne fais pas dans le social. »

Oliver tressaillit.

« Le social, dit Ingrid avec un hochement de tête prudent. Ben voyons.

— Tout le monde, on est en train de perdre de vue la raison de notre présence : nous sommes là pour *nous porter témoins* », dit le professeur, mais Seamus tremblait. Il se leva et posa sa liasse de poèmes annotés sur la chaise derrière lui.

« Oui, dans le social. Oui.

— Et pourtant, Seamus, bizarrement, on est... dans le même séminaire. Qu'est-ce que ça fait de toi ?

— Ça m'emmerde. Ça me fait profondément chier, voilà ce que ça fait.

— Je te suggère de baisser d'un ton, dit Linda.

— Tout le monde..., reprit le professeur.

— Sinon quoi ? Tu vas me faire expulser pour *violence* ?

— Sérieux, on en est là ? On se moque des survivant.e.s ?

— Quoi ? » dit Seamus, pivotant sur lui-même. C'était Beth qui avait repris la parole. Sa vision périphérique s'obscurcissait, et ses yeux palpitaient douloureusement dans ses orbites.

« Se moquer des survivant.e.s. C'est ça qu'on fait ? Tu dis *violence* comme si tu croyais que ça n'existe pas.

— Bien sûr que la violence existe, dit-il.

— Non, ce n'est pas exactement ce que je dis. Ce que je veux dire, c'est que tu en parles comme si tu pensais que c'était un fait objectif et non pas... profondément personnel et subjectif.

— Une situation est violente ou elle ne l'est pas », dit-il, bien qu'il sache que c'était faux. Il détestait simplement ne pas avoir le dernier mot. Beth écarquilla les yeux. Il vit que ça lui coûtait, cette discussion, mais lui aussi, ça lui coûtait, et c'était injuste. Pour elle, pour lui, pour tout le monde, pour toutes choses, tout était injuste.

« Je suis désolée pour ce qui t'est arrivé », reprit-elle doucement, et toute la salle tomba dans le silence, tout le monde se figea.

« De quoi tu parles, putain ?

— De ton poème », répondit-elle, et elle le sortit de son cahier et le déplia. Elle lui lut le texte en entier, à lui et au groupe ; et tandis qu'elle lisait, il se sentit comme anesthésié. Ses oreilles s'emplirent d'un bourdonnement violent qui étouffait la voix de Beth.

*Comme elles sont vastes, tes œuvres, ô Tête de Gorgone –*
*la nuit, le siècle, le silence, le cri.*
*Un autel solennel attend, le Dieu ancien le sait,*
*qu'il est maigre notre repas, le petit, l'immense.*
*Tu l'as vue qui attendait ? Qui s'y attendait ?*
*Non, regarde par-là, au bord de la rivière sur des feuilles de glace,*
*elle cède, comme le temps, comme la lumière, tout est fermé.*
*Je l'ai connue autrefois – ça fait longtemps, ne demande pas*
*car alors je devrais tout te raconter*
*et ce n'est pas un cadeau, juste un secret.*
*La nuit, le siècle, le silence, le cri –*
*finalement, elle répond, parle :*

« C'est juste un poème », dit-il quand elle eut terminé, mais elle secoua la tête.

« Non, c'est faux. Ce n'est pas juste un poème. Je suis désolée pour ce qui t'est arrivé.

— C'est du délire, là, dit Seamus avec un rire sonore. Il ne m'est rien arrivé. »

Le professeur avait l'index pressé sur ses lèvres et il hochait la tête comme s'il écoutait la lecture de Beth à retardement.

« Parlons du poème, vous voulez bien ? Pas de la personne. Du poème. Seamus, asseyez-vous, je vous prie. »

Seamus s'exécuta. Ingrid sortit ses notes. Oliver glissa son pied contre l'intérieur du pied de Seamus, par-derrière. C'était un geste de réconfort, mais Seamus était beaucoup trop loin de lui-même pour l'accepter. Il grogna.

« Il est clair que ça parle d'un traumatisme pas digéré, dit Noli. Du fait qu'il est enfoui sous les notions traditionnelles de la masculinité et de la fierté masculine. Mais est-ce que c'est nouveau ? Intéressant ?

— Franchement, le narrateur du poème, un mâle blanc, n'est pas sympathique, mais c'est peut-être justement l'objet ? Du poème ? De chercher à faire changer nos sympathies ? »

Seamus se sentit quitter son corps tandis qu'elles démontaient le poème. Un froid humide collait au bas de son dos, et il s'aperçut qu'il était en sueur. Il observa Beth, de l'autre côté du cercle, en face, l'observa qui l'observait, avec une expression placide et généreuse.

Ingrid dit : « Mais est-ce qu'on le croit ? Est-ce qu'on croit à sa douleur ? Est-ce qu'elle est réelle ?

— Franchement, est-ce que c'est pas un peu genre, la culture du viol ? demanda Linda.

— C'est une critique intéressante », approuva Ingrid.

« Le.a narrateurice se débat clairement avec son genre et sa sexualité, et avec le fait, genre, qu'un corps est signifié par le trauma, et genre, le fait que le trauma s'encode dans le soi – mais, genre, la façon dont notre société décode et interprète ce trauma est en tension directe avec son identité. Alors, c'est comme si le trauma avait, genre, contrecarré sa masculinité.

— Pénétrant », approuva Helen. Quelqu'un fit claquer sa langue et poussa un grognement d'approbation.

« Et que dire de la forme ? demanda le professeur. Une forme particulière, presque classique, et pourtant, ce sont bien des vers libres. Je reconnais que la scansion est... élémentaire. Un peu comme si c'était l'œuvre d'un enfant.

— L'innocence », dit Beth. Seamus sentit un liquide âcre et chaud à la base de sa langue.

« Je voulais…, dit-il.

— Seamus ? Vous avez une question ? demanda le professeur.

— Non.

— O.K. Changeons un peu d'angle. Qui est le *elle*, d'après vous ?

— Sa mère, évidemment. C'est clair qu'il y a quelque chose d'abîmé, là, non ? C'est vrai, elle est à peine un corps. Plutôt une espèce de fantoche maternel.

— La Fantoche Maternelle, c'est mon nom de drag », dit Noli.

Linda rit. Puis Beth rit. Tout le monde rit, à part Oliver, qui continuait de dessiner des cercles. Seamus n'avait lu aucun des autres poèmes du jour. Il était trop préoccupé par lui-même. Il exhala par le nez.

« O.K. O.K., dit le professeur, riant un peu lui aussi. Fantoche maternel. Le titre ?

— Un hommage, dit Beth avec amertume.

— J'estime qu'il fait beaucoup, ce titre. La Gorgone, vous le savez, est une femme qui a le pouvoir de changer les humains en pierre d'un simple regard. Et ici, dans ce poème, on a une femme mystérieuse qui est la gardienne d'un secret, n'est-ce pas ? Et le narrateur se remémore une rencontre avec cette… entité. Qui semble se terminer par la pétrification. Qu'est-ce qu'on fait de ça ?

— Je crois que vous cherchez midi à 14 heures, là, dit Linda.

— Je trouve que le poème fait un vrai effort de sens, dit Ingrid. Il se donne beaucoup de mal pour saisir quelque chose, mais le titre, à mon avis, en dernière analyse, c'est juste… de l'intellectualisme creux.

— Je pense que c'est genre, du pop art, fit Helen. Non ? Genre il joue avec le contexte. Il joue avec les genres. C'est un titre méta. Archi référencé. Je trouve qu'il tient bien.

— Pas moi », répliqua Ingrid.

Seamus plissa les yeux. Il se pencha en avant et posa ses coudes sur ses genoux. Il était fatigué de les regarder se chamailler à propos de son poème. Il avait moins l'impression de leur avoir joué un bon tour que celle de s'être lui-même induit fallacieusement à faire une chose qu'il regrettait. Il trouvait le poème à peine lisible. Il le comprenait à peine lui-même. Là, il ferma brièvement les yeux et se rappela comment les vers avaient fini par lui venir, au bout de ces trois jours, la joie qu'il avait éprouvée, tout en les trouvant totalement insondables. Ils les trouvaient justes, ces vers, et pourtant il ne pouvait pas les décrypter, et ça lui faisait l'effet d'une trahison envers le projet d'origine, mais en même temps, il en était très fier, très sûr. Ils avaient une évidence.

Mais en les voyant se quereller sur ce poème, il comprit ce qui lui avait échappé jusque-là. Que plus une chose lui semblait évidente, moins elle était dépendante de l'avis des autres. Comme un imbécile, comme un enfant, il avait tenté de convaincre le monde qu'il avait raison, alors que ça aurait dû lui suffire d'en être convaincu lui-même. C'était la faute de son orgueil.

Il avait mal au ventre. Il avait mal aux bras. Il s'adossa de nouveau à sa chaise et les abandonna mentalement. Leurs voix se firent indistinctes. Leurs bavardages mornes. Oliver mit une main sur sa cuisse, et il suivit des yeux la ligne de la main des doigts au poignet, du poignet au bras, du bras à l'épaule, jusqu'au visage. Oliver le regardait. Oliver lui souriait. Seamus secoua la tête, haussa les épaules.

« Je vous avais dit que ça vaudrait le coup », dit Seamus, en se retournant vers ses camarades. Linda et Ingrid étaient toutes rouges. Beth semblait au bord des larmes. C'était le même spectacle toutes les semaines.

Il eut l'impression de se trouver au milieu d'une énorme machine. Chacun et chacune des participantes était un gadget qui pouvait être interverti sans problème. Il se sentit idiot de s'en être tant préoccupé, de s'être agacé contre Ingrid ou Beth. Ça n'avait rien à voir avec elles, ni avec lui. Qu'il soumette ou non un poème, qu'il écrive ou non un poème, qu'il parvienne ou non à se convaincre que tout cela avait la moindre importance, le monde continuerait de tourner. L'Histoire suivrait son cours. Ils et elles n'étaient tous que quantités négligeables.

Seamus croisa les jambes ; il avait des fourmis dans les pieds. Sa respiration sifflait légèrement dans sa poitrine. Tout irait bien, il le savait. Il avait mal à l'épaule. Il mit son pouce dans sa bouche et mordit fort les cuticules. Il y eut une douleur vive, suivie d'une simple chaleur morne. Il sentait la main d'Oliver, ferme sur sa cuisse. Personne ne semblait tellement s'en soucier, en bien ou en mal.

À la pause, Seamus et Oliver sortirent dans le froid pour fumer. Oliver ne fumait pas en général, mais il était nerveux, dit-il, à cause de son poème. La fumée s'attardait autour d'eux. Il y avait des congères contre le tronc du cèdre dans la cour. Beth et Helen fumaient juste à côté, observant Seamus à la dérobée.

« J'espère qu'il n'est pas trop nul, dit Oliver.

— Je parie qu'il est très bien », répliqua Seamus, qui le regretta immédiatement, car il venait de révéler qu'il ne l'avait pas lu.

« Ouais. T'as raison », fit Oliver. Mais il y avait de la peine dans sa voix, et ses épaules s'affaissèrent un peu. « C'est juste que c'est la première fois que j'écris sur, tu sais, ces trucs.

— Quels trucs ? demanda Seamus, haussant les sourcils.

— Sur le cancer de ma mère... je... on en a parlé.

— Ah bon ? » demanda Seamus. Quelque part, dans l'histoire de leur amitié, cette information rougeoyait tel un charbon ardent. Seamus devinait sa chaleur. Il savait que c'était vrai, mais les faits étaient flous dans son esprit. « Oh merde, je suis désolé. »

Oliver se tut. Son visage se ferma, se refroidit. Seamus chercha à lui prendre le bras, mais Oliver s'écarta imperceptiblement.

« Ouais bon, on verra bien », dit-il.

Beth et Helen passaient devant eux juste à ce moment-là, pour retourner dans la salle. Beth regarda Seamus. Elle lui sourit, puis, se ravisant visiblement, baissa les yeux.

« À tout de suite », dit-elle. Helen se contenta de pousser un grognement. Elles étaient emmitouflées dans leurs manteaux et leurs écharpes. Seamus et Oliver étaient en sweat-shirt sous la neige.

Oliver les salua, puis laissa tomber sa cigarette à demi consumée à leurs pieds. « On n'a qu'à y retourner sans se presser », dit-il.

Seamus sentait la neige s'infiltrer dans ses baskets. Il sentait la masse entière, ferme, du froid autour de lui, comme s'il se tenait au milieu de l'océan. Il ferma les yeux et écarta les bras et respira profondément. La fumée et la neige et la sève de cèdre. Tout était tellement propre, tellement pur, tellement vrai.

Seamus suivit Oliver dans le couloir, et ils tapèrent des pieds pour décoller la neige de leurs semelles. Le professeur revenait tout juste des toilettes. Il posa une main sur le bras de Seamus et dit : « Excellent travail, Seamus. C'est un bon poème.

— Vraiment ? » demanda Seamus. L'expression du professeur s'illumina juste un peu. Oliver lui donna une petite tape dans le bas du dos et rentra dans la salle. Il ne restait que Seamus et le professeur dans le couloir. Seamus sentait l'eau froide qui dégoulinait de ses vêtements sur la moquette.

« C'est de ça que vous avez besoin ? Que quelqu'un vous dise que votre travail est bon ? »

Seamus rougit.

« Je ne sais pas de quoi j'ai besoin. Je ne sais pas ce que je fais. J'ai l'impression de perdre mon temps.

— Oh, Seamus », fit le professeur, et Seamus le regarda.

« Comment on le sait ? demanda Seamus.

— Comment on sait quoi ? » rétorqua le professeur, la tête un peu inclinée, comme si c'était un jeu ou une énigme.

« Comment on sait qu'on ne perd pas son temps ?

— Si vous ne connaissez pas la réponse à cette question, je ne peux rien faire pour vous », dit le professeur avec un rire réprobateur.

Seamus eut la sensation d'avoir reçu une claque sur le nez et de s'être fait traiter d'enfant. Le monde devint profond et saturé. Comme si une chose vaste et divine avait soulevé le voile de sa vie et l'avait regardé. Dans sa quête de certitude et d'approbation, il s'était dépossédé de ses facultés les plus élémentaires. Mais c'était une attitude d'enfant. Seamus avait été un enfant, avec son attitude égoïste et obstinée.

Oliver passa la tête par la porte de la salle.

« Dépêche-toi, dit-il. Tu es en retard. »

# 6

# Asseyons-nous à terre

L'appartement s'emplissait d'une lumière froide et grise – c'était le début du printemps.

Noah et Bert fumaient au lit en regardant la neige s'accumuler sur le toit du porche latéral. La maison, au coin de Jefferson et de Van Buren, appartenait à Bert, et Noah louait un des appartements du premier étage. Cet après-midi-là toutefois, ils se trouvaient dans un des logements vides, dont Bert se servait comme bureau en attendant de trouver un locataire.

Ils étaient engourdis et sentaient le musc, après le sexe. Les jointures des doigts de Bert étaient râpées d'avoir frotté contre le mur quand il s'y était appuyé pour se caler. Les cuisses de Noah le brûlaient, irritées par la barbe de Bert.

« La maison n'est pas super jolie, mais c'est un bon terrain, dit Bert.

— Ah, c'est chouette.

— Elle devrait partir pour un bon prix.

— Ton vieux, il le sait, que tu vends sa maison dans son dos ?

— Il est mourant. »

Noah prit la cigarette des doigts de Bert. Le filtre était mouillé, avec un goût rance de bière. Il se redressa sur le matelas trop mou et regarda le monticule du ventre de Bert, le réseau de vergetures plus foncées, la grotte de son nombril. À première vue, personne n'aurait fait de lui son premier choix. Il y avait quelque chose de dur, aux abois, dans ses yeux, il devenait chauve, il portait des lunettes épaisses et des casquettes de base-ball au premier degré. Noah trouvait qu'il avait l'air parfaitement quelconque.

« Eh bien, ça résout tout », dit Noah, de la fumée plein les poumons.

Bert reprit la cigarette avec ses doigts épais, meurtris. « Oui. T'as pas besoin d'avoir de la peine pour lui. Ce n'est pas un mec bien.

— Dans ce cas... », commenta Noah. Bert avait pris son sexe dans sa main et tentait de le refaire bander. Sa main était fluide, inquisitrice, comme une supplication. Il le serra fort entre ses doigts. Le lit gémit sous eux. La pièce était vide, à part le lit et la commode. Il restait des cintres abandonnés dans le placard, qui serraient la poitrine de Noah quand il les regardait.

« Il n'était pas cool avec nous, reprit Bert. Ma mère et moi. C'était un salaud, alors ne va pas penser que je suis insensible. Ce n'était pas un gentil. »

Noah se mit sur le ventre pour ne pas être forcé de repousser la caresse de Bert. Celui-ci posa la main à plat sur ses reins humides. Il commençait à faire froid. Le rouge léthargique du bout de la cigarette dessinait un arc tandis que Bert parlait. Noah le fixait, la tête dans le creux de ses bras croisés.

« Je ne te juge pas, dit Noah.

— C'était un père de merde. Je ne me réjouis pas qu'il soit en train de mourir. Mais je ne suis pas triste non plus. Il est vieux.

— Pourquoi tu te sens *attaqué* comme ça ?

— Parce que tu ne sais pas la merde qu'on s'est bouffée. Tu as quoi, vingt-trois ans ? Tu n'as pas idée. Les gamins comme toi. Vous ne savez rien.

— C'est un argument historique ? Je croyais que les queers modernes étaient ahistoriques. C'est pas fait pour ça, la PrEP ? »

Bert tressaillit et retira sa main. Il tira une longue bouffée de la cigarette.

« Tu sais que je déteste ce mot, dit-il.

— Je plaisantais.

— Des gens sont morts, reprit Bert, pour qu'on n'ait plus jamais à entendre ce mot.

— Des gens sont morts en *Iowa* ? »

Bert se releva. Il était impressionnant, à la fois grand et large, et son ombre recouvrait entièrement Noah. Celui-ci le regarda enfiler une chemise en flanelle et son jean. De la cendre tomba sur les draps. Ses gestes étaient chargés, mais lents, et Noah vit dans leur enchaînement machinal le signal qu'il devait dégager le plancher. Il se redressa à son tour.

À la porte, ils ne s'embrassèrent pas. Noah sortit dans la fraîcheur du couloir. L'éclairage de la salle de bains ouvrait une petite flaque de lumière dorée sur le mur. Bert s'appuya contre le chambranle de la porte.

« Bon, au revoir », dit Noah.

Bert ne répondit pas. Il resta sans rien dire une minute ou deux, et Noah attendit qu'il parle ; c'était cette attente, ce refus de se livrer qui donnaient forme à cette chose entre eux. Puis il s'engagea dans le couloir et entendit Bert refermer la porte derrière lui.

Il y avait une croûte de verglas sur le pont. En dessous, l'eau bouillonnait, grise et argentée – les collisions assourdies des bancs de glace.

« Je ne cherchais pas à le provoquer.

— C'est ça, oui », répondit Daw. Des mouettes faisaient des cercles au-dessus de leur tête dans le blanc hivernal. La zone industrielle crachait des nuages de fumée. « Mais alors pas du tout.

— Oh, fous-moi la paix. Je t'ai pas demandé ton avis », gémit Noah, mais Daw se moqua de lui.

Ils grimpèrent la colline ensemble. Daw avait un visage bourru, carré, de fils de paysan de l'Indiana, mais il venait du Connecticut et ses deux parents étaient professeurs – son père enseignait la psychologie et sa mère les stratégies commerciales. Daw et Noah suivaient tous les deux le programme de danse, à la fac. West Des Moines, la ville d'origine de Noah, était connue pour ses gymnastes, et parfois les autres danseurs l'appelaient un *autochtone*. Les arbres sombres et minces les bombardèrent d'eau lorsqu'ils passèrent dessous, écrasant la neige molle sous leurs pieds. Ils étaient en retard pour le cours, car Noah ne s'était pas réveillé et Daw était passé le prendre.

Les membres de Noah étaient raides et indociles. La côte lui expédia des décharges douloureuses dans le haut des cuisses et le bas du dos. Il sentait encore Bert en lui, et ses yeux le brûlaient à cause de la fumée de cigarette, même après une douche. Il était déjà en sueur, et soupçonnait qu'il avait attrapé une espèce de grippe.

« Je te promets, tu fais toujours ça, continua Daw.

— Non, pas du tout.

— Ce sera ta faute, si tu finis dissous dans la soude dans une barrique derrière une maison abandonnée. Tu le sais, n'est-ce pas ? Quelle idée, de provoquer un tueur en série !

— C'est pas un tueur en série », fit Noah, mais quant à savoir si Bert était capable de l'assassiner, ou de tuer qui que ce soit, il n'en aurait pas mis sa main à couper. Il contredisait Daw parce que c'était marrant de le contredire. En vérité, Bert n'avait jamais été violent avec lui, il n'avait jamais haussé la voix contre lui. Ils ne s'engueulaient pas, ils ne criaient pas et ne se giflaient pas. S'ils avaient été amoureux, ou même en couple, ça aurait été une autre histoire. Mais en l'état, Bert était son propriétaire, et il leur arrivait de coucher ensemble, et toutes les tensions, colères ou frustrations qui pouvaient exister entre eux trouvaient un exutoire lorsqu'ils étaient nus et se chevauchaient, lorsqu'ils se léchaient les aisselles, lorsque l'un enfonçait le visage de l'autre dans un oreiller ou un matelas en le baisant. Le sexe, avec Bert, n'était pas excitant, ni même satisfaisant. C'était comme de crier à pleins poumons au milieu d'un grand champ : ça le laissait haletant, épuisé et meurtri, mais ça lui faisait sentir que quelque chose était sorti de lui pour se répandre dans le vaste monde. Il n'était pas attiré par Bert. Il n'était attiré par personne, en vérité. Mais Bert faisait l'affaire aussi bien que n'importe qui, et parfois il lui faisait une ristourne de quatre-vingts dollars sur le loyer, ce qui constituait une raison aussi bonne qu'une autre. Ce n'était pas de l'amour. Ce n'était pas du désir. Ce n'était rien du tout, et ce n'était qu'en des moments comme celui-ci que Noah éprouvait le besoin réflexe de défendre ce qu'ils faisaient ensemble, Bert et lui.

« Si tu le dis.

— Et je ne l'ai pas provoqué.

— Alors pourquoi il t'a fichu dehors ?

— Je sais pas », dit Noah. Mais il *savait*.

« Ben voyons », railla Daw. Ils étaient en haut de la colline, près de l'Old Capitol Building. Derrière eux, de l'autre côté de la rivière, où habitait Daw, se trouvaient la fac de médecine et le bâtiment d'arts, caché derrière une rangée d'arbres. La cour s'étalait devant eux, tapissée de neige fondue. Le soleil était bas, mais lumineux. Le gris avait consumé le monde, et les formes des bâtiments émergeaient, très nettes. D'autres étudiants allaient et venaient dans leurs anoraks et parkas. Daw tira sur le bord du blouson de Noah et dit : « Viens, dépêchons-nous. »

Ils parcoururent le reste du chemin au petit trot, traversant le campus. Daw jetait de temps à autre ses bras au-dessus de sa tête pour faire circuler le sang. Noah lui en voulait un peu pour sa vigueur. Une fois arrivés, ils laissèrent leurs sacs près du tas de tous les autres. Ils n'étaient pas tellement en retard. Il faisait encore froid dans le couloir. Dans la grande salle ouverte, ils s'assirent par terre avec les cinq ou six autres danseurs. Le plancher était froid aussi, comme une vitre, un froid soudain, inhumain.

Quelques minutes plus tard, Fatima les rejoignit, s'étirant les jambes sur des cylindres de mousse. Elle avait des yeux sombres et vifs, un rire rauque et sonore. Daw détourna les yeux. Il ne s'entendait pas avec Fatima – une querelle qui remontait à leur première année, quand Daw, après une longue répétition, s'était trouvé à côté de gens qui disaient du mal d'elle sous prétexte qu'elle arrivait tout le temps en retard à cause de son job au café ; elle avait débarqué inopinément, entendu toute la conversation et vu leurs visages. Daw avait tenté de s'expliquer, mais ses paroles ressemblaient à des justifications ou des mensonges, et elle n'avait pas de raison de croire qu'il n'était pas comme les autres, à la juger et à lui en vouloir parce qu'elle travaillait et dansait, comme si ça la plaçait au-dessus de la mêlée.

Les gens disaient la même chose de Daw et des cours de physique qu'il prenait. Les danseurs avaient le droit de suivre des cours dans les autres départements, à condition que les professeurs acceptent de les prendre en pass/fail[1], et certains étaient inscrits en cours de langue, ou à des séminaires de littérature – le genre de projet de développement personnel intellectuel banal typique de la classe moyenne, si bien qu'une fois leur carrière de danseurs terminée, quand ils se seraient mis en couple et mariés, et se consacreraient à une vie de soirées mondaines et de courses dans des villes moyennes ou des circonscriptions de New York, ils auraient le bagage nécessaire pour ressortir des bribes de romans lus à moitié ou de théorie critique mal digérée. Ils faisaient aussi ça pour se déculpabiliser d'avoir choisi d'étudier la danse, qu'ils considéraient comme une quête intellectuelle rigoureuse tant qu'ils étaient au studio ou en cours, mais qui ressemblait à un hobby comme le yoga quand ils marchaient dans les rues ou faisaient la tournée des bars et cafés dont ils étaient des habitués. Mais Daw était la seule personne que connaissait Noah à étudier les maths et la physique. L'année précédente, il avait suivi un cours de mécanique quantique. Il voulait faire la fac de médecine après son diplôme, disait-il, et il voulait être sûr d'être bien préparé. Noah lui renvoyait toujours ce mot avec un petit rire – *préparé, ouais, moi aussi* –, si ce n'était que les vies auxquelles ils se préparaient l'un et l'autre étaient aussi différentes que les vies qui les avaient amenés à ce programme au départ.

Ils étaient tous en train de prendre des poses, tout le temps. Tout ce qu'ils faisaient était une pose, défensive ou offensive, destinée à démontrer quelque chose au monde

1. Ce système permet aux étudiants de prendre une matière qui sera validée ou non, sans note, afin qu'une mauvaise note n'affecte pas leur moyenne pour un cours qu'ils ne peuvent suivre avec l'assiduité requise. (*Note de la traductrice.*)

extérieur, à laisser entendre qu'ils étaient valables, ou bons, ou corrects, ou qu'ils n'étaient pas dupes, qu'ils n'étaient rien et que tout ce qu'ils avaient, c'étaient ces grossières chorégraphies du moi.

À des moments comme ça, quand deux personnes qu'il aimait beaucoup ne s'aimaient pas entre elles, Noah se demandait que faire de la nature pernicieuse de la loyauté. On ne pouvait pas satisfaire tout le monde, et toute amitié impliquait ce type de micro-trahisons. C'était l'essence de la vie. Il se pencha en avant et pinça la cuisse de Fatima, qui poussa un petit glapissement et lui donna une claque dans le dos. En s'abattant sur lui, sa paume fit le bruit de l'aboiement d'un chien surpris et les autres personnes présentes dans le studio se tournèrent vers eux.

*Des emmerdeurs,* disaient leurs yeux. *Des enfants.*

« Tu m'as pas appelée, hier soir, dit-elle.

— J'étais occupé. » Daw rit.

« Occupé, je vois. »

L'instructeur, pour le cours de ce jour-là, était Ólafur, qui s'occupait de la sous-section danse moderne. Il avait dans les cinquante ans – grand et mince, avec la pointe de méchanceté inhérente à ceux qui acceptent avec amertume le déclin et l'effacement de leur beauté avec l'âge. Il avait fait ses débuts dans le Ballet national de Hollande, mais il avait passé le plus gros de sa carrière à créer des danses modernes torturées sur des thèmes empruntés à l'esthétique allemande. Il avait un long nez et des cheveux clairs, grisonnants.

Ólafur préférait qu'il fasse froid dans le studio au début des cours. *Réchauffez-le avec vos corps, avec votre travail,* disait-il. *Si vous avez froid, redoublez d'efforts.* Les cours du matin dirigés par Ólafur étaient difficiles, à cause à la fois de l'étendue de la palette de techniques qu'il mettait en avant et du nombre de répétitions qu'il exigeait. Personne n'avait envie de voir Ólafur de si bon matin. La première année, au milieu de sa première séance avec lui, Noah avait vomi sous le coup du stress. Fatima l'avait pour superviseur direct, et parfois, quand elle arrivait chez Noah, elle avait mal partout, elle était en sueur et tremblait de tout son corps, comme si elle avait vu les horreurs de la guerre.

Les trois compagnons levèrent les yeux et regardèrent Ólafur s'étirer à l'avant de la salle. Ils sentirent la menace de sa souplesse sans efforts.

On l'aurait dit encore capable d'interpréter l'*Apollon musagète*.

« J'adore commencer la journée par une séance de torture, fit Noah.

— J'ai hâte de repasser mon petit-déjeuner en revue, fit Daw.

— Ça fait plaisir, cet optimisme, les garçons. Exactement ce qu'il me fallait. »

Par la porte entrèrent un, puis deux et enfin des groupes d'autres étudiants de leur programme, jusqu'à ce que la salle en soit pleine – le froissement de leurs habits, l'odeur du talc et de la résine. Les filles raccommodaient leurs chaussons en vitesse. Les garçons faisaient claquer l'élastique de leurs collants, dans une attente anxieuse. Daw se bourra les cuisses de coups de poing pour réveiller ses muscles. Noah avait les orteils ankylosés. Le sol était tellement froid, tellement dur. Fatima s'attacha les cheveux avec des épingles, puis s'étira. Elle dit qu'elle avait le dos noué. On sortit et bloqua les barres, puis ils s'alignèrent. Fatima dans le dos de Noah, Noah et Daw de chaque côté de la même barre, face à face. Un sourire entendu, vaguement compétitif. Ils commencèrent.

Il y avait un piano droit dans le coin – ce n'était pas Goran qui les accompagnait aujourd'hui, remarqua Noah, un peu déçu. La pianiste était une jeune femme qu'il ne reconnut pas, toute fine, avec les cheveux blond clair raides comme des baguettes. Elle avait une très petite tête, et des épaules étroites, mais comme un oiseau. Elle s'échauffait les doigts en faisant des gammes, mais elle n'arrêtait pas de rater un accord ou d'oublier une note. Noah fredonnait pour réchauffer l'air dans ses sinus, pour s'assouplir le visage. La tension dans ses épaules se relâcha. La pianiste prit de l'assurance. Ólafur, accroupi, se releva et lui donna, d'une pichenette, le signal de commencer.

Le père de Bert possédait une maison sur un terrain de bonne taille dans la campagne. C'était une bâtisse à un étage, blanche avec de larges fenêtres au rez-de-chaussée, et des fenêtres en hauteur au premier. Le terrain derrière la maison montait puis descendait, si bien que de devant, on pouvait voir les champs lointains, mais pas les plus proches. Au loin, des bosquets denses coupaient assez abruptement les pâturages. Noah comprit le terrain immédiatement.

Lui et ses parents avaient vécu dans une maison très semblable, sur un terrain nettement plus petit, en pleine campagne. Quand il était petit, il conduisait des tracteurs et grimpait aux arbres. C'était comme ça qu'il avait découvert sa souplesse naturelle et son sens de l'équilibre, en montant à des branches de plus en plus hautes puis en sautant par terre, jusqu'à ce que sa mère le remarque et sorte de la maison en criant. Ils avaient des voisins qui étaient pauvres eux aussi, et parfois ils échangeaient des légumes, des coupe-vent ou des pulls. Ils vivaient du salaire de son père à l'usine, et sa mère donnait quelques cours de poterie en ville, mais en général, elle passait le plus clair de son temps à fumer dans la cuisine et à préparer des repas trop salés ou trop cuits. Son père était japonais, mais du Colorado, où ses grands-parents vivaient encore et tenaient une laverie automatique, et sa mère était blanche, originaire d'Iowa, d'une famille installée là-bas depuis avant l'industrialisation. Le quotidien de Noah, enfant, était fait de Laura Ingalls et de plats chinois à emporter de qualité douteuse. Son père fumait, roulait en pick-up et portait des vestes en jeans, et quelquefois il poussait des jurons, quelquefois il tapotait l'arrière de la tête de Noah et souriait sans rien dire. Avec son père, ils avaient les mêmes cheveux et la même bouche de travers. Son père avait les mains rêches, couvertes d'ampoules, et il le pensait capable de construire n'importe quoi, mais ce qui rendait Noah le plus perplexe et l'empêchait parfois de dormir la nuit, c'était que quand il avait annoncé à ses parents qu'il voulait faire de la danse, c'était son père qui avait dit *pas de problème*, et sa mère qui avait cligné des yeux, comme sous le coup d'une gifle, et protesté que ce n'était pas une façon de vivre et qu'il devait se choisir une autre activité. La première fois que Bert l'avait amené à la maison dans la campagne, Noah avait éprouvé une étrange impression de familiarité, et il avait eu envie de pleurer, mais ne l'avait pas fait.

Ce fut environ une semaine après leur dispute que Noah et Bert retournèrent à la maison en question. Le paternel de Bert était toujours agonisant, mais Bert voulait de l'aide pour réparer des abris sur le terrain et peut-être construire un appentis afin de ranger le bois ou d'autres outils.

Un peu plus tôt, à la fin de l'hiver, Noah et Ivan avaient construit des cabanes sur les terrains voisins. Mais là, c'était sur la propriété principale, où Bert, sa sœur et ses trois frères avaient grandi. Il pensa pouvoir comprendre un peu mieux Bert, à présent, en voyant les champs et le ciel voûté au loin. Il comprenait la solitude particulière de ce type d'endroit, la manière dont elle vous collait à la peau, aussi loin que vous vous enfuyiez. Quand on grandit dans un lieu comme celui-ci, se disait-il, il hante vos rêves jusqu'à votre mort.

Quoi qu'il en soit, il expliqua à Bert qu'Ivan avait fait le plus gros du travail sur les autres cabanes, mais qu'il savait se servir d'un marteau et tenir les planches s'il lui disait quoi faire. Bert rit et dit qu'il ne cherchait pas un chef de chantier – ce qu'il avait en tête, c'était bien ce que proposait Noah, en gros. Tenir les planches, planter les clous, et ainsi de suite.

Ce qui tuait, c'était le vent. Ils étaient en plein champ, sans protection. L'herbe jaune était complètement aplatie. Les arbres, à la lisière du champ, se tortillaient si violemment qu'il crut qu'ils allaient s'arracher du sol et s'envoler. Bert plantait les clous, une cigarette au coin de la bouche, et Noah tenait les planches aussi droites et alignées qu'il le pouvait. Ils remettaient des murs à l'appentis. Ils eurent les mains gercées et des crampes au bout de dix minutes de boulot. Une fois qu'ils eurent fini de poser la première paroi, Noah avait les doigts tout blancs et mal aux articulations. Bert avait donné un coup de marteau sur le coin de son pouce et à présent l'ongle était violet. Ils se replièrent dans le pick-up de Noah pour attendre que le vent tombe.

Bert versa du café de son thermos dans des gobelets en polystyrène. Ils burent lentement tandis que le vent gémissait contre les vitres. Le ciel était opaque et bas.

« Je me demandais, dit Noah, si tu comptes vendre cette maison, pourquoi on fait des réparations ? » Il dit ça un peu pour plaisanter, et comptait même rire, mais sa voix, emprunte de sérieux, le trahit et ils se turent. Bert hocha la tête, puis haussa les épaules.

« Je ne sais pas. Je suppose que je voulais juste faire un truc sympa.

— Pour ton père ?

— Non. Je ne crois pas en tout cas. Je voulais faire un truc. Tu sais, il disait tout le temps que je ne faisais jamais rien ici. Je ne rangeais jamais mon bordel, je ne l'aidais pas au champ. Il n'arrêtait pas de dire que j'étais un bon à rien, un paresseux. Ce genre de compliments. Alors je crois que j'ai juste… Je sais pas. Ça m'a paru important de faire *quelque chose.*

— Ça te ressemble pas. Paresseux, je veux dire.

— Eh bien, ce n'est pas la même chose quand tu as une affaire à faire tourner. Et quand tu es adulte.

— Beaucoup de gosses sont paresseux. Je l'étais.

— Mon père n'était pas du genre à croire qu'on devait épargner les responsabilités aux enfants parce qu'ils étaient petits. »

Le visage de Bert était assez rebondi. Il s'était rasé, mais mal, et il restait des plaques de poils gris sur ses joues. Noah l'observait pendant qu'il parlait. Il ne devint pas pensif, ou rêveur, ni rien, mais la tristesse se mit à croître progressivement dans ses yeux, tandis qu'il regardait le champ et leur travail de rapiéçage sur la cabane.

« Je voulais juste faire quelque chose.

— Je suis sûr qu'il t'est reconnaissant », dit Noah, mais Bert eut un recul à ses mots.

« C'est pas pour lui – je n'essaie pas de lui prouver quoi que ce soit. Je suis un adulte.

— Je le sais bien.

— Merde. Les gamins. Les gamins, putain. »

Noah grogna et se rappuya contre le dossier de son siège. Il tenait le gobelet de café entre ses jambes. Le plancher était couvert de papiers et de bouteilles vides. Ça sentait la vieille huile de moteur et l'essence. Son père lui avait cédé légalement le pick-up à ses seize ans, et Noah s'en était servi pour aller participer à des concours dans d'autres États, et pour venir à Iowa City quand il avait commencé la fac. Le véhicule lui avait permis de traverser ces sept dernières années, et il n'était ni neuf ni beau, mais il roulait, et que pouvait-il demander de plus ?

Bert avait un genou fragile, il fumait des menthols. Noah trouvait là-dedans une sorte de nostalgie, comme dans les jeans délavés, les coupe-vent qui se froissaient bruyamment, les chaussettes blanches et les baskets. Ça lui rappelait les années 1990, toutes ces tristes VHS, et de courir jusqu'à ce qu'il ait mal aux poumons, car dans les années 1990 Noah était quoi, un bébé, né à la toute fin de cette décennie, où il était tout juste entré en piaillant, et quand il sentait l'odeur des menthols, il pensait à son père, au pick-up et au trajet pour rentrer du cours de danse, avec les silhouettes des immeubles qui disparaissaient dans le rétro, l'obscurité qui gagnait du terrain dans les arbres comme une menace de pluie, le vert qui se faisait noir sous le ciel de plus en plus large qui penchait et sombrait. En tout cas, il y avait une certaine logique à ce que Noah finisse avec ce genre de mec, sauf que qu'est-ce que ça voulait dire, *finir ensemble*, puisque Bert et lui ne faisaient que baiser – pour l'argent, pour le plaisir, pour quoi ? Pour s'amuser, pour dire qu'il l'avait fait, baiser avec un mec blanc au ventre mou, se laisser baiser par un mec blanc au ventre mou qui avait une tête d'assassin potentiel ? Un type lambda, à l'air cinglé ? Un petit salopard esseulé au milieu de nulle part, qui n'avait échappé au sida que parce qu'il vivait dans ce trou si perdu que la maladie ne s'y était pas répandue, sauf dans le cas de ces hommes agonisants, seuls, qui y étaient rentrés pour mourir, revenant de plus grandes villes ? Un ectoplasme qui avait eu de la chance ? S'était laissé prendre ? Par un colosse moins terrible ? Noah n'avait pas lieu de juger. Qui était-il, après tout ? Il avait grandi à West Des Moines, célèbre pour ses prouesses en gymnastique et autres trucs de pédé, et il n'était pas parti. Pas de Juilliard pour lui, lui avec son *talent presque prodigieux*, lui qui était *quasiment assez bon, ça se jouait à un cheveu*, avec un éclat des dons des grands, du talent, mais n'y avait-il pas un million de garçons talentueux, sans qu'il y ait d'espace pour aucun d'entre eux ? Il allait bien. Il allait se débrouiller. Cependant, qui était-il pour juger Bert ? Personne. Personne.

Mais tout de même, se dit Noah, ça ne voulait pas dire qu'il ne pouvait pas se défendre. Mettre les pendules à l'heure. Répondre.

« Je ne suis pas un gamin, dit-il.

— Tu te comportes comme eux, parfois. Tu crois que la vie, c'est l'acceptation, les marches des fiertés, la psychologie facile. Tu crois que c'est facile de couper complètement les ponts avec les gens qui te traitent mal.

— Ce n'est pas du tout ce que je crois. Tu ne peux pas m'accuser de ça.

— Tu ne peux pas savoir comment c'était avant. C'était affreux, pour nous. Les nôtres mouraient.

— Asseyons-nous à terre, et disons la triste histoire de la mort des pédés[1] », coupa Noah, sarcastique.

Bert se tourna vers lui. Noah le vit du coin de l'œil. Il sentit dans ce geste une force mauvaise. Une force atroce. Avant qu'il puisse réagir, il sentit le café lui éclabousser la joue et le cou, chaud et urgent. Il hurla, son pull et son tee-shirt trempé. Le café refroidit presque immédiatement, mais il y en avait beaucoup, tellement chaud au départ qu'il ne sentait plus son visage. Il se mit à trembler, renversant

1. Référence à une citation de *Richard III*, de William Shakespeare, Acte III, scène 2, traduction de François-Victor Hugo. (*Note de la traductrice.*)

presque son propre gobelet sur ses genoux. Il tenta de s'essuyer en pressant son visage contre son épaule, mais elle était mouillée aussi et ça ne partait pas.

Il ne pouvait pas respirer. Il n'y voyait rien. Il y avait juste la chaleur, les gémissements du vent et les crépitements du plastique de son siège quand il remuait.

« Je suis vraiment désolé, dit Bert presque immédiatement après l'avoir fait. Oh merde, merde. »

Noah l'entendait à peine. Il avait du café dans les oreilles. Tous les sons prenaient une dimension étouffée, aqueuse. Il sentit Bert presser quelque chose contre son visage. Ce ne fut qu'à ce moment-là qu'il se remit à sentir la surface lointaine de son corps, qui le picotait. Pas exactement la sensation du toucher, mais la pression, grossière et insistante. Bert le tamponnait avec sa chemise en flanelle. Il sentit, très vaguement, sa sueur et son déodorant, et aussi un relent de whisky.

« Arrête, arrête », dit Noah, mais Bert continua de la tamponner en disant qu'il était désolé, tellement désolé, il n'avait pas voulu faire ça, il regrettait beaucoup, et le vent qui pleurait encore, les branches des arbres qui s'entrechoquaient.

Son cou et sa joue commençaient à peler. La peau était sensible et rose. La brûlure n'était pas grave, il avait juste été juste salement ébouillanté, et même si le café avait fait des cloques qui étaient restées à peu près vingt-quatre heures, il était suffisamment remis pour reprendre sa vie. Dehors, le froid avait cédé. Ils émergeaient du surplomb brutal de l'hiver. Le vrai printemps était à l'horizon.

Noah avait pris l'habitude de se rendre dans le studio désert après la dernière répétition de la journée pour travailler sur un morceau qu'il comptait présenter lors de ses auditions à la fin du printemps. Il tentait de trouver une place à New York, San Francisco ou Portland. N'importe laquelle de ces villes l'aurait rendu heureux, et sinon, Chicago ou Atlanta feraient l'affaire. Il avait envie de quitter le Midwest, et même s'il ne tenait pas absolument à s'établir sur une des côtes, il se sentait prêt à vivre dans une vraie ville, avec des hordes d'anonymes parmi lesquels se fondre.

Il maîtrisait deux ou trois morceaux qu'il avait préparés pour les auditions de la fac, mais à présent, il allait devoir travailler des pièces plus complexes. Il savait qu'une erreur qu'il avait faite auparavant avait été de ne pas préparer de morceau classique mettant en exergue la technique. À la place, il avait misé sur le sentiment et le tonus, sur un morceau contemporain préparé à la hâte, qui manquait de structure narrative, de forme. Il avait compensé par son talent d'improvisation et la beauté de sa ligne, mais on ne pouvait pas se reposer entièrement sur la poudre aux yeux, et pendant les phases consacrées au répertoire classique des auditions de troisième cycle, il avait commis assez d'erreurs pour savoir qu'il ne serait pas admis à Yale ou Brown, ses premiers choix. Iowa l'avait accepté surtout parce que sa prof de licence faisait partie du corps enseignant et que la chorégraphie qu'il avait choisie à l'audition avait été préparée sous sa direction attentive.

Cette fois, ce serait différent. Noah avait dansé sur *Casse-Noisette* et l'un des ballets néoclassiques de Balanchine pendant les récitals de l'automne et de l'hiver. Il avait pris des cours supplémentaires avec les filles terrifiantes, hyper maigres, qui se concentraient exclusivement sur le classique, des transfuges du Bolchoï ou de Paris. Elles n'étaient pas froides, cliniques ou précises. Elles riaient et plaisantaient comme toutes les jeunes filles. Elles avaient la démarche maladroite, le pas traînant, des danseurs qui ne sont pas en train de se mouvoir sur les planches. Et lorsqu'il parlait avec elles, elles semblaient beaucoup plus jeunes que leur âge. C'était logique. Elles avaient sacrifié tous les itinéraires, en ce monde, qui ne menaient pas à une place dans l'une des plus grandes compagnies du monde. Elles avaient renoncé à tout pour cette seule chance, cette seule vie.

Le soir, Noah perfectionnait son *port de bras**. Il s'efforçait d'élargir un peu sa rotation. Sa cinquième position, qui n'avait jamais été terrible, devint aisée, fluide. La sueur sur la peau qui se reformait le piquait, lui paraissait étrangère, comme si elle n'avait pas été une part de lui, mais il était tellement occupé par les enchaînements qu'il l'oublia vite.

Il était content qu'Ivan vienne le regarder, lui donner des conseils sur ce qu'il projetait pendant un saut ou une rotation. Parfois, il lui ajustait la hanche, replaçait la courbe de son dos, et Noah repensait à la fois dans son pick-up, à la maison de Bert, quand lui et Ivan s'étaient mutuellement sucés, par ennui plus qu'autre chose.

« Comment ça va avec Goran ? Et New York ? » demanda-t-il un soir. Ivan s'étirait après l'effort dans un coin. Il ne dansait plus, plus vraiment, pas avec son genou, mais il aimait faire des échauffements et des étirements en souvenir du bon vieux temps. Ivan se pencha en avant et leva les yeux sur lui, le corps à plat sur le sol. Quelle souplesse parfaite. Noah éprouva un tiraillement d'envie. Il y avait des gens qui possédaient tout.

« New York, ça le fait, dit Ivan avec un lent sourire.

— Ah oui ? Tu l'as eu ? »

Ivan rit et se souleva d'une pompe. « Ouais, je l'ai eu. L'entretien était la semaine dernière. J'ai eu la réponse hier. »

Noah glissa vers lui et le serra dans ses bras.

« Tu m'as rien dit ! Alors ! Qu'est-ce qu'on fout là ? On devrait être bourrés, à l'heure qu'il est ! Tu te fous de ma gueule ?

— Non, c'est important. Je veux que tu déchires à cette audition.

— Non ! On va se saouler, et après on va se défoncer direct ! » Ivan fit un pont arrière. Il était rouge vif sous les néons du studio. Il ne pouvait pas s'arrêter de sourire. Puis ses yeux se remplirent de larmes, et son rire se transforma en sanglots hoquetants.

« Je suis tellement heureux. Je suis tellement heureux, putain. Et ça me *terrifie*. »

Ivan s'étranglait, sanglotait, s'étranglait et souriait en essuyant ses larmes. Noah le prit de nouveau dans ses bras. Puis l'embrassa, comme s'il pouvait voler un peu de cette joie et de cette terreur pour lui-même. Ils s'embrassèrent, puis Noah se mit debout et aida Ivan à se lever.

Noah acheta un pack de bières chez John's et ils remontèrent chez lui où ils burent et fumèrent des joints, puis rirent et pleurèrent, et il dit : « Tu vas avoir une vie magnifique. T'as même pas idée. Une vie incroyable.

— J'ai trop peur de l'annoncer à Goran. La dernière fois, il a juste… J'ai super peur.

— On l'emmerde, Goran. Qu'il aille se faire foutre. C'est pour toi, que tu fais ça.

— C'est facile à dire, pour toi, on emmerde Goran. Franchement.

— Écoute. S'il veut être avec toi, il viendra avec toi. S'il ne veut pas, eh bien, franchement, hé, tant pis. Une teub de perdue, dix de retrouvées.

— Ha-ha.

— Non, pas ha-ha. Sérieux. Tu sais ce que je donnerais, pour être à ta place ? Franchement. Merde. Je m'apprête à passer toutes ces auditions, à être évalué comme du bétail. Et si j'ai trop de graisse dans les fesses ou que mes rotations sont pas au millimètre, c'est genre, désolé, faut changer de vie. C'est la misère, en fait. Mais toi, tu as quelque chose, là. Alors déconne pas ! C'est génial. Tu as ta porte de sortie. Si ça, ça vaut pas le coup de se réjouir !

— Je suis content. C'est juste que j'ai peur.

— Hé, je te rappelle qu'il t'a traité de salope. Parce que t'as fait ce que tu avais à faire. Il est codépendant. Et toxique !

— C'est ton ami aussi. Tu n'as pas besoin de l'enfoncer pour me remonter le moral, Noah.

— O.K., t'as raison, je déconne, d'accord, c'est vrai. Mais franchement. C'est pour toi, cette victoire. Bravo. À Ivan le Terrible, le petit salopard qui nique tout. Le reste s'arrangera tout seul. »

Ils trinquèrent, fumèrent un joint, et trinquèrent, et fumèrent, et quand il se mit à faire trop sombre pour se déplacer dans l'appartement, ils s'endormirent sur place.

L'un des soirs où il répétait, Noah leva les yeux et vit Ólafur entrer par la porte latérale. Leurs regards se croisèrent dans le miroir, et Noah crut apercevoir un bref sourire.

« Il est minuit », dit-il. Il faisait bon dans le studio. Dehors, la pluie crépitait sur la fenêtre en hauteur. Le studio était un ancien gymnase, converti après la Seconde Guerre mondiale. On racontait que des gens avaient appris ici la technique de la baïonnette : comment embrocher quelqu'un à la perfection.

« Je sais, répondit Noah.

— Tu n'es pas censé être là.

— Je m'entraîne, c'est tout. »

Ólafur s'assit à côté des affaires de Noah et s'adossa au miroir. Il sentait le café. Son regard était chaleureux, joueur. Ça ne lui ressemblait pas du tout.

« Ta rotation s'est améliorée.

— Merci.

— Alors c'est pour ça que tu ne vomis plus en cours.

— J'ai vomi une fois.

— Tu n'es pas gras, non plus. »

Noah posa les mains sur la barre et s'étira en arrière jusqu'à entendre le craquement satisfaisant de son dos, le léger déplacement de son sacrum.

« Tu assures – mais qu'est-ce qui t'est arrivé au visage ?

— Ah, ça ? Ça doit être le froid. » Quand Noah se redressa, Ólafur l'observait encore, guère amusé par sa petite plaisanterie. « C'est rien.

— Viens là », dit Ólafur, agitant la main vers la zone en face de lui sur le plancher.

« Ça va. »

Ólafur cessa d'agiter la main et pointa du doigt la même zone, en un geste parfait, net. Il refuserait de parler de nouveau avant de s'être fait *obéir*, Noah le savait par les cours, et par Fatima. Ólafur utilisait son silence comme un champ de gravitation. Noah s'assit. Il sentait sa propre sueur et la puanteur de ses collants. Ólafur s'approcha. Il avait les doigts frais. Ils sentaient la cigarette et un parfum plus acide, vif, du vinaigre peut-être. Il avait un grain de beauté sur la joue gauche, plat et brun foncé, comme une tache de rouille. Sa main était ferme, comme s'il corrigeait une posture trop rigide ou une hanche paresseuse, quand il toucha le visage de Noah. Sa mâchoire d'abord, qu'il poussa, si bien que Noah leva un peu la tête. Il sentait l'effort subtil de ses muscles, l'ouverture de ses épaules. Son corps bougeait par réflexe de faire plaisir. Ólafur toucha la limite entre la peau neuve et l'ancienne, qui commençait à peler et tomber.

« C'est quelque chose de très chaud qui a fait ça, dit-il.

— Une maladresse.

— Ça, je veux bien le croire. »

Noah rit, mais Ólafur s'était mis à lui caresser la joue. Le geste révélait à Noah tous les poils fins de son propre visage, qui râpaient la surface du pouce d'Ólafur. C'était comme une seconde peau, une barrière qui existait à seulement quelques microns de l'enveloppe de son corps proprement dit, comme s'ils se touchaient sans se toucher, une pression avant la pression. Noah détourna le regard. Il ne pouvait supporter les yeux intenses d'Ólafur, qui le fixaient sans ciller. Ce regard lui faisait l'effet d'être tout petit et transparent, comme une anguille ou un bébé lézard.

« San Francisco, ce n'est pas dans tes cordes, Noah. Tu devrais te concentrer sur ton audition à Portland. »

Noah hocha la tête avec raideur. Ólafur retira sa main, mais ils étaient toujours assis ensemble dans la chaleur douce du studio.

« Tu as une chance, reprit-il. Une vraie. Ce n'est pas le cas de tout le monde.

— Oui, je sais. »

Ólafur se gratta la mâchoire. Le crissement de ses ongles sur les poils rêches de sa barbe emplit le studio. Encore de la pluie contre les fenêtres hautes. Leurs reflets étaient un peu déformés par un relief vers le bas du miroir, à la jointure des panneaux. Une rainure dans le sol, pleine de saletés et de poussière. Noah regarda Ólafur lever de nouveau la main, il regarda son plongeon lent, vers le bas, comme celui d'un oiseau, et il sut avant qu'elle le touche où elle allait atterrir. Elle passa de la lumière du studio au creux chaud, sombre entre les jambes de Noah, et lorsque la pression remonta jusqu'à lui, quand il le prit en coupe à travers son collant, Noah poussa un soupir car c'était un soulagement d'avoir eu raison.

Fatima fumait, debout, sous l'auvent du café lorsque Noah arriva, un peu essoufflé.

« Il t'en a fallu, du temps », dit-elle avec un ennui étudié, ressemblant un instant à une adolescente s'évertuant à avoir l'air cool. Noah s'inclina avec emphase. La pluie était froide et drue. De l'autre côté de la rue, la fosse gravillonnée s'emplissait de neige fondue grisâtre.

« Je vois que tu as déjà trouvé une clope. »

Fatima hocha la tête, gonfla les joues. « Effectivement. »

Noah se laissa tomber sur la chaise à côté d'elle et retira son anorak. Il avait mal aux bras et au dos. Ses cuisses bourdonnaient, certains de ses muscles tressautaient, se réveillant en sursaut comme des chevaux effrayés. Il y avait des mangeoires détrempées, tristes, accrochées à la rambarde.

« J'ai envie de mourir », dit-il, posant la tête sur la table froide, une table en alu minable.

Fatima déplia le bras et secoua ses cendres sous la pluie. Par la fenêtre du café, il entendait la musique : Chopin ? Satie ? Non, il s'en rendit compte soudain, c'était du néo-classique, avec des influences électro.

« Arrête de chouiner.

— Tu parles comme Ólafur. »

Fatima poussa un petit grognement.

« Je peux en avoir une autre ? »

Noah sortit les cigarettes de sa poche intérieure, et Fatima en prit une dans le paquet miraculeusement sec. L'arôme était profond et âcre, sucré. Elle ferma les yeux.

« Qu'est-ce que t'as à soupirer comme ça ? » demanda Noah.

« Je suis enceinte. »

La fumée s'éleva vivement puis fut absorbée par la pluie. Fatima secoua la tête, comme pour s'éclaircir les idées. « C'est pas la première fois, mais bon.

— Ah.

— Pas la peine d'en faire des caisses. La vie continue.

— C'est… Est-ce que ça va ? »

Fatima haussa les épaules, secoua de nouveau la tête. Son regard était vif, aiguisé. La pluie cognait l'auvent avec le *tac-tac-tac* insistant d'une mitraillette. Elle portait encore sa tenue de serveuse. C'était sa pause déjeuner. Elle se récura machinalement les ongles, la cigarette habilement coincée au coin de la bouche.

« Tu as besoin de quelque chose ?

— Du temps, de l'argent, un avortement – comme d'hab.

— Fatima.

— Non, ça va. C'est pas grave. Enfin je sais pas. Ça va aller.

— O.K., oui, bien sûr. » Pour s'occuper les mains, il sortit le roman qu'il était en train de lire chez lui quand Fatima lui avait écrit un message disant qu'elle avait besoin d'une clope, *fissa*. Il le posa sur la table, ouvert à la page où il en était, et aplatit la reliure. C'était un roman de Mauriac, mais il regrettait maintenant de n'avoir pas apporté quelque chose de plus léger, du Colette par exemple. Noah aspirait à trouver en lui la patience à toute épreuve nécessaire pour venir à bout des œuvres de Mauriac, qui étaient élégantes et précises, mais ennuyeuses et moralisatrices. Mais pour l'heure, il était épuisé par les exigences de la vision morale de Mauriac, semblable à un long canal d'où étaient tirés simultanément plusieurs canaux. Les livres de Mauriac étaient dominés par la pitié et la raison. Il régnait un pragmatisme jésuitique, austère, dans le roman que lisait Noah. Il lui manquait quelque chose à quoi se raccrocher – de la fureur, de la souffrance, de la destruction. En l'état, le roman lui faisait l'effet d'une couche de glace parfaite dans laquelle il avait coincé la lame émoussée, insuffisante, de son attention. Il essayait de lire, mais le texte dansait sous ses yeux.

Fatima vint s'asseoir avec lui à la table et posa la tête sur son épaule. La fumée lui brûlait les yeux, mais il ne se plaignit pas. Il y avait, dans ce monde, des choses pires et plus pénibles que du tabagisme passif. Il se tourna pour enfouir son visage dans les cheveux de Fatima. Il lui embrassa le sommet du crâne, l'enlaça et se mit à lui frotter le bras. Elle ne dit pas que ça lui faisait quelque chose ou qu'elle aimait ça, mais elle se rapprocha un peu de lui, et ils regardèrent un moment la pluie qui chutait brusquement comme une espèce en voie de disparition.

Bert s'en voulait encore pour le café. À présent, quand ils couchaient ensemble, il était doux et lent, ce qui rendait le sexe *moins* agréable pour Noah. Il tenta d'expliquer à Bert qu'il n'avait pas besoin de tant de *considération*, mais Bert n'éprouvait plus que du remords, remords qui ressemblait, aux yeux de Noah, à de l'auto-apitoiement soigneusement calculé. Parfois, quand il touchait la zone du cou et de la joue de Noah où la peau était encore un peu plus fine, il était tellement submergé par l'émotion qu'il ne parvenait même pas à bander. Noah s'agenouillait pendant quinze minutes entre ses cuisses charnues, et le suçait, mettant toute son énergie à tenter de lui ramener son *ardeur*, sa *vie*, mais aucune flexibilité, aucune chaleur, aucun rythme, seulement la tranche de chair grise. Comme d'essayer de saigner une pierre, sauf que cette pierre était une éponge, racontait-il à Daw, à Fatima, à Ólafur.

Si au moins le café avait effacé leur dispute en même temps qu'une portion de la peau de Noah. Mais ce n'était pas le cas. Ils s'engueulaient toujours sur le même sujet, vague : Noah ne pouvait pas comprendre à quel point ça avait été dur pour *lui*, pour *eux* – autrement dit, présumait Noah, pour l'ensemble des homosexuels du Midwest de la fin du XX$^{e}$ siècle. Comment l'aurait-il pu, quand il avait appris à baiser via internet et autres enclaves numériques de l'affirmation, où personne ne traitait personne de pédé, à part en signe de fraternité, d'amour ? C'était ridicule, Noah le savait. Du pathos inversé et changé en haine.

Noah soupçonnait que leurs disputes étaient une sorte de pénitence. De culpabilité générationnelle résiduelle. Bert avait le sentiment de devoir payer son droit au plaisir, à la joie, au fait d'oublier pendant juste un instant qu'il était, si ce n'était libre, soulagé d'un poids, puisque le monde n'exigeait plus sa veille constante : une preuve d'expiation par la chair et le sang. Qu'il était relevé de son service, que son tour de garde était terminé.

« Ce truc que tu as dit, dit Bert de sa voix traînante. Ça sortait d'où ? »

Ils étaient de nouveau dans l'appartement vide, à l'étage. Il n'y avait toujours pas de locataire. De la fumée s'attardait au-dessus d'eux.

« Quel truc ?

— Asseyons-nous à terre, etc.

— *Richard III.*

— C'est un mec, ça.

— Une pièce de théâtre. Sur un mec. Ou une version de ce mec en tout cas.

— Ça m'a fait péter les plombs.

— Ça parle un peu d'auto-apitoiement », dit Noah, en se retournant. Il mit la tête sous l'oreiller, où il faisait frais et ça sentait la sueur, leurs corps, la lessive.

« C'est ça que je suis pour toi ?

— Je suis personne, qui es-tu ?

— Quoi ? »

Noah rit.

« Je t'entends pas », dit Bert. Il avait posé les mains sur les reins de Noah, et soudain, il y eut davantage de lui, qui s'approchait. Tout le poids chaud de son corps, pressé contre Noah, dans Noah. Il s'enfouit dans le matelas. L'oreiller se tendit, et Noah ne put plus lever la tête. L'oreiller l'étouffait un peu. Il ne pouvait pas tellement respirer. Il eut l'impression que son cou allait se briser s'il tentait de se redresser. Tellement de pression, de tension. « Je t'entends pas », répéta Bert. Sa voix était étouffée, lointaine : « Parle, parle, parle plus fort. »

Les auditions se passèrent aussi bien que Noah pouvait l'espérer. San Francisco ne cherchait pas *sa gamme spécifique de points forts* pour l'instant, mais garderait son nom sous le coude en cas d'ouverture à l'avenir, et Portland apprécia l'ensemble de ce qu'il offrait et le fait que ses tuteurs le décrivaient comme bon coéquipier et très travailleur. Minneapolis dit oui, mais ils n'auraient pas de place pour lui avant l'hiver suivant. Oklahoma City était intéressé, mais devait attendre la validation de son budget avant de savoir quand ils pourraient faire une proposition officielle, et laquelle. Dallas, c'était non. Memphis, c'était non. À Joffrey, ils avaient ri, mais tout de même promis qu'ils penseraient à lui pour des interventions possibles en tant qu'invité dans tel ou tel spectacle. À Miami, ils étaient ravis qu'il vienne passer l'audition, mais ils s'étaient montrés un peu froids, ensuite, donc c'était sans doute non. Noah avait passé trois ou quatre semaines à prendre l'avion pour différentes villes, épuisant sa bourse de voyage octroyée par le département. Il atterrissait, il dansait, et il espérait, laissant dans chaque ville une miette de son estime personnelle et de sa valeur, et ce qu'il lui en restait, après ce long périple, outre le manque de sommeil et des chevilles et genoux perpétuellement douloureux à force de se cogner dans des tables de chevet inconnues, c'était l'impression d'avoir refermé pour toujours un chapitre de sa vie.

Il ne danserait peut-être plus jamais, il le savait, et même dans le cas contraire, il ne danserait peut-être jamais comme il l'avait souhaité des années et des années plus tôt, quand il était petit, à l'époque où ce n'était pas un travail, un projet, mais une pratique naturelle. Il le savait depuis un moment, mais il ne se l'était jamais formulé exactement en ces termes, pas jusqu'à ce qu'il soit descendu d'avion, après sa dernière audition, celle de Portland, et se soit retrouvé à pleurer en silence, debout dans l'aéroport de Cedar Rapids. C'était fini. C'était fini. C'était fini.

Quand Noah raconta les auditions en détail à Ólafur, celui-ci hocha la tête.

« Je le savais. Oui. Je le savais. Tu vois, tout va bien », dit-il avec le même calme que s'il était en train de rassurer un enfant angoissé. Ils étaient de nouveau dans le lit de Noah. Le mec d'Ólafur travaillait à la fac de médecine et à l'hôpital, comme prof et chirurgien, même si, à en croire Ólafur, il préférait l'enseignement à la chirurgie. Assis les jambes croisées, il lisait le mail sur le téléphone de Noah. La pièce sentait le renfermé et le musc. Au-dessus d'eux, des pas, une porte claquée. Les locataires de l'été étaient arrivés tôt dans la saison. Noah pensa à Bert, à la campagne, dans la maison avec son père mourant. Il n'avait pas eu de ses nouvelles depuis une semaine environ – il avait été débordé, avec les voyages, les auditions, la vie. Bert, seul dans la nuit rurale, regardant par la fenêtre, voyant les étoiles, l'éclat des lumières dans les maisons de ses voisins lointains, écoutant le bip des machines, un père agonisant réduit à une coquille de chair et à un assortiment de câbles et de pompes qui ronronnent.

« Peut-être que je ne ferai rien de tout ça, dit Noah. Peut-être que je vais juste dériver. Ou prendre un vrai boulot.

— C'est ça que tes parents veulent pour toi ? Un *vrai boulot* ? »

Noah rit de cette perspective, un peu alarmé à l'idée que ses parents pourraient faire irruption dans sa vie. Il n'avait pas parlé à sa mère depuis des années. Ils n'étaient pas en mauvais termes. Mais ils n'avaient rien à se dire au téléphone.

« Non. Non, pas spécialement. Je crois qu'ils veulent que je sois heureux.

— Comme c'est américain », dit Ólafur avec un petit sourire mauvais, la voix un peu dure. « Le bonheur.

— La danse, c'est ton métier.

— Ah, certes, mais quel rapport avec le bonheur ?

— Oui, tu dois avoir raison.

— La danse, ce n'est pas une question de bonheur. C'est une question de sacrifice.

— Ah oui, la saignée rituelle. Comment ai-je pu oublier ? »

Ólafur laissa échapper le téléphone sur le ventre de Noah. Noah sursauta – ça ne lui fit pas mal, mais il y eut un bruit sourd et creux, effrayant. Il ne s'y attendait pas, n'avait pas contracté les abdos.

« Tu ne sais rien du tout », dit Ólafur, qui commençait à parler un peu comme Bert, à sa façon.

« Non, c'est vrai », répondit Noah. Il mit son bras sur ses yeux. « Je ne sais rien du tout. » Il avait un goût résineux, un goût de brûlé dans la bouche, et il se demandait si c'était le sperme, la cigarette, ou le poivre sur la truite qu'ils avaient mangée au dîner. Ou si c'était complètement autre chose, une partie de lui-même qui s'était détachée et se dissolvait. Son nez s'emplit d'une odeur de soufre. Ólafur remua sur le lit, et Noah se redressa pour le regarder s'habiller. Il rentrait chez lui, retrouver son mec et leur maison, qui était pleine du shrapnel de leurs vies, et pendant un instant, un court instant, Noah fut submergé par l'idée de la totalité de ces choses, tous ces nombreux objets qu'il ne verrait, ne toucherait ou ne connaîtrait jamais, et il trouva ça triste de penser que, depuis tout ce temps qu'il connaissait Ólafur, ils avaient eu beau faire l'expérience d'arrangements spéciaux et intenses de leurs corps, il en restait davantage qu'il ne connaissait pas. Il n'était pas amoureux d'Ólafur. Il ne voulait pas être dans sa vie, vraiment pas, rien de tel. Non, c'était la conscience soudaine, éclatante de la petitesse de ce qu'ils partageaient, du peu que ça signifiait, et du fait que sa vie était devenue l'assemblage de petites choses toutes aussi petites, sans conséquence.

Ólafur se renversa en arrière sur le lit et l'embrassa avec vigueur, et Noah enfonça ses doigts dans ses cheveux puis empoigna ses épaules et son dos. Il l'attira vers lui, mais Ólafur était plus fort, plus épais, et il repoussa Noah – et effectivement, il partit en arrière, tomba du lit, et sa tête heurta le coin de sa commode avec un *poc* rapide et violent.

« Oh merde ! » s'écria Ólafur, mais Noah ferma les yeux. Le monde vibrait, palpitait. Sa respiration était lourde et lente. Ólafur s'accroupit, et Noah sourit, puis rit – la pièce dansait devant lui et une espèce de tache sombre se répandait au bas de son champ de vision.

« Bien joué », dit Noah.

Daw vint dormir chez Noah – le médecin ne savait pas si c'était une vraie commotion cérébrale ou un truc *voisin*.

« Une commotion, tu en as une ou pas, il n'y a pas de degré », dit Daw. Mais Noah haussa les épaules. Il n'avait pas d'avis arrêté, mais Daw dormit chez lui pendant une semaine. Noah lui apprit à préparer du miso. Ils jouèrent aux cartes dans la lumière tamisée, Daw lui lut la fin du roman de Mauriac et ensuite, comme Noah insistait, quelques pages de Proust. Vers la fin de la semaine, ils regardèrent un film. Noah ne pouvait pas regarder l'écran à cause de la douleur déchirante derrière ses yeux, alors Daw posa un tissu frais sur son visage et lui massa les pieds. Ils rirent en se racontant les petites histoires de leurs vies – Daw avait passé un examen blanc d'entrée à la fac de médecine en candidat libre et comptait prendre une année sabbatique. Il avait assez dansé pour toute une vie, disait-il. Fatima leur rendit visite pendant le week-end, et s'allongea sur le lit de Noah, une bouteille d'eau sur le ventre. Daw et elle ne se disputèrent pas, ne s'ignorèrent pas. Ils parlèrent, eux aussi, de projets choisis puis abandonnés. Elle repartait dans l'Est.

« Eh voilà, on y est, les garçons. C'est le début de nos vies. »

Daw fut le premier à rire à ces mots, imité par Noah, puis Fatima.

« C'est très optimiste, comme tu dis ça, dit Daw.

— Ça a été l'enfer, cette année, renchérit Noah.

— Mais on a survécu.

— Tout juste, fit Daw d'une voix sinistre, avec une émotion que Noah ne comprit pas tout à fait.

— Comment ils prennent ça, tes mecs, que tu t'en ailles ? » demanda Fatima, et un frisson de panique parcourut Noah, car il n'avait pas vraiment deviné, avant cet instant, que Fatima était au courant pour Ólafur.

« Oh, tu sais », dit Noah, regardant par la fenêtre, où les arbres tourbillonnaient en cercles sombres dans le vent.

« Ólafur s'en sortira très bien, dit Daw.

— Mais qui te l'a dit ?

— Ça se voyait à mort.

— Comment ça, ça se voyait ?

— Sois pas naïf », coupa sèchement Fatima. Un éclair de colère passa dans ses yeux, mais elle se laissa retomber sur ses coudes. « C'est pas un problème. Prends ce qu'il y a à prendre.

— Ce n'était pas ça.

— C'est toujours ça. Absolument toujours. Tu fais semblant du contraire, c'est tout. Tu avances dans la vie en te cognant partout, et tu t'étonnes de finir avec une commotion.

— La métaphore est un peu tirée par les cheveux, là.

— On était tous au courant. C'est pas une affaire. Fais pas l'étonné comme ça, dit Daw.

— C'est plutôt le tueur en série qui devrait t'inquiéter.

— C'est pas un tueur en série.

— Plus tu affirmes que non, dit Fatima, plus je me sens forcée de te rappeler que… il a quand même essayé de *t'étrangler*.

— C'était pas ça », s'écria Noah, comme malgré lui. Le rire de Fatima remplit la pièce, et Daw ne put que secouer la tête.

Le père de Bert mourut mi-mai. Il n'y eut pas de cérémonie, car Bert estimait que c'était une dépense inutile. Noah alla lui rendre visite à la maison. Un coup de froid avait gelé l'eau dans la terre, si bien que le sol avait un côté creux, crissant. Noah s'appuya sur la portière de son pick-up, dans la cour. Bert se tenait sur la terrasse et le regardait.

« Ça fait plaisir de te voir, dit Noah.

— Tu avais disparu.

— J'étais occupé.

— J'imagine. Tu veux entrer ?

— Non, non. Je suis juste venu voir comment tu allais.

— Eh bien me voilà.

— Ça l'air d'aller », dit Noah. Bert était plus mince, plus pâle. Ses cheveux luisaient d'un éclat fauve. Il avait l'air fragile. Ses yeux étaient rouges, irrités. Sa casquette usée jusqu'à la corde. La porte était ouverte derrière lui, sombre comme une bouche.

« Ah bon ? demanda Bert avec une curiosité sincère. C'est pas l'impression que j'ai.

— Je suis désolé.

— Tu vas pas t'y mettre aussi. Désolé pour quoi ?

— Je ne sais pas. Enfin, c'est juste, je suis désolé que tu souffres. Pour ton deuil. Pour la paix que tu n'as pas trouvée dans tout ça.

— Tu ne sais pas du tout de quoi tu parles, dit Bert, cognant les poings contre la balustrade.

— Mais si. Je sais.

— Qu'est-ce que tu sais ?

— Moi aussi, mon père est mort, tu sais. Ça fait un petit moment, mais il est mort. Je sais ce que ça fait.

— Tu m'en as jamais parlé.

— J'imagine que maintenant, tu sais pourquoi », dit Noah. Il riait, mais sa gorge était serrée et ses yeux le brûlaient. « Là, tu comprends.

— Oui, j'imagine.

— Je pars cet été.

— Je m'en étais douté.

— Je vais à Portland. »

Bert hocha la tête avec raideur. Noah respira une grande bouffée d'air froid et propre. Il regarda l'herbe clairsemée du jardin, le pêcher qui avait fleuri prématurément et était à présent gelé. Les champs vallonnés, les maisons posées tels des animaux à l'affût.

« Je regrette que tu ne m'en aies pas parlé avant, dit Bert.

— De quoi ?

— De ton appart. Ça va être compliqué de trouver un locataire. »

Noah sourit. Il posa la main sur la poignée de sa portière. « Non, en été, ça ne va pas être difficile. »

Il ouvrit la voiture, et le gémissement familier de l'intérieur se fit entendre. Bert leva lentement la main et lui adressa un salut saccadé.

Noah lui rendit son salut, à contretemps.

C'était un peu comme une danse, se dit-il ensuite en rentrant chez lui, en quittant ce lieu. Il s'en voulut du soulagement qui l'envahit quand il prit conscience qu'il n'y retournerait jamais.

# 7

# Sussex, Essex, Wessex, Northumbrie

Le week-end, à la piscine du centre de loisirs sur Burlington, Bea donnait des cours de natation à des enfants pauvres et faisait faire des exercices d'aquagym à un groupe de personnes âgées. Ce n'était pas très bien payé. Son salaire provenait d'une petite bourse attribuée par l'université et la municipalité, qui avaient instauré ce programme pour venir en aide aux écoles les plus défavorisées à la frontière d'Iowa City et de Coralville.

L'université et la ville auraient pu employer cet argent à créer une banque alimentaire ou acheter des livres de classe. Elle ne comprenait pas en quoi des leçons de natation étaient censées aider une bande de mômes affamés, fatigués, mais elle était tout de même contente de bénéficier de ce petit salaire et de pouvoir utiliser la piscine.

Les enfants ne lui demandaient rien. Globalement, ils voulaient seulement sauter dans l'eau et s'éclabousser. Elle avait fait l'effort de leur apprendre les mouvements de base. Elle s'étendait sur le carrelage froid au bord de la piscine et leur mimait les gestes, mais quand elle levait les yeux, elle s'apercevait que les petits la regardaient avec une cruauté détachée, comme s'ils s'apprêtaient à lui défoncer le crâne.

Elle résolut de leur laisser quartier libre, tant que personne ne se noyait ; la maître nageuse passait le plus clair de son temps au téléphone, de toute façon, ou au mieux à surveiller les couloirs afin de s'assurer que les nageurs les partageaient équitablement. Les personnes âgées lui rappelaient son père, sauf qu'elles étaient extrêmement déférentes, alors qu'il était dur et méchant, donc elle ne savait comment réagir quand elles l'appelaient *ma chérie*, lui donnaient des petites tapes sur l'épaule ou lui répétaient qu'elle faisait un travail admirable tandis qu'elle les aidait à entrer dans la piscine ou à en sortir et leur distribuait des serviettes. Parfois, au milieu de leurs exercices au ralenti, elle les surprenait à la regarder comme un mirage, ou une sirène, et elle se sentait jolie ; jusqu'au moment où elle comprenait que si elles la fixaient, c'était qu'elles la distinguaient à peine, avec leur mauvaise vue. Elle se grondait intérieurement.

Bea se chargeait des cours et des exercices parce que les filles de l'équipe de natation refusaient de le faire. C'étaient de grandes filles redoutables à la peau tendue et aux épaules larges. Lorsque Bea se douchait, une fois sortie du bassin, elle les entendait se changer avant leur entraînement du week-end. Elles étaient obligées d'utiliser les mêmes vestiaires que le public, car le bâtiment avait été conçu à une époque où les équipements de sport féminin n'étaient pas considérés comme nécessaires. Ce qui faisait que les jours où elles s'entraînaient, il y avait un chevauchement entre cette race de femmes étranges, différentes, et le tout-venant, aux chairs ramollies. Elles parlaient comme n'importe quelles filles : de l'imprévisibilité des grains de beauté ou des taches de rousseurs, de la flexibilité bizarre d'un pouce, d'un repas dégueulasse la veille au soir, de leurs copains, de leurs copines, des vidéos comiques de leurs animaux envoyées par leurs vieux parents esseulés, des devoirs qu'elles avaient à faire, de leurs profs, de leurs entraîneurs, de leurs baisers, du geste lent d'une main venue se poser au creux de leurs reins, de la solitude des matins, de la brutalité de leur travail. Dans ces moments-là, tandis que l'eau frappait son sternum et qu'elle écoutait aussi attentivement que possible leurs discussions, Bea se sentait proche d'elles et elle avait le sentiment que, dans une autre vie, elle aurait pu être l'une d'entre elles. Et même si ce n'était pas vrai, quand elle était indulgente envers elle-même, elle s'autorisait à laisser cette idée s'attarder un peu plus longtemps qu'elle l'aurait dû.

Un après-midi, une fois les enfants remis à la garde de leur accompagnateur et conduits, tel un troupeau de moutons mouillés et surexcités, à leur bus, Bea s'assit sur le rebord de la piscine, balançant doucement ses jambes. Les personnes âgées ne venaient pas ce jour-là, car un mauvais virus circulait dans l'une des maisons de retraite, et il valait mieux pour tout le monde qu'elles ne sortent pas. Elle avait donc le reste de son samedi après-midi pour elle toute seule, ce qui était inhabituel, et elle se dit qu'elle pourrait rentrer chez elle faire le ménage. C'était l'un de ces après-midi vides qui révèlent, après une longue période de solitude, à quel point votre vie s'est refermée sur elle-même. Il n'y avait personne à appeler, rien à faire. Personne ne la réclamait. Personne n'avait besoin d'elle pour faire quoi que ce soit. Elle n'en éprouvait ni liberté ni tristesse – c'était plutôt comme si on l'avait trempée dans l'eau froide. Cette sensation était tout ce qui demeurait.

Elle regarda les filles de l'équipe de natation de l'autre côté de la piscine. Elles déroulaient des tapis d'exercice et s'allongeaient dessus pour faire leurs étirements. Elles étaient d'une souplesse incroyable et se poussaient mutuellement les jambes jusqu'à un angle qui paraissait dangereux et douloureux. Après quoi elles échangeaient les rôles. Chacune à son tour d'être tordue et pliée. Le bourdonnement sourd de leurs bavardages glissait sur l'eau. Les derniers civils sortaient de l'eau et s'enveloppaient dans leurs serviettes, se dirigeant vers les douches en petits groupes. La maîtresse nageuse descendit de son perchoir, s'étira vivement, et regarda directement Bea, sans croiser son regard.

« Faudrait y aller », dit-elle, et Bea hocha la tête, mais resta là, incapable de détourner les yeux des filles même quand leur entraîneur – un grand type poilu, avec une voix grave, sombre – arriva par le couloir du fond. Il les surplomba, mains sur les hanches. Il avait les cheveux bruns bouclés, en désordre.

« O.K., O.K., on passe aux exercices », lança-t-il. Et les filles sautèrent dans l'eau, en arrière, sans élégance ni grâce, mais comme une troupe d'enfants riant nerveusement. Puis elles ressortirent et s'ébrouèrent. Elle sut immédiatement : acclimatation. L'entraîneur la regarda, et Bea se couvrit de sueur froide. Il plissa les yeux et commença à faire le tour de la piscine pour se diriger vers elle, alors Bea lui fit un petit salut et se leva. Le sol était glissant, et elle dut se rattraper pour éviter de tomber. Elle ramassa sa serviette et, à la porte, elle jeta un coup d'œil par-dessus son épaule et regarda encore un instant les filles qui sautaient dans l'eau et ressortaient aussitôt, afin de s'acclimater au froid, à la profondeur et à l'odeur de chlore.

Bea vivait seule à Iowa City. Elle passait beaucoup de temps à son bureau, à regarder la cour en bas, par la fenêtre. Elle avait vue sur le pin, ses branches larges et les oiseaux qui y nichaient. Elle était au premier étage, dans une vieille maison qui avait été divisée en trois appartements. Le couple du rez-de-chaussée ne faisait pas de bruit, dans l'ensemble. L'un des deux partait au travail très tôt. L'autre sortait plus tard, dans l'après-midi. Le week-end, et parfois les jours de semaine, le danseur de l'appartement voisin faisait des fêtes bruyantes, mais ça ne dérangeait pas Bea, car entendre d'autres vies en parallèle de la sienne lui donnait l'impression d'être moins seule.

Bea avait été fille unique la plus grande partie de son enfance, sauf une petite année, une année sombre où ce n'avait pas été le cas.

Sur son bureau était posé un petit carton dans lequel elle avait fabriqué un diorama. Les parois du carton étaient peintes en noir mat, et elle avait construit de petits meubles à partir de bandes d'aggloméré. Le contraste des couleurs entre les meubles pâles et le fond mat était si violent que les petits meubles semblaient phosphorescents, comme s'ils vibraient. Les bords des morceaux d'aggloméré semblaient mordre un peu sur l'atmosphère, si bien qu'il y avait une espèce d'effet de duplication. C'était difficile de regarder dans le gouffre noir de la boîte pour distinguer le mobilier, si bien qu'on ne savait pas tout à fait ce qu'on avait sous les yeux. Bea appelait son œuvre *Perturbation domestique.*

Elle avait fabriqué plusieurs boîtes de ce type, qu'elle avait remplies de meubles et parfois de minuscules humains, qu'elle créait avec plus au moins de détails. Certaines fois, ils ressemblaient à des gens. D'autres, ce n'étaient que des bonhommes grossiers, ou encore des masses géométriques futuristes. Il se créait une espèce d'effet de chute ou de turbulence dans la lumière lorsqu'elle regardait l'intérieur de ses dioramas, et c'était cette texture râpeuse de la réalité qui correspondait à son expérience du monde. Mais tout le monde ressentait ça en regardant un objet qu'il ou elle avait créé – chaque création n'était qu'un reflet absurde, un peu déformé, de l'intériorité de son auteur.

Ce jour-là, après la piscine, Bea prit son couteau et une fine planchette de bois composite et sculpta un doigt humain, aplati. Puis elle en fabriqua un autre, et encore un autre, jusqu'à ce que sur la table, devant elle, s'étalent une trentaine de doigts – certains pliés, d'autres droits, certains très détaillés, striés de plis de peaux, d'autres schématiques, comme des caricatures. Certains faisaient la longueur d'un vrai doigt, d'autres un tiers ou un peu plus, et d'autres étaient aussi minces, aussi petits qu'un ongle. Mais c'étaient tous des recréations à plat, en deux dimensions, de doigts humains. Des index, des annulaires, des auriculaires, des pouces, des majeurs. Elle sculpta des doigts qu'elle avait vus et connus, dont certains qu'elle avait mis dans sa bouche ou son sexe. Des doigts de sa propre main, des doigts de celles et ceux qu'elle avait aimés ou haïs. Et aussi des doigts qu'elle n'avait jamais vus de sa vie.

Sculpter les doigts nécessitait un contrôle étroit, presque furieux, de la lame, et la planchette de composite, rêche contre son bras, frissonnait comme un animal apeuré tandis qu'elle la taillait. Ses avant-bras étaient tout griffés, et si irrités qu'ils saignaient. Ses jointures lui faisaient mal à force de serrer si fort, alors qu'elle savait bien qu'elle n'aurait pas dû. Et tout ça pour quoi – ces doigts ne lui serviraient à rien, c'était juste un moyen de s'occuper les mains afin de se calmer l'esprit. Et à présent, ses paumes étaient à vif et elle avait mal aux bras. Ses yeux étaient un peu fixes et la grattaient à cause des particules, de la poussière qu'elle faisait en taillant et creusant la matière. Elle ferait mieux d'arrêter, se dit-elle. Mais elle continua, car elle avait trouvé un rythme dans cette activité inutile, simple, et il aurait été dommage de renoncer à la beauté d'un bon rythme.

L'été, en Iowa, était lourd et humide. Son appartement était équipé d'un climatiseur de fenêtre dans le couloir, à côté de la cuisine. L'air frais n'arrivait pas jusqu'à son bureau, et elle était en sueur. Des bribes de composite lui collaient à la peau, et ses cuisses collaient à la chaise. Elle aurait bien voulu retourner plonger dans la piscine, mais elle était fermée pendant l'entraînement et ne rouvrirait pas avant le soir, comme tous les jours de semaine. Elle aurait pu prendre sa voiture et rouler jusqu'au lac Macbride, ou tenter sa chance à l'association chrétienne des étudiants. Il y avait des options, des choix, des choses qu'elle aurait pu faire pour soulager sa souffrance, mais elle n'en fit aucune. Elle continua à fabriquer des doigts jusqu'à ce que la soirée descende sur elle, à l'heure où la lumière devient verticale et bleue, où tout se pare d'une qualité spectrale. Pendant environ une demi-heure, on croyait vivre dans un film. Tout devient lumineux, tout prend de l'importance, et tout le monde est beau, langoureux.

Lorsque la première ombre bleue tomba sur son bureau, Bea se leva et se rendit dans le couloir où crachotait la clim. Elle se pencha en avant afin que l'air froid lui souffle sur la poitrine et le visage, puis elle ferma les yeux et resta suspendue dans la tranche de pénombre fraîche. Le dessous de ses ongles était douloureux. Elle sentait son pouls dans ses doigts. Elle s'appuya contre la fenêtre, qui avait conservé la chaleur du soleil, resta là encore un moment, puis ouvrit les yeux pour regarder le jardin dehors. Son voisin, Noah, et quelques-uns de ses amis, affalés dans des chaises en plastique, buvaient dans des verres posés sur une cagette en guise de table basse. Ils tenaient leurs assiettes en équilibre sur leurs genoux et portaient des lunettes noires. Bea n'avait jamais parlé à Noah qu'en passant – en bas, devant les boîtes aux lettres, ou quand ils s'étaient tenu la porte si l'un ou l'autre revenait de la coop les bras chargés de courses. Un peu plus grand qu'elle, c'était un danseur, et son corps vibrait de santé et de vitalité, même si elle le voyait fumer au moins une ou deux fois par jour, comme à présent. La fenêtre était sale et, de temps à autre, brouillée par une trace fraîche de condensation. Des toiles d'araignée et de la poussière s'accrochaient à l'extérieur, et c'était comme regarder à travers un morceau de dentelle, à travers un brouillard temporel, vers le monde bleu dehors. Elle voyait, cependant, ces gens rayonnants, heureux, avec leur dîner improvisé et leur glamour en patchwork. Elle avait envie de donner une claque sur la vitre pour qu'ils lèvent les yeux et la voient à leur tour, afin que la tension parfaite et ignoble de leurs vies se brise, laissant entrer une sorte de soulagement. Ses paumes contre la vitre étaient lourdes et chaudes. Elle sentait l'impact, les picotements de cette claque, bien qu'elle ne se soit pas encore produite. Elle aurait pu briser la vitre, l'envoyer valser dans le jardin. Elle aurait pu faire n'importe quoi, et c'était l'éventail des possibilités qui l'empêchait de faire quoi que ce soit.

Bea s'écarta de la fenêtre.

En ville, au Ped Mall, Bea se tenait à l'ombre d'un frêne agonisant. Elle avait acheté quelques prunes au Bread Garden, pensant qu'elles la rafraîchiraient, mais lorsqu'elle les souleva de la rosée glacée du stand de fruits, elle s'aperçut qu'elles étaient chaudes au toucher, presque fiévreuses. Elles sortaient juste de l'arrière du camion qui les avait apportées, et elle envisagea un instant de renoncer à les prendre, mais elle avait un peu faim, donc elle les acheta quand même. À présent, elle le regrettait de nouveau. La chair elle-même était pâle, fade, avec un côté farineux, fétide, comme si elle était déjà en cours de décomposition. Les prunes étaient translucides, comme sa fenêtre dégoûtante, et laissaient voir le noyau sombre au centre. Manger cette prune, c'était comme mastiquer son propre corps.

Un peu plus bas, dans une bande de soleil épais, brûlant, un groupe d'enfants traversaient des cris aigus et poussaient une fontaine en courant sur des pierres sombres et mouillées. Les jets d'eau dégageaient une odeur forte, chimique, et heurtaient le sol avec le même crépitement que de l'urine dans une cuvette. De l'eau lourde. Les enfants hurlaient de joie lorsque l'eau tiède mouillait leurs tee-shirts et leurs cheveux. Une petite fille au visage marbré, avec des couettes un peu molles, se baissa pour lécher bruyamment les pierres. Une autre leva sa robe et pissa dans le petit trou par lequel l'eau s'apprêtait à jaillir, comme dans une osmose inversée d'un goût douteux. Mais aucun des parents ne le remarquait ou ne s'en souciait. Ils étaient assis sur des bancs éparpillés sur le terrain de jeu. D'autres enfants se jetaient du haut de châteaux à plusieurs étages et atterrissaient sur le revêtement spongieux, sur le dos. Ils se relevaient et remontaient pour sauter de plus belle. Les parents continuaient de bavarder ou de lire, se protégeant les yeux du soleil, se tournant vers leurs voisins et posant des mains sur des cuisses, des épaules, des dos, cette chorégraphie d'amour et de vie, et leurs enfants continuaient de hurler, de détruire et de déchirer les coutures du monde.

Bea suça ses prunes. Elle avait mal aux yeux. Elle se piqua les gencives avec la pointe d'un noyau, puis le rejeta dans la mangeoire à oiseaux. Des nuages opaques et hauts comme des falaises allaient et venaient à l'est du ciel. Il faisait sombre, et la rivière avait monté rapidement, formant une mousse grise bouillonnante. Quelques années plus tôt, s'était produite une terrible inondation, si grave que le Président en exercice était venu sur place. On l'avait photographié, debout sur les affaires devenues inutilisables des habitants, sa chemise si blanche qu'elle paraissait fluorescente dans la bouillie granuleuse du reste de la photo. Mais c'était des années auparavant, et la rivière ne menaçait que *modérément* de déborder, ce qui était bon signe, avaient dit les vétérans de cette année catastrophique à Bea.

Il y avait un peu d'air, mais ses cheveux étaient trop lourds, pesant telle une pelisse sur son cou et ses épaules.

Des moucherons gémissaient près d'elle, attirés par le jus collant des prunes sur ses doigts. Elle grimpa sur la balustrade en pierre basse et parcourut le périmètre des mangeoires, s'arrêtant de temps à autre pour lire les pancartes clouées aux arbres, qui désignaient ceux qui étaient infectés et en train de mourir. Cela lui donnait un frisson coupable de s'imaginer indifférente au malheur des arbres. Ils étaient là, à pourrir de l'intérieur, leur écorce s'effritant et se pulvérisant sur les briques du centre, et des centaines de personnes passaient dessous sans remarquer, sans s'en émouvoir – c'était une inversion de l'ordre naturel des choses.

Beaucoup plus jeune, Bea avait vécu dans une ferme d'esturgeons en Caroline du Nord avec sa mère et son père. Sa mère était morte depuis dix ans, quand Bea avait vingt-cinq ans, et en sortant de l'hôpital, debout sous les sapins au coin de l'hôpital universitaire, elle s'était dit qu'il était injuste que ces arbres puissent continuer à vivre quand sa mère, qui était une bonne personne, authentique et sincère, avait quitté ce monde. C'était laid, un signe de la dureté des choses, que le monde n'ait aucun moyen de rendre compte de la taille et de l'échelle de son deuil intime. Mais Bea avait continué, elle avait continué de vivre, et voilà que dix ans plus tard, à des centaines de kilomètres de chez elle, elle était une autre personne qu'à l'époque. Son père avait vendu la ferme d'esturgeons cette année-là pour payer les frais médicaux. C'était censé être la première année où les esturgeons produiraient du caviar. Les esturgeons étaient étrangement semblables aux humains, en un sens : il leur fallait des années pour rembourser ce qu'ils vous devaient pour tout l'amour, tout le soin que vous leur aviez apporté, toute cette nourriture jetée dans leurs énormes aquariums pleins d'eau froide, avec le grondement permanent. Il fallait dix ans à un esturgeon pour montrer sa valeur. Mais elle avait pourtant fini par couler, leur petite entreprise familiale. Parfois, Bea se demandait ce qui était passé par la tête de son père : élever des esturgeons en Caroline du

Nord. Des esturgeons. Il aurait pu élever n'importe quoi. Pêcher n'importe quoi. Mais des esturgeons ?

Un pari stupide, imprudent, pour un homme avec une famille.

L'un des enfants poussa un cri strident, et Bea sauta du rebord de l'abreuvoir. Elle se planta devant une bijouterie : Ten Thousand Villages. L'enfant continua de hurler jusqu'à ce que Bea n'entende plus rien d'autre. Ce n'était pas un cri régulier. La tonalité montait et baissait, se déchirant parfois complètement, une procession accidentée de notes hoquetées, de bruits stridents et de gueulantes. D'un hurlement, on passa à deux, puis trois, et bientôt, un chœur entier s'éleva du terrain de jeux. Bea fit le tour et s'aperçut que l'un des enfants s'était jeté du château et avait atterri à la limite entre le trottoir et le revêtement sécurisé. Il avait une vilaine coupure sur le visage. Beaucoup de sang, et les bras qui tremblaient. Aucun des parents ne s'était encore levé. Ils étaient figés sur place, une pantomime. L'enfant hurlait, tout seul, tandis que les autres pleuraient en agitant les bras vers lui. Les parents étaient assis à quelques mètres seulement. Rien ne changeait. Rien ne bougeait. Personne ne faisait rien. Bea dut détourner les yeux. Elle dépassa rapidement l'enfant, qui tendit désespérément les bras vers elle, et lorsqu'elle atteignit le coin de la rue, elle aurait juré qu'elle sentait la chaleur lourde, collante et poisseuse d'une empreinte de pouce ensanglanté sur l'arrière de sa jambe. Mais lorsqu'elle vérifia, elle était propre, à part le miroitement de sa propre sueur, et lorsqu'elle se retourna vers le terrain de jeux, il n'y avait aucun enfant en sang.

Bea se plongea dans l'eau parfaitement froide de sa baignoire. Elle s'enfonça aussi profond qu'elle put. Ses pieds reposaient dans le coin, près du jet. Son corps était une forme sombre et trouble sous la surface.

Son père disait toujours : *Sussex, Wessex, Essex – pas de sexe, jeune fille.* C'était sa blague favorite à partir de ses treize ans, quand elle s'était mise à devenir grande pour son âge, avec des jambes interminables. Les années avant qu'elle devienne épaisse et bourrue à cause du travail à la ferme d'esturgeons. *Pas de sexe*. Bea avait perdu sa virginité en deuxième année de fac, avec un garçon aux genoux cagneux, joueur de lacrosse originaire du Vermont. On l'appelait Tex, pour des raisons que Bea ne parvenait pas à se remémorer. C'était comme ça, la fac, se disait-elle. Vous viviez tellement loin du contexte de votre vie que les surnoms vous restaient, ce qui ne serait pas arrivé autrement. Il y avait une étrange logique onirique, à la fac, qui fonctionnait par associations hasardeuses, sans connexions rigoureuses. Tex était maladroit et sentait le cuir. En introduisant son sexe dans Bea, il avait eu un spasme si violent qu'elle avait cru qu'il allait se casser en deux. Bea n'avait plus jamais couché avec un homme.

*Pas de sexe*, c'était une expression qui décrivait bien la façon dont elle avait vécu, c'est sûr. Elle ne savait pas quoi faire d'elle-même quand un autre corps entrait en jeu. Elle ne parvenait à comprendre les corps que dégagés de leur contexte. Elle pouvait comprendre le bas du dos des filles de l'équipe de natation, leurs épaules, leurs sourires, les lignes fermes de l'intérieur de leurs cuisses.

Bea ferma les yeux et serra ses cuisses l'une contre l'autre. Elle convoqua dans la piscine sombre de son esprit les filles de l'équipe de natation, les extrémités larges, arrondies, de leurs doigts. Elle imagina la texture de leurs paumes durcies par le chlore, la flexibilité subite de leurs articulations. Ces doigts qu'elle avait sculptés avec amour, lentement, dans le bois composite. L'eau de la baignoire clapotait doucement. Le bourdonnement lointain de la clim la berçait. Bea sentit qu'elle s'ouvrait, elle sentit la chaleur interne de son corps, cette chaleur animale. L'eau qui remuait entre ses jambes, la pression de sa propre paume, les filles de l'équipe. Ses genoux glissèrent l'un contre l'autre, et elle serra plus fort ses cuisses, s'enfonça davantage dans l'eau, qui passa par-dessus son visage. Bea fut submergée.

Il n'y avait pas de *Nosex*. Le nom de ce royaume mesquin, c'était Northumbrie.

Sussex, Wessex, Essex, Northumbrie. Elle avait répondu ça à son père quand elle s'était finalement lassée de sa petite blague, et il l'avait regardée en ricanant, ajoutant que personne ne voulait d'une pétasse frigide.

Son autre blague préférée, c'était de lui pincer les seins, fort, en poussant un cri d'oie. Si elle laissait échapper le seau de nourriture, il la pinçait. Si elle ne manipulait pas les tuyaux d'arrosage assez vite, il la pinçait. Si elle avait peur de grimper à l'échelle pour observer les aquariums, il la pinçait. Si elle lui répondait, il la pinçait. Quelquefois, elle avait tellement mal à la poitrine que c'était presque insupportable. Alors elle retirait son tee-shirt et s'allongeait à plat ventre dans leur étang. Quand sa mère était tombée malade, Bea était retournée chez eux pour les aider. Elle faisait manger sa mère, la nettoyait – vomi, merde, couverts croûtés, bave, nourriture avariée. Bea faisait tout ça, et un soir, après qu'elle avait débarrassé les assiettes, tandis qu'elle aidait sa mère à sortir sur leur terrasse, elle lui avait demandé aussi directement que possible pourquoi elle l'avait laissé lui faire ça.

« Te faire quoi, chérie ? avait demandé sa mère.

— Me pincer comme ça, fort, à la poitrine, là », avait dit Bea, posant sa main à plat sur sa poitrine, où elle sentait encore ses doigts l'agripper, la tordre. Les yeux de sa mère étaient sombres et vitreux. Elle avait regardé au loin, vers les arbres, vers les champs, plus bas, après leur vaste terrain où étaient les aquariums. Elle dégageait une odeur de cuivre, à cette époque ; son corps ressemblait à un ballon dégonflé.

« Oh, il te taquinait, c'est tout, chérie.

— Ça faisait mal. Ça faisait très mal, et tu n'as rien fait.

— Qu'est-ce que je pouvais faire ? Tu n'en es pas morte, que je sache ? » demanda sa mère, avant d'être prise une toux violente. Elle chercha la main de Bea, et Bea la lui laissa.

Non, elle n'en était pas morte. Elle avait survécu.

Pendant les mois où elle faisait l'infirmière pour sa mère, son père ne la toucha pas. Il se tenait à l'écart d'elles, faisant des allers et retours entre les abris où dormaient et grandissaient les esturgeons. Parfois, en revenant, il sentait la mare. Bea se coupa les cheveux court. Elle se retrouva à faire la même chose qu'avant, se déplaçant d'un pas lourd dans la grange en short et chemise en jean, des pinces dans la poche arrière, des punaises dans un petit sachet dans la poche poitrine. C'était sa seule manière de sortir de la maison, de s'éloigner de sa mère. Elle ne voulait pas que celle-ci meure en ayant le sentiment qu'elle lui en voulait, mais le ressentiment, c'était tout ce que Bea parvenait à éprouver. À cause de tout ce qu'elle n'avait pas fait pour l'arrêter.

Son père était grand, distant et dur. Mais avec leurs animaux, il était tendre. Elle l'avait vu nourrir des petits veaux et pleurer quand ils ne survivaient pas. Elle l'avait vu trimballer des poussins dans les poches de sa salopette. Il lui arrivait même de faire la lecture aux esturgeons. Elle se levait au milieu de la nuit, allait se promener entre les cuves de poissons endormis, et le trouvait là, appuyé contre la paroi, en train de leur lire des passages de vieux bouquins qu'il avait trouvés dans la grange. Il les aimait d'une façon dont il n'aimait pas Bea et sa mère. Ou bien c'était juste qu'il savait mieux le montrer aux animaux.

Quand sa mère mourut, Bea s'en alla. Elle ne lui parlait plus, à part un coup de téléphone par mois, où il énumérait ses problèmes de santé. Ses lipides. Ses enzymes. Son tonus musculaire, qui déclinait. Elle l'avait vu une fois l'année précédente et c'était vrai, il avait l'air en ruine, comme une vieille machine démantelée pour en prendre des pièces détachées à l'utilité limitée. Il n'avait pas pitié de lui-même, ce qui lui donnait envie d'avoir pitié de lui, mais il refusait ça. À la fin de leurs coups de téléphone, il y avait toujours un espace de la taille de *je t'aime*, puis rien, pas même une tonalité.

Bea sentait la crasse au fond de la baignoire. La saleté de son propre corps. Toute cette sueur. Elle retira la bonde qui se mit à flotter, et la chaîne froide lui frôla la cheville. L'eau grise s'écoula en gargouillant et elle l'observa, assise sur le rebord de la baignoire. Un marc sablonneux, un croissant de saleté et de peau. Une empreinte d'elle-même. Une espèce de silhouette.

Bea était seule dans la cour. Elle aimait descendre et laisser un petit bol d'avoine le long de la clôture du fond pour les chevreuils, qui n'avaient certes pas besoin d'aide, mais ça les retenait de manger les hortensias et d'abîmer les haies. Elle recula vers les chaises en plastique laissées par Noah et ses amis, et s'assit dans la pénombre fraîche. Les moucherons et les moustiques lui mordaient les jambes et les cuisses, mais elle resta parfaitement immobile, fixant la haie qui longeait la maison voisine. Elle n'y voyait pas bien la nuit. Elle ne distinguait que des formes grises. L'autre côté de la rue était éclairé, et une flaque de lumière en forme d'œuf, venue de chez Noah, tombait sur l'herbe entre elle et la clôture du fond. Les chevreuils ne venaient jamais à la lumière. Ils rôdaient dans le noir, telle une idée ou un souvenir fugace, à demi formulé, à la lisière de la conscience. Mais elle savait quand ils étaient dans la cour. Elle les sentait. Quelque chose en elle se contractait.

Trois chevreuils ce soir, longs et d'une élégance effrayante, près du mur, fouillant la pelouse et les mauvaises herbes avec leurs sabots. Une ombre dans la flaque de lumière. Bea tourna la tête et vit Noah à sa fenêtre, juste un instant, sur quoi la lumière s'éteignit. La découpe de la flaque de lumière subsista, telle un négatif inversé, et au centre, une masse furieuse, luminescente, grosso modo en forme de Noah. Elle brûlait au centre de son champ de vision comme une tache ou une cicatrice, mais s'effaça peu à peu.

Elle ne savait pas différencier les chevreuils. Elle ne leur avait pas donné de nom. Sa sentimentalité était mineure, et déformée, elle se manifestait par de petites touches de fantaisies un peu étranges, comme nourrir les chevreuils, aider les enfants à entrer ou à sortir de la piscine, une main sur leurs dos glissants tandis qu'ils poussaient des cris aigus et tentaient de replonger dans l'eau d'un saut périlleux arrière. Elle sentait leurs bras et leurs jambes se contorsionner dans ses mains, et elle avait peur parfois qu'ils se brisent ou se déboîtent, et elle avait envie de hurler aux enfants d'arrêter de tenter de se détruire, d'être sages, de sortir de l'eau parce que leur tour était terminé, détestant, en ces moments, de s'être autorisée à se soucier d'eux, à leur faire confiance. Le bruissement des chevreuils qui mangeaient. Elle entendait leur fourrure frotter le métal, le tintement des graines, le crissement de l'herbe tandis que les animaux remuaient le bol avec leur museau.

Le plus gros leva la tête et regarda Bea bien en face. Elle sentit le poids de son intelligence animale, raffinée au fil des millénaires, et elle sentit cette intelligence totalement gaspillée à chercher à la comprendre. Sa gorge s'assécha. Les deux autres chevreuils levèrent la tête à leur tour. Leurs oreilles se dressèrent. Leurs sabots remuaient dans l'herbe. Ils quittèrent le jardin comme ils étaient venus, silencieusement, avec une grande détermination, et disparurent. Bea eut le sentiment de pouvoir respirer de nouveau.

La lumière se ralluma dans la chambre de Noah et vint s'étendre sur la pelouse telle une serviette. Elle tourna la tête et le vit à sa fenêtre. Il n'en était jamais parti, elle le comprit à ce moment-là. Il se tenait là, depuis le début, à regarder les chevreuils. Il se tenait debout, elle assise et, ensemble, dans le noir, ils regardaient les animaux. Ils étaient ensemble dans un vaste amalgame de ténèbres, semblable à un océan, et regardaient, observaient. Les chevreuils le savaient. Ils le savaient, ils s'étaient laissé observer et avaient pris la nourriture en guise de paiement, d'honoraires. Bien sûr qu'elle n'était pas seule, Bea s'en rendit compte. Bien sûr que non, bien sûr que non, il y avait toujours des yeux dans le noir, même quand elle ne pouvait pas les voir.

Il y avait toujours quelqu'un qui surveillait.

Pendant la semaine, elle donnait des cours particuliers de maths et de sciences à des enfants de profs de fac, à la bibliothèque qui se trouvait sur le Ped Mall. Elle avait dans les trente-cinq ans, mais elle faisait plus jeune et pouvait facilement passer pour une étudiante, bien qu'elle n'en soit plus une depuis plus de dix ans. Les parents de ses petits élèves lui demandaient parfois ce qu'elle étudiait, avec un regard inquisiteur. Bea se contentait de répondre par un sourire et un haussement d'épaules, espérant faire passer ça pour une singularité inoffensive.

Le lundi, elle avait un garçon un peu rondelet, dont le nom était Shelby, mais il préférait se faire appeler Bee, même si sa mère, qui enseignait l'histoire des femmes, l'appelait Shelly dans ses mails et en le déposant. Il était maussade, mais appliqué.

« Je m'appelle Bea aussi, dit-elle.

— C'est quoi, ton vrai nom ?

— Bea.

— C'est ridicule.

— Possible », dit-elle, un peu choquée par le son de sa propre voix. Elle se rendit compte, un peu bêtement, qu'elle n'avait pas parlé tout haut depuis samedi, à la piscine, avec les enfants. Ça arrivait souvent. Des jours sans adresser la parole à quelqu'un, sa voix qui, par défaut d'exercice, devenait rauque à cause du mucus, telle une membrane qui se reconstitue après un traumatisme. Bee la regarda en plissant les yeux et sorti ses fiches d'exercice. Elles étaient lisses, sur papier glacé, comme les pages d'un magazine. Elle frotta le coin d'une page entre ses doigts. Bee avait l'écriture empêchée, irrégulière, d'un enfant à qui on avait donné un téléphone portable beaucoup trop tôt.

« Si tu as quatre balles et que deux sont jaunes..., lut Bea.

— La moitié, grogna Bee, traçant un deux dont le haut était beaucoup trop gros dans la moitié supérieure du cadre et un quatre dans la moitié inférieure.

— C'est juste. O.K. Donc, si tu dois ajouter ça à...

— T'as un copain ? demanda Bee.

— Pardon ?

— Tu as un copain ?

— Non. Je vis seule. » Bee la regarda avec ses yeux marron brillant, très espacés. Il avait des cils épais et une bouche délicate. Il l'étudiait.

« Tu dois vraiment avoir une vie de merde.

— Parfois.

— Si tu te suicidais, quelqu'un serait triste ?

— Et si on se concentrait sur les fractions ? » répondit-elle à son tour, et elle lissa la feuille sur la table. Sa nuque la brûlait. Elle entendait l'électricité dans les lumières au-dessus d'eux, qui gémissait. Bee appuya fort son crayon sur la feuille, si fort qu'un petit tas de shrapnel de graphite resta lorsqu'il inscrivit ses réponses.

« Je trouve ça idiot, les fractions.

— Moi aussi, dit-elle. Mais une fois que tu apprends les fractions, tu peux faire tout ce que tu veux. »

Bee la regarda de nouveau d'un air soupçonneux. Il possédait aussi l'incrédulité parfaite d'un enfant à qui l'on a donné un téléphone portable beaucoup trop tôt.

« C'est idiot.

— Tu trouves tout idiot, ou quoi ?

— Non, il y a des trucs cool.

— Comme quoi ? »

Les yeux de Bee jetèrent un éclair. Il sortit son téléphone, le débloqua en faisant glisser son pouce sur l'écran et lui montra une vidéo de dix secondes, montée en boucle, d'un soldat en train de jeter des chiots du haut d'une falaise. Bea sentit une boule rigide et amère monter dans sa gorge. Elle se leva vivement.

« Et si tu travaillais encore un peu sur ton exercice ?

— Mouais, dit-il en haussant les épaules. Comme tu voudras. »

Dans les toilettes, Bea se lava la figure. Elle fit couler l'eau sur ses mains jusqu'à ce qu'elle chauffe. C'était douloureux, d'abord, puis cessa de l'être. Sa respiration résonnait. Elle envisagea de ne pas y retourner. Mais ça payait correctement, bien même, une somme nécessaire. Elle en avait besoin pour vivre. Elle vit, mentalement, les images granuleuses de l'homme ramassant les chiots, petites créatures glapissantes, et les jetant dans l'abîme. Du vert sur un fond brun clair, un mouvement vertigineux. Elle avait vu ce clip des années auparavant. Quand la guerre n'était pas une nouveauté, mais pas aussi ancienne qu'à présent. Elle se rappelait l'indignation qu'avait suscitée la vidéo. Elle se rappela la fureur, la prise de conscience qu'on ne pouvait plus nier la laideur des événements. L'horreur. Et à présent, c'était une scène que les enfants se partageaient sur leurs appareils.

Bea se lava de nouveau la figure. Elle calma sa respiration. Elle retourna dans la salle de lecture et s'assit à côté de Bee. Il avait terminé la moitié de sa feuille d'exercices. Il n'avait pas besoin de son aide.

« C'est bien », dit-elle doucement, posant la main sur l'arrière de sa tête. « C'est bien. »

Il se raidit sous son contact, surpris comme un animal, et elle sentit en lui la chose frémissante, vivante, palpitante. Elle la sentit, la partie de lui qui n'était pas humaine, mais réelle et vivante. C'était la peur, se dit-elle. La peur qu'elle lui plaque la tête sur la table et ne le laisse pas se redresser. Un réflexe.

Il termina la feuille d'exercices et passa à la suivante. Elle sentit les muscles de son corps se détendre – le soulagement.

Au Ped Mall, ils avaient abattu les derniers arbres morts pour les remplacer par des spécimens plus récents, plus vigoureux. Une variété robuste. Elle ne reconnaissait pas de quel arbre il s'agissait. L'atmosphère était chargée d'une odeur de fumier et d'engrais. Ils avaient déterré les jardinières, et le terreau était remonté, sombre et parfumé. Ça lui rappela une forêt de conifères. La maison. Les bois. Elle se tenait dans la bande de soleil brûlante et tentait de se débarrasser de la sensation étrangement déstabilisante de sentir des arbres là où il n'y en avait pas, pas vraiment. Des enfants hurlaient, couraient partout. Les bars, au coin de la rue, passaient de la musique à fond. Les télévisions retransmettaient des matches à tue-tête. Tout un petit monde qui tournait sans elle. Son téléphone sonna.

C'était l'appel mensuel de son père.

Il attaqua sans préambule : « Les esturgeons sont en train de mourir.

— La planète entière est en train de mourir. T'es pas au courant ?

— T'es tellement insensible. Une vraie hommasse. Comme ta mère.

— Au moins j'ai acquis ça honnêtement.

— L'ironie, c'est une mauvaise habitude.

— Au XIXe siècle, peut-être », répliqua-t-elle. Son père se réfugia dans le silence, un silence inquiétant, et Bea se demanda un instant si elle était allée trop loin, si elle avait été trop dure avec lui. « Et tes lipides, comment ça va ?

— Comme si la réponse t'intéressait. Mais ça va. Mon médecin dit que j'ai une santé *robuste*.

— Peut-être que tu enterreras les esturgeons.

— C'est pas drôle.

— La ferme n'est même plus à nous. Qu'est-ce que ça peut te faire, ce qui arrive aux esturgeons ?

— Ils sont à toi. Je m'en inquiète parce qu'ils sont à toi.

— Plus maintenant. Écoute, Papa, je dois y aller, là. »

Il y eut une pause. Un espace. Puis il raccrocha.

Bea respira profondément. Elle aperçut, de l'autre côté de la rue, Noah qui marchait d'un pas vif. Il se retourna, comme attiré par son regard, et la vit. Il était dans la lumière brûlante, éclatante de la journée. Elle était dans l'ombre des arbres. Il leva une main. Elle lui rendit son salut. Il y eut un sourire, un petit sourire furtif, et Bea sentit sa place dans la grande machine à calculer du monde se modifier légèrement. On la distinguait. Parmi tous les êtres humains qui avaient jamais vécu, en cet instant, on la distinguait, car elle avait été vue. Remarquée.

Elle regarda le ciel, et il y avait des oies, plus de vingt, qui volaient en formation grise et bien équilibrée, de plus en plus haut, en partance pour ailleurs.

C'est suffisant, se dit-elle.

# 8
# Économies locales

Fatima travaille dans un café du centre fréquenté par des étudiants de troisième cycle, des professeurs, et un amalgame particulier de citadins qu'elle appelle parfois la *bourgeoisie sans terre*.

Les autres danseurs se disputent au sujet de l'argent, en termes tellement abstraits et moraux que ce n'est même pas vraiment d'argent qu'ils parlent, plutôt de *systèmes économiques*. Ils et elles sont, pour la plupart, des socialistes bon teint – saisie et redistribution des richesses, propagation de l'aide sociale, une souplesse générale dans la structure analytique du monde. Quand Fatima pense à l'argent, c'est concrètement, en temps réel : comment va-t-elle payer ses frais d'université, se nourrir, faire nettoyer ses collants, se payer un cinéma l'après-midi, régler ses factures d'électricité, d'internet, de chauffage. L'argent est comme un animal, changeant et anxieux, prêt à fuir ou à mordre. Il n'y en a jamais suffisamment.

Elle prépare des espressos et des sandwiches. Elle s'entaille les doigts et se brûle les bras. Elle passe la serpillière dans la salle et le balai sur la terrasse. Elle remplit les distributeurs de serviettes et s'assure qu'il y ait assez de pailles. Elle resserre les écrous derrière le lave-vaisselle et empile les verres sur l'étagère sous le comptoir, coupe le *banana bread* quand il est encore chaud, tout juste sorti du four, et graisse les moules à muffins dans lesquels elle verse la pâte blanche, visqueuse.

À la fin de son service, Fatima sort par la porte qui donne sur la ruelle et traverse le campus pour se rendre au bâtiment où se tiennent les cours de danse. Dans le sous-sol caverneux, elle retire sa tenue de travail et enfile ses collants. Ses cheveux, sur sa nuque, sont encore moites et mous. Elle danse avec des cloques au bout des doigts, des échardes dans les paumes. Elle danse avec des petites entailles, des coupures et des éraflures sur les coudes et les bras. Parfois, de la pâte se colle aux pointes de ses cheveux et elle ne la retrouve que des heures plus tard, durcie comme un exosquelette. Sa vie est une série de translations mineures entre ces deux modes – le café et le studio.

« Mais c'est ça, le *vrai travail* », lui dit un de ses camarades un soir alors qu'ils viennent de finir de s'échauffer et s'apprêtent à commencer les répétitions proprement dites.

« Je ne vois pas ce que tu veux dire, dit Fatima. C'est tout du travail, tu sais. Le travail, et rien d'autre.

— Oui, mais c'est ça, le *vrai travail* », répète-t-il, l'air si sérieux que ça fait mal à Fatima de le regarder en face. Il est mince et blond, avec des muscles tendus et des cheveux très bouclés. On dirait une poupée, parfaite, magnifique. Il s'appelle Cheney.

« Oui, approuve-t-elle avec un hochement de tête. Bien sûr. »

Cheney lui adresse un sourire rayonnant, puis, comme en confidence, il se penche vers elle et chuchote : « Franchement, je trouve que c'est cool que tu aies, genre, un taf. Quel *dévouement* – mais je sais que tu sais que c'est ça qui compte vraiment. *Ça.* » Il montre le studio et les autres étudiants qui s'étirent, se préparent, d'un grand geste. Fatima suit ses bras des yeux. Voit le plancher terni, les miroirs dégueulasses. La puanteur de leur sueur mêlée aux parfums d'une dizaine de shampooings, lotions, sprays, déodorants et crèmes divers. L'odeur de la colophane. L'écho légèrement agaçant du piano – la pièce est trop étroite et trop petite pour un piano, ce qui donne à la musique un côté braillard, abrasif. Elle déteste tout ce qu'elle voit. Elle est irritée par la raideur de ses muscles. Son corps qui rechigne au mouvement. La tache d'eau rampante au plafond. Les fenêtres qui, bien qu'entrouvertes, ne laissent pas circuler assez d'air. La clim est toujours trop lente, trop faiblarde, toujours à deux doigts de rendre l'âme. Elle déteste tout ici.

Mais *ça*, se dit-elle. *Ça*.

Fatima et Cheney sont dans une section danse moderne dirigée par Ólafur. Ils sont douze en tout, mais cinq seulement, dont Fatima, l'ont comme tuteur. Ólafur supervise attentivement la section. Ils travaillent *Bestial*, la réponse d'Ólafur à l'œuvre séminale de Martha Graham *Lamentation*, et une méditation sur celle-ci. *Bestial* leur demande à tous et toutes de rester allongés sur le dos, dans un silence complet, pendant cinq minutes, ne remuant que quand ils sentent bouger la personne juste à leur droite. Ainsi, la pièce est à la fois chorégraphiée et totalement spontanée. Chaque personne dispose d'une série de mouvements dans laquelle elle peut puiser à sa guise et dans n'importe quel ordre. Mais une fois un mouvement sélectionné, il ne peut être reproduit tant que la séquence n'a pas été exécutée entièrement. La liberté via la restriction, l'improvisation qui puise dans les rythmes profonds de l'univers, où tout est ordonné, préétabli, et fondamentalement libre.

Le travail d'Ólafur est prétentieux et sans originalité, mais quand Fatima exécute ses pièces, elle a la sensation de s'abandonner à quelque chose de plus grand. Non, pas *plus grand*, mais qui donne l'impression d'une espèce de magnitude. Plutôt *plus profond*, en elle. Elle a la sensation de s'abandonner à une force inévitable, comme la pesanteur ou la puissance brute de plaques de glace glissant à toute vitesse le long d'un flanc de montagne. Une chose qui sonne dans la colonne du monde, passant comme l'électricité, la lumière crue, sauvage.

Elle déteste cette impression, car elle sait que ce serait mieux de l'ignorer tout simplement. Après tout, c'est un homme. Ce serait plus simple de le traiter de charlatan, tout en vantardise, bruit et chaleur. Mais quand elle s'allonge par terre et attend la première vibration d'un geste en périphérie de sa vision, elle la sent qui bat en elle telle une horloge cosmique.

Fatima a dansé toute sa vie. D'abord sur Janet et Deniece Williams dans le salon de ses parents en Caroline du Nord. Ça la fait toujours rire de penser qu'elle est venue à la danse en un acte de joie, pétillant et cinétique, tout en swing et jerk, et que sa récompense pour son sens naturel du rythme et de l'équilibre est de danser ces pièces sinistres, infusées d'un ordre pseudo-religieux.

Certaines personnes pensent que la danse moderne peut être paresseuse, qu'il n'y a pas de discipline. C'est le génie de la chorégraphie d'Ólafur. Elle se coltine à la nature même de la danse moderne, sa spontanéité improvisée découlant d'une série de pas maîtrisés, disciplinés. La liberté à travers la contrainte, la révision. C'est toute la magie de la danse, quand elle touche vraiment à la grandeur. On la dirait totalement naturelle, facile, mais elle est en fait le résultat de nombreuses heures de travail et de dévouement à la compréhension et à l'articulation des plus petites unités de mouvements possibles. Elle est abstraite et analytique. Elle est affective. Ólafur comprend ça et Fatima lui en veut pour la clarté de son intuition. Et pourtant plus elle apprend, plus ça la fait rire, car c'est drôle qu'elle ait fini *ici*, à faire *ça*. Drôle comme tout ce qui est un peu aléatoire, car les choses justes n'ont jamais vraiment de sens.

Le morceau commence, et Fatima le sent l'envahir, et s'y abandonne, s'enfonçant dans le réconfort frais, blanc de la danse.

Après les répétitions, certains des danseurs vont en ville, au bar des poètes, qui est plus sympa que celui où se réunissent les auteurs de fiction. Les auteurs de fiction passent leurs temps à projeter leur ego sur le monde. Leur bar est sombre et angoissant et, même s'ils jouent au billard, rient et mettent des morceaux sur le juke-box du fond de la salle, il subsiste dans l'atmosphère une dimension statique. On dirait une bande de chats apathiques, tout en haine entêtante et soupçon. Les poètes, par contre, sont bruyants et surexcités. Ils se frottent les uns contre les autres et tapent du poing sur les tables. Quand les danseurs entrent, ce soir-là, les poètes sont entassés tout au fond et les lumières basses des guirlandes au-dessus du comptoir donnent à la salle une sorte d'éclat terne.

Fatima, Cheney, Noah, Daw, Alina, Moira, Eve et Sayaka. Ils et elles sont en sueur, vivants, et transportent le parfum du dehors – gravier, cigarette, genévrier et jacaranda. Il fait trop chaud à l'intérieur. Le ventilateur installé au-dessus de la porte d'entrée, à côté du bar, fait entrer de l'air tiède. Noah retire son bras qui entourait la taille de Fatima et fronce les sourcils.

« C'est un sauna, ici, putain, dit-il.

— Arrête de geindre. C'est moche. »

Il y a une table avec des banquettes au fond, et ça leur va très bien. Ils s'y installent l'un après l'autre. Daw et Moira vont commander des verres. Les autres s'étirent en poussant de petits gémissements. La table d'à côté vibre de l'énergie brute des poètes. Quelques-uns d'entre eux, groupés au bout de la table, leur jettent un coup d'œil, et Fatima se retient d'éclater de rire. Alina est l'ombre d'une fille. Elle a cet air d'adolescente attardée qu'ont certaines danseuses soit quand elles s'affament, soit quand elles s'entraînent jusqu'à faire cesser leurs règles. Eve est très carrée, les épaules larges, elle vient du Midwest. On dirait qu'elle est entrée dans un studio de danse par erreur et n'a jamais retrouvé la sortie. Elle possède une grâce maladroite. Elle a l'air trop gentille, trop candide pour une danseuse, et pourtant elle est là, parmi eux. Sayaka est de Tucson, et elle a un gros rire sonore, insolent. Parfois, pendant les répétitions ou les échauffements, on entend ses os craquer depuis l'autre bout du studio. Quoi qu'il arrive, il émane d'elle un bruit. Elle se moque de Noah parce qu'il ne connaît rien à son identité japonaise. Il encaisse ses réprimandes en roulant passivement des épaules, amusé. Mais ce soir, il est agité et agacé par la chaleur. Il répond vertement à Sayaka, qui s'écarte, et bien sûr, un petit craquement étouffé s'échappe de ses poignets et de ses épaules.

Eve regarde, par-dessus la tête des poètes, le mur du fond, où s'alignent des photos laquées d'écrivains célèbres qui sont passés en ville à un moment ou à un autre. Cheney agite la main devant ses yeux pour attirer son attention, mais sans succès. Elle n'est pas là. Fatima ne connaît que trop bien cette sensation. La chaleur pèse sur eux, musquée et humide. Il y a un climatiseur dans le fond, qui fait un bruit de ferraille, donnant tout ce qu'il a, mais il n'est pas suffisant. Elle a envie de poser une main sur son flanc, comme si c'était un cheval fourbu, et de lui dire : *Là, là, tu as fait de ton mieux.*

Les boissons arrivent – eau plate, eau gazeuse, whisky, canettes de bières bon marché. Ils se resserrent sur les banquettes pour faire de la place à Daw et Moira. En vérité, ils sont trop nombreux. Il serait logique qu'un ou deux d'entre eux prennent des chaises et s'installent en bout de table, comme l'ont fait les poètes, mais à présent, ils sont tellement accoutumés aux corps les uns des autres, habitués à occuper l'espace les uns des autres, que c'est un peu comme dans la chorégraphie d'Ólafur. Ils s'emboîtent, bras sous bras, jambe sur jambe, au rythme de leurs genoux et de leurs cuisses qui se décalent. Ils anticipent les gestes de leur voisin, s'écartant juste assez pour le laisser boire, afin qu'il ou elle puisse lever sa canette pour trinquer. Leurs yeux et leurs bouches pivotent, absorbent des bribes de conversation, des fragments de visages, de voix. La conversation est informe, elle se fragmente indéfiniment tel un ver segmenté. Par moments, Fatima se retrouve sur plusieurs canaux à la fois : Daw et Noah qui parlent de – quoi ? Le mec de Noah, le vieux qui a une tête d'assassin, Bert. Moira et Eve qui parlent d'Ólafur, ses mains sur leurs cuisses, leurs dos, la promiscuité appuyée de ses ajustements, la brutalité de ses regards. Sayaka et Cheney bavardent aimablement de tout et de rien, des choses si banales qu'ils pourraient aussi bien réciter le *lorem ipsum*. Alina consulte son téléphone, Noah le sien, les poètes rient.

Un point névralgique entre les épaules de Fatima, une douleur suintante, palpitante. Elle la sent quand elle s'appuie contre le bois de la banquette. La sensation est plus prononcée quand elle écarte les épaules. Petit souci étrange. Elle fronce les sourcils. Eau gazeuse et citron vert. Elle boit son verre lentement, laissant les bulles se dissiper sur ses lèvres, le liquide la rafraîchir.

« Tu es bien silencieuse ce soir, fait observer Daw.

— Je *rumine*.

— Quelle posture *auguste*, raille Noah.

— Laisse-la tranquille, intervient Alina.

— Ça va.

— Fais comme ça te chante, dit Moira, assise au bord de la banquette, à côté de Fatima. Elle hausse les épaules, effleurant le bras de Fatima, ce qui fait remonter la douleur entre ses épaules.

« J'en ai bien l'intention.

— Non, mais sérieusement, qu'est-ce qu'il y a ? demande Noah.

— Rien. Je survivrai.

— Ah ça, c'est pas comme si tu escaladais la Station spatiale internationale, raille Eve.

— Non, effectivement.

— Je parie que c'est la vaisselle, coupe Cheney. Tu sais, tu passes la journée à faire la vaisselle au café, et ensuite tu danses et c'est juste... sans doute que c'est très éprouvant, à force.

— Je ne fais pas la vaisselle, réplique-t-elle laconiquement, même si c'est vrai qu'elle la fait de temps en temps ; mais le plus souvent, elle transporte les assiettes de la salle, dans des bacs en plastique, à la cuisine, et parfois, comme les jours où le café déborde de premières années qui se préparent en vitesse et sont en retard pour leurs examens, il y a énormément de vaisselle et les bacs sont très lourds.

« Bien sûr, dit Noah.

— Je trouve que c'est dur – c'est pour ça que les gens qui bossent dans l'art viennent toujours, genre, de familles riches, tu vois ? Parce que c'est dur d'être aussi dévoué à l'art qu'il est indispensable de l'être tout en... tout en travaillant pour vivre », dit Eve avec la cadence rapide, lisse, d'une animatrice de NPR.

— Ou les gens font des emprunts, fait Moira. Je veux dire, putain. Les emprunts.

— Des barrières à l'entrée.

— J'ai lu un article excellent sur cette saloperie dans *Salon*, ou genre, sur le site du *Times*, un truc comme ça, dit Cheney, et c'est tellement injuste, putain. Mais bon, en même temps, je trouve que c'est important d'avoir des portes. Je sais, je sais. » Il lève les mains comme pour repousser une horde de contestataires.

« Mais écoutez-moi un peu – genre, les portes, ça fait que c'est plus dur d'entrer, pas vrai ? C'est la fonction même d'une porte. Mais ça veut dire que les gens qui passent à travers – pour toutes sortes de raisons, certaines justes, d'autres pas, je vous l'accorde – sont ceux qui sont capables de s'y consacrer sur le long terme, ceux qui ont vraiment quelque chose à apporter.

— Quel argument imbécile, s'exclame Fatima. C'est complètement stupide. Je n'arrive pas à croire que tu m'as fait perdre mon temps en prononçant ces mots à haute voix. Putain.

— Non, non, écoute, dit-il, posant sa main sur son avant-bras. Je suis d'accord que c'est vrai, c'est moralement répréhensible… Tu vois ? Je comprends. Mais tu dois reconnaître que, pour l'avancement de *l'art*, on a besoin de gens qui sont capables de se consacrer corps et âme à cette foutue pratique et de s'investir sur le long terme, et tu vois, je ne dis pas que c'est juste, mais il y a des gens… il y a des gens qui n'en sont pas capables. Et on doit bien le reconnaître. »

Il y a une seconde ou deux de silence à la table. La musique au-dessus de leurs têtes change. De la trap aux accents country, ce qui, dans ce bar fréquenté par des poètes et des danseurs, fait l'effet d'une plaisanterie. Fatima ferme les yeux pour repousser la chaleur qui monte sous la peau de ses joues. Elle n'a pas honte. Elle ne se sent pas humiliée. Non. Elle est en colère. Exaspérée par la faiblesse de l'argument, sa superficialité. Encore de la posture pure, de la provoc, de la vantardise. Elle a envie d'attraper la langue de Cheney et de la tirer jusqu'à ce qu'elle claque et s'enroule de nouveau comme un mètre.

Alina pousse un petit rire nerveux. La douleur fantôme de la répétition se déplace dans le corps de Fatima comme si celui-ci signait, en un langage laborieux, un message qui lui reste à comprendre.

« Eh ben dis donc », dit Noah. Quand Fatima ouvre les yeux, elle voit le front luisant de Cheney, ses joues colorées. Les autres sont calmes, en retrait, lointains.

« C'est des grosses conneries, dit Daw. Et tu le sais.

— Je ne dis pas que c'est juste, reprend Cheney. Je dis juste que c'est vrai. La vérité n'est pas toujours juste moralement. Genre, avec le racisme.

— Je ne suis pas assez bourrée pour t'écouter parler de racisme, fait Fatima. Je ne serai jamais assez bourrée pour ça.

— Non, je dis seulement, genre, le racisme, c'est mal, pas vrai ? C'est dégueulasse, immonde. Mais ça existe, dans le monde. Et on reconnaît son existence, tu vois ?

— Ah bon, tu en es sûr ? demande Fatima. C'est un fait, ça ? On reconnaît le racisme ?

— On ne va pas faire comme si le racisme n'existait pas. Il existe. Je veux dire, hé, il n'y a que très peu de personnes de couleur dans notre programme, et genre, ce n'est pas normal...

— Sauf que tu penses que ça veut dire que ceux d'entre nous qui ont réussi à l'intégrer le méritent, n'est-ce pas ? Genre, on est les meilleurs, les rares élus ?

— Oui, quelque chose comme ça, concède Cheney.

— Putain ! aboie Noah.

— Mais sans déconner, vous pensez tous comme moi, non ? Genre, au fond de vous ?

— Engagez-vous à fond dans le geste, dit Moira en une imitation étonnamment fidèle d'Ólafur.

— Le fond, c'est la vérité. Le fond, c'est la beauté », renchérit Sayaka.

Les poètes se lèvent pour partir, et sortent à pas traînants dans le soir. Ils forment une procession luisante, loquace, en jean, nylon et cuir. Ils jettent un coup d'œil aux danseurs, qui leur rendent leur regard. Il y a, brièvement, une unité électrique tandis que leurs groupes se coltinent l'occupation malaisée du même espace, puis celle-ci disparaît.

« Vous savez que tout ce qu'ils font, c'est coucher avec leurs profs et écrire des poèmes de merde dessus ? chuchote Eve.

— Tu crois ?

— Oh, j'en suis sûre. Est-ce que t'as seulement le droit d'être poète sans *peine*, sans *douleur*, sans *attachement inapproprié et mal avisé envers des figures d'autorité* ? »

Fatima rit et surprend le regard de Noah sur elle, qui n'est pas exactement plaintif, mais n'est pas *pas* plaintif non plus. Elle s'est avancée trop près de quelque chose. De quelqu'un. Ólafur, qu'elle a vu quitter l'appartement de Noah un soir juste après minuit alors qu'elle venait lui taxer de la beuh. *Fascinant*, se dit-elle alors. Tout le monde le sait. Et pourtant, c'est drôle de voir Noah s'en émouvoir tellement.

« Une bande de rentiers, voilà ce que c'est, dit Daw.

— C'est ce qu'on dit tous, réplique Noah, sans le regarder.

— Comme j'ai dit, reprend Cheney. Je ne dis pas que c'est juste. Mais bordel, c'est vrai. »

Après le bar, ils partent chacun de leur côté. Fatima prend le bras de Noah, mais ça leur donne trop chaud et ils se séparent. Ils vivent de l'autre côté du pont, ou du moins ils y vivront jusqu'au jour où Noah va les quitter pour Portland. Le programme se termine. C'est la fin de leurs études. Fatima repart dans l'Est pour un certain temps. Ses parents ont été ravis de l'apprendre. Ils ne comprennent pas ce qu'on peut fabriquer en Iowa. Ils trouvent le concept de danse abstrait et moralement discutable – pour eux, la danse, c'est une activité qu'on pratique en préparant à dîner ou quand on est en recherche de sexe, d'attention, d'hommes. On ne construit pas sa vie là-dessus. Sa mère préférerait qu'elle fasse une école de commerce ou qu'elle devienne avocate. Son père aimerait juste qu'elle trouve un bon mari, un homme stable.

Ce que Fatima veut de la vie change tous les jours – parfois, ce qu'elle se dit, c'est qu'elle ne demande rien tant que d'être libre de changer d'avis à tout moment. Elle voudrait être libérée de l'obligation de se nourrir, d'acheter des vêtements ou de payer les factures, la liberté matérielle. Mais elle ne l'a pas. Donc elle rentre chez ses parents, où elle va travailler dans un petit commerce et économiser pour aller s'installer à New York. C'est d'une banalité à pleurer, trouve-t-elle. Tout le monde va s'installer à New York. Toutes et tous économisent des bouts de chandelle rien que pour souffrir, pour galérer, afin de pouvoir dire qu'ils ont vécu, qu'ils ont essayé. Quelle bêtise. Quelle bêtise. Quelle bêtise.

La rivière est enflée, haute et huileuse. Une série d'immeubles en pierre trapus, le long de la rive, projette une lumière dorée sur l'eau. Noah et Fatima prennent le chemin de pierre au bout du pont et déambulent parmi ces bâtiments, regardant les expos à l'intérieur par les larges vitrines. Ils sont dans la constellation d'installations qui entourent la fac d'histoire de l'art et l'école des arts visuels. La première est une construction élégante installée près d'un flanc de colline abrupt, avec un premier étage qui avance, et l'autre une variation métallique sur Gehry, toute de plans de métal décalés et de points de fuite qui se dissolvent. Les deux constructions forment une paire mal assortie. Ce sont des galeries brutalistes, sombres, mais dans l'air dense de la soirée, avec leurs douces lumières dorées, elles paraissent intimes, calmes, un peu mélancoliques.

Noah sort une cigarette et l'allume. Sa fumée s'attarde autour d'eux, paresseuse. Les oiseaux, formes rapides et sombres, volettent au-dessus de leurs têtes et vont se poser en hauteur. On entend le bavardage constant, chuchoté, de la rivière sous le pont.

« C'est vrai que tu étais bien silencieuse ce soir, cela dit », fait observer Noah. Il retire une poussière de sa bouche du bout des doigts, tenant toujours sa cigarette. Il a l'habitude de presser son pouce sur l'espace au-dessus de sa lèvre supérieure, où il a une pâle marque de point de suture, cicatrice d'une opération de correction d'un bec-de-lièvre.

« Heu… O.K.

— Comme tu voudras », grogne-t-il. Il tire sur son filtre. La tige brûle avec un crépitement. Les narines de Fatima la piquent. Au-dessus d'eux, les arbres remuent doucement dans la brise.

« Je sais pas ce que j'ai, dit-elle, en haussant les épaules. Je me sens bizarre, c'est tout. Je sais pas quoi faire de moi.

— Comme tout le monde, non ?

— Oui, tu as sans doute raison. Mais là, ça me semble particulièrement pesant, pour l'instant du moins. » Comment expliquer ce qu'elle ressent à cette personne, son ami ?

« Tu regrettes ?

— Je regrette quoi ? »

Noah s'arrête sous l'un des arbres sombres, noueux. Il fredonne les premières notes de l'accompagnement de *Bestial* et Fatima sent quelque chose au fond d'elle se contracter, comme dans l'attente. Il soupire, fait tomber sa cendre. Il lève les yeux. Fatima voit les muscles de son cou, la colonne dure de sa gorge, la tension au coin de sa bouche.

« Je ne sais pas vraiment… je veux dire, comment je devrais en…

— Ah, l'avortement », dit-elle rapidement, bêtement, comme si elle parlait du corps de quelqu'un d'autre et non du sien. « C'est un avortement. Tu peux prononcer le mot. » La tension dans l'air se ramollit, se fait rance.

« O.K., alors. Est-ce que tu regrettes l'avortement ?

— Non. Pas du tout.

— Bon, tant mieux.

— Tu n'en as parlé à personne, n'est-ce pas ?

— Non. » Il hausse les épaules, mais le geste est trop raide, trop forcé pour être complètement sincère. « Je ne ferais jamais ça.

— Regretter, c'est pas le mot.

— Alors… ? » Une ronde de la braise de la cigarette, ses sourcils qui se haussent, s'écartent.

« Je ne sais pas », dit-elle, car c'est la vérité. L'ambivalence de ses émotions la brûle comme une trahison. Trop petit, trop froid.

« Entendu. Tu n'es pas obligée de savoir. C'est pas grave », dit-il, et la bonté de ces mots fait monter les larmes aux yeux de Fatima.

« Tais-toi, dit-elle. Tais-toi et file-moi une clope. » Elle tend la main, paume vers le bas, et Noah lui donne son paquet et son briquet. La première bouffée est amère, brûlante, mais elle respire pour supporter. Il y a du plaisir là-dedans, faute d'autre chose. Du plaisir et de la chaleur.

Le lendemain matin, Fatima est en retard pour son service. Elle doit faire l'ouverture. Une douleur subsiste entre ses épaules. Son corps raide rechigne à s'assouplir. Elle essuie les tables, libère les muffins et les pâtisseries de leurs moules en silicone. L'acidité amère du sucre raffiné. Elle verse la crème, la crème fleurette et la crème à 2 % par longs filets glougloutant dans les pots. Garnit les machines de grains de café, remplit la caisse, dépliant des billets verts moites comme s'il s'agissait de cartes à jouer. Les lumières s'allument, lentement, avec un clignotement.

Le café est plein de tableaux de peintres du coin. Deux cents dollars pour une toile qui ressemble à une collaboration entre Lisa Frank et Hello Kitty. Trois cents pour une nature morte représentant une boucle de ceinture. L'économie locale. Tout est tellement plus cher près de la source. Comment, sinon, expliquer les œufs à cinq dollars à la coop, la viande à dix dollars les cinq cents grammes issue de vaches heureuses, élevées à la ferme dans votre ville, le blanc de poulet bio à quinze dollars, les bières à trente dollars le litre, brassées à partir du houblon local ? La nourriture industrielle est beaucoup moins chère, le coût de production y est pris en charge par le corpus nébuleux des multinationales, mais dans l'économie locale, il est à la charge du consommateur. Les miettes à dix dollars des muffins à dix dollars qu'elle époussette sur le comptoir.

La foutue piété dans tout ça.

Déjà, ils se massent devant l'entrée, attendant l'ouverture. Fatima pousse un soupir. Se redresse. Elle est censée avoir de l'aide le matin, mais voilà qu'elle est seule. Elle tourne la clef et les gens affluent, prennent possession de leurs tables et chaises habituelles, près des prises de courant libres. Elle met une playlist apaisante, feutrée, du classique. Un gargouillis d'électricité statique monte dans l'arrière de son crâne.

Elle prend leurs commandes. Elle prépare leur café. Ils lui sourient et attendent. La queue s'allonge. Elle les regarde de dessous le comptoir où elle s'est penchée pour sortir du fond du frigo le lait de soja, le lait d'amande, le lait d'avoine. Elle a du mal à se souvenir de qui veut quoi, et où, et comment, et en quelle quantité. Cappuccinos, espressos, café filtre, eau pétillante, jus d'orange, fraîchement pressé s'il vous plaît, non, je voulais un double, non serré, non allongé, non un latte, pas de sucre, du sucre s'il vous plaît, non, celui-là, pas *celui-là,* par-là, derrière, est-ce qu'il y a du gluten, est-ce qu'il y a de l'albumine, est-ce qu'il y a des protéines, *avocado toast*, tomate sur seigle, levain s'il vous plaît, pourquoi vous n'avez pas, donnez-moi celui-là, s'il vous plaît, non, s'il vous plaît, s'il vous plaît, s'il vous plaît.

Ce qui ne laisse jamais d'épater Fatima, c'est que les gens dissimulent leur grossièreté et l'insistance avide de leurs exigences par des formules de politesse, comme *s'il vous plaît* et *merci*. Il y a quelque chose de mordant, de menaçant dans ces mots, comme si le langage même la défiait de refuser. Elle pousse un soupir. S'éponge le front. Elle sent encore la nicotine d'hier soir sur ses gencives. Elle devrait arrêter de fumer. D'autres clients, des *convives*, se faufilent dans le café. Jeunes, avec les cheveux longs en bataille et des tatouages, comme les membres de l'équipe d'une production moderne, plus crue, d'*Oliver !*.

Ni répétition ni cours aujourd'hui. Le ciel est une couverture de nuages translucides, à travers lesquels elle devine une chose vaste et menaçante.

Fatima fume sur la terrasse du café. Noah et Daw sont accoudés à la balustrade. C'est sa première pause de la journée. Elle en prend une un peu longue. Son aide ne s'est jamais présenté ce matin, et quand il a fini par arriver, il était tout rouge et confus : *Désolé, désolé, désolé,* a-t-il bafouillé. Il pensait qu'il avait interverti son service avec un autre employé, mais ce n'était pas le cas, désolé désolé désolé.

Daw lit sur son téléphone quelque chose qui ressemble à une langue étrangère – il prépare un examen de calcul infinitésimal. Il est agaçant à force d'être studieux et concentré. Elle le déteste. Noah examine une croûte sur ses jointures. Il raconte qu'il s'est éraflé sur son plafond en crépi en changeant une ampoule. Fatima ne le croit pas, mais elle n'a pas l'espace pour affronter la vérité s'il s'agit de circonstances atroces. Elle laisse couler.

« Daw passe bientôt son examen d'entrée en fac de médecine, explique Noah.

— Ah bon ? » Fatima laisse tomber sa cendre sur le béton. Le monde a cette énergie raréfiée d'avant l'orage qui rend tout chatoyant et vibrant.

« Ouais, dit-il.

— Bon, bonne chance, alors.

— Merci.

— Sois pas si maussade », dit Noah, cognant sa hanche contre celle de Daw, qui manque laisser échapper son téléphone.

« Sois pas si puéril », réplique Daw, lui donnant une petite claque dans le cou. Fatima a trop chaud.

« O.K., les garçons, ça suffit.

— Oui, Maman », répond Noah. Fatima éprouve une vive blessure. Cette cruauté désinvolte, irréfléchie, manque lui couper le souffle. Elle presse ses lèvres l'une contre l'autre pour s'obliger à se taire, pour étouffer la pression soudaine qui monte dans sa gorge.

« Oh merde, se reprend Noah.

— Laisse tomber.

— Quoi ? » demande Daw, les regardant d'un air soupçonneux. Fatima se penche vers lui, lui pose les mains sur les yeux et essaie de rire.

« Rien du tout, l'intello. » Elle sent les longs cils de Daw lécher sa paume et se recule. Noah la regarde comme si c'était lui qui avait reçu un coup. Elle va lui pardonner. C'est seulement une calamité mineure. Seulement une blague idiote. Seulement seulement seulement.

La petitesse du monde lui donne le vertige parfois. C'est tout. Une inversion sauvage, brusque.

Au-dessus de leurs têtes, un fort coup de tonnerre qui fait trembler le verre et la table. Il se répercute à travers elle et eux et, en cet instant, tout est uni, vibrant telle une immense corde pincée.

« Il y a plusieurs semaines », c'est ce qu'elle répond à Cheney quand il l'interroge sur l'avortement.

« Oh merde. Tu n'as rien dit.

— Il n'y avait rien à dire. Il n'y avait absolument rien à dire.

— C'est un mensonge, et tu le sais. Tu aurais pu m'en parler. Tu aurais pu dire *quelque chose.* »

Fatima pousse un soupir. Ils sont dans l'une des salles de répétition vides. Ils viennent de travailler les enchaînements de *Bestial*. Elle n'a pas arrêté de se planter dans les transitions entre les stations couchée et debout, accrochant sur un passage musical ténu qu'elle ne parvenait pas à entendre ou à sentir, s'attardant juste un peu trop longtemps dans le bourdonnement océanique rassurant de sa position fœtale. Cheney n'arrêtait pas de répéter : *Qu'est-ce qui t'arrive, qu'est-ce qui t'arrive, pourquoi tu te plantes là-dessus ? C'est le café ? C'est ton taf ? C'est tellement plus important que servir des cafés, bordel, il faut que tu sois plus engagée, il faut que tu fasses plus d'efforts, des efforts, des efforts.*

Il n'arrêtait pas de dégoiser sur les efforts alors ça lui avait échappé : *C'est pas ça, non, je me sens bizarre depuis l'avortement, c'est tout, c'est une drôle de période pour moi.*

Cheney arpente la salle, en sueur. Il fait trop chaud. Elle a envie d'entrouvrir une porte. Mais il la referme à chaque fois qu'elle essaie. Il s'étrangle : « Mais putain, qu'est-ce qui te prend enfin ? Pourquoi t'en parles pas ? Un *avortement* ? »

Fatima manque éclater de rire. Il y a un homme qui l'engueule bruyamment au sujet d'un avortement dans une salle de danse. Un mâle humain, littéralement, lui hurle dessus parce qu'elle a mis fin à une grossesse. En Iowa. C'est vraiment le genre de scène qui ferait un bon post Facebook, pour attirer la sympathie, déclencher une rage collective. Le genre d'histoire qui se déroulerait dans un fil sur Twitter, ou une longue légende sous une photo de son visage en larmes sur Instagram. Évocatrice, dépouillée de toute particularité et spécificité humaines – c'est un genre d'histoire, une chose qui arrive à des gens, mais qui existe principalement en tant qu'anecdote prête à la consommation. Encore une forme d'économie locale.

« Je ne te dois rien. Je regrette de l'avoir évoqué. Remettons-nous au travail », dit-elle, mais il prend son bras et le serre de ses doigts chauds. Et elle a un recul, mais il ne lâche pas.

« Qu'est-ce qui ne va pas chez toi ? Tu viens d'avorter d'un enfant et tu te comportes comme s'il n'y avait pas de problème. Tu ne dis rien ? Tu fais comme si tout allait bien mais un enfant est *mort*, Fatima. Un enfant est mort, et il y a des gens dans ce monde, des gens qui désirent un enfant plus que tout, ou dont l'enfant est malade, et toi tu balances le tien comme ça ? Mon Dieu », dit-il. Il n'est pas écumant. Pas consumé par la rage. C'est ce qui énerve le plus Fatima dans cette scène. C'est que Cheney s'exprime avec la même perplexité essoufflée que quand il parle de son travail au café ou des barrières à l'entrée, quand il déroule la longue liste des agacements et frustrations que provoque chez lui le monde contemporain. Pour reprendre ses mots, ce qu'il éprouve, c'est une *colère esthétique*, pas une *colère matérielle*. Esthétique, car c'est une posture. Esthétique, parce qu'elle n'a rien à voir avec le monde dans lequel ils vivent. Rien à voir avec les contraintes du corps de Fatima, ni avec sa situation, ses options, ses objectifs, ses rêves – Cheney est en colère, mais pas contre elle, pas contre ce qu'elle a fait. Il est en colère à cause de ce que cela *dit*, de la manière dont ça fonctionne. Une émotion esthétique.

Elle regarde ses pupilles se rétrécir, sa bouche se fermer et s'ouvrir comme celle d'un petit poisson. Elle arrache son bras, glissant de sueur, à son étreinte. Il serre les poings. Il est plus baraqué qu'elle. Plus grand. Mais elle n'a pas peur de lui, non, pas vraiment. Seulement de la menace de son corps. Ce qu'elle signifie. Une peur esthétique. Une causalité d'attitude.

« T'avise pas de me toucher encore une fois. Tu n'as aucun droit sur mon corps.

— Il était de qui ?

— Ça ne te regarde pas. »

Il lève le poing, le tient au niveau de sa tempe. De la sueur coule de ses cheveux. Il a les pores bouchés.

« De qui ? » répète-t-il.

Fatima s'écarte, lui tourne le dos. Elle refuse d'entrer là-dedans. Leurs ombres s'étalent sur le sol. Elle ouvre la porte, mais il la referme en la claquant. Il presse le visage de Fatima contre le miroir au dos de la porte et vient se placer derrière elle, tout près. Elle sent la chaleur animale, moite de son corps. Sa pression lourde. Le verre est glissant, dégueulasse. Elle sent la crasse de sa propre peau, sa propre sueur. Elle pousse le miroir avec ses paumes mais ne parvient pas à se redresser, se retrouve encore plus à plat.

« Lâche-moi, Cheney. Lâche-moi tout de suite.

— T'es une vraie petite salope, putain », dit-il. Sa main sur la hanche de Fatima. Ses ongles qui s'enfoncent à la naissance de ses cuisses. « Je parie que tu le sais même pas. »

Elle respire profondément. Le calcul – si elle résiste, si elle se débat, si elle se protège, qu'est-ce que ça va lui coûter ? Les gens disent toujours *Je lui aurais cassé la gueule, je me serais défendue*, mais ils et elles ne pensent qu'à cet instant, l'instant de l'approche, de l'attaque. On ne pense pas à toutes les minutes qui viennent après, aux heures d'une vie passée à attendre les représailles. Il y a toujours des représailles contre les femmes noires. Elles ne sont jamais en sécurité.

Mais là, à cet instant, ne sachant pas si Cheney va s'arrêter là ou lui faire pire encore, elle décide qu'elle doit essayer. Elle doit faire ce qu'elle peut. Elle ferme les yeux. Il se presse contre elle. La puanteur de son haleine, maintenant. Elle donne une ruade en arrière, rapide, forte. Elle a l'impression qu'il s'y prend trop tard, qu'il met trop de temps à fermer les jambes pour se protéger. Il tombe. Elle se retourne. Et il est là, étalé sous elle. Il est là, vulnérable, les mains sur ses parties, comme dans la première pose de *Bestial*.

Ce que répond Ólafur quand Fatima signale l'agression de Cheney, c'est qu'ils se sont mal compris.

« Il dit que vous vous êtes engueulés et qu'il s'est un peu emballé. Les signaux, tu sais. Ils se mélangent parfois.

— Il n'y avait aucune ambiguïté. Il a voulu me prendre de force. Il m'a agressée.

— *Agressée,* c'est un mot violent », proteste Ólafur. Ils sont dans son bureau, au deuxième étage du bâtiment de danse. Il est petit, encombré, mais il y a des photos en noir et blanc de lui dans ses différents rôles au fil des années. Elle regarde les veines magnifiques de ses bras, les gestes gracieux avec lesquels il rejette sa plainte.

« *C'était* violent. C'était une agression.

— Oui, mais c'est lui qui a dû aller à l'infirmerie. Il a un bel hématome sur les parties. Franchement, il est bouleversé que tu aies mal interprété ses actes comme ça.

— Eh bien, moi, je suis bouleversée qu'il ait tenté d'avoir des rapports sexuels avec moi contre ma volonté. Alors j'imagine qu'on va devoir s'y faire tous les deux, hein ?

— Il dit que ce n'est pas le cas. Je dois vous croire sur parole, l'un comme l'autre, mais c'est lui qui est blessé, ma chérie. »

Fatima se hérisse. Involontairement, elle se rappelle la texture de la paume d'Ólafur sur sa nuque, sa main dans l'espace étroit entre ses cuisses. Un frisson de plaisir involontaire, un souvenir malvenu. Il se lève de son fauteuil et vient s'asseoir devant elle, sur le coin du bureau.

« Écoute, dit-il. O.K., disons que ça a dégénéré. C'est pas grave. Tu as le droit de changer d'avis. Il n'y a pas mort d'homme. Qu'est-ce que tu en dis ?

— Il m'a agressée, répète-t-elle.

— Se rapprocher de quelqu'un, ce n'est pas une agression », dit Ólafur, les yeux baissés sur elle. Elle pousse un grognement, recule sur sa chaise et croise les jambes. Elle est en retard. Son service débute dans quinze minutes, et elle n'a pas pris sa douche, elle n'est pas prête. Elle doit y aller. Ólafur se penche en avant, pose les mains sur les accoudoirs de sa chaise. Elle sent l'odeur de son aftershave, voit les vaisseaux rose tendre dans ses yeux – la nuit a été longue. « Je ne veux pas de problème parmi mes poulains, O.K. ? Réconciliez-vous, soyez fair-play, et voilà.

— O.K. O.K., O.K., O.K. Je peux y aller maintenant ? »

Il y a un moment de silence. Elle n'est pas sûre qu'il va dire oui. Elle n'est pas sûre qu'il ne va pas la toucher. Il y a un moment où tout est possible. L'air entre eux s'échauffe, se charge d'électricité. On dirait qu'une chose extraordinaire, irrévocable, est sur le point de se passer, comme si la main bleue liquide de la divinité s'apprêtait à traverser le vide sidéral pour les frôler, les marquer d'une manière étrange, atroce. Et c'est peut-être ce qui se produit. C'est peut-être comme ça qu'on dit quand vous lancez un appel au monde à propos de quelque chose qui vous est arrivé et que le monde répond que vous pouvez y aller, pas de problème, comme si vous n'étiez rien de plus qu'une enfant pénible qu'on congédie.

Elle apprend une chose sur elle-même et sur Ólafur en cet instant. C'est une chose qu'elle ne faisait que soupçonner auparavant, mais qu'elle sait désormais, avec une certitude absolue : elle doit quitter cet endroit et ne jamais revenir.

« Si c'est ce que tu veux, dit-il, tu peux y aller. »

C'est sur le chemin du café qu'elle repère une volée d'oies dans le ciel. Elles vont dans l'autre sens, elles retournent vers la rivière. Elles ont l'air tellement paisibles. Tellement libres. Elles se déplacent toutes dans une même formation, dont elles font partie, mais toutes sont différentes, toutes ont un rôle à jouer. Une unité spontanée. La chorégraphie des volées et des troupeaux. Elle attend que le feu passe au vert, au coin de la rue, tandis que les oies passent au-dessus d'elle et plongent sous les bâtiments pour se poser sur la rivière.

Fatima traverse la rue. La chaleur du jour s'est faite turbulente, furieuse. Le soleil lui brûle la peau. La picote. Elle marche aussi vite qu'elle y parvient.

Au café, elle opte pour la corvée d'éminçage. Céleri, carottes, poivrons. Elle coupe des têtes de brocoli et les regarde rouler sur la planche à découper en plastique. Dans l'arrière-salle, elle transpire sous son tee-shirt fin, sent les bretelles du tablier lui mordre les épaules. Au poste voisin, Hal, le plongeur, rince les tasses et les pose sur l'égouttoir. Il la regarde, sourit, retourne à sa vaisselle. Fatima est soulagée quand il détourne les yeux, soulagée qu'il ne lui demande rien.

Au bout d'un certain temps, elle jette les épluchures dans le seau à compost sous l'évier. Elle se rince les mains et sort du frigo un peu de gras de jambon qu'elle a retiré pour confectionner les sandwiches en salle. Elle le met sur une petite assiette et sort dans la ruelle par la porte latérale. Elle pose l'assiette par terre et attend, cherchant des yeux les chats errants, deux ou trois, qui peuplent ce petit passage. Ils approchent tranquillement, sortant sans bruit de l'ombre et se postent près de la benne ; ils l'observent pour voir si elle compte les laisser à leurs affaires. Accroupie, elle se relève, s'essuie les mains sur son tablier, et s'écarte. Ce sont des chats blancs, de petite taille, avec les oreilles noires et la queue en point d'interrogation. Ils fondent sur le gras de jambon, qu'ils dévorent compulsivement. Elle éprouve une satisfaction lasse à les regarder manger.

Son chef d'équipe dit qu'ils ne devraient pas nourrir les chats car ça leur donne envie de se reposer sur les humains, et c'est susceptible de les attirer plus régulièrement, ce qui n'est pas une bonne chose. Mais il n'est pas là, et les chats, si.

De retour dans le café, elle se lave les mains à l'eau presque bouillante qui sort du robinet. Savon industriel. La peau autour de ses ongles pèle, se détache. Elle entend son nom en salle, et elle va voir qui l'a *convoquée*.

C'est Daw et Noah.

« Qu'est-ce qui vous amène ? » demande-t-elle depuis le bout du comptoir, là où ils posent les boissons et les assiettes prêtes. Personne ne fait la queue pour l'instant. Le café est calme. Tout le monde a ce qu'il souhaite.

« On a appris, dit Noah.

— Quel connard.

— Ah, dit-elle gênée. Oh, ça va, c'est bon.

— Pas du tout, insiste Noah, hors de lui. C'est inadmissible.

— C'est bientôt la fin du monde, de toute façon, dit Fatima en haussant les épaules. Les diplômes. Le jeu n'en vaut pas la chandelle.

— Tu l'as signalé ? »

Fatima hoche la tête, déjà épuisée à la perspective de devoir tout raconter une fois de plus. « Je dirai simplement que ça n'a servi à rien.

— Je suis vraiment désolé, dit Daw.

— Hé, moi aussi. » Elle s'appuie contre le comptoir, bien qu'on le lui interdise en principe. Il y a un groupe de plusieurs personnes dans la rue. Elle les voit qui approchent. Un petit pic d'activité, exactement ce dont elle a besoin.

L'autre caissière sirote un smoothie. Furtivement.

« C'est trop injuste.

— Vous avez fait tout ce chemin pour m'apprendre ça ?

— Quoi ? »

Noah a l'air troublé. Daw recule un peu.

« Vous avez fait tout ce chemin pour pouvoir m'apprendre que c'était injuste ? Histoire de pouvoir prouver que vous avez dit que ce n'était pas acceptable de me traiter comme ça ?

— Fatima, proteste Noah.

— Non, je le pense. Je le sais, que ce n'est pas bien. Tu le sais aussi. Le monde entier le sait. Mais pourquoi vous êtes venus ici me dire ça ? Sur mon lieu de travail ?

— Je voulais t'aider, c'est tout.

— Ah, je vois. Eh bien, merci. Merci beaucoup. Bien reçu. »

Le regard de Noah est sombre et éteint. Daw pousse un soupir et pose une main sur son épaule, l'entraîne.

« Viens, dit-il. Allons-y. Tout le monde va bien. Partons. »

Noah secoue la tête, se laisse entraîner.

« Double cappuccino, pas de mousse », dit l'autre caissière, glissant le reçu à Fatima en travers du comptoir. Elle s'en veut maintenant. Elle s'en veut terriblement d'avoir dit ça à Noah. Elle tend la main vers lui en vitesse, avant qu'il soit complètement hors de sa portée, et elle prend ses doigts, serre.

« Désolée.

— Désolé. »

Elle prépare les cappuccinos, puis les lattes qui vont avec, puis le chaï au rooibos. Elle les dépose sur le comptoir, appelle les noms correspondants, attend que les clients récupèrent leurs boissons. Soupire à part elle-même une fois que c'est terminé. Les épaules douloureuses, le dos trempé de sueur.

Elle entend de nouveau la voix de Noah. *Désolé.*

Fatima se fait craquer le cou, puis va s'asseoir de nouveau dans l'arrière-salle. Elle lit des articles au hasard sur son téléphone ; des crises, encore des crises, morales et écologiques.

Son téléphone vibre, et un message de Cheney apparaît en haut de l'écran :

*Sans rancune*

# 9

# Altruisme, empathie, passion et souffrance

Ils partirent à deux voitures pour traverser l'Iowa jusqu'aux Adirondacks en deux jours, et lorsqu'ils arrivèrent, ils montèrent les escaliers de la maison et sombrèrent dans un sommeil tendu, haché. Tous, sauf Daw, qui ne pouvait pas dormir dans cette maison et resta éveillé, tel un chien de garde dressé à surveiller leurs corps.

Au matin, ils prirent leur thé et café sur la terrasse, d'où ils contemplèrent la forêt de cèdres et plissèrent les yeux pour chercher du regard le lac au loin. Il faisait frais et l'atmosphère était chargée d'une brume lumineuse qu'ils trouvèrent momentanément si magnifique – maintenant qu'ils avaient quitté le paysage dur, famélique, du Midwest – qu'ils en furent réduits à un silence entrecoupé de quelques rires nerveux. La brume s'intensifia au cours de la matinée, jusqu'à se transformer en bruine, et ils ne cherchèrent pourtant pas à s'y soustraire. Mais Daw se dirigea vers une petite manivelle près de la porte coulissante et la tourna, déroulant, avec une série de craquements trépidants, un large auvent en tissu. Il se déplia comme une aile lente, arthritique, et ils se retrouvèrent à l'abri, quoique surpris que la pluie ait assez de substance pour les laisser mouillés, grelottants. On aurait dit que ce n'était rien, répétaient-ils ; ils n'avaient pas remarqué à quel point il pleuvait jusqu'à ce qu'ils se mettent au sec. Daw rentra dans la pénombre chaude de la maison, pour chercher une serviette et des habits de rechange, regrettant déjà de les avoir amenés là.

Ils étaient six, avec Daw : Noah, Fatima, Ivan, Goran et Stafford.

Ils allaient tous se disperser, leur troisième cycle achevé. Noah partait à Portland. Fatima en Caroline du Nord et ensuite, elle l'espérait, disait-elle, à New York. Ivan et Goran allaient également à New York, ensemble, mais chacun dans un appartement. Stafford partait dans le Vermont pour un stage post-doctoral. Et Daw s'apprêtait à passer un an dans la campagne québécoise, où il donnerait un coup de main dans de petites cliniques. Noah avait insisté pour qu'ils fassent un petit voyage, qu'ils passent ce dernier moment ensemble avant de partir dans le monde commencer leur vraie vie, et ça avait tellement ému Daw de voir ça comme une passerelle entre deux périodes distinctes de sa vie que, comme un imbécile, il lui avait parlé de cette maison au bord du lac. Et Noah ne l'avait pas lâché jusqu'à ce qu'il accepte de demander à ses parents s'il pouvait y aller pour une semaine environ, et ils avaient dit oui, eux-mêmes stupéfaits de cette requête, car Daw ne leur demandait pratiquement jamais rien, et eux-mêmes ne se rendaient que rarement à la propriété en question.

La maison se trouvait sur le lac Placid, même si, en réalité, elle était située à environ huit cents mètres de l'étendue d'eau proprement dite. Quand il était très jeune, quatre ans et des poussières, ses parents les amenaient là, lui et sa sœur Celia, l'été et les week-ends d'automne. Ils y étaient heureux.

Mais un jour, en plein mois d'octobre bien avancé, sa sœur avait été kidnappée sur la route alors qu'elle rentrait de la bibliothèque. Elle avait huit ans. C'était une enfant joyeuse et intelligente. Quelquefois, Daw ne parvenait plus à se rappeler sa voix ou son visage. Quelquefois, il ne se souvenait que de photos d'elle ou d'enregistrements qu'il avait entendus. Il se rappelait s'être souvenu d'elle et c'était ce souvenir coriace, artificiel qui s'était greffé en lui, si bien que ce n'était que lors de petits moments de calme que son esprit effleurait la chair véritable du souvenir de sa sœur. Alors il était déchiré comme au premier jour. Il n'y avait pas de corps. Avec cet enlèvement, elle s'était comme volatilisée ; on ne l'avait jamais revue.

Daw trouva les serviettes dans la buanderie. Sa mère était venue quelques jours plus tôt afin de préparer la maison pour leur venue. Il eut l'impression de sentir une chaleur résiduelle dans le coton. Mais ce n'était pas vrai. Les serviettes étaient fraîches et raides. Il les porta aux autres, sur la terrasse.

Ils étaient tous appuyés contre la balustrade, avançant leurs mains ouvertes pour sentir la pluie. Ils riaient, se bousculaient. Noah s'était hissé sur ses coudes et se penchait plus en avant que les autres, vacillant au-dessus des arbres en contrebas dans un moment d'hybris un peu stupide.

« Descends, intima aussitôt Daw. Descends de là tout de suite, putain. »

Son visage devint tout rouge. Il déposa les serviettes sur sa chaise vide. Noah se retourna pour le regarder en souriant.

« Relax, Papa », dit-il.

La poitrine de Daw lui faisait mal. Les autres s'étaient également retournés pour le regarder, et il éprouva une sensation abominable, comme s'ils étaient tous d'un côté et lui de l'autre. Et il ne pouvait pas le leur reprocher. Il ne leur reprochait pas.

Il aurait voulu qu'ils glissent, tous, qu'ils tombent ; parce que là, au moins, ils auraient su.

Au début de l'après-midi, Daw et Noah prirent le vieux break de ses parents pour se rendre à la supérette. Les sièges étaient tout craquelés, l'arrière encombré de seaux, de matériel de pêche et de serviettes moisies, toutes sèches. Noah sortit un livre de poche jauni de sous le siège et lut les premières pages.

« Merde alors, t'as trouvé ça où ? » demanda Daw. La voiture était paresseuse et lourde. Les freins émirent un gémissement las au stop au bout de l'allée. Il conduisait avec les épaules complètement voûtées.

« J'aurais jamais deviné que tu avais été un fan de fantasy », dit Noah en tournant les pages.

« Je ne l'étais pas.

— C'est ça, oui », dit Noah en riant, l'éventant avec le roman. Daw lui donna une claque sur la main, tout en s'engageant dans la rue en roue libre.

« Je suis sérieux. » Noah se renfonça dans son fauteuil avec le roman. Il lut encore quelques pages, et Daw alluma la radio pour couvrir sa voix. La radio peinait à capter et grésillait, cherchant un appui, et des bribes de chansons et d'infos se firent entendre par intermittence. Il jeta un œil sur la route puis baissa de nouveau le regard, tournant les boutons, sans vraiment se rappeler quelles étaient les stations qui passaient de la musique, n'importe laquelle, littéralement n'importe quoi pourvu qu'il n'entende pas Noah. Mais Noah continuait sa lecture, et la voiture dériva légèrement vers le bas-côté, et c'était dur, tellement dur pour Daw de faire tout cela à la fois, tourner les boutons poussiéreux, tenir le volant, écouter Noah, s'efforcer de ne pas écouter Noah et, pendant tout ce temps, son cœur battait de plus en plus fort, de plus en plus vite parce que le roman en question n'était pas à lui, et il ne l'avait jamais vu auparavant, et ce qu'il craignait, plus que tout, c'était qu'il eût appartenu à sa sœur.

« Occupe-toi de la radio », dit-il enfin, et il se redressa. Son front était trempé. Il y avait un nœud de tension entre ses yeux. Noah l'examina attentivement, puis obéit. Avec une facilité pour laquelle Daw lui en voulut, Noah trouva la station tout de suite, et la voix de John Cougar Mellencamp emplit la voiture. La route était lisse, et le break roulait bien une fois lancé.

Noah s'avachit dans son fauteuil et posa ses talons sur le siège. Les pages bruissaient quand il les tournait. Daw mit son clignotant. Ils continuèrent à rouler, sans parler. La musique était trop forte. Daw avait poussé le volume à fond, mais à présent Noah se taisait, et les fenêtres vibraient désagréablement. Il éteignit l'autoradio.

« Alors c'est quoi le programme ? demanda Noah.

— Je crois que la bavette est en promotion.

— Ah, super.

— Je pourrais faire un ragoût.

— J'adore le ragoût.

— Hmm. » Noah referma le livre sur son pouce et se tourna pour bien regarder Daw. Stop, de nouveau. La voiture fit une petite embardée quand Daw enfonça la pédale de frein. Il regarda des deux côtés. Rien, personne, nulle part.

« T'étais pas obligé d'accepter. Tu aurais pu dire non, fit Noah.

— À quel sujet ?

— Cette semaine. Tu n'étais pas forcé de nous laisser venir à la maison. Si tu...

— Oh, la ferme », fit Daw. Ils étaient arrivés à la supérette. Elle était jaune délavé, plus longue que large, avec un liseré bleu écaillé et un toit abîmé.

« Franchement, d'accord, mais si tu comptes faire la gueule pendant toute la semaine...

— Je ne fais pas la gueule.

— Oh que si. Absolument, et genre, O.K., je comprends, mais tu fais la gueule, et ça se voit. »

Daw serra le cuir du volant aussi fort qu'il le put. Le pare-brise était dégueulasse, plein de feuilles mortes, de brindilles et autres matières végétales en décomposition coincées sous les essuie-glaces. Il avait appris à conduire avec cette voiture, dans le jardin de ses parents, dans le Connecticut ; il tournait en rond sous les arbres. Le revêtement en cuir du volant s'était ramolli puis avait durci sous l'effet du soleil. Il en fit le tour avec le pouce.

« O.K. », dit-il, comme si ça résolvait la question, et il ouvrit sa portière. « Allons-y. »

Le magasin était frais et sombre et sentait le moisi. Les portes des frigos hauts étaient tellement usées qu'il n'y eut quasiment aucune résistance quand Daw tira sur la poignée. Ils poussaient un petit chariot dont une roue grinçait. Ils le remplirent de poisson et de bavette, de pain de mie bon marché, de beurre, de confiture, de café. Ils attrapèrent un Mr. Freeze au citron et le cassèrent en deux pour se le partager. Ils le faisaient tourner dans leur bouche en avançant dans les rayons, appuyés sur leur chariot rouillé.

Les produits étaient tristes, ramollis. Mais ils prirent des carottes et des pois. Noah n'arrêtait pas de prélever des pois mangetout, pour goûter, et il les mastiquait crus avec une grimace d'insatisfaction. Ils prirent aussi des fruits. Des céréales, du granola, des flocons d'avoine.

« Tu te rappelles s'il y avait du savon ? Tu en as apporté ? » demanda Daw.

Noah, accroupi, inspectait une étagère basse qui contenait des tampons, des préservatifs, et exactement trois boîtes de produits pour permanente.

« Je ne sais plus. Et toi ?

— Non, dit Daw, plissant le front. Il tenait un gros flacon de shampooing qui pesait aussi lourd qu'un petit enfant. On prend ça, tu crois ? »

Noah haussa les épaules. « Peut-être, oui ? Tu crois que les autres en ont apporté ?

— Je pensais qu'il y en aurait sur place. Mais je ne sais pas du tout si ma mère en a laissé quand elle est venue ouvrir la maison.

— Hmm », dit Noah. Il mit son doigt sur son menton et se leva.

« Ça coûte dix dollars, dit Daw. C'est super cher. Et c'est même pas… c'est du bas de gamme. »

Noah rit.

« Tu crois que ça leur ira, si on prend juste une savonnette ?

— Tu veux dire genre, une par personne ? T'imagines ? Ils vont les laisser partout dans la baignoire.

— S'ils gravent leurs initiales dessus.

— Jusqu'à ce qu'elles s'effacent, ajouta Daw en soupirant. Je crois qu'on ferait mieux de prendre ça, juste au cas où.

— C'est beaucoup pour une semaine.

— On est six.

— Oui, t'as sans doute raison. »

Daw plaça l'énorme flacon de shampooing et un autre de gel douche dans le chariot et se remit en marche. Noah s'attarda dans le rayon, donnant un petit coup de pied dans l'étagère du bas.

« Tu viens ?

— Vas-y, j'arrive.
— Tu comptes te faire une permanente, ou quoi ?
— Non, je me disais… hmm… laisse tomber.
— T'as pas apporté de capotes.
— Non, voilà, fit Noah avec un rire forcé.
— T'as des plans en vue ? »

Noah lui jeta un regard méfiant, sans être vraiment réprobateur.

« De quoi je me mêle, répliqua-t-il, puis, plus tendrement : Non, pas du tout. Mais il y a les plans, comme on dit, et… tu sais bien… »

Et il savait, ou du moins il croyait savoir. L'imprévisibilité du désir. La marée changeante de l'envie. Le sexe, aussi surprenant qu'un éclair dans un ciel bleu. Noah ne recherchait pas tant le sexe que le sexe venait à lui comme un chien angoissé en manque d'affection. Daw le soupçonnait d'avoir couché avec Goran, Ivan et Stafford. Il n'en était pas certain, car ça aurait pu être simplement la tension dans l'air. C'était peut-être comme ça, avec les hommes. Il y avait toujours quelque chose, quelque chose qui brûlait et menaçait de se consumer. Daw hocha la tête.

« Bien sûr. Je sais. Prends-les, si tu veux. »

Noah poussa un soupir, manifestement soulagé. Daw se douta que Noah le soupçonnait de manquer d'enthousiasme vis-à-vis de la semaine, de leur amitié. Acheter les préservatifs, une petite boîte bleue bien plus légère qu'on aurait pu le croire, représentait – quoi ? une proposition, un projet, une suggestion concrète de ce qui pourrait arriver, si ce n'était entre eux, du moins parmi eux tous, Fatima comprise. Noah jeta les préservatifs dans le chariot et donna un bref baiser humide sur la bouche de Daw. Daw éprouva du désir, mais surtout, il se sentit en paix. Il passa ses bras autour de la taille de Noah, l'attira contre lui, et ils s'embrassèrent de nouveau – c'était si innocent et chaste que ça aurait pu être un baiser fraternel, un baiser d'amour pur, un baiser qui disait *Je t'accepte pour tout ce que tu es*, un baiser qui disait *J'espère que tu vas bien*. Noah lui adressa un grand sourire, puis lui tapota la joue, et ils recommencèrent à pousser le chariot dans l'allée, tout en suçant le Mr. Freeze qu'ils n'avaient pas payé.

À leur retour, Fatima était seule sur la terrasse. Les autres avaient décidé de descendre au village à pied. Elle était fatiguée à cause de la route, dit-elle. Elle avait apporté un sachet de très grosses pêches du Missouri, pâles et fermes, trop fermes pour être mangées, mais elle avait faim alors elle les mangeait quand même, assise sur la table, les pieds sur la chaise, quand ils arrivèrent.

Noah la serra dans ses bras comme s'ils ne s'étaient pas vus depuis des années et des années, et non depuis une heure. Il prit place à côté d'elle sur la table et posa la tête sur son épaule. Ils tendirent les mains vers Daw pour l'inviter à les rejoindre, et il les regarda, depuis l'embrasure de la porte, se disant qu'il devrait, mais éprouvant aussi au fond un mouvement maladif qui le tirait vers le bas et lui disait de s'abstenir.

« Non, le dîner ne va pas se préparer tout seul.

— On ne dîne pas avant plusieurs heures ! » protesta Fatima, soulignant l'invitation d'un grand geste.

« Et qui va faire la cuisine, si c'est pas moi ? » Daw s'écarta du seuil et revint sur la terrasse. Noah ferma les yeux. Ils laissèrent retomber leurs bras.

« Est-ce que tu vas bien ?, demanda Fatima. Vraiment, je veux dire ? » Elle posa la question avec douceur, délicatesse. Elle n'accusait pas, elle voulait savoir.

« On va tous bien, non ?

— Non. On ne va pas tous bien.

— C'est bien dommage », dit Daw. Le ciel était encore couvert, et il y avait un éclat presque métallique dans les nuages. « Ils vont se prendre une saucée, s'ils ne rentrent pas bientôt.

— C'est des grands garçons, dit Fatima, laissant son esquive répondre pour lui.

— Chacun pour soi.

— Quelque chose comme ça, fit Noah en bâillant. Fatima lui donna sa pêche et il mordit dedans. Les mains de Daw devinrent chaudes et moites.

« Je vais t'aider, dit-elle en se levant.

— Non ! » s'écrièrent Noah et Daw en chœur. Noah la serra plus fort.

« Fais pas ton sale gosse ! » gronda-t-elle en donnant une petite claque sur le front de Noah. À Daw, elle ne dit rien de plus. Elle le frôla en entrant dans la maison. Il haussa les épaules. Noah resta allongé sur le dos, mangeant la pêche en se protégeant les yeux de l'avant-bras. Une bande de peau apparut lorsque son sweat-shirt se souleva. Une brise sombre et humide, embaumée de cèdre, montait des arbres.

Dans la cuisine, Daw et Fatima lavèrent les légumes. C'était un mélange de légumes verts, de navets et de petites tomates un peu mâchées. Il y avait aussi des carottes. Et les pois mangetout. L'évier avait un bac profond et large, avec deux robinets, qui leur laissait assez de place pour deux. Ils rincèrent le tout et posèrent les légumes sur le plan de travail, où se forma une petite flaque d'eau qui coula de côté sur les pieds de Daw, déjà tout noirs de poussière.

Fatima porta le gros kale comme un bouquet de fleurs pour étaler les feuilles sur la terrasse. Daw fit tremper les steaks d'espadon dans de l'eau tiède et les laissa flotter.

« Beau à croquer, dit-elle. Il est pas végétarien, Stafford ?

— On a des légumes. »

Fatima rit.

« Faut que je prépare une aubergine, alors ? Ou ça ferait bizarre ?

— Il survivra.

— Maintenant je m'en veux. » Daw prit le grand saladier en métal dans l'évier et le posa sur le plan de travail. Le sol était trempé maintenant, c'était spectaculaire. Il manqua de glisser.

« Chacun pour soi », dit-elle. Daw rit. Fatima rit.

« Ah oui, l'altruisme, c'est la première chose à passer à la trappe.

— L'altruisme, l'empathie, la passion et la souffrance, dit-elle. Dans cet ordre. »

Daw remplit un verre d'eau. « Les trois dernières, c'est les qualités d'Ólafur, n'est-ce pas ?

— Absolument.

— Pourquoi la souffrance en dernier ?

— Parce qu'avec la souffrance, tu peux toujours retrouver ton chemin vers les deux autres.

— Il est tellement ridicule.

— Mais il n'a pas toujours tort », dit-elle avec un accent de résignation triste.

Ólafur était grand, sévère, porté sur les grandes déclarations philosophiques creuses. Lors de leur première rencontre, il s'était planté devant eux et leur avait demandé quels étaient les traits les plus importants à cultiver pour un danseur ou une danseuse, quelles étaient les béatitudes qui transformaient la danse en *art*. Daw se rappelait avoir pensé : souplesse, musicalité, force, énergie. Il se rappelait qu'il avait pensé en termes de maîtrise technique et de limitations physiques, la réalité concrète d'un corps de danseur : on ne pouvait faire un plié ou un bond et atterrir sans mal qu'un certain nombre de fois dans une vie. Il n'y avait qu'une quantité limitée de vie dans les jointures, ce que pouvait donner une personne n'était pas inépuisable. Daw avait pensé à ses limites, aux frontières qui délimitaient sa vie de danseur, à ce qui l'avait amené là où il était. Mais à ce moment-là, Ólafur leur avait tourné le dos et avait placé les mains sur la barre, secouant la tête. Il les avait décrétés sans espoir, et il avait dit : *Empathie, passion et souffrance. Par-dessus tout le reste, vous n'êtes pas un artiste si vous n'avez pas l'empathie, la passion et la souffrance. C'est ça que vous devez rechercher. Trouver. Ce que vous devez vous approprier.*

« C'est débile », dit-il. L'eau était calcaire. Il jeta le reste dans l'évier.

« Je l'ai toujours pensé aussi, mais d'un autre côté, je ne sais pas, il y a quand même un fond de vérité, je crois.

— Du baratin, voilà ce que c'est.

— Tu es triste d'abandonner la danse ? »

La question le surprit.

« Un peu. Je ne me l'étais pas formulé comme ça, je pense.

— Goran dit qu'Ivan ne s'en remet pas.

— Ah, mais forcément, c'est différent. Il n'a pas eu le choix.

— C'est vrai. Il n'a pas eu le choix, et toi si. Donc ce n'est pas subi, j'imagine. Mais ça reste un sacré changement.

— Je n'ai pas décidé ça sur un coup de tête.

— Je n'ai pas dit le contraire. Je dis seulement que ça doit être difficile. D'abandonner, de laisser tomber.

— C'est peut-être toi qui devrais aller en fac de médecine. Tu ferais une bonne psy.

— J'essaie de t'aider, c'est tout.

— J'en ai pas besoin. »

Il lava de nouveau les carottes, qui étaient pourtant propres, et Fatima laissa tomber le sujet. Mais il était nerveux et agacé, donc il reprit : « Ivan, il va être banquier d'investissement. De quoi il se plaint ?

— Tout le monde a ses blessures », dit Fatima d'un ton neutre. Elle tranchait les tomates et les déposait sur une plaque pour les faire rôtir. Le sel fit un bruit de grêle en touchant la poêle.

« Je crois que je vais sortir chercher cette aubergine, dit-il.

— Je ne pensais pas à mal. »

Daw lui sourit et dit : « Sans rancune. » Elle blêmit. Puis elle sortit, en secouant la tête.

« Qu'est-ce que tu peux être con quand tu t'y mets. C'est trop. »

Elle rejoignit les autres au lac. Daw resta sécher dans la cuisine.

Daw regretta avoir dit ces mots aussitôt qu'il sortit de la maison et se retrouva dans l'allée. *Sans rancune,* c'était ce qu'avait écrit Cheney à Fatima après l'avoir agressée. Après que Fatima avait fait un signalement contre lui. *Sans rancune*, pour dire qu'il y avait de la rancune. C'était mesquin et cruel de lui renvoyer ça en pleine figure.

Il se dit de nouveau que c'était une erreur d'avoir amené des gens dans cette maison. C'était une erreur de penser qu'ils pourraient passer un bon moment ici.

Daw s'assit sur la dernière marche à l'arrière et posa la tête sur ses genoux. Il s'efforça de respirer. Le vent sentait la pluie imminente et le brûlé. Du charbon et de l'essence à briquet, quelque chose comme ça. Lorsqu'il en eut suffisamment marre de sa mauvaise humeur, Daw se leva. Il passa devant la voiture et s'avança dans le chemin de terre qui descendait en lacets à travers la forêt, vers le village et le lac. Il irait à l'autre épicerie, plus petite, acheter quelques aubergines, et reviendrait quand il aurait réappris à se comporter comme un être humain.

Au coin du jardin, juste avant les arbres, il y avait une cabane pour enfants en plastique où il jouait quand il était petit, jusqu'au jour où des guêpes y avaient fait leur nid et l'avaient salement piqué. C'était le dernier été qu'ils avaient passé en entier dans la maison, deux ans après l'enlèvement de sa sœur. Ça le sidérait maintenant de repenser à cette époque, car il aurait paru logique qu'ils cessent de venir juste après sa disparition, mais en fait ils avaient persisté encore deux ans. Le raisonnement de ses parents lui était opaque, mystérieux et ésotérique.

Ces deux années se situaient à l'extrême limite de sa mémoire. Il gardait peu de détails précis, à part l'existence de la cabane et l'odeur de la voiture. Tout le reste était gris et vague, sujet seulement à l'intensité de son attention. Mais il se rappelait l'année où ils avaient cessé de venir régulièrement. Il se rappelait la douleur abominable de ces piqûres de guêpes sur ses bras et son dos. Il se rappelait que sa mère avait mis des tissus frais dessus et l'avait serré fort dans ses bras pendant qu'il pleurait. Il se souvenait même du son de la pluie de la fin d'après-midi, et son père, dans le jardin, qui cueillait des concombres pour une salade, la lourdeur de son pas dans la maison, si profondément silencieuse, étrange. Mais à présent, en s'arrêtant pour poser la main sur le toit de la cabane pour enfants, son plastique usé, cassant, il ne se rappelait plus pourquoi ils avaient continué de venir, comment ils avaient pu continuer de venir.

Les autres étaient déjà en train de rentrer quand Daw arriva à mi-chemin. Ils étaient trempés et frissonnants. Ivan avait passé le bras autour du cou de Stafford. Ils étaient en shorts en Lycra, ne portaient pas de tee-shirts sous leurs coupe-vent légers. On aurait dit une équipe de nageurs adolescents, tout en jambes, les cheveux hirsutes. Goran se distinguait par son pas long et saccadé. Ses lunettes étaient embuées. Stafford paraissait compact et blond entre les deux autres.

« Ah, vous voilà, dit Daw.

— Nous voilà », confirma Stafford. Ils firent une pause, face à face, séparés par une énorme racine qui affleurait.

« J'étais en route pour aller acheter une aubergine pour ton dîner.

— Ah, s'exclama Stafford. Il n'y a aucun problème, te prends pas la tête avec ça.

— Non, c'est rien du tout. Je vais juste au petit primeur en bas.

— C'est pas la peine.

— Mais si, je t'en prie. »

Ivan dégagea son bras des épaules de Stafford et sauta sur la racine. Goran le suivit. Stafford cala son pied sur le bois épais.

« Je peux tout à fait manger la même chose que les autres.

— C'est de l'espadon.

— Je mange du poisson.

— Tu n'es pas obligé de...

— Il a dit que c'était bon, intervint Goran. Tu devrais le laisser décider de ce qu'il peut supporter ou pas. »

Stafford avança la main, posa le bras sur l'épaule de Daw et poussa, se soulevant par-dessus la racine. Il atterrit avec un rire et fit une petite danse de triomphe.

« Tu vois, je suis parfaitement autonome.

— C'est pas passé loin », dit Goran. Ils rentraient à travers bois. Leurs pieds raclaient les pierres détachées et la terre compacte. Stafford passa un bras autour de Daw. Leurs vestes crissaient, dégoulinantes, dégageant une odeur âcre, comme le lac. Stafford était gelé à cause de la pluie. Sa peau était plissée et très foncée, comme s'il avait un hématome. Il pressa son visage humide dans le creux de l'épaule de Daw, qui fut douloureusement saisi par la profondeur du froid.

« Je suis rassuré sur mes choix, dit Daw.

— Ce n'était pas si terrible. C'était sympa. Vivifiant.

— T'es peut-être sadique », commenta Daw. Ivan rit. « Vous êtes prêts pour le grand déménagement ? Vous avez un appartement, déjà ? » demanda Daw.

Ivan hocha la tête sans lever les yeux. Goran secoua la tête.

« Je m'inquiète pas trop pour ça. Un de mes amis a une piaule, dit Goran.

— Tu veux dire tes parents, dit Ivan.

— Pourquoi vous n'habitez pas ensemble ?, questionna Daw. Vous pourriez partager le loyer. Ça vous rendrait la vie plus facile.

— Ivan veut habiter Midtown, comme un psychopathe. L'appart de mes parents est près de Dimes Square.

— Hell's Kitchen. Je vais habiter à Hell's Kitchen.

— C'est le Ritz, commenta Stafford.

— Pas franchement – c'est un truc à loyer bloqué. Je l'ai récupéré par une vieille drag-queen qui l'habite depuis les années 1990.

— Comment t'as chopé ça ? » Stafford se pencha en avant.

« Un type que je connais de mon ancienne fac connaissait quelqu'un qui connaissait quelqu'un qui savait que ce type voulait un sous-locataire pour un petit moment. Il part à Palm Springs avec son mari.

— Eh bien, quelle chance.

— Ce sera cool d'avoir notre propre appart. Nos propres vies dans la grande ville. Après nous être marché dessus en Iowa. Ça nous fera du bien. »

Goran renâcla comme s'il ne partageait pas cet avis. Stafford rit.

« Tu es content de partir dans le Vermont ?, demanda Daw.

— C'est un stage court. Je vais sans doute échouer à New York, après. Je viendrai te retrouver », dit Stafford en s'adressant à Goran, faisant claquer les cordons de son blouson.

Ivan se tendit. « Oui, il viendra te retrouver. »

Goran ne regarda ni Ivan ni Stafford. Il regardait au loin, à travers les arbres.

« Mais et toi, Betty Crocker ? Tu parles français, au moins ?

— Mes parents m'ont envoyé à l'école française », répondit Daw.

Les autres ricanèrent et dirent *bien sûr*, et Daw eut honte, comme ça lui arrivait parfois quand des gens le renvoyaient à sa classe et à la richesse de ses parents. On le lui faisait remarquer dans le Midwest, où c'était évident, mais chez lui, ça ne semblait pas si intéressant ou exceptionnel. Tous les ados qu'il avait connus au lycée, il les connaissait aussi de l'école française. Ils avaient grandi ensemble, dans le même cercle de blondinets. Ils avaient joué dans les mêmes parcs, avaient pris les mêmes leçons de natation. Il se rappelait à peine leurs noms ou leurs visages, à présent, et si de temps en temps il éprouvait une loyauté sincère envers eux, cela lui donnait l'impression d'être un traître parmi ses vrais amis. Ces gamins n'étaient que des souvenirs, des parties de sa vie qui avaient cessé de signifier quoi que ce soit.

Stafford enfonça ses ongles dans la nuque de Daw, qui frissonna.

« Quoi ? » demanda-t-il, et Stafford se contenta de secouer la tête en souriant.

« Je vais te dessiner.

— Ah bon, pourquoi ?

— Parce que tu as l'air de quelqu'un qui a besoin qu'on le dessine. »

Ils montèrent les marches de la terrasse au pas de course juste au moment où la pluie redoublait d'intensité, tel un rideau gris qui tombait derrière eux. Goran resta juste derrière la porte, au pied des escaliers intérieurs, regardant dehors les arbres, et la pente du jardin. Les autres retirèrent leurs chaussures et montèrent bruyamment. Le visage de Goran était éclairé par la lumière argentée de la pluie, et dans l'ombre, près des marches, il était beau et mélancolique, comme un acteur dans un de ces films silencieux et un peu trop longs dans lesquels les gens emploient leurs vrais noms et mettent en scène des conflits réels. Daw le laissa là au bout de quelques instants, car le regarder était trop triste ou trop merveilleux, et de toute façon, il fallait faire cuire le poisson.

Sur la terrasse, Noah avait préparé le gril. Daw déposa les steaks d'espadon dessus, une chair sombre, superbe. Fatima demanda s'il avait oublié l'aubergine, mais Stafford l'interrompit en disant qu'il s'en fichait, qu'il n'était pas tout à fait vegan ou végétarien, pas vraiment. Et Daw se demanda si c'était vrai ou si c'était un mécanisme de défense : donner aux gens ce qu'on s'imagine qu'ils veulent afin d'éviter qu'ils nous en veuillent. Un mécanisme qu'il comprenait très bien lui-même.

Ils dînèrent sur la terrasse, malgré la pluie et le froid. Daw avait trouvé un chauffage d'appoint dans un placard du fond, qui apportait un peu de chaleur. Les steaks étaient bien cuits, mais surtout parce qu'Ivan avait pris le relais après que Daw avait trop fait noircir le premier. Ivan était resté devant le gril, surveillant tout attentivement.

« La clef, dit-il, c'est de le laisser cuire tranquille. On ne peut pas le toucher en permanence.

— Je suis désolé, il pleut, dit Daw. On a roulé deux jours pour venir ici, et il pleut tout le temps.

— Tu plaisantes ? C'est magnifique. Parfait, dit Fatima.

— Ouais mec, détends-toi », ajouta Stafford. Il était assis tout près de Daw, et Daw n'arrêtait pas de le regarder du coin de l'œil. La salade était bonne, riche. Fatima avait ajouté des quartiers de pêche et d'abricot. Elle avait improvisé une espèce de vinaigrette à la fois acide et sucrée. Il y avait aussi une polenta, confectionnée à partir d'un paquet potentiellement antédiluvien trouvé au fond du placard. C'était la contribution de Goran. La polenta était bonne avec les tomates et les steaks. Le repas dans l'ensemble était un peu fade, mais tout était bien chaud, c'était réconfortant avec la pluie. Ils mangèrent, rirent, parlèrent, racontèrent des histoires.

Goran commença par une longue anecdote sur les garçons de son école.

« J'avais un pote, quand j'étais plus jeune, genre dix ans et quelques, en tout cas il portait un casque pour venir à l'école. Et de temps en temps, les autres mômes se moquaient de lui. Et, en général on était juste tous les deux, assis tous seuls dans la cour de récré, et c'était O.K. Ça posait pas de problème. C'était O.K., vous voyez ? On était bien, assis là à dessiner avec nos pauvres bouts de craie – mais bref, il y avait d'autres mômes, plus grands que nous, genre, on aurait dit qu'ils avaient redoublé sept fois, et un jour ils viennent nous voir et ils nous balancent : "Qu'est-ce que vous foutez, les pédés ? On est pas en cours de dessin. On est en sport." Et l'un de ces connards, des vraies merdes, il baisse son futal et il pisse sur notre dessin. Et le gamin avec le casque, il bouge pas, il attend, il attend, assis là. Alors je me lève et je fais : "Mince, c'est dégueulasse !" et le mec, il continue à pisser, j'ai jamais vu quelqu'un pisser aussi longtemps. C'était immonde, et ses petits potes commençaient à stresser aussi, parce que c'était *vraiment long*, et franchement c'était absurde de pisser comme ça, mais bon, il termine, il se secoue la queue, et là, le môme au casque, il fléchit les jambes, couvert de la pisse de ce type, et boum, il lui fonce dedans, il lui passe à travers comme si c'était du papier le mec, voyez ? En plein dans les couilles, je peux te dire, son service trois pièces, il lui rentre dans l'abdomen, et là, c'est le chaos. On se bat, on hurle, c'est la bagarre générale, et pendant tout ce temps, le casque, il reste totalement silencieux, calme, comme s'il venait pas de bousiller l'urètre de ce mec. »

Goran se leva pour mimer la position fléchie, l'impact, la pisse, puis il se releva, le visage brillant, les yeux humides. « C'était génial. Putain, c'était incroyable. »

Fatima applaudit et fit : « Bravo à lui. Les gamins, c'est vraiment des monstres.

— Rien d'étonnant, intervint Stafford. Franchement, regarde-nous. On est juste la personnification des merdes transmises par nos parents.

— Mes parents étaient O.K., dit Ivan. Ils m'ont donné beaucoup. Ils m'ont tout donné. Ils sont bien. Des parents fantastiques. Je les aime. Je n'ai pas l'impression d'être *traumatisé.*

— Ah ouais ? Alors ça ne les gênerait pas, tes parents, si tu étais resté danseur au lieu de devenir banquier comme un vendu ? »

Le visage d'Ivan se crispa. Une veine dans son cou enfla. Cette conversation dégénérait. Il y avait une animosité palpable entre Stafford et lui, en partie à cause de Goran, mais aussi de la vocation que s'était choisie Ivan. Daw ne voyait pas ce qu'il y avait de si affreux dans la banque d'investissement. Enfin, ce n'était pas vrai. Il savait que c'était un art obscur et insidieux. La prolifération de l'argent pour l'argent. Plus d'argent que n'en aurait jamais besoin une personne ou une famille. De la richesse générée pour l'accroissement de la richesse, simplement pour le plaisir de la possession. Et pourtant, il était là, dans la résidence secondaire de ses parents, avec ces gens qu'il ne connaissait que parce qu'il avait assez d'argent pour ses études, pour la fac, pour la nourriture, les vêtements, l'acquisition du savoir. C'était hypocrite. C'était une posture morale, une pose, une attitude qu'on adoptait dans les fêtes et les conversations, le désaveu de son attachement à la richesse matérielle dont on jouissait pourtant. Il fallait être prêt à renoncer à tout. Ou faire semblant de ne pas avoir ce qu'on avait. Mais il pouvait comprendre l'exaspération de Stafford. Ivan rendit son regard à ce dernier avec une franchise qui figea le sang de Daw.

« J'ai arrêté la danse à cause de mes tendons. Je n'ai pas arrêté parce que mes parents m'y ont forcé.

— Certes, mais ça t'a bien arrangé.

— Ça m'a bien arrangé ? Tu crois que je n'aurais pas préféré qu'il en soit autrement ? Tu sais à quel point je me suis battu pour continuer ? » Ivan s'était approché de Stafford.

Il avait serré les poings, comme s'il comptait sérieusement le frapper. « Je me suis fait faire des injections. J'ai fait de la rééducation. De l'acupuncture. J'ai dansé sur des tendons déchirés pendant des *semaines*. Je voulais devenir danseur plus que j'ai jamais voulu quoi que ce soit dans ma putain de vie.

— Mais tu n'es pas mort pour ça », dit Stafford. Puis, riant comme s'il avait sorti une blague hilarante, il ajouta : « Genre, tu aurais pu *mourir* pour ça. Et maintenant tu vas gagner plus que nous tous réunis.

— Parle pour toi, dit Noah. J'ai l'intention de devenir *très riche.*

— Aussi riche que la classe moyenne blanche, en tout cas, fit Fatima.

— Mes parents sont des Blancs de la classe moyenne, précisa Goran.

— Si tu es de la classe moyenne, alors Daw est de la classe moyenne.

— C'est sûr », dit Noah. Goran fronça les sourcils et tapota son assiette avec le rebord de sa fourchette.

« C'est désagréable, dit Daw. Arrêtons de parler d'argent.

— *Arrêtons de parler d'argent*, fit Fatima. C'est mon signal, les garçons. Je vais débarrasser.

— Non, Fatima, pas la peine, fit Daw. Je peux le faire. »

Fatima fit une petite révérence et répliqua : « Mais c'est mon métier. »

Daw rougit. Les autres garçons de la table détournèrent les yeux, gênés, même Goran. Daw savait pourquoi elle disait ça ; elle se vengeait de ce qu'il lui avait sorti tout à l'heure, et il le méritait.

« Je suis désolé. J'aurais mieux fait de la fermer », dit-il.

Elle l'embrassa sur le front, lui prit son assiette et lui murmura à l'oreille : « Ne t'en fais pas pour ça. Pas de problème entre nous. »

Noah aida Fatima à débarrasser. Goran migra à l'intérieur, où il trouva le piano droit. L'accordage n'était pas abominable, dit-il, mais pas non plus *formidable*. Il s'assit devant et Ivan le regarda en souriant. Goran se mit à jouer, disant, un peu en l'air : « Mon premier prof me faisait jouer du Bach, et il avait vraiment mauvaise haleine, alors j'essaie d'éviter de jouer Bach, en général, parce que ça me fait penser à lui. »

Au lieu de Bach, il joua la première partie d'une œuvre de Rachmaninov que Daw reconnut car c'était l'un des morceaux sur lesquels il avait dansé lors du spectacle de printemps en première année. Goran l'avait accompagné, jouant juste au bord de la scène dans le grand auditorium où les danseurs de première année passaient l'un après l'autre interpréter leur court solo afin de faire évaluer leurs progrès. Goran lui avait été recommandé par Noah, qui semblait connaître tout le monde, déjà à l'époque. Il éprouva un picotement familier dans le bas du dos et les genoux, son corps cédant la place à une ancienne version de lui-même.

Le morceau de Rachmaninov laissa la place à un air doux et tendre, presque fragile.

« C'est Ravel », annonça Goran, jouant avec une précision délicate qui rendait son jeu habituel, échevelé et très découpé, encore plus remarquable. Le piano étant un peu désaccordé, le morceau n'était pas tout à fait lui-même, il ressemblait plutôt à un écho improvisé, tandis que Goran cherchait les thèmes et les construisait avec ce dont il disposait. Rien qu'en l'écoutant du canapé, Daw sut qu'il était doué – et pas seulement qu'il était doué, mais qu'il aimait la musique et aimait jouer. Le morceau devint plus dur au milieu, pensif et lointain.

Stafford s'assit sur le rebord de la grande fenêtre, et Ivan par terre, adossé au banc du piano. De l'autre pièce leur parvenait le son de l'eau coulant dans l'évier. Puis des assiettes. Le tintement des couverts. Le murmure des voix de Noah et Fatima. Le gémissement du chauffage d'appoint. Ils se turent. La musique s'élevait au-dessus d'eux.

C'était un moment de paix. Ils avaient tous déposé leurs armes. Leurs idées pointues, tranchantes, les uns sur les autres, sur eux-mêmes et sur le monde. Ivan et Stafford regardaient tous les deux Goran, qui jouait sans faire attention à eux. Il était plongé dans sa musique, qu'il semblait offrir avec pure générosité. Il ne leur donnait pas dans l'espoir de leur soutirer quoi que ce soit. Pas vraiment. Il était extrêmement rare, dans ce monde, qu'une chose soit donnée aussi librement que Goran leur donnait cette musique en cet instant.

Daw sentit qu'il commençait à s'assoupir, les paupières lourdes. La pluie dehors, crépitant sur le toit de la terrasse. Il tenta de se rappeler s'il avait fermé toutes les fenêtres. Il était responsable.

Le matin, il se leva avant tout le monde. Il se prépara un espresso et le but sur la terrasse. Un vent fort s'était levé pendant la nuit. Encore de la pluie. Les meubles étaient mouillés car il avait oublié de les rentrer. Ses parents seraient fâchés, agacés, s'ils revenaient bientôt dans cette maison. S'ils y revenaient un jour.

Il posa la tête sur ses genoux. L'espresso était chaud, fumant dans la brume matinale. Les arbres étaient sombres et beaux, sifflant doucement dans le vent plus bas.

« T'es matinal, dit Stafford depuis la porte.

— Il est pas si tôt que ça.

— Pour nous, si.

— Tu as bien dormi ?

— Je me lève tôt, moi aussi, non ?

— Ça peut être bon ou mauvais signe.

— Les deux, je crois. »

Stafford s'assit sur le fauteuil à côté de Daw, mais se releva en sursaut quand il constata qu'il était trempé. Puis il se rassit, avec une grimace, et chipa le café de Daw.

« Cette maison est vraiment géniale.

— Oui.

— Mais tu ne viens jamais, tu as dit. N'est-ce pas ? Tu n'y passes pas beaucoup de temps.

— Non, j'évite, autant que possible.

— Je peux te demander pourquoi ?

— Tu peux, mais ça ne veut pas dire que je vais te répondre. Ou qu'il y a quelque chose à en dire.

— Pourquoi ? »

Daw lui reprit sa tasse. Il but le fond, sentant sa mâchoire et ses épaules se contracter sous l'effet de la chaleur, de l'odeur âcre, du coup de fouet dans sa gorge. Il se secoua.

« Ma sœur a été kidnappée, ici. Pas *ici*, mais dans la rue, plus bas. Elle rentrait de la bibliothèque.

— Quoi ? Putain. Quand ?

— J'avais six ans. Elle en avait huit.

— Oh putain – qu'est-ce qui s'est passé ? »

Daw sourit, car il ne savait que faire d'autre. Il leva les yeux sur Stafford. Ses cils blonds humides. Ses yeux brillants. Daw l'embrassa, et lorsque leurs lèvres se séparèrent, il dit : « Il ne s'est rien passé. Il ne se passe jamais rien. »

Ils retraversèrent la maison, sans bruit. Daw dormait dans la chambre parentale. Il retira son tee-shirt puis ouvrit le short dans lequel avait dormi Stafford. Il sentait le musc. Pas circoncis, très pâle. Son corps était solide et lisse. Daw prit Stafford dans sa bouche, et Stafford soupira, prit appui sur les épaules de Daw.

Daw se posait des questions sur Goran. Se demanda s'il faisait ça par pitié ou pour rendre Goran jaloux. Mais d'un autre côté, se dit-il, Stafford était capable de faire ses propres choix. De décider de ses propres motivations pour agir de telle ou telle façon. Ça n'avait pas grande importance. Et Stafford avait l'air d'accord, intéressé. Il n'avait pas de raison de s'arrêter. Pas de raison de changer d'avis. Pas de raison de demander : *Et Goran ? Tu n'es pas amoureux de lui ?* Mais ça, c'était l'amour, et là, c'était du sexe, ou sur le point d'en être, donc ça n'avait vraiment rien à voir.

Stafford se mit à bander. Puis débanda un peu. Il riait nerveusement. Daw leva les yeux.

« Ça va ? demanda-t-il.

— C'est juste… C'est ici que dorment tes parents ?

— Personne ne dort ici. Personne ne vient ici.

— Ah. » La chambre était grande, mais presque vide. Il y avait une commode avec de vieilles photos et une pile de romans. Il régnait dans la pièce une odeur de poussière, de renfermé. Et dans la nuit, Daw avait cru sentir des toiles d'araignée, un truc fin qui piquait un peu. Stafford promenait ses yeux autour de lui ; Daw recommença à le sucer, puis Stafford poussa un grognement et le poussa en arrière pour pouvoir lui rendre la pareille. La chaleur de la bouche de Stafford, les petites crêtes dures de son palais, et de temps en temps le tranchant accidentel de ses molaires se concrétisaient. Daw se sentait davantage dans son corps, ainsi. Les limites de son individualité humaine.

« Je peux te prendre, si tu me prends la prochaine fois.

— La prochaine fois ? Tu es en train de suggérer qu'on recommence ?

— Oui, dit Stafford en riant. Exactement. »

Daw n'avait pas été passif depuis longtemps. Il n'avait pas baisé depuis un an. Il n'en avait pas eu envie, pas vraiment. Ce n'était pas désagréable, mais il trouvait que ça n'en valait pas la peine, car dans sa tête ça se réduisait toujours à un frottement, une friction. Mais il s'allongea sur le dos, ramena ses genoux sur son torse et respira profondément. Stafford le pénétra, et d'abord ce fut atroce parce que c'était toujours atroce, mais ensuite la tension se dissipa et Stafford s'enfonça plus profondément, et Daw put respirer, et ce fut agréable et chaud, et Stafford bougea d'abord délicatement, accélérant peu à peu jusqu'à son rythme de croisière. Daw enroula ses jambes autour de la taille de Stafford et l'attira plus près, et ils s'embrassèrent, gémissant et ce ne fut plus deux corps, mais un seul, coulissant à travers lui-même.

Après, ils prirent une douche ensemble, tout chauds, savonneux. Stafford n'arrêtait pas de détourner timidement le regard, mais Daw n'arrêtait pas d'avoir envie de le prendre par les joues pour le regarder dans les yeux. Mais il n'avait pas la force de le regarder bien en face. Il n'avait pas la force de regarder qui que ce soit bien en face. Il avait la sensation d'être observé, cependant, et ce n'était pas Stafford qui le surveillait. C'était comme s'il y avait une paire d'yeux braqués sur lui à travers la paroi de la douche, à travers la masse de la maison, à travers les arbres, de l'autre côté du lac et même encore au-delà, encore plus loin, de l'autre côté des Adirondacks, de l'autre côté de l'océan, du ciel, loin, et au-delà, de plus en plus vaste. Il avait le sentiment que ces yeux-là pouvaient voir le moindre de ses gestes.

« T'es où ? » demanda Stafford. Le jet martelait l'arrière du crâne de Daw. Il entendit à peine ces mots. « T'es où ?

— Je suis là. Juste là. »

Stafford l'entoura de ses bras, embrassa sa poitrine et dit, comme s'il l'accueillait au retour d'un long voyage : « Tu es là. Dieu merci, tu es là. »

La pluie avait cessé, donc ils allèrent se promener dans les bois, en groupe.

Goran fredonnait l'air de Ravel de la veille au soir. Ivan l'imita. Ils marchaient main dans la main. Daw se sentit moins coupable pour Stafford et la douche. Et d'ailleurs, Noah avait couché avec presque tout le monde dans la bande. Il avait sans doute même couché avec Fatima. Daw vit Noah et Stafford se pousser par jeu pendant la balade. Le regard de Goran était fixé sur eux. Mais Ivan lui murmura quelque chose à l'oreille, et il rit et il eut l'impression que ça allait entre eux. Que leur couple allait tenir. Tant mieux pour eux, se dit Daw. Tant mieux pour eux, et pour Noah et pour Stafford. Tant mieux pour eux tous, ces gens qu'ils connaissaient, ses amis. La jalousie était tellement vaine. Personne n'appartenait jamais à personne. Pas vraiment.

Fatima glissa son bras sous celui de Daw. Les arbres étaient silencieux, mais se balançaient dans la brise. Il allait pleuvoir de nouveau dans la journée, certainement. Il le lisait dans les nuages, dans leur langage qui se déroulait lentement.

« Tu as l'air d'aller mieux, dit Fatima.

— Je ne savais pas que j'allais mal.

— J'ai pas dit ça. Mais ça a l'air d'aller mieux.

— Je suis désolé.

— C'est ta maison. Tu n'as pas à t'excuser d'être un peu à l'ouest. Ça doit être bizarre. Deux maisons. J'imagine même pas.

— On n'est pas venus souvent, après un certain temps », dit-il, la gorge serrée. Il inhala un grand coup. « Ce n'est pas bizarre.

— Mes parents habitaient dans un mobile home. Une maison avec un escalier, c'est bizarre, pour moi.

— Les gens sont heureux, ici.

— Je trouve ça flippant. Tous ces Blancs au même endroit.

— C'est vrai, approuva-t-il avec une gêne croissante, un désir de dévier, de se défendre, d'embrouiller.

— Tu es heureux ici, toi ? »

Il se posa la question. Le bonheur. C'était quoi, le bonheur ? Il regarda leurs amis, devant eux. Qui marchaient sur les grosses racines. Se poussaient, se tiraient, s'éloignaient, se rapprochaient, s'embrassaient, se prenaient dans les bras l'un de l'autre, riaient. Le ciel bas, sublime, lourd et gris. Les arbres. Les tons riches, sombres des bois. L'odeur du lac. Des maisons. La terre mouillée. C'était quoi, le bonheur, si ce n'était maintenant, si ce n'était ce moment, ce moment précis, leur groupe, réuni peut-être pour la dernière fois, rassemblé pour cet instant même, qu'étaient-ils, s'ils n'étaient pas heureux ? Noah grimpa sur le dos de Stafford, serra les genoux et dit *Hue, hue*. Leurs vestes trempées, tachées de pluie, le vent qui se levait. Fatima mit sa capuche. Au-dessus de leurs têtes, le ciel s'ouvrit et l'eau tomba, grise, rapide, remplissant le monde entier jusqu'à ce que la pluie touche toutes choses et que toutes choses touchent la pluie.

Daw les sentit en lui, alors. Il les sentit, chacun d'entre eux, en lui, leur bonheur, leur bonté, leur amour. Avant qu'ils partent en courant pour rentrer à la maison, en haut de la pente glissante, boueuse, il se tourna vers Fatima.

# Remerciements

Ce roman n'a été possible que grâce au soutien, à la patience et à l'intelligence phénoménale d'ami.e.s de confiance, lecteur.ices et collaborateur.ices. Ils et elles ont cru en ce projet et en ces personnages même quand j'étais perdu dans les marasmes du doute et de la peur. Merci à vous pour toutes les discussions, encouragements, les longues promenades, balades dans les musées, rires, et surtout pour votre foi.

Sans ordre particulier, mes remerciements à : Meredith Kaffel Simonoff, Dana Bryan, Nora Gonzalez, Calvert Morgan, Catalina Trigo, Claire McGinnis, Jynne Dilling Martin, Hal Fessenden, Derrick Austin, Natasha Oladokun, The Slacc, Adam Dalva, C. Pam Zhang, Jeremy O. Harris, avec une mention spéciale à Lee Pace pour une discussion qui a changé ma vie et sauvé ce livre.

# UN MAGNIFIQUE ROMAN D'APPRENTISSAGE ET D'AMOUR

« Brandon Taylor est la nouvelle voix d'une littérature noire américaine en plein épanouissement. Son écriture est vive, précise, délicate, teintée d'une légère ironie et progresse avec une confiance étonnante. »

*TÉLÉRAMA*

Le Livre de Poche

*Composé et mis en pages*
*par Nord Compo à Villeneuve-d'Ascq*
*et achevé d'imprimer en novembre 2023*
*par Corlet,*
*en Normandie.*

MIXTE
Papier issu de
sources responsables
FSC® C014496
FSC
www.fsc.org

ISBN : 978-2-413-08147-0
Dépôt légal : janvier 2024
Numéro d'impression : 23070448